南天门计划2

NANTIANMEN PROJECT

高景 卫天和 ◇ 著

叛军战役

四川科学技术出版社

图书在版编目（CIP）数据

南天门计划. 2, 叛军战役 / 高景, 卫天和著.

成都：四川科学技术出版社, 2024. 10. -- ISBN 978-7-5727-1580-8

Ⅰ. I247.5

中国国家版本馆CIP数据核字第2024R6Y063号

NANTIANMEN JIHUA 2: PANJUN ZHANYI

南天门计划2：叛军战役

高 景 卫天和 著

出 品 人	程佳月
责任编辑	兰　银
助理编辑	范贞玲
封面设计	木余设计
封面插画	KAGUYANET Design 辉夜网络设计
责任出版	欧晓春
出版发行	四川科学技术出版社

成都市锦江区三色路238号　邮政编码 610023

官方微博 http://weibo.com/sckjcbs

官方微信公众号 sckjcbs

传真 028-86361756

成品尺寸	145 mm×210 mm
印　　张	13.25　字数 310 千
印　　刷	四川省南方印务有限公司
版　　次	2024年10月第1版
印　　次	2024年10月第1次印刷
定　　价	58.00元

ISBN 978-7-5727-1580-8

邮购：成都市锦江区三色路238号新华之星A座25层　邮政编码：610023

电话：028-86361770

目　录

引 子

11 年前，数字天行者李钧和他那些依然在银河系彼端流浪的宇宙拾荒者朋友通信，他的朋友告诉他：一支裂隙人的叛军发现了地球人文明，他们计划去掠夺……

为此，地球人做了几方面的准备：

一、在太阳系内部轨道建立磁感线雷达，从内到外监控太阳系的动态。

二、在火星基地附近建造太空工厂，利用小行星带丰富的资源，大量打造战舰，以应对即将到来的危机。

三、筹划组建"全人类合作计划"，把地球上所有的国家团结起来，资源共享、科技共享。

…………

地球人计算着日子，那一天越来越近了……

第一章　前出的斥候

1

"这是一种错觉，很美好的错觉。火星在左边，是红色的；地球在右边，是蓝色的；中间的哈雷彗星，是白色的……"

重明 –2 型的座舱是水滴形，视野非常好。说话的是周子薇，她是地球联合军空天军第八十五旅的旅长，此刻她带领自己的团队执行完巡逻任务，正在返航。

八十五旅是空天军序列里最特殊的部队。

这支队伍装备了 67 架载人航天器重明 –2 和 400 多架伴随无

人机玄女 -306，是空天军里最有战斗力的队伍。他们旅装备的重明 -2 载人航天器是最先进机型，机上配备有人类最先进的武器，除了各型威力巨大的导弹，吊舱式的脉冲离子加速炮、反应快的激光炮也是亮点。空军时期，他们的旅徽是一只铁拳；成为空天军后，铁拳手里握了一条钢索，以冀攻击更远的敌人，所以人类亲昵地称呼他们为"钢索旅"。

周子薇驾驶着长机，飞得很悠闲，钢索旅的成员在她的带领下，正以楔形编队向着地月之间行进。周子薇的重明 -2 不断调整着姿态，以便从最佳角度观看这一奇妙的错觉盛景：哈雷彗星就像一把扫把，伸向了黑漆漆的宇宙——宛如时光倒流。

无论是飞行员还是航天员，他们总能看到别人看不到的风景，他们能享受波澜之后特有的平和，或许这是危险的职业附带的礼物。

太阳的光芒和彗尾散射的光亮照进重明 -2 的座舱，温和地洒在周子薇的脸庞上、脖颈上和她绿色航天服的五星红旗上，她脸部的曲线、汗毛都浸在光里。周子薇一动也不动，静静地看了一会儿，终于闭上了眼，此刻她想象自己飘在雾气蒸腾的浴缸里。

周子薇清楚地记得自己第一次见到哈雷彗星的情景，那时候她还是健康之躯，她正在完成自己大学的最后一个科目，中国空天军学院的毕业科目：远程航行和警戒。彼时学员周子薇和她的同学们先乘坐大型运输舰鲲鹏从地球到火星基地，然后驾驶重明初代机在火星基地附近进行三个月的战斗备勤……返回地球之后，他们就可以拿到毕业证书了。

在鲲鹏的休眠舱里，周子薇第一个醒来，她趴在舷窗的玻璃上，看火星，看木星环……她对一切都充满了好奇。恰好那时哈雷彗星正以和黄道面夹角为 18° 的轨道向着太阳飞去，被太阳融化的冰晶、杂质在彗核身后拖成长长的尾巴，仿佛京剧旦角长长的水袖，又像敦煌飞天身上缠着的薄纱……

哈雷彗星的形态和地球上的流星形态类似，都有星体和拖曳部，不同之处在于，哈雷彗星的尾巴永远在背离太阳的一面。所以周子薇现在看到的哈雷彗星看起来正飞向太阳和地球，但其实它正向着太阳系的边缘飞去。

如果一个人活得够久——哈雷彗星每隔 76 年，就不约而至，出现在地球附近——在地球上可以近距离看到它两次。周子薇不一样，这次她是与哈雷彗星的第三次亲密接触，和前两次一样，都是在太空。

此刻哈雷彗星已经脱离近地点，周子薇继续沉浸在第一次见到它的回忆里。当时自己的内心充满了激动之情，望着黑漆漆的宇宙，望着向太阳飞去的哈雷彗星，想着这宇宙到底有多大，太阳系外是否还有"太阳系"？是不是也有一颗"哈雷彗星"有趣地穿行于星球之间……

"三级作战通信，来自鸾鸟 002……"周子薇的座舱里有通信申请，像触电一样，她睁开了眼睛，从回忆里回到现实。

"接听！"周子薇的嘴没有动，替她回答的是一只鸟，却不是鹦鹉或者鹩哥，而是一只"伯劳"。伯劳是地球上一种肉食鸟类，体型小但是很凶狠。

周子薇的这只"伯劳"明显非同一般，任何一种鸟的翅膀上都不会长两排口径 5.58 毫米的小炮；自然界的鸟给身体提供动力靠的是心脏，而不是十八缸的"星"型增压发动机；自然界的鸟也不会在翅膀上喷涂"81192"的舷号……当这只"伯劳"还是一只普通伯劳时，它在横穿跑道的时候撞上了周子薇降落时的机翼，并因此丧命。为此，周子薇深感愧疚，捡回它的遗骸，并拜托好友"改造大师"林菲翔，把它改成了机械朋克范的标本。周子薇"失能"之后，林菲翔又在"伯劳"里面植入了语音通信器，通信器直接连接周子薇的大脑，周子薇的语音实际上是由它发出的。

无线电传来的是周子薇的男朋友杨炳坤的声音："第29波塞点，你旅可以按照计划前来补给。"

杨炳坤和周子薇一样，是空天军的一位指挥官。他驾驶的鸢鸟改进型，是鸢鸟大型运输补给舰的特殊型号，可以执行所有保障任务，也配备有一些自卫的战斗部。杨炳坤也是中国空天军学院的毕业生，他外号"杨陀螺"，之所以有这个外号，全因他的太空飞行时间。

杨炳坤很年轻，却是驾驶鸢鸟这一型号舰艇在太空飞行时间最长的驾驶员，以至于从毕业到现在，他在地球上的时间屈指可数。他指挥的这艘鸢鸟执行过的任务数量如此之多——"他敢称第二，没人敢称第一"，因此，他的舷号喷涂为"002"，而"001"的舷号一直是工厂的试验机。

又是很久没见了，想到杨炳坤，周子薇的表情虽然一如刚才，但是现在她的眼神里却充满了温情。她驾驶的重明 -2 迅速转向，向第29波赛点前进，编队机组交叉换位，楔形编队缓缓摆动，仿佛伸进平静水面里、划动绿波的船桨。

"为什么不用私人保密通信？"周子薇的语音很温柔，她却没有开口，仍是那只直连她大脑语言部分的"伯劳"代替。周子薇又看了一眼仪表指示，舰队的能量损耗正常，除去 30% 的备份能量，剩余能量足够返回地球，根本不需要中途补给，但"一刻都不能麻痹"是八十五旅的传统，她立刻下达指令："检查舰队能量消耗情况。"

杨炳坤说道："你抓紧，用数据链给你发态势信息。"

"舰队能量剩余 87%……"各种数据传到周子薇的指挥舰，显示舰队的燃料还很充足。周子薇心里欢喜，她觉得杨炳坤或许是为了早点见到自己，所以才使用的战斗加密通信。感受到甜蜜，她发起通信申请："转换一级私人加密通信，鸢鸟 002。"

太空里与鸢鸟 002 的数据链激光通信不能直接传输，需要通过太空里的中继器，加上中继器的数据滞留时间，需要 20 秒左右的时间，这时间周子薇只能耐心等待。

杨炳坤收到申请，同意接收，但是他的心里却高兴不起来。

通信器里传来周子薇的声音："想我了？"

杨炳坤忍不住扬起嘴角："想了——你又看见哈雷彗星了吧。"

周子薇说道："是的。"

激光通信数据在飞速地传输，传输的却是两个人通信器里的沉默。杨炳坤和周子薇都不愿提起，那是他们两个人的痛。五年前，周子薇在火星轨道第二次遇见哈雷彗星。那次她是从杨炳坤的鸢鸟 002 上起航，那次是"人脑—战机 AI 互联"的关键实验。由于实验失败，周子薇和与她伴飞的无人僚机撞在了一起，也是在那一天，周子薇成为一名闭锁综合征患者，她从一头欢腾的小鹿，变成了现在只有眼睛能动的木头人。

整个钢索旅全是周子薇的病友，他们都属于特殊人群，把他们集合在一起，组成部队，只有一个人——王东升——敢这么干。事实证明，这支意志力最强的部队也是人类中战斗力最强的团队。

"赶紧过来吧。"杨炳坤打破了沉默，他看了一眼雷达显示器，知道马上就要和那个日思夜想的恋人见面了，但是，也会马上分离。

有不明太空空情必须上报，这是地球联合军的纪律。

不明空情已经在杨炳坤那里出现了。

为了早期预警，人类在太阳系里播撒了无数的小型探测器。这些探测器会将探测结果汇总，形成待处理文件，并把文件打包、发到配备有雷达综合处理器的设备上，杨炳坤的鸢鸟002上就有这个设备。

在一个小时之前，杨炳坤已经看到处理器的结果：在木星轨道外围，有两个不明飞行物，反射面积很大，航行目的地是地球，目标行进轨迹正是哈雷彗星的轨道……小的天体与地球有相撞的危险，这种事情并不可怕，提前摧毁就行了，可怕的是这两个不明飞行物呈现的是编队队形。

出于"战时"考虑，杨炳坤已经把自己掌握的态势信息分别发送给了地球联合军指挥部和火星基地，等待更高级别设备的进一步判定。

杨炳坤知道，这个时间段里，地球联合军指挥部和火星基地肯定正在讨论对这两个不明飞行物的处置预案。火星和地球之间，钢索旅的位置最近，周子薇他们大概率会被指派过去查明空情。又是战斗任务，这种危险的任务使得杨炳坤的心情有些沉重。

周子薇浑身都有生命维持设备，或许是身体上的不便使得她的大脑运转得更多，她总是比正常人更加细致地考虑问题。残疾之后，她变得更加勇敢——她一直幻想自己在一次激烈的空战里死去，突然又壮烈；而不是卑微地、不断地老去，直到躺在病床上、浑身都是生命维持系统，无奈地等死亡降临……同时，她也变得更加敏感，她唯恐自己的离去会给别人带来伤害，尤其是杨炳坤。她知道杨炳坤滞留太空这么久，全是因为自己。杨炳坤的精神支柱是周子薇——这是鸢鸟002上众所周知的秘密。

杨炳坤开始滞留太空的时间正是周子薇第一次见到哈雷彗星的时间，杨炳坤的想法比周子薇单纯，他想更多地接触周子薇；而周子薇害怕失去自己心爱的一切——她驾驶的舷号为"81192"的重明–2型战机，甚至是那只"伯劳"……

周子薇太明白失去爱人的感觉了。在杨炳坤之前周子薇曾经有过一个男朋友，他也是一个空天军的战士，是和周子薇同一期毕业的。他是一位感情丰富的人，他有父母，有恋人，有朋友，有那么多难以割舍的东西……后来他牺牲了，战舰在宇宙里爆炸，漆黑的宇宙里也永远找不回这个人，曾经一个三维立体的人，如今只留下一维的名字。他一直活在周子薇和杨炳坤的心里，他们永远无法忘记他，周子薇和杨炳坤活一天，他就活一天。

数据链传输很快，私人加密通信一直开着，他们能听到彼此的呼吸声。虽然鸢鸟运输补给舰的驾驶室和重明–2的驾驶舱相隔60万公里，但靠着这个声音，却能让两个人感觉同处在一个温暖的房间里。在这沉默里，周子薇和杨炳坤的世界仿佛静止了，而数据链传输即将完成……

钢索旅全速飞到第29波塞点，需要16个小时。

2

火星基地其实比杨炳坤更早发现了那两个目标，他们却没有通知地球联合军。他们的参谋长哈特曼固执而傲慢，他认为那只是位于太阳系边缘的冰晶结合体，在太阳的引力之下，脱离了原来的稳定状态，进入了太阳系内部。

火星基地的参谋长哈特曼，是个德国和波兰的混血"太空人"。以稳重又仔细著称的德国人的品行似乎在太空里被注了水，他断定：既然这些目标沿着哈雷的轨道进行，那么早晚会路过火星轨道，届时顺便查证一番即可；而且根据火星基地科学家的计算，将来会有更多的物质沿着这个轨道运行。

地球联合军的参谋长王东升的看法则完全不一样。日历一页页翻过，"拾荒者预言"已经到了时间节点，这时候很关键，容不得一点麻痹。他无法相信会有这种巧合，即使是出现巧合，也得派出侦察部队查证之后才能放心。谁知道外星人的战舰是什么材质的？谁规定了不能是冰晶？这样的太空飞行物必须用可靠的仪器测出，甚至用榔头从它身上敲下一块冰晶，而它没有反应，这样才能让人放心。

通信里的几番争执之后，王东升仍然坚持主张，火星基地才无奈地决定派出两架无人探测器，切半径前往两个不明飞行物。王东升表扬了杨炳坤主动作为的做法，并决定先按照杨炳坤的计划进行，钢索旅在第29波塞点与鸢鸟002会合之后，前出待命，做好战斗准备。

作为一个空天军出身的指挥员，谨慎是王东升一贯的风格，只要他任职过的部队，都有一行字——一刻都不能麻痹！——写在显眼的位置。王东升不仅时刻提醒所有的指战员，也在时刻提醒着自己。

11 年前，数字天行者李钧最后一次登陆月球基地，和他在银河系彼端的老朋友进行最后的通信。对方是一群宇宙拾荒者，他们告诉李钧一个极坏的消息：一支裂隙人的叛军刚刚劫掠了一个文明，看他们当前的行进方向，似乎是追随着海盗航行的路线，他们觊觎的下一个目标应该就是太阳系，地球人有危险了。

作为一个身经百战的军人，王东升对"时间"非常敏感，根据拾荒者的信息推测，那支裂隙军队应该快到了。

3

喷涂"002"舷号的鸢鸟像是一条游弋在海里的鲸鱼。此刻，它的"嘴巴"缓缓打开，左红右绿、上蓝下白，各种指示灯闪个不停。周子薇的编队从左到右、由后至前鱼贯而入，周子薇最后一个进入。"第一个起飞，最后一个着陆。"这是中国空天军第八十五旅历任旅长的传统，王东升就曾担任过该旅旅长。

"鲸鱼"的"大嘴"闭合上之后，等到舱内充完压力和氧气，各种指示灯才停止闪烁。

战斗巡航是枯燥又乏味的，在正常情况下，航行了很久的驾驶员们往往想迫不及待地获得更大的空间。他们不会等机械师到来，只要停机舱显示密封完成的绿灯一亮，即便停机舱的高压氧气还没充到位，他们都会纷纷打开自己的座舱；往往机械师的梯子还没有推到位，他们就从座舱里跳了出来，摘下面罩和手套，讨论航行之外的事。

钢索旅着陆之后，整个队伍没有一个驾驶员跳出来，停机舱里一片寂静，仿佛着陆的是一群无人机。密封门开启，鸢鸟002的停机舱里拥进去很多机械师，杨炳坤混在他们中间，冲在第一个，他推着一台设备直奔周子薇的81192。

如果是不了解情况的人，会觉得这场景太诡异，但了解的人则会发出叹息。因为眼睛是钢索旅所有成员唯一可以运动的部位。因此，只有为数不多的几艘鸢鸟才能为钢索旅的驾驶员提供特殊保障。

机械师把专有的对接设备推到位，逐个从重明战机上接下来返航的"天之骄子"。机械师们对他们充满了崇敬之情，唯恐动作粗鲁，伤到了他们……钢索旅的所有战斗员有一个共同点，就是他们的眼神都是一样的，犀利！身体上的缺憾并不影响他们眼神里的骄傲和杀气，这种眼神是当初王东升选择他们的原因。他们这个团队还被人类称为"事实的真相"。在那个被称为"瓷器"的国家，钢索旅还被称为"榔头"——中国有句老话，当一个人成为榔头，那么他看任何敌人都像钉子。

杨炳坤把设备对接上周子薇的座舱。钢索旅的重明是有特殊设计的，座椅是专门设计的整体保障系统，科技含量很高，被称为"墨影"。座舱右侧的防弹钛板左右分开，地勤设备伸出几只机械臂，卡住周子薇的墨影，让周子薇的墨影和她一体动作。经过缓慢托举、拖出，周子薇被安放在专用的智能运输设备上，杨炳坤把周子薇的"伯劳"拿起来，亲吻了一口，放在她的肩头，和其他钢索旅的成员打着招呼，牵引着周子薇去指挥室。

当最后一个钢索旅的成员离开停机舱，那里只剩下负责补给的地勤人员忙碌。

4

结合数据链态势共享，杨炳坤把指挥部的决议转告给周子薇。她看着鸢鸟上的雷达荧幕，原本显示的目标已经变化，现在的态势图上有四个目标——新增的两个是火星基地发射过去的无人探测器。

如果前线探明是普通天体，那么周子薇能够和杨炳坤多待几天；如果是其他情况，周子薇马上就得起飞。

周子薇说道："路上我还纳闷儿，你为什么用战斗加密通信，我还以为你是太想我了。"

"我是很想你，这个任务正好帮我圆了这个梦。"杨炳坤无奈地笑着。

但愿被探测的那两个目标，是两块石头吧。周子薇和杨炳坤都在默默祈祷。

杨炳坤亲了一下周子薇的额头，拿起她的手放在自己的脸上，深情地说道："112个地球日，时间过得真快啊！"

这时候周子薇紧张地看了一眼荧幕，那两个无人探测器一前一后呈大纵队，大概两个半小时后就能传回大致的结果。她转眼看着杨炳坤，一时间有些感慨：这宝贵的时间，是如何消逝的？荧幕下面的操纵台上是杨炳坤的三本书，每本书看起来都一样，特别厚。她知道杨炳坤的爱好是收藏旧书，每次回地球，他都要去买一些。

"这本书里写了些什么？"周子薇问杨炳坤。杨炳坤话不多，可是一说到书，他就像打了肾上腺素。他拿起最上面的一本，左右摇着说道："写满了古人对世界的看法，特别有趣。你看，这一套，是 1979 年的版本，上、中、下三本一套。在那个时代，即使是工资比较高的人，买这套书也要用掉他们半个月的收入。花费这么大的代价……他们只是为了看看世界。"

"是的，难以想象那个时代的人信息有多匮乏。"周子薇看到了那两个大字"辞海"。

杨炳坤说道："是的，那个时代的中国人，对世界充满了求知欲，现在的中国人也不遑多让，我们关注的是创新和开拓。"

周子薇说道："旧时代是买知识，现在是资讯想尽一切办法向个体灌溉，个体不接受都不行。那你觉得时代转变的节点在什么时候？"

"我觉得没有节点，也就是说没有过程，只有结果。比如 RADAR 的名字来源于 radio detection and ranging，你看看现在的太空雷达。"杨炳坤笑着，下意识地看了一眼雷达荧幕，看到上面还是不明飞行物和探测器，他舒了一口气，继续说道，"它的工作原理和它的名字毫无关系，但是我们并没有改了它的名字，那是因为我们对它的需求、它起到的服务作用还是一样的。"

…………

两人正聊得起劲，机械师林菲翔闯进了指挥室，这个浑身脏兮兮的小伙子似乎自带主持人属性，他一进来，指挥室的所有人仿佛都被调大了音量，林菲翔热烈地和每个人打招呼，似乎比王东升的气场都大。

林菲翔径直走到周子薇身边，把手伸向杨炳坤："坤哥，帮我摘手套。"脸却看着周子薇说道："偶像，看见我开不开心，正好赶上你过来补给，我给你的小'伯劳'升个级，给你加点料。"

周子薇的眼神里荡漾着笑意，"伯劳"忍不住大笑起来，杨炳坤摘下林菲翔的脏手套，也忍不住笑起来。他们俩看着林菲翔拿出一个数据板，熟练地点击，"伯劳"的眼睛也跟随着一闪一闪。

周子薇说道："你上次给我升级的相声，我实在是受不了！"

林菲翔一本正经地打断了她，说道："你别受不了，你和坤哥在私密频道聊天的时候，不是聊得挺开心的？"

杨炳坤拿手套一下子打在林菲翔的头上："你少来，当时给我吓了一大跳，深更半夜给我说脱口秀和报菜名。"

周子薇说道："臭小子，还偷听我们的私密通信！"

林菲翔把手指放在嘴上做了一个嘘声的手势，说道："别说了，马上就好了。我可没听别人的，就你们俩的。作为一个一流的机械师，我的产品，必须全程跟踪质量和效果。"听林菲翔这么说，杨炳坤无奈地笑着摇头。

谁知专注于数据板的林菲翔一边摇头，一边坏笑着说道："你们哪，这个恋爱啊，你这样，感情表达得挺没劲的。"

杨炳坤听了，伸手便去抓林菲翔，谁知林菲翔一个灵活地转身，躲开了，扔下一句"升级好了。"话音未落他已经逃到了指挥室门口，头也没回，反手接住了杨炳坤砸过来的手套。那默契，绝对不是一天能养成的。

5

同一时间，王东升正在地球联合军指挥部里静静地看一段视频录像，那是数字天行者李钧在月球基地和宇宙拾荒者通信的录像。

录像的时间是 11 年前。由于宇宙拾荒者遭遇了攻击，所以他们发起的超远距离光波通信是留言。那个时候李钧的身体已经不好了，他虚弱地坐在椅子上收听来之不易的老朋友的劝告。他携带了一个翻译机，那是拾荒者给他量身定做的，翻译机正在把751 个地球日前的留言翻译成中文。

"我的老朋友，基于我们的友谊，有一个不幸的消息……我必须通知你：你们被发现了……地球文明崇尚和平至上，如果以这条宗旨为标准，这个被称作'裂隙人'的文明算不上文明……他们是以劫掠和奴役为目的，资源和生命体都是他们的目标……而这支叛军比他们母星上的政府更差，他们不奴役，只有杀戮和抢掠……我们在去往半人马座的路上受到了他们的攻击，损失惨重……他们的攻击方式……开启虫洞的能量……所以最危险的或许并不是这支叛军，而是正规军……要知道，正规军在追踪叛军的路线……在你收到这条讯息的时候，他们已经在前往太阳系的路上了……

"对于你们的文明，我们很欣赏……你们还没有走出太阳系，所以我必须告诉你们一条宇宙规则……无预警的侦察等于宣战，无预警的侦察等于宣战，无预警的侦察等于宣战……"

宇宙拾荒者们的这段话断断续续，不知道是传输的问题还是因为遭到了劫掠和攻击，有些很重要的点没有传输成功，但是总体意思还是很清晰的。

宇宙规则拾荒者说了三遍以上，他们不惜耗费最后的能量，坚持发送给地球人，令人百思不解。宣战？地球人的宣战是按照国际准则，国家与国家结束和平状态，所有的民和军都要投入打赢对方的行动之中，不达目的决不罢休的行为。

星际间的宣战，地球人还从来没有接触过。

宇宙拾荒者的留言令人不安。虽然与李钧对话的人极有可能被屠戮殆尽，也不知道他们的具体位置，不知道他们能不能收到人类的回信，但李钧还是按照讯息的发送位置，给他们回复了一条，大意是希望他们先来地球，补给能源之后，再去流浪。

那次对话之后，地球和火星基地马上就召开了联席会议。11年前会上的那一番争论，王东升至今依然记得清清楚楚。宇宙拾荒者透露出的信息无非是三点：裂隙叛军在路上了，裂隙正规军可能很快也会到，地球和火星基地加起来也打不过他们。

既然宇宙拾荒者提到了虫洞，那么谁会使用虫洞？这么多年过去了，这个问题还没有争论出个结果。很明显，叛军没这个能量，要不然，他们早就出现了；使用虫洞攻击地球人的应该是裂隙正规军。

联席会议上，情况研判环节最大的争议点在于虫洞开启的位置。火星基地认为如果虫洞在太阳系边缘开启，或许尚可一战；如果在近地轨道开启，那么人类肯定会灭亡。因为距离太阳越近，那么打破太阳系力场平衡和引力波平衡所需的能量就越大……如果裂隙正规军能够做到，那说明他们的科技水平是碾压人类的，人类的抵抗是徒劳的。

最后火星基地的决定是"抵御裂隙叛军,防范裂隙正规军"。如果出现上述虫洞开启在近地轨道的情况,火星基地将离开太阳系,为人类最大限度地延续文明。

大会上争论非常激烈,最后什么决议也没有通过,与会各方只是发表了一些"联防联守"的声明。最后大会决定,把裂隙人的事情作为高度机密,知情范围仅限于之前参与的人员,会议结束之后,不再告知其他任何人,以防止引起人类的恐慌。

11 年过去了,时间节点到了,这两个不明飞行物的航行轨迹也对,王东升觉得这件事背后的真相必须让前线的指挥员知道,可是根据保密协议,又不能说出来。这两个不明飞行物是不是裂隙人的;如果是,那到底是叛军还是正规军?这么多未知的情况,需要前线的年轻人用勇气甚至是生命去"碰",王东升对此感到很内疚。他只能最大限度地提高前线的作战等级和要求,他相信,自己的决定会让前线感受到压力,而这种压力,对这些身经百战的战士来说,是一种心照不宣的提醒。

王东升下达命令,鸢鸟 002 号二级战备,全速前进,沿着两架无人探测器的轨迹,迎头对向两个不明飞行物。

6

时间一分一秒地流逝,所有的人类的指挥所都很安静,仿佛站在平静的海边遥望远方翻滚的云层,那"黑色的云朵"里,到底藏了多少能量,它会飘向哪里,都是未知……

第一架无人探测器突然消失了,鸢鸟 002 号上的所有人都紧张起来,火星基地和地球联合军的人都忙起来,地球联合军的所有部队几乎同一时刻收到了三级战斗准备的通知。

火星基地却迟迟没有提高战备等级的命令传出来，地球联合军的通信连接到火星询问情况。火星基地回复说，他们分析后认为有可能是机械故障引起的信号消失，因为第一架探测器并没有传回任何信息和图像，他们觉得可以先等等，因为再过 30 分钟，第二个探测器就到指定位置了。

只要是机械和电子设备，出现故障的概率都是客观存在的，火星基地的回答和做法堪称无懈可击，但是时间在流逝，空间在压缩，情势容不得等！王东升下定决心，问道："钢索旅现在的位置？"

身边的参谋汇报道："29 波塞点前出了两个半小时了，应该接近火星轨道了。"

王东升说道："让他们加速，第二个探测器如果也出现故障的话，他们必须在 30 分钟内完成抵近侦察。钢索旅加火箭助推，加挂四枚中子弹。给我接通火星基地参谋长哈特曼。"

谁知那头接通的却是火星基地的值日官，王东升着急得转来转去，哈特曼却姗姗来迟。王东升再一次向哈特曼提议：希望两个不明飞行物在进入小行星带之前被探明，这事情关系到火星基地和地球的安全，动作慢一步都可能是致命的。

哈特曼来迟的原因，是他在旁边的指挥室看不明飞行物的轨迹。这两个不紧不慢的东西走的仍然是哈雷彗星的轨道。如果是彗星，无须理会；如果是入侵的叛军，在它越过火星轨道之后，火星基地和地球之间可以设置包围圈；更重要的一点，这两个家伙穿越火星轨道的时候，正好和火星基地形成对角，给火星基地留够了安全距离，他们完全没必要蹚这个浑水。

所以火星基地果断地拒绝了王东升的提议，他们认为可以等，等两个不明飞行物到达地球和火星轨道之间的时候再去勘察，而且抠门的哈特曼对于第一架探测器的失踪耿耿于怀，竟然又跟王东升讨论了至少半分钟的补偿问题。

王东升有点生气，但是他没有办法，自从当上了地球联合军的参谋长——这是个经常与火星基地打交道的位置——他看到很多别人不知道的东西。他发现，火星基地一直都是个没格局的"怨妇"，只求索取，不谈回报，不择手段，斤斤计较。

再进行交涉已经没有用了，因为火星很快要被太阳挡住，即使有中继通信站，交流也会受到很大的影响。王东升看看时间，与火星基地的通信马上就会中断，眼下看来，还是得靠自己。

鸢鸟002早已动力全开，数据链显示再有十几分钟就能够接近第二个探测器接力的位置。周子薇和杨炳坤对视，眼神中满是柔情，杨炳坤轻声说道："二级战备，加挂火箭助推器，加挂中子弹四枚。"并且摁下了二级战备的绿色按钮。

"二级战备！火箭助推！中子弹四枚！"停机舱里的机械师们重复着指挥员的口令，忙个不停。所有人都知道，火箭助推器能够在最短的时间内提供最大的动力，将速度提到最快，但是它的制造、运输成本高，一般情况下只有在敌情紧急、需要快速部署兵力的情况下才能使用。加挂火箭助推器这个命令代表着这次战备的意义非同寻常。加挂四枚中子弹，表明这次任务有可能将面对强大的敌人。

鸢鸟002机舱里的指示灯都闪烁起来，杨炳坤看着一个机械师将周子薇和她的墨影推走。杨炳坤痛苦地皱紧了眉头，他明白，生于这个时代，个人感情永远要服从于集体利益。

81192 上的接头和连线与周子薇的墨影相连接，墨影和重明 -2 的磁力连接器像拉链一样，从脚部到头部一级一级地嵌合；流光溢彩的头盔面罩咔嚓一声放下来，将周子薇的头部全面覆盖。随着"锁定成功"的提示音响起，重明 -2 的显示器和指示灯一下子全都亮起来，自检一秒后，剩下几个主要的仪表盘继续工作。

"81192 二级战备好"，"81095 二级战备好"……

钢索旅成员的报告词像是连续炸响的鞭炮，连续又有力。当最后一架战机准备完毕，杨炳坤长吁了一口气，回复道："钢索旅听令出航。"

这时候，杨炳坤仍然抱有很大的幻想。只要二号探测器探明情况，那两个该死的东西是两块石头或者是冰块，就可以解除二级战备，周子薇就能从战机上下来，而且，他甚至有机会跟周子薇一起返回地球，以后的很长一段时间都将是幸福的日子。

火星已经转到了太阳的背面，届时将有一个小时无法与火星基地正常联络，按照地球与火星达成的《战时设备管控协议》，这时候，由地球联合军接管原本属于火星基地的一切设备，包括监控二号探测器的各个中继通信站。

杨炳坤前出的位置最接近目标，所以他现在是最前沿的指挥官。二号探测器距离目标还非常远，距离设备能够侦测的最远距离差几百公里，但是，没等地球联合军指挥部下达命令，杨炳坤就开启了二号探测器的侦测设备。这个决策和他的心情没有任何关系，相反，是非常理智的选择。假如那两个不明飞行物是外星战舰，在靠近他的攻击范围之前看到它们的样子是值得的，哪怕只侦测到对方的武器，也有战术意义。

侦测设备刚打开，地球联合军参谋长王东升就给杨炳坤下达了命令："鸢鸟002可以提前打开侦测设备。"

"已经打开了，距离太远，目前没收到有效信息。"杨炳坤看着二号探测器回传的荧幕，回复王东升，"我增加一下功率。"

哗的一下，二号探测器回传界面竟然黑屏了。杨炳坤赶紧看向数据链的态势图，二号探测器消失了！这事情明显不对，杨炳坤熟练地打开保险盖，在王东升下达"钢索旅前出！"命令的同时，摁下了一级战备的按钮，同时无线电向钢索旅下达命令："钢索旅一级！"

停机舱里的机械师们早已离开，关闭了内舱门，解除了固定重明-2的绞索，外机舱门已经打开，红、绿、蓝、白四种颜色的指示灯闪烁在停机舱的每个位置，"鲸鱼"又一次张开了它的大口。

黄色和蓝色的光芒在重明-2战机后面闪耀，那是动力系统在向外输出。"钢索旅前出！"周子薇的声音非常冷酷，她瞬间从一个柔情似水的女子变成了"手握榔头"的战士。

"出发！"杨炳坤的话音刚落，周子薇和她的钢索旅鱼贯而出。杨炳坤在塔台目送钢索旅离开。他看着钢索旅的火箭助推器纷纷点火，带着重明-2向着前方疾驰而去；没多久，火箭助推器分离，重明-2的等离子喷射器发出幽幽的蓝光，向着那两个不明飞行物而去。

杨炳坤随即又下达了第二道命令："全舰一级战备，扫描全方位！"鸢鸟002上的各种侦测仪器都已打开，自卫武器都已通电，指战员各司其职——和航空母舰一样，舰载机前出，航母就得靠自己防御了。

按说，林菲翔是个机械师，舰载机离舰之后他就没什么工作了，但是他的机械和电子天赋不允许他只顾这一个方面。他虽然没有自己专用的激光炮座席，但是每次战斗他都会找个炮位，在旁边学习、观看。

重明 −2 侦测到的信息不断传回鸢鸟 002，鸢鸟 002 又通过各种中继通信器，把它们传回地球联合军的指挥部。王东升环抱着双臂，静静地看着这些信息，漆黑的宇宙里，不知道隐藏了什么，他觉得自己和周子薇一样，冲在了第一线。

第二章　事实的真相

1

太阳，作为一个超级聚变反应堆，每时每刻都在向外释放着能量。太阳释放的等离子体带电粒子流以两种形态向太阳系的每一个角落辐射，持续的带电粒子流速度大约为 200 km/s，受扰动的电子束甚至可以达到 800 km/s 的速度。肉眼虽不可见，但是它们就像凛冽的风，像喷出的潮水，不断以太阳为中心向外"涌动"，它们被称为"太阳风"。

太阳风全方位吹向太阳系，当然也吹过每一个行星。当它到达地球的时候，地球磁场被吹得剧烈晃动，像是吹不断的"野草"。地球磁场不断偏转太阳风，让太阳风绕道而行，这时候，地球上就出现了极光现象。面对这种"对抗"，太阳风不慌不忙、不甘示弱，把地球的磁层吹到 2 000 ～ 10 000 个星球直径以外。这被吹散的磁场像是一个巨大的飘带，伸向太阳系的外围。

磁场有一个非常优秀的特质，那就是无论太阳风把它拽曳多远，在它的大部分范围内，磁感线都是闭合的。如果有物体切割磁感线，是可以被侦测到的。基于这个原理，2072年，由中国科学家名字命名的"南仁东号"磁感线太空雷达被部署在金星的拉格朗日点 L_2 上——金星的天然条件和位置都决定了这是理想的部署位置。金星没有磁场，这样磁感线雷达就不会受到邻近源的干扰；而且金星的位置更靠近太阳，近水楼台，是个好位置。

除了几大行星，火星与木星的轨道之间的小行星带也很重要。这里的小行星有一部分拥有磁场，这相当于在太阳系的中间地带布置了无数的探测器。通过它们和其他拥有磁场的天体，"南仁东号"可以对整个太阳系的磁感线改变进行观测，从而为人类提供远程预警。

当然，当初设计制造这部巨大的雷达有很明显的针对性，那就是针对即将到来的裂隙人。

那两个大摇大摆的不明飞行物，正是"南仁东号"发现的。

周子薇在太阳风的"吹拂"下，依靠着"南仁东号"提供的、不间断的信息支援，向着两个不明飞行物切半径迎上去。

周子薇初步判定那两个不明飞行物是战舰，而且是危险级别极高的战舰。因为二号探测器消失的位置，距离两个不明飞行物还很远，如果它是在这么远的距离上被击中，那进行攻击的武器在性能上是远超人类武器的。如果是外星人进攻，从单项指标性能对比，我们和他们的差距很明显，超远距离上，我们只能挨打。

敌方的武器是激光武器还是动能武器？是离子武器还是机械武器？都是未知。谨慎起见，周子薇选择的接敌队形是"一"字形大横队，而且是从鸢鸟002上一脱离，就摆出了这个阵形。

还有1000公里，周子薇把队形改为大纵深的双楔队，重明-2 的探测器已经能够显示那两个目标了。分析结果很快出来了，光谱显示这不是自然形成的天体，是全金属！周子薇向鸢鸟002 报告："机载雷达发现，一批两架，全金属。"

最让人担心的事情还是出现了，杨炳坤回复道："注意警戒，查明情况！"

王东升也在关注着前线，听到杨炳坤的指挥，他补充了一句："如遇抵抗，立即摧毁！"周子薇回复了一句："收到！第一小组抵近侦察，其他人掩护！"她带领 5 架僚机加速，在肉眼可见两个不明飞行物的时候下令："释放无人机！"

紧随着周子薇的玄女僚机向前弹射出 20 架更小型的无人机。这无人机是由类似火炮一样的武器系统"打"出去的，它们以超快速度向目标飞去。

这时候，钢索旅的每一个人心里都是忐忑的。两个探测器在那么远的距离被击落，说明自己实际上已经进入了对方武器的攻击包线之内。如果他们真的是敌人，且还有刚才的水平，他们早就可以击落自己，允许自己把距离压缩得这么近，真不知道这两艘不明飞行物是什么意图。如果他们突然攻击，钢索旅有可能要吃大亏。

无人机先到一步，它们围绕着两个不明飞行物上下翻飞、扫描、分析，周子薇和杨炳坤立刻收到了无人机侦察回来的消息。

是的，这确实是两艘宇宙飞船，周子薇和第一小组摆开攻击阵形，后面的大部队则占据有利位置，随时准备掩护攻击。杨炳坤一边看着传回的视频，一边把无人机发回的信息转发回地球联合军指挥部。

"你已进入太阳系地球文明，我是地球联合军空天军，请出示你的星际归属！表明来意！"周子薇已经占据了绝佳的攻击位置，这两艘飞船如果敢做出任何不明的举动，周子薇的那四颗中子弹都能让它们吃不了兜着走。

没有回答……

这时候周子薇看无人机传回的信息，也纳了闷儿。这两艘飞船与其说是战舰，倒不如说是破烂。它们的形状差不多，像是汉字"冒"，上大下小，横截面大致算是个正方形；个头儿不小，高有950米，周长大约480米。光谱分析显示：机体外部有铜、铁、铝、镍各种金属和合金，看起来像是补丁摞补丁的修理方法造成的，几乎没有两块一样的……难道这就是外星人的飞船吗？

让人感到吃惊的还在后面，无人机竟然没有侦测到武器系统。更让所有人惊掉下巴的是，它们竟然连动力系统也没有！或许之前有动力系统只是现在被毁了，因为在两艘飞船的下方，都有一个巨大的黑洞，或许那是安装发动机的位置。

钢索旅指挥两架无人机进入两艘飞船内部侦察，然后诡异的事情出现了：里面没有任何生命体！有驾驶室，但驾驶设备遭到了严重的破坏，并且没发现任何自动驾驶设备！更诡异的是，有一些零件竟然是地球上的！

钢索旅的人都陷入了迷茫之中，杨炳坤冷静地注视着一切，他下意识地接通通信器："鸢鸟002全体，钢索旅注意警戒。"

只有一个人猜到了真相，那就是王东升。

2

或许火星基地的两架探测器真的是故障了，经过查证，印证了王东升的想法，这两艘飞船是宇宙拾荒者的，它们没有任何攻击能力，而这两艘飞船之所以采取哈雷彗星的轨道，无意中实现了无动力飞行的缘由目前谁也无法探知。尽管这两艘飞船没有武器，但是谁也无法确定它们有没有被人动过手脚，万一它们在接近地球的时候变轨，这么大的体积，能造成很大的破坏。

这两艘拾荒者飞船是不是遭到了劫掠？这种可能性极大！王东升心里拿定主意，默默想道：李钧的老朋友们，看来我不能帮你们保留这两艘飞船了。

王东升记得李钧和宇宙拾荒者的每一句通话，甚至每一处断句。按照拾荒者的话，这两艘飞船的出现是破坏宇宙规则的，所以他毫不犹豫地给前线下达命令："摧毁这两艘飞船。"

命令先传达到杨炳坤那里，随即杨炳坤又传递给周子薇，周子薇带领第一小组担负警戒，让钢索旅的年轻成员攻击，正好练习射击技术。

没有抵抗，没有敌人，激光炮就足够了。一束束激光很快将两艘飞船撕得粉碎，这处空间里飘满了大大小小、各种颜色的碎片。

这种类型的仗，钢索旅还是第一次打，虽然是绝对性胜利，但是总是让人感觉心里不踏实。

果然，鸢鸟002的雷达侦测设备上出现问题了，它侦测到在周子薇阵地3/16的50公里处有一个很小的反射点，闪烁了两下又消失了。那不可能是这两艘飞船的碎片，因为钢索旅的雷达一直在照射阵地，每一炮造成的毁伤效果都被记录在案，产生的每一个碎片都会被雷达自动过滤。

难道是杂波？出于安全考虑，杨炳坤还是向周子薇通报了这一情况。

"钢索旅注意我发送的位置，刚才有杂波反射，注意观察。"

周子薇看了一眼数据链，杨炳坤发送的位置上空空如也，只有飘过的飞船残骸。

总感觉哪里不对劲，周子薇转过去，机头对向那个位置，雷达显示器上仍然没有任何目标。她心念一动，一架玄女就像白色的天鹅，一下就冲了出去，掠到了指定位置。玄女的各种侦测设备都显示正常，周子薇调整了头盔的目视观测设备，也没发现任何东西。

正当周子薇准备汇报时，鸢鸟002上出事了。

鸢鸟002上突然警报大作，首先告警的是近距离防撞击系统，人类的航天器大部分装有这套系统，当其他航天器或者物体与自己靠得太近，以至超过安全距离时，会触发警报，提醒驾驶员注意。

雷达告警，危险等级为最高级！这种级别意味着战舰处于极度危险中，处置方案仅比"弃舰逃生"低一个档次！

雷达侦测到鸢鸟002的正上方200米位置，竟然出现一个小型目标！

警铃大作，200米距离，实在是太可怕了。从人类的第一艘鸢鸟造出来，鸢鸟上的报警器从来没有这么响过。鸢鸟002上所有人的大脑瞬间增压，简直是白日里遇到鬼了！所有人都想操起武器，所有的炮手都在寻找目标，指挥室的人员下意识地想把手里的杯子扔过去……就在转瞬之间，雷达又一下子丢失了目标，视频侦测设备只看到一些淡蓝色的光，看不出轮廓，只能预估目标是一个 30 米左右的菱形物体。那蓝光本来就微弱，只闪了一下，就消失了。

整个过程不到两秒。

"开火！"杨炳坤的话音未落，两门粒子炮、四门激光炮朝着那个位置打了过去，结果都没有打到目标。长长的激光束消失在宇宙之中，一看就知道炮手开火的时间足够长。

反应时间，开火时机，都没问题，竟然没打中。一瞬间，鸢鸟 002 上从混乱转入了沉寂。每个人都高度紧张，整艘舰艇上静悄悄的，所有人都盯着附近。林菲翔在他学习的炮位上，看到炮手的手脚都在微微颤抖。

杨炳坤一边观察着各种侦测设备，一边在舱内指挥，他的声音很低沉，好像声音大了就会把敌人吓跑一样："注意警戒，不须请示，发现即攻击。"

肢解破坏这两艘拾荒者的飞船，更像是工作，不是战斗。面对这两艘毫无反抗能力的"对手"，虽然它们体型庞大，但是对付它们只需要时间，并不需要过多的战斗能力。此时的钢索旅更像是修理厂的工程师，而激光炮的效率并不比维修工厂的效率高。

这时候的周子薇并不比杨炳坤轻松，因为钢索旅也出现了情况。周子薇在寻找目标的时候有所发现——在她刚转向 3/16 方位的时候，她有感觉。和杨炳坤他们看到的蓝光不一样，周子薇觉得，那个地方——尽管看不见、摸不着——就是有个东西，这是一个战斗员的直觉！

"钢索旅加强警戒，有疑似不明飞行物。"杨炳坤的指挥口令来了，周子薇立即回答："明白！"钢索旅随即又变换队形，高低搭配，左右间隔拉开、缩小距离，用的是被敌方包围时才用的刺猬阵。

鸾鸟002和钢索旅这时候都陷入了静默，连通信器的杂音都听得一清二楚。在漆黑的宇宙里飘浮，尽管带了武器，却找不到鬼魅一样的敌人。在这种环境下"未知"直接对等的就是恐惧。

突然，周子薇的正前方出现了一缕淡蓝色的光，她毫不犹豫地发射了中子弹。这枚中子弹有三种引信，指令、近炸和机械撞击，周子薇毫不犹豫地选择了指令，中子弹的飞行距离刚够保证钢索旅安全的距离，她就选择了起爆。

爆炸距离太近对钢索旅成员的身体会有伤害，虽然这个安全距离贴着武器安全射击距离的包线，但钢索旅的成员还是不约而同地操纵重明-2规避。把重明-2的机腹对向爆炸区，这样可以最大程度地减少粒子伤害。爆炸结束后他们又随即翻转回来。侦测之后，发现并没有炸出任何东西，至少这片区域内是没有生命体的。

中子弹的爆炸对当事人没什么感觉，但是它释放出来的能量在雷达显示器上放了一朵烟花。不仅仅是鸾鸟002，就连地球联合军指挥部也注意到了钢索旅的情况，但是这时候他们并不能理解周子薇的行动：在没有发现目标的情况下，如此近的距离引爆中子弹这种大杀器！

相距万里的杨炳坤和周子薇仿佛并肩站着，他俩深有默契，彼此不言，各有计划。

这时候林菲翔看不下去了，他灵机一动，冲到停机舱，一边给杨炳坤报告，一边往信号弹里装填东西："002，机械师林菲翔请求出舱，我这里有探伤用的磁粉。"

3

当金属有裂隙，尤其是肉眼看不见的裂隙的时候，需要探伤。探伤是机械师经常做的一项工作，用小刷子把磁粉刷在金属部件上，如果有裂隙，在裂隙处的磁粉会自然分开两个磁层。

鸢鸟002上早已有了透视扫描的仪器，但是磁粉探伤这种最简单可靠的手段永远是不可缺少的备份方案。信号弹也是空天军依照传统保留下来的。它原本是通信故障时使用的应急方案，不过现在通信的手段很多，信号弹早已用不到了，它更多的用途是在礼仪场合。

林菲翔把机载的信号弹发射装置拆下来，又从旁边拿了几枚信号弹。鸢鸟002上的信号弹是30毫米口径的，口径上算是炮，体积不算小，林菲翔好不容易才把它们从固定位置拽出来。林菲翔把信号弹前面的纸封口切开，倒出里面的弹头，再把磁粉填进去，简单封了口。他连续填了好几枚，因为他相信这些磁粉有用，哪怕即将面对的对手是个幽灵，一发也能让它现形！

林菲翔的想法很科学，除非幽灵一样的战舰是全身冲压、一体成型的，整个机体没有一丝缝隙，否则，它总会显示在人类的眼前。

鸢鸟002上所有搜索目标的人都很紧张和忙碌，但是在林菲翔眼里，他们那种操作器械的动作，脑心身体的忙碌毫无意义。已经证明老办法没有用了，就得变！立刻变！继续用无用的老办法在林菲翔眼里就是快要淹死的人企图靠潜水脱离困境！

"21号检查舱口，林菲翔请求开舱。"林菲翔给杨炳坤报告的时候，已经穿好了航天服，正在鸢鸟002的"翼根"，准备打开一个能够爬出去的检查舱口。那个圆形的舱口用红色的油漆涂了"21"这个数字，类似它的舱口还有很多，虽然基本没用过，但是大型运输保障舰都保留有这种设计，这是出舱进行外部检查和维修的捷径。它一直在林菲翔工作岗位的正上方，这个数字正好和林菲翔的年纪一样。林菲翔不止一次仰望过它，无数次幻想着自己亲手打开那个舱口，走进太空。如今林菲翔身上背着几发 30 毫米口径的信号弹，扛着一杆拆下来的、半米长的信号弹发射装置，手已经搭在开舱把手上了。

这时候，杨炳坤正紧盯着各种显示器，他觉得那个幽灵肯定没走，他想都没想，直接回复道："可以出舱！"

一切都无须解释，既然你知道你的兄弟不是捣乱，你又没有别的办法，为什么不让他去试试呢？空天军的指挥员越来越开明，毕竟面对浩渺的宇宙，大家永远会遭遇第一次面对的情况，所有的经验都来自勇敢实践基础上的探索，勇于探索、敢于实践的冒险精神，是每一个太空人最难能可贵的品质。

"林菲翔收到！"林菲翔回答后迅速出舱，最后到达鸢鸟的"脊背"上，这是他第一次身着航天服在舱外行走。他把安全绳捆在舱口的束缚带上，四周是那么安静，耳机里面只有自己的呼吸声，胶玻璃面罩的下部被自己呼出的水蒸气覆盖，吸气时水蒸气又消失。航天服里有供氧设备，但是林菲翔却感觉下一秒就要窒息。他做了一个深呼吸，心道这宇宙真黑！

航天服的手套很厚、很大，戴上它干活儿远没有那么方便，林菲翔喘着粗气，小心翼翼地把信号弹发射装置的支架打开，从身上拿出一枚装满了磁粉的特制"炮弹"；往弹仓塞的时候，差了点角度，他想调整一下，结果失手了；那枚"炮弹"滑落，顺着飞机的机翼向后飘去，林菲翔伸手去抓，没抓到，只能眼看着那枚"炮弹"飘向太空……

林菲翔又拿了一枚"炮弹"出来，继续装填。动作虽然很简单，但是已经让林菲翔的脑门上沁出汗珠。终于，他闭上弹仓门，往机翼中段飘去——那里，是发现蓝光的地方。

"随时给我方位！"林菲翔向杨炳坤报告。

"收到。"杨炳坤回答林菲翔。

在太空使用火药是极其危险的，巨大的后坐力和爆炸产生的残渣完全可以要了一个人的命。林菲翔在机翼中部加挂了一个固定环，两次跳跃已经到了机翼的中段，他相信，那个暗夜的"幽灵"肯定就在附近看着自己。他像是一个单刀赴会的英雄，把信号弹发射装置杵在机翼上，做好了发射准备。

没有任何发现，林菲翔环顾四周，脑子转得比眼睛更快：它到底藏在哪个地方？会从哪个地方出现？

同一时刻，身在战场的周子薇准备返航了。那两艘破烂不堪的飞船已经被彻底击成碎片，虽然刚才发现了疑似不明空情，但看起来一时半会儿也找不到目标，刚才的中子弹也没炸出来什么东西，而耳机里的通信表明母舰的情况已经非常紧急。或许这是敌人声东击西的战术，现在回到母舰上，与鸢鸟002共进退，才是最明智的抉择。

"集合，双楔队返回。"周子薇下达了命令，各个小组收到命令之后，迅速向周子薇靠拢。在这短暂的集合时间里，周子薇越想越不对：刚才那缕淡蓝色的光绝对是实物，而不是幻觉，杨炳坤的无线电也不是闲来无事的随口提醒！

如果我是那个"幽灵"，我现在会在哪儿隐藏？

太空人林菲翔此刻和周子薇一样的想法，设身处地地想，如果自己是那个"幽灵"，具备隐身能力，看到一个其他文明的产物，我会如何观察对方？监视对方？

头顶！周子薇这么想。

林菲翔也这么想！

林菲翔又环顾了一下四周，他没抬头，手却默默调好了信号弹发射器的角度：直立！这是极其危险的，航天服根本没有防弹能力，这种行为极有可能导致他把自己的命丢在这里。但是林菲翔还是毅然决然地偷偷做好了一切，只待扣动扳机。即使站在他身边，也察觉不到他隐蔽的动作。

林菲翔没瞄准，只是脑袋稍微一侧，就冲着自己头顶的方向扣动了扳机！这是近似于自杀的行为！那个"幽灵"应该就在自己的头顶！林菲翔很有把握。

太空中的爆炸和地球不一样，没有声音，但是炮口火焰更大。毕竟是 30 毫米的口径，产生的后坐力惊人，发射装置从机翼上弹起来，抓着它的林菲翔被一同带起来，剧烈的震动使得林菲翔差点脱手。林菲翔斜着躺倒，双手像是被重锤砸过一样的疼，他猛拉了一把安全绳，稳住身体，另一只手打开了发射装置的弹舱，趁着身体还在飘浮的空档，又装了一枚信号弹。

雷达显示器上果然出现了目标，由于距离太近，鸢鸟002上又是一通猛烈的告警，视频侦测装置也传回了图像——两条断续的线，应该是磁粉黏附在"幽灵"的下表面的某个线条上了。"射击！"杨炳坤的口令随即就到了，几束激光炮在林菲翔的头顶交叉，扫射……红色的激光映红了林菲翔的面罩，强烈的光照使得林菲翔出现短暂失明。

"干得好！"杨炳坤兴奋地大叫！整个鸢鸟002上的人都被杨炳坤的这句话带动起情绪来，从原本的无从下手，到现在的打不着，虽然结果是一样的，但是，能够发现这个"幽灵"，是个重大的突破。"干得好……干得好……林菲翔……"杨炳坤甚至忘了松开通信按钮，他专注地盯着那架"幽灵"的动向，整个鸢鸟002的通信器里都是杨炳坤紧张又兴奋地自语……

林菲翔下意识地揉眼睛，航天服的面罩挡住了厚厚的手套，他只能一边收听着杨炳坤的位置通报，一边使劲眨眼睛，以期更快地恢复视力。林菲翔的航天服右臂装有一个小型的显示器，那个微弱的反射点在显示器上不断跳动。林菲翔紧盯着显示器，不断调整着发射装置的发射方向。那"幽灵"的机动能力确实很强，专找鸢鸟002的射击死角钻，几门激光炮总是找不到合适的射击位置，附着在它身上的磁粉消失得很快，再等下去，它又要隐匿在漆黑的宇宙里！

来了！林菲翔心里默念。那个"幽灵"正要贴着鸢鸟002的外表面再逛一次，这简直是对人类赤裸裸的羞辱，看它躲避激光炮的路线，极有可能从自己的前方穿越，可不能错过这次机会了。电光石火之间，林菲翔直接跃起，一下跳起几米高，调转了炮口，在那"幽灵"转弯的空档，毫不犹豫地开炮。炮口喷出的磁粉像天女散花一样，随着炮口的火焰闪了一下，随即又消失不见……

林菲翔的身体本来就没平衡好，发射器也没固定在机翼上，这一炮的后坐力对于一个只穿着航天服的人来说，过于巨大。发射器一下子从他的手里崩飞，撞击在鸢鸟002的机翼上，深深地插了进去，只留出了三十几厘米在机翼之上。林菲翔在巨大的冲击之下昏厥了，人向后横着飞去，拴在他腰间的保险绳在这一瞬间被绷得笔直，他的四肢像是甩出去的四条鞭子般重重地撞在一起。随即，他的身体又被保险绳拽回来，这一拖拽之下，他竟然毫无反应，他的四肢像是脱离了身体。如果安全绳的质量差一点点，他就可能被抛向宇宙，消失在茫茫的太空里……

林菲翔的身体飘在鸢鸟002机翼的上方，像一朵凋零在暴风雨中的花，脆弱又无助。

4

如果鸢鸟002上方的"幽灵"是周子薇，杨炳坤可以理解，因为她对鸢鸟太了解了。所有武器都有薄弱点，只要详细地掌握

了这些薄弱点，总有一条可以规避所有危险的"路"。这条路可能会很窄，很曲折，但是这条路理论上是存在的。

鸢鸟不是高机动类型的舰艇，为了更好地做好保障工作，很多地方的设计都有让步。眼前这个监视自己的"幽灵"，就找到了这条"路"，让它明明被看到了却不会被打着。幸运的是它没有发动进攻，它如果动手，后果不言而喻。尽管如此，这"幽灵"还是带给鸢鸟上的所有人极大的羞辱。

在林菲翔的第二炮之后，这"幽灵"身上又多显出了几根线条。林菲翔正好击中了它的一个角，根据这个因探伤磁粉显露的痕迹，甚至能看出这个角的轮廓。眼看着林菲翔玩命取得的战果，就这么在自己眼前消耗，杨炳坤不甘心，他操纵飞船向上竖直运动，这样可以改变激光炮的射击角度，也可以撞向那"幽

灵"。指挥室的人都明白杨炳坤的想法，都抓紧了眼前的装备，等待那一下可能马上到来的猛烈撞击。

这个机动动作对林菲翔很不友好，靠着一根绳索，悬浮在机翼上的林菲翔重重地撞向机翼。周子薇那里也遇到了同样的问题。周子薇下达了返航的命令后，自己却猛地把动力系统开到最大，操纵着重明-2做了一个垂直机动，机头在一瞬间猛地一下从向前转为向上，同时激光炮火力全开。

果然，那"幽灵"刚刚就在她的头顶。靠着隐身技术，它无视宇宙规则和人类的武器，倒飞、反扣在周子薇的上方，观察着周子薇的一举一动，察看着周子薇座舱里的设备，窃听着她的通信……从周子薇到达那个可疑点，它就保持着这种状态。

机头对向自己，各种武器顶着脑门的感觉最可怕。"幽灵"的反应也很快，瞬间机动，可惜还是晚了。

或许是因为开启双隐身的它无法同时开启力场保护，周子薇的激光炮将那"幽灵"击穿了一个洞。激光燃透了金属，洞边缘的金属还在呈现红色，在漆黑的宇宙里很显眼。那是金属熔化之后因高温留下的一个光圈，虽然只有二三十厘米的直径，但是在黑暗的宇宙里，已经是很明显的目标了。周子薇随即下令："追击！歼灭它！"

这里的温度非常低，那燃烧的光圈支撑不了多少时间。

钢索旅的成员心照不宣，不需多余的指挥，各自机动寻找有利位置，火力全开，趁着那个光圈还没熄灭，朝着它就打过去。

爆炸式杀伤靠的是动能碎片，激光炮靠的光和热的毁伤。当钢索旅的所有火力聚集在一个"焦点"，这个点当时承受的基本上是代表了人类文明最高性能的武器造成的最狠的毁伤效果。

战斗部^①全部绽开，有钢珠，有碎片，有连杆，再加上各种激光武器耀眼的光芒，这次攻击就像是一朵巨大的焰火。可惜太空里没有声波，要不，在场的人都能感受到另一种震撼。

令钢索旅没想到的是，完美的攻击并没有达到大家预想的效果！那"幽灵"竟然溜了，雷达无效，视频侦察无效，视觉无效……

面对一个全隐身的敌人，周子薇凭借对敌情的判断，竟然确定了目标位置，在这种情况下发动攻击，还击伤了对方，这是一个奇迹！那"幽灵"在钢索旅火力全开、全体攻击之下竟然能够逃走，是另一个奇迹。

现实就是这么残酷。当人类满足于自我的科技水平，沉浸在国家与国家之间纷争的时候，只要略微发展得高些的文明，或者说只是科技树与人类略有一些不同的文明，就能把人类的那点自尊心击得粉碎。那是写在黑板上，被教鞭敲得梆梆作响的重点——记住！你是井底之蛙！

裂隙文明的水平比人类文明的水平高太多了！

和周子薇同样感触的不仅仅是杨炳坤，还有王东升。他身为地球联合军参谋长，立刻明白了自己将要面对多大的难题。所有空天军都从通信里知道周子薇的钢索旅干了什么，杨炳坤的鸢鸟002上有几个英雄，他们正在经历什么，他们应当受到钦佩，所有的空天军战士都在默默为他们祝福。

"钢索旅和鸢鸟002会合，马上返航！"王东升宣布完命令之后，就联系地球安全保卫部门，马上召开紧急会议。他还有一

---

① 是弹药或者导弹中用于毁伤目标或完成特定战斗任务的核心部分。

件大事要办，事情"大"的程度不亚于钢索旅面对的这次侦察。

是时候给赫耳墨斯之徒一个说法了。

赫耳墨斯之徒是地球上一个邪教组织，他们在 11 年前秘密成立，发展迅速。他们以古希腊神话中掌管商业之神赫耳墨斯为名，宣扬今年外星人会到来，对方实力强大，人类文明无法与之抗衡，只有坚信"贸易胜于一切"，给其所需，换我所需，才能获得和平与救赎。

本来王东升就为拾荒者的那句话"无预警的侦察等于宣战！"感到焦虑。这个组织加重了王东升的焦虑。

如果这种侦察是宣战，那么裂隙人已经宣战了，他们的到来和宣战是外部问题，这是摆在桌面上的问题，更可怕的是隐藏的内部问题——地球和火星基地遍布赫耳墨斯之徒，即将到来的战争里，他们将会对战争起巨大的负面作用。

王东升非常了解这群乌合之众是如何出现的：李钧的谈话内容被内部人员泄露；然后别有用心的人拿着谈话内容制造恐慌感；再把大众的集体恐慌汇集在一起，以夸大恐慌；最后，以营造救赎条件为前提，拉拢"恐慌症患者"和不明真相的人加入组织。

面对赫耳墨斯之徒的组织规模不断扩大，组织成员的不断扩充，和王东升一样的有识之士无法理解这一现象，并陷入这样的困惑：文明为何没有与科技同样进步？人类科技发展到如此程度，他们却搬出来古希腊的赫耳墨斯。

王东升需要想的太多了，但现在不是思考这个组织为什么能壮大到如此地步的好时候，更要紧的是想想怎么处理。他知道宣布赫耳墨斯之徒为非法组织的后果。经过多年的发展，赫耳墨斯之徒已经发展成为一个过于庞大的群体，它的成员中既有政治精英、金融界领袖，也有流氓地痞、流浪汉，更跨越了种族和国界。据不完全统计，加上火星基地的教徒，他们的总人数已经接近两亿。如果不控制住他们，他们绝对会利用这次战斗制造恐慌，更会为地球联合军以后的决策制造障碍。

必须在赫耳墨斯之徒动手之前先发制人！王东升的命令随即下达：不剪切地播放周子薇钢索旅的 21 秒攻击视频，向民众宣布，地球联合军已经击伤了裂隙人的隐身侦察舰；同时向裂隙文明发送警告，太阳系是属于人类的，他们的行为已经是侵略行径，人类珍爱和平，遵守宇宙秩序，欢迎外星人现身谈判，而不是隐身做一些见不得人的事，人类不主动挑起战争，但是为了权利和荣誉，不惜一战。

命令一个接一个传下去，王东升长舒了一口气，刚闭上眼、思考还有什么要做的，一个参谋就打断了王东升的思索，向他报告："参谋长，火星基地可以达成通信条件。"

"那就来吧！"王东升说道，他看通信还没有建立起来，就嘱咐身边的另一个参谋：提高地球联合军的战备状态，全军进入二级战备，随时准备应对任何方位的来袭；战略、战术研究机构根据钢索旅和鸢鸟 002 的作战情况，尽快拿出研判结果和应对措施；保障杨炳坤的鸢鸟 002 尽快返航，并通知鸢鸟 002 和钢索旅的战士对刚刚经历的一切事情严格保密，所有的解释权归地球联合军指挥部；就近尽快派出支援兵力，掩护他们；各类伤员，尤其那个出舱的林菲翔一定要得到最好的救治……

大事必须得经历过大事的人来决定，和王东升同样职务和责任的人，还有一个，那就是火星基地参谋长哈特曼。在火星绕过太阳的时间里，他睡了一个好觉。当哈特曼走进火星基地指挥室的时候，王东升已经发布了更多的命令。

5

地球联合军和火星基地开始建立加密通信的时候，鸢鸟002上正在进行两件事：接钢索旅回来，尽力抢救林菲翔。

打完第二炮之后，由于巨大的拉拽，林菲翔就已经处于昏迷状态；杨炳坤驾驶鸢鸟002机动之后，林菲翔又和机翼出现了多次撞击。这导致他的身体多处骨折，头部、肝脏和胰腺受了伤，幸运的是没有出血。这些内脏创伤在以前的时代是非常可怕的，因为内脏创伤有一定的隐蔽性，病人可能几天都没有症状，可症状一旦发生，就很有可能要了这个人的生命，而现在的医疗技术可以从根本上解决这些问题。

作为一艘运输保障舰，尤其是为身体特殊的钢索旅成员提供保障，鸢鸟002上当然配备有代表人类最高诊疗水平的设备。躺在诊疗舱里的林菲翔四肢都插着管路，一些管路负责注射纳米机器人，另一些管路则负责回收。它们随着血液流动，第一种纳米机器人流遍林菲翔全身的每一条血管，并且传递造影给终端，供终端诊断内伤的位置、程度，确定治疗方案，随后另一种负责缝合的纳米机器人被注射进血液，它们根据造影和终端的指示，寻找器官的破损面并伸出触手牢牢固定在上面，当聚集起来的机器人足够产生缝合创面的拉力，所有机器人就一起用力，对破损的器官进行缝合，进行人体内部无创治疗。骨折手术则是完全交给诊疗舱，机械臂的动作模拟最高超的骨科大夫，在林菲翔的皮肤上打孔，插入机械手，为他清理碎骨，对脱臼部位进行复位，接续断骨。饶是动用如此高水平的医疗设备，林菲翔的骨科手术还是持续了六个多小时。

最难治疗的是颅脑损伤。人的大脑是个极为精密的部件，迄今为止的现代科学只是揭开了神秘的井盖，井有多深，科学家也不得而知。因头部撞击，导致林菲翔的中枢神经有受损的迹象，医疗组的专家正在医疗设备的支持下，紧张地对他展开治疗。

整个鸢鸟 002 上的成员情绪都很低迷，因为大家都很喜欢林菲翔，他是一位技术精湛的机械师，是鸢鸟 002 上的"主持人"，一个乐观的、能够让人走出悲伤的人。他的乐观、他的正能量、他对生活的热爱始终影响着鸢鸟 002 上的人，大家都打心眼里喜欢这位年轻的机械师。今天林菲翔在机翼上做出了英雄举动，他的勇敢和智慧更是感动了每一个人。他成了所有人的英雄，而英雄不应该就此陨落。在做了所有的抢救之后，林菲翔还是处于昏迷状态，幸好医疗组信心满满，他们认为林菲翔的昏迷不是问题，他会醒过来的。

战斗时刻，一个合格的战士，应该让打赢的信念装满脑子，理智和情感是被压抑的。战斗结束后，理智、情感所占的比例才能恢复正常。杨炳坤就是这样一位战士。

之前的危急情况下，杨炳坤可以不问缘由，果断下达"可以出舱"的命令，他给林菲翔最大的信任。因为他知道作为靠谱的战友、并肩作战的兄弟，林菲翔那时出舱肯定是有自己的想法。他如果贪生怕死，去的地方应该是保密设备的仓库，而不是站在机翼上。毕竟前一种是"铁包肉"，后一种是"肉包铁"。他也可以为了抓住战机，获取关键情报，在明知林菲翔仍飘在机翼上的情况下，指挥舰艇做超过性能包线的机动。现在，当战斗结束，杨炳坤站在诊疗舱的窗外看着里面的救治现场，深感愧疚。

"可以出舱！"第一次听见这四字命令的中国军人，是2008年9月27日的航天员翟志刚，那是中国人第一次太空漫步。第一次和这一次，都有同样重要的意义。能够在紧急情况下做出这种抉择的林菲翔是英雄；敢于承担责任，用最短时间做出最正确判断的杨炳坤也是英雄。

周子薇已经在鸢鸟002上着舰，遗憾的是她无法去看望正在手术的林菲翔。因为她现在还不能离开座舱，她正在补充弹药和燃料，支援部队到达之前，她和钢索旅还要继续担负战备任务，以应对裂隙人有可能做出的任何危险举动。周子薇看着眼前的"伯劳"出神。猛烈地撞击、中枢神经受损……周子薇暗自祈祷林菲翔不要出现和自己一样的情况，同时做好了最坏的打算——如果林菲翔将来和自己一样，那就准备一条"欢迎林菲翔加入钢索旅"的电子条幅。周子薇看看时间和态势，最近的支援小队将在40分钟之后到达，到时候，就可以去看看这个勇敢的小伙子。

鸢鸟002正在以最快的速度向着地球和火星基地的中间点飞去，到达航线K点之后，他们将转向地球。确定中间关照点，靠近逃逸点，然后留给他们一个机动时刻，在合适的时机脱离航线。这种航行方式明显不是消灭敌人后该用的凯旋方式，更像是逃生。

时间一分一秒过去，周子薇坐着，杨炳坤站着，林菲翔躺着……鸢鸟002上除了周子薇和杨炳坤还有很多人，但是，所有人都尽力避开这两个人：他们正在承受巨大的痛苦，旁人无法分担，谈何参与。在等待支援的时间里，这两个人身处不同的舱室，都成了孤独的人。

当王东升把钢索旅的视频向全世界公布，所有观看战斗视频的人类都在为钢索旅的又一次胜利欢呼。一时间地球联合军掌控了舆论的方向，让所有人都认为他们有保护自己的能力，有制胜的法宝……但是这无法消除王东升内心的忧虑。

王东升的参谋部对于迎接鸢鸟002返航的任务相当重视，其他在太空巡逻的战友，也都心照不宣地向他们的返航路线靠拢。正因如此，在火星到地球的航线上，已经聚集了可以打一场中等规模战役的兵力，近距离保护鸢鸟002的舰队也终于在规定时间里到位了。

从舷窗看出去，每一艘新加入护航的舰艇都闪烁着航行灯——那是空天军互相致敬的方式——不一会儿就成了蔚为壮观的景象。

看着窗外的杨炳坤感慨：人类太久没打过像样的仗了，一个小小的"胜利"，就让大家激动不已，在不远的未来，如果这样的不明飞行物大批量杀到，真不知道如何招架。

当最后一架护航战机到达指定位置，杨炳坤终于给钢索旅下达了命令："钢索旅解除一级战备，转为三级战备，所有人下舰休息。"听到命令的周子薇这才把目光从眼前的"伯劳"上转移开来，她看着机舱外，机械师们正涌进停机舱，打开重明-2的舱盖，接钢索旅的战士。直到这一刻，周子薇才从紧张状态跳出来，她的眼睛终于能合上一会儿了。

周子薇刚从重明-2上被卸载下来，杨炳坤就赶到了。他把"伯劳"放在她的胸前，亲自推着她，一起向诊疗舱走去。

杨炳坤安慰周子薇："别担心，医疗组说他会醒过来的。目前看来，他的昏迷是因为疼痛引发了大脑的自我保护机制。现在他的伤都处理好了，他应该快醒了。"

看到杨炳坤紧皱的眉头，周子薇知道他的想法，反过来安慰杨炳坤："你不要过于自责，这是战斗，你当时的选择是对的。"说完这句话，两人一时无语了。在转过一个弯后，是一条长长的走廊，这时候，周子薇的精神放松了很多，这时候，"伯劳"竟自己哼起歌来。周子薇和杨炳坤都是一惊，尤其是周子薇，因为她并没有想哼歌。愣了一会儿后他们反应过来，这肯定是林菲翔这个调皮鬼给"伯劳"升级的新功能，上次他说他俩无趣。想想确实挺无趣的，除了工作之外，两个人的交流更像是机械程式。这个小惊喜，使得她想更早一点看到林菲翔。

诊疗舱是密闭的，杨炳坤调整周子薇的墨影，把周子薇升到与诊疗舱窗户同高的位置。隔着窗户往里看，只见林菲翔的身上插了几根管路，周边有不少监测仪器；他旁边的荧幕显示，他的各项生命指标都是正常状态，他的脑电波也是正常范围的德尔塔波，这代表着他正进行着修复性的深度睡眠。

周子薇终于长叹了一口气："小伙子，早点醒来吧……"

两个人在林菲翔的窗外站了许久，就像一对父母看着自己的孩子。"伯劳"突然哼起了摇篮曲，周子薇哭笑不得，轻声对杨炳坤说道："咱们回去吧。这个林菲翔，等他睡醒了，我得好好说说他。"

到了杨炳坤的宿舍，阳光从舷窗里照进来，整个房间充满了暖色调的光。飞船已经接近了 K 点，很快就要转向了。

两个人沉默了一会儿，周子薇提议："咱们唱首歌吧。""伯劳"这次没有自作主张，唱歌这个提议确确实实是周子薇想到的。

"好。"杨炳坤去墙上取一把木吉他，那吉他有些年头了。现在的吉他很小，一只手就可以拿住，弹拨的"弦"都是全息投影的。杨炳坤仍然保留着木吉他，因为他特别喜欢以前的人怀抱吉他时表现出的文艺范儿，而且他觉得没有琴弦的震动、音箱的共鸣，即便电子音模拟得再真实，也不能充分地传情达意。

"只有这个时候，你我才是属于彼此的。"杨炳坤对周子薇说道。

杨炳坤转身坐在桌子上，拨了几下弦，调一下音，向周子薇伸出手，做了一个"请"的姿势。周子薇含笑眨眼表示准备好了。杨炳坤左手手指按好吉他弦，右手向下一挥，二人很有默契地唱起《相恋》。那是二人刚刚相恋时合作的一首歌，杨炳坤作的词，周子薇谱的曲。

越过江，越过层层的山峦，我愿意飞到你身边。我再不离去，即使你是块顽石，我也要住进你的心间。你有北方凛冽的风，我有前往的红马。我若有羽翼，你就是蓝天。

越过江，越过层层的山峦，我已经飞到你身边。我再不离去，即使你是块顽石，我已经住进你的心间。你有面朝大海的窗子，我是敲打玻璃的雨点。我若有羽翼，你就是蓝天。

随着歌声，两人的目光变得愈发深情……

6

由于外星人入侵的缘故，当下人类的一切都围绕着备战和战争展开，因此地球联合军的权力已经高于政府，所以地球联合军参谋长完全可以组织取缔赫耳墨斯之徒的行动。

实际情况却没这么简单。当下，王东升如果宣布赫耳墨斯之徒是非法组织并要取缔它，那么昔日战友哈特曼有可能是一个很大的阻碍，王东升严重怀疑哈特曼加入了这一组织，即使没加入，他的所作所为，也是支持这个组织的。

王东升在很长一段时间里都一直不满意火星基地的消极态度，清剿天蛾之后，火星基地的很多决策他都无法理解，这与哈特曼有极大关系。因为他和哈特曼曾经并肩作战过很长一段时间，可以说太阳系能维持平静到现在，和这两个人的付出是密不可分的。在清剿天蛾的时候，哈特曼带领火星基地向着太阳系外围进行清剿工作，火星轨道以内的清剿工作由王东升负责。他们俩带领的队伍密切配合，像追逐猎物的狼群，将整个太阳系的环境"整理"得井井有条，就连运输舰都可以在无护航的情况下穿行于太阳系的任何角落。

即便后来火星基地的所作所为证实了王东升对于他们的猜测，他也始终对老战友抱着一丝期待。

对裂隙人入侵的态度，"火星人"和地球上的人类完全不一样，他们想的不是奋力抵抗，而是自身的生存与利益，所以他们根本不判断裂隙人是"邪"还是"正"。只要生存受到威胁，利益得不到保证，他们就有极大可能做出投机举动。

此时，王东升不禁又想起他们在并肩作战的时候。王东升很钦佩从前那个靠谱而严谨的哈特曼·冯，他富有理性思维，他总是对德国的历史进行不断总结，也经常和王东升分享自己的心得体会，王东升清楚地记得这些问题：二战时期德国发动战争的错误；两次世界大战德国两线作战的问题；未来和平组织的创建与加入……不可否认的是哈特曼对于这些问题的认识很客观，也很深刻……总而言之，当时的他和很多始终坚持拿"钱"才能办事的"火星人"不一样。

保密参谋告诉王东升，通信已经连接，他可以和哈特曼直接通话了。

王东升从思索中回到现实。"人都是会变的。"王东升自言自语地说道，他没办法再想下去了，然后无奈地摇头。负责通信的保密参谋听到王东升这句话，瞬间一愣，王东升连忙笑着摆手道："不是说你。"

通信建立起来，两个老战友并不寒暄，微笑，已经是他们熟悉的、最热烈的招呼。

王东升直接提出钢索旅遇到的情况，印证了宇宙拾荒者的预言：这次遇到的情况绝对不是善意的，他们的意图很明显，暗度陈仓——派出两个明的，吸引我方兵力，再派出暗的，根据攻击效果，侦察我方实力。王东升表示地球联合军希望火星基地能够依据自己的有利位置，合理安排兵力部署，组建几道防线，承担起保卫地球的责任。王东升还特别提出，在小行星带上，布置一支"轻骑兵"，绝对可以起到事半功倍的效果。

哈特曼一直听着王东升的分析，在王东升讲完地球联合军的诉求之后，却连一句实质性的表态也没有，只说了一句冠冕堂皇的话："不管需要火星基地怎样的帮助，我们都会全力以赴。"

王东升瞬间意识到：哈特曼确实变了。如果是以前的哈特曼，他对于这些问题会提出相应的解决方案，非常具体，他会表达他的看法，对类似问题进行总结。

这种非常官方、挑不出任何毛病又不负任何责任的话，不应该出自那时的哈特曼之口。

聊的时间不短，但哈特曼在大多数时候是沉默的，王东升甚至怀疑眼前这个哈特曼是不是火星基地用 AI 全息影像做的幻影，于是又问了哈特曼一个私人的问题："老战友，如果还是我们两个，再遇到上一次的天蛾围攻，你是继续战斗还是逃走？"

王东升说的围攻，是十几年前他和哈特曼遇到的困境。天蛾主动结群，围攻落单的哈特曼，王东升紧急救援，冒着生命危险救下了他。当时王东升赶到的时候，看到哈特曼孤身一人与几十架天蛾作战。虽然实力悬殊，但是他没有逃跑，勇于面对。王东升对哈特曼的好感就是从那场战斗开始的。

万万没想到，哈特曼毫不思索地回答道："再遇到那种情况，我会及时规避而不是坚持战斗，我们更需要理智地思考和行动。"

哈特曼此话一出，两人一时又陷入了沉默。最后王东升无奈地说道："我的老朋友，你果真 60 岁了……"哈特曼没回答，笑着挥挥手，断了通信。

王东升指示保密参谋："今天的保密谈话纪要，最后一条记载：地球联合军参谋长王东升认为，在不远时间内，如果与外星发生中小规模战争，火星基地不会给地球任何实质性援助；若发生大规模战争，火星基地有可能逃离战场，甚至撤离太阳系。"

这个谈话纪要，估计很多相关人员要听，王东升在最后加上自己的判断，就是为了向地球上所有的国家吹响哨子。保密参谋听一边记录王东升的总结，一边疑惑：获得地球这么多援助，一直以来被认为是人类的"太空堡垒",被寄予厚望的火星基地会做出这样的事来吗?

王东升走进指挥所:"准备飞机,西藏林芝机场,20 分钟后出发。"他抬头看了一眼荧幕上的态势图,显示鸢鸟 002 还有两个小时进入大气层,他对身边的参谋说道:"通知杨炳坤和钢索旅,着陆地在林芝,我要见他们。"

王东升自去准备,值班的参谋通知鸢鸟 002,还通知了林芝基地的负责人付大全。

第三章　刺向天空的矛

1

鸢鸟 002 马上就要进入大气层，舰上所有人都在自己的位置上，系好了安全带，做好了可能颠簸的准备。这时杨炳坤、周子薇及昏迷的林菲翔三人都接到了一条私人加密通信：欢迎老朋友！

杨炳坤和周子薇看到付大全发来的信息，想到这个许久未见的老朋友，两个人心里都挺兴奋的。

天行者付大全是个传奇，他是第一代"墨影计划"的试飞员，是实验"人脑—战机 AI 互联"的先驱。周子薇的实验就是以他的实验结论为基础，进行第二代改进的成果。非常不幸的是两个人都遭遇了意外，周子薇是倒在了最后一步，而付大全的事故则发生在人脑和电脑互联的初始阶段。由于脑神经超负荷，强大的电流把付大全的神经系统搞得一团糟，他的大脑神经元有部分被烧坏了，以致于他会时不时地出现癫痫和抽搐，经常会出现语言障碍和行动失调，此外，就是如影随形的头疼和失眠。之所以说他是个传奇，是因为事故之后，所有人——包括王东升——都认为付大全即将退出现役，找个疗养院度过余生。让所有人都没想到，付大全竟然通过超人的毅力，通过了中国航空工业集团严苛的考试和测试，成为一名优秀的工程师。他本来就是一名优秀的天行者，成为工程师后更是在结合自己试飞经验的基础上，完成了"墨影计划"的全进阶理论设计，并且，他是"墨影计划"实施阶段的总指挥。

没有人知道付大全吃了多少苦，经历了多少磨难。他不仅仅是第一个吃螃蟹的人，还是把螃蟹做出各种吃法的人，周子薇在第二代的互联实验上每取得一个成果，付大全的肩章上都会加一颗星。现在他已经淡出了"墨影计划"，加入了另外一个秘密的工程。这一刻，付大全正陪同王东升在检查这个秘密工程的进度。

"好久没见了，你的棋艺又长进了吧，我现在是没有时间杀一盘了。"王东升笑着递给付大全一副围棋，"上好的云子 ①，先放在你这里，等我退休了天天来找你下。"

付大全接过围棋，笑着说道："我也是没时间，工程滞后，哪有那个心思啊。"

这是一条漫长的地下甬道，里面到处都是管路和设备。王东升几人乘坐通勤车在里面快速地行驶，付大全不时指挥司机在一些耳房前停下，向王东升解释设备的作用和进展。一圈下来，王东升发现工程进度确实严重滞后。他脸色铁青，拉过付大全到偏僻处，讲了自己对火星基地的判断。顿时，付大全的脸色也不好看了，他的法令纹止不住地抽搐。

王东升说道："这些问题不能怪你，'长矛工程'本来就是火星基地和地球联合军共同研发的项目，对他们的无私援助是母星分内的事，只不过我没想到他们能够如此的无下限。当下最

---

① 产于云南的围棋子。

紧迫的任务，是在全球搜集所需物资，以保证工程取得最快的进展。物资的事情，我来解决，你当下的任务是先建设出来一条轨道，能打、能发射就行。眼下这种形势，只能有什么粮，先做什么饭了。"

付大全咬着牙说道："保证完成任务！听了您的话，我觉得乔治八世有问题。"

王东升问道："因为哈特曼的关系吗？"

付大全说道："不，是物资分配。稀有的金属化合物、新型金属，我们只得到了很小一部分，而根据时间来推算，火星基地上屯的物资应该足够建设多条轨道了。还有，我们这里的建造进度，他可以预估出来。同理，火星基地到底有没有把物资挪作他用，工程有没有建造，如果建造了，进度如何……这些事情我们不知道，但乔治八世肯定知道，他肯定对我们隐瞒了实情。"

付大全负责的这个工程，是非常庞大的，不亚于太空工厂的建造。这个工程成本高昂，对资金和物资的需求量简直是个天文数字。最后，工程指挥部在各种研判和计算之后，发现这种工程量，只有和火星基地合作才能完成，而且还需要世界上顶级财阀的支持。

在得到王东升的计划书之后，哈特曼便向地球联合军推荐了世界首富乔治八世。乔治八世确实是一个合适的人选。他实力确实雄厚，太空工厂的建成，就与他的支持密不可分。他的集团主营的是矿石开采和冶炼，全太阳系能开矿的地方他都有矿场，加上他当时的态度非常诚恳，这一系列的条件使他成为整个工程中唯一的私人合作方。在他的支持下，工程早期的进度基本上也都如期进行了。

王东升说道："这是我们最后的撒手锏，你觉得我们有没有必要把这个秘密工程公开？"

付大全说道："我觉得有必要。现在形势不明，只有拿出我们的诚意，才能号召地球和火星上所有和我们一样想法的人加入进来，而且，解密之后，人员的加入能够有效加快工程进度。"

王东升笑着说道："你的想法和我的基本一致。我们一旦宣布就等于把火星基地干的事公之于众，再把物资的事情顺便提一提，火星基地怎么着也得给地球上的人一个交代，到时候有良知的人都会帮我们寻找'丢失'的物资"。

2

"回家就是不一样，简直是资讯的狂欢……"杨炳坤无奈地摇头，随手关掉了嘈杂的无线电，只保留了舰内通话和军用频道。

自从他们穿越大气层，就像在寂静的街道上推开了夜店的大门，各种官方资讯、无线电爱好者的问候、其他空天军的对话……一时间涌满了各个频道，他们就像是超级明星走进了拥挤的菜市场，到处都是喝彩。

周子薇却很享受这种嘈杂。她不停地转换频道，这些通信反而让她有种轻松的感觉，甚至让她心里生出来一些自豪感。一直以来，她都不是爱热闹的人，但这次这么做，或许是因为她孤独太久了。

与此同时，各大官方媒体都在用不同的语言报道位于中国西藏林芝市的"长矛工程"。林芝是杨炳坤和周子薇的目的地，周子薇知道此行的目的肯定与这个"长矛工程"有关，于是她转到了正在"长矛工程"所在地报道的频道，她想提前了解一下这个让付大全消失了两三年的工程。报道中，记者的背景是一个巨大山洞的入口，两扇巨大无比的铁门紧闭着，不知道里面藏着什么核心机密。

记者面对镜头，凛冽的山风把她吹得几乎站不稳，她手拿一个显示器，语速很急地读着上面的文字："日前，位于我国西藏林芝的'长矛工程'正在进行第一阶段竣工验收程序。'长矛工程'是地球联合军和火星基地联合设计、分别在地球和火星建设的基础工程。据悉，地球的'长矛工程'完工总周期为三年零四个月，目前已完成工程总量的97%。'长矛工程'竣工后，将对地球和火星的航天器投送发挥重要作用。作为人类有史以来最大的电磁工程，'长矛工程'将满足军方设计标准和民用航天需求，不久之后，就可以投入运行。'长矛工程'建成后将为地球和火星基地的物资运输节省大量成本，也能为地球和月球之间的物理直连奠定基础。

那个记者在现场拦住了一个匆匆走过的女士。这位女士看起来只有二十几岁，穿着的工程部制服上却挂着"副总指挥"的身份牌。那女青年似乎不想接受采访，径直往前走，记者没看到其他工作人员，职业操守逼着她追了上去，边跑边说道："下面，我们采访一下现场的工作人员。"

记者："您好，您能给观众介绍一下地球'长矛工程'的具体情况吗？"

"抱歉，我不能介绍。"出乎所有人意料，这个女青年直接拒绝了记者。她边走边说，脸上始终是蒙娜丽莎式的微笑："所有能说的，官方都转告给媒体记者了，在官方发布新的消息之前，仍以那些消息为准。"

"你们公布了这个工程，却对工程的具体情况保密，那你们工程部的做法……你们这么做相当于拿走了本属于民众的那份资源，却不告诉民众资源用到哪儿去了。"

"会有结果的，应该很快了。"那个女青年一步没停，径直走开了。

记者无奈地对观众说道："由于地球上的'长矛工程'保密，请关注我们下一步对火星'长矛工程'的跟进报道。据悉，火星上的'长矛工程'造价是地球工程的几十倍……"

画面背景里，那个拒绝接受采访的女青年的背影越走越远。记者不认识那个女青年，但鸢鸟002上的很多人都认识。她叫李轩婉，是AI智能互联的工程师，是付大全的学生，也是钢索旅的老朋友。

周子薇关掉了显示器，作为一个军人，她在这方面有独特的敏感性，她知道王东升公开"长矛工程"的目的，他这么做不只是为了振奋人心，还是在进行一场无声的演习。炫耀武力和保持机密，这两个突出的要点透露了后者。那几个关键词，"电磁工程""有史以来最大""军方标准"，还有更突出的关键词——李轩婉！这"长矛"，正如其名字，不是运送物资的器械，绝对是件武器！

王东升正在"长矛工程"的指挥部里与各国领导人建立加密视频链接，准备召开紧急会议。实在令人无法想象，各国政要竟然都悉数到场了，这种情况在近几年是罕见的。以往很多国家领导人都竭力避开会议，以自己没出席为借口，把本该自己承担的责任踢给地球联合军指挥部；事情结束后，又以结果没达到自己的预期作为秋后算账的借口。

这次会议不一样的原因来自 11 年前的另一场会议。在 11 年前，"拾荒者预言"传达到地球的时候，地球上所有国家召开会议，在中国的倡导之下，建立"全人类合作计划"组织，地球上所有的国家联合起来，资源共享，以提高抵御风险的能力，应对未知的风险。当时的会议除了制定"全人类合作计划"的章程，还通过了一项决议：外星敌对势力进入太阳系的时刻，就是触发"全人类合作计划"运行的时刻。现在外星敌对势力已经现身，在这个背景下召开的这次会议太重要了。它要探讨的利益是全人类的利益，要保障的生存是全人类的生存，所以没有哪个国家的领导人敢缺席。

王东升说道："请大家安静……诸位，地球联合军掌握的资料都在五个小时前发送给各位。我们总是喜欢把这个即将到来的危险称为'拾荒者预言'，根据目前形势看，它不是预言，而是准确的早期预警。现在外星人已经到达太阳系，面对共同的敌人，我希望每个国家都拿出诚意，共同探讨，如何应对——"

一个与会者说道："现在我们最大的问题，就出现在互相信任和团结合作上，地球最后的撒手锏——长矛武器系统建造进度严重滞后，最大的原因就是火星基地带走了大部分物资。当然物资供应商乔治八世也占了很大因素，他的偏心式供货带来了很多问题。我们不应该争执先在哪里建，当下是要确保紧急关头用得上。"

王东升说道："是的，与哈特曼通话之后，我认为火星基地在应对两艘外星隐身战舰的问题上表现得太消极。这让我不得不怀疑，即使那里有更具条件的地貌结构，即使他们在火星上建好了超级长矛……建好之后他们是否给我们用？这还是个很大的问号。所以，当下最紧迫的问题是要加快对特殊材料的收集，尽快让地球长矛建成并投入使用。"

另一个与会者说道："当初火星提出参与'长矛工程'，我就奉劝各位，要谨慎，要谨慎！你们看，现在收不住了吧——"

他的话还没说完，就被另一个与会者打断。只见他激动地站起来，挥舞着手里的一叠纸，大声说道："现在的关键不是争论开始的对错，而是要如何补救。幸好钢索旅击退了入侵者，让我们有喘息的机会。我们要尽快把本该属于我们的物资要回来，还有太空工厂。和火星基地签署的协议上规定，所有产品对等分配，现在看，我们收到的远远不够！"

这种争吵会无休止地进行下去，王东升早就预料到这个状况。他直接让身边的参谋播放钢索旅和鸢鸟002的关键性录像，时间不长，就五分钟，但裂隙人的实力和林菲翔的勇敢，所有与会者都看到了。

虽然事先就知道裂隙人会隐身，但这个录像还是让所有发言的人都安静下来。即使是视频会议，也能感觉到会场上弥漫的恐惧情绪。王东升说道："诸位都看到了，这是事实的真相，是最高级别的秘密，如果泄露，将会引起全球民众恐慌。不容置疑，他们的科技水平是我们目前还无法想象的，而且！"王东升开始用手指敲着桌面，一字一敲，"他们还没有使用武器！"

参加会议的所有人员还是沉默，王东升继续说道："以我们目前的侦察技术，根本无法突破他们的隐身技术，可见我们的科技水平和他们差的不是一星半点，我们可以想象他们的武器……肯定是我们无法承受的。如同拿着步枪冲出战壕，面对的是从没见过的坦克。可以预料，我们会付出巨大的代价，但是我们必须一战，因为我们都知道做奴隶的可怕。"

会场鸦雀无声，见众人沉默，王东升又补充说道："'长矛工程'马上会对全体人类解密，我这么做的目的很简单，让'长矛工程'的两个长矛——火星上的长矛和地球上的长矛——都能发挥作用，虽然哪个长矛能抵挡外星人入侵，要看战场态势，但是绝对不允许有箭在弦上引而不发的情况！"

王东升说这话的目的是联合地球所有力量给火星基地施压，而此刻，与会人员还是沉默。一方面是这时候发言肯定要附带着物质上的表示，所以现场形势之下，沉默最好。另一方面是他们想给自己多留一条退路。目前来看地球联合军无疑是他们的最大的"救生圈"，但万一地球被占领，火星基地尚存，自己今天在这里对火星基地的"出言不逊"就会得罪他们，到时候连个逃跑的地方都没有。毕竟这场会议的全程录像会在最短的时间内发送给火星基地，所有情况是瞒不了那边的。

王东升最后总结，说道："地球长矛所需物资清单随后附上，希望大家能鼎力相助。希望我们携起手来，扛过这一次的灭顶之灾。如果没有异议，我将宣布命令。"

王东升的眼神像崖上的鹰，他环顾四周，见无人提出反对意见，于是继续说道："全体通过，'全人类合作计划'即刻起正式运行，会议结束。"

3

"长矛工程"的停机坪建在海拔3 000多米的半山腰，鸢鸟

002 降落时，将跑道附近的雪吹得四散飞开。鸢鸟 002 关闭动力系统之后，几十台保障车按照计划分别开到它附近的指定位置，乘坐八人的保障车在鸢鸟 002 巨大的翼展之下，显得非常渺小。保障人员忙着给鸢鸟 002 连接各种设备，两辆车停在它的诊疗舱下面。付大全和李轩婉从车上走出来，迎着缓缓打开的舱门走上前去。

最先出来的是仍在昏迷的林菲翔，付大全和李轩婉上前看看林菲翔，他似乎是睡着了，脸上并没有什么痛苦的表情，监视器上显示他的生命指标正常。付大全用疑问的眼神看向李轩婉，李轩婉却没有任何回应。她面如止水，除了眼睛睁着，似乎和林菲翔的表情并无差别。众人沉默地看着林菲翔被推进救护车拉走。

"欢迎来到我的'工作室'！"看到老朋友，付大全突然振奋起来，和杨炳坤热烈地拥抱，又俯下身去，在周子薇的额头上轻轻吻了一口："尤其欢迎我的'脑袋'。"

和付大全的热烈不同，李轩婉用面对记者的微笑和鸢鸟 002 的机组成员一一握手，就连钢索旅的成员，她也逐个牵牵他们的手，以示欢迎。

开往"长矛工程"指挥部的运输车在蜿蜒的道路上行驶，在一个拐弯的地方被付大全叫停了。他离开座椅，指着旁边高耸入云的雪山，说道："让我来给大家介绍一下这个超级工程——"

周子薇打断了付大全的话："不用介绍了，保密的，你不能说，能说的，路上我都听过了。"

付大全不好意思地笑了，挥手示意周子薇不要再说了，随即一脸严肃地对大家说道："只要有战争，就会有间谍和叛徒，保密就是保战斗力，我们得确保这个工程是撒手锏。现在我可以正式宣布，'长矛工程'对鸢鸟 002 和钢索旅的同志完全解密。"

李轩婉在车上摁了一个按钮，车上所有人的随身通信器都收到了关于"长矛工程"的详细说明，但是付大全还是激动地给大家做着介绍："大家看左侧的山峰，它的名字叫南迦巴瓦峰。大家看这座山峰的形状，是不是形似金字塔？藏族人称它为'刺向天空的矛'，这就是'长矛工程'名字的由来。大家看山峰的西侧……"

重新行驶了一段路程的的运输车又转了一个弯，众人看到，南迦巴瓦峰从底部到顶端有很多支柱。

"我们计划在山体架设电磁轨道，总共 6 条，大家可以说这是一台弹射器，也可以看成把它看成超大型的电磁炮，既可以发射武器，也可以发射飞行器。这套设备一经启用，人类向太空发射东西将更加简单、便捷。"

"拿山当炮架，这疯狂的想法，只有你能想得出来，"杨炳坤笑着说道，"你怎么不在珠穆朗玛峰上建呢？"

"这个问题提得好，答案就是条件。在这里建造的条件最优越。我再给大家解一个密，这里有我们国家的铀矿，同时也是提纯铀的秘密基地——"付大全一边说着一边比画，"和现在的提纯方法不一样，在二十世纪的五六十年代，分离铀 235 采用的是气体扩散法，让六氟化铀气体在管路里奔跑，轻的 235 会提前跑出来，因此，需要庞大的管路。大家看，我们马上要进入的大门后面，接下来要看到的是代号为'561R'的'核子工程'，光地下管路的长度就有 270 公里，工程占地 170 多亩 [①]。"

"电力供应呢？ 6 条电磁轨道需要专门建核电站了，那可不是一朝一夕的事。"

---

① 1 亩约等于 666.7 平方米。

付大全说道："既然有'核子工程'，肯定不缺原料，原子能电力工厂早就造好了。"

这时候，运输车已经走近基地的大门了，只见两扇巨大厚重的门缓缓向两边分开，运输车快速通过，然后停了下来，眼前又是一扇巨门。待后面两扇门缓缓关闭，眼前的巨门才缓缓开启，一直到过了第六扇门，大家方才看到隧道里的全貌。十几米高的隧道两侧布满了管道和线路，众人向上看去，隧道上方还刻着"艰苦奋斗、自力更生"的红色标语。杨炳坤看自己的通信器，上面出现了地下管路的示意图。想到从前那些伟大的建设者们在极端艰苦的条件下，隐姓埋名，甘心做幕后英雄，用原始的工具建造这么宏伟的工程，杨炳坤心中不由得默默向前辈们致敬。

又在隧道里行进了一公里左右，到了一个"丁"字路口，呈现在众人面前的赫然是一个几百平方米的广场。广场的顶部很高，不知有多少灯火照下来，才使得广场上如此明亮。另有两条隧道从广场左右两侧分开延伸出去，大家看到直径两米多的管道，黑漆漆的，像两只巨大的触手，挂在隧道的顶部，伸向隧道

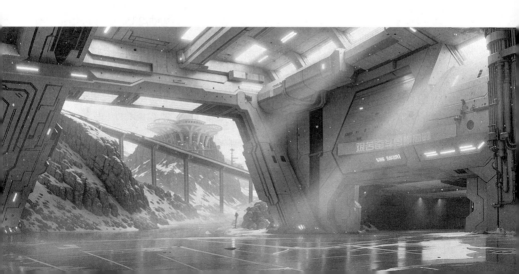

的尽头。大家的目光沿着管道看去,可以看到在隧道深处闪耀着电火花。在众人的正对面的广场的另一边,有一个比广场还大几倍的空间,运输车可以直接开进去,那里的岩壁上开凿出很多面积不同、各有分工的房间,那便是"长矛工程"的指挥部了。

王东升带领着相关人员早已在那里等着从太空归来的英雄们。他先在众人的掌声里主持了一个简短的授勋仪式,给表现突出的林菲翔授勋,由杨炳坤代为领取,然后授予付大全地球联合军准将军衔。随即会同中国空天军杜司令和付大全、杨炳坤、周子薇谈话。

简短地介绍了作战的细节之后,王东升就说出了让杨炳坤和周子薇降落在林芝的目的——完成墨影、重明-2的升级计划,参与"长矛工程"进行弹射式发射航天器的理论验证。王东升对杨炳坤和周子薇说道:"按道理来说,你们刚刚结束战斗,应该让你们休整,但是形势所迫……希望你们理解。'长矛工程'的建造和改进是同时进行的,你们是最有经验的战斗员,相信你们会提出更有利于实战的改进方案,我马上要飞往北京,参加'全人类合作计划'第一次运行会议,剩下的事情就由杜司令、付大全向你们说明,辛苦你们了!"

王东升匆匆离去,杜司令和付大全向杨炳坤、周子薇介绍了"长矛工程"的前因后果。"长矛工程"是付大全和马克尔两个人提出并带头设计的,付大全的想法很大胆,他想利用电磁发射原理和山体,建造巨型的电磁发射器,而马克尔的想法更猛,他又加上了发射航天器的设想,类似于20世纪的"航母电磁弹射"。工程共分为两部分建造,一部分在火星,由马克尔担任总工程师,另一部分在地球,付大全是总工程师。两个工程都是依托于山体，建造原则是利用就近资源，在最节省资源的情况下，能建多大就建多大。火星上有太阳系里最高的山——奥林匹斯山，它的相对高度达到了 21 000 米，工程可用高度为山体高度的一半，地球上用的则是南迦巴瓦峰。

付大全打开身后的电子荧幕，指着上面的图纸，说道："我原本把火星的工程命名为'长槊'，但火星基地把它改叫为'超级长矛'，大概是要压我们一头的意思。两个工程的建造目的是架设两套系统——超远程武器系统和航天器发射系统，武器系统的管路可用作发射航天飞行器的轨道。建成之后，大大节省资源而且能提高防御能力。负责火星工程的是我的大学同学马克尔，他们的进度至今对地球保密。地球这边的进度刚才大家都看到了，现在我们就地取材，利用'561R'的管路，马上开始铺装，但完成工程所需要的电磁线圈数量过于庞大，目前我们手里的只够铺设半条轨道。王东升参谋长会在'全人类合作计划'运行会上和各国一起落实相关资源的输送计划。"

杨炳坤听完看向周子薇，周子薇这时也看着他，他们俩瞬间明白王东升一干人的想法。裂隙人入侵太阳系，面对他们的隐身优势，人类最好的攻击手段是纯物理打击，电磁炮和激光炮是首选。他们也特别理解王东升，作为地球联合军的参谋长，他有他的窘境，最听他指挥的只有中国的空天军部队。

杨炳坤说道："王参谋长在'全人类合作计划'运行会上请各个国家一起落实物资，我觉得有难度。"

付大全笑着说道："我比你乐观，有外星人的强大压力，这事绝对能成。"

周子薇更关心工程的进度，她问付大全："如果有全球的支持，多久能够组装完毕？"

付大全在电子荧幕上点出一张图片："这些是预制的底座，已经全部完工了，管道和电力设施铺装大概需要一个星期。"

周子薇说道："那时间很紧了，你赶紧给我和炳坤介绍一下我们应该做的工作吧，我们提早做好准备。"

"我这里没什么好准备的，等这架'过山车'修好了，你们负责提意见就好了。不过想用它发射航天器还需要一段时间，我们现在更关注它作为武器的一面。"付大全说着呼叫了李轩婉，他说道，"你们这次来，有更重要的工作，这由李轩婉负责。她要先给钢索旅的 AI 互联升级，预计需要两到三天。李轩婉，你把这次的全部计划交给杨炳坤和周子薇。"

李轩婉快步走进来，已经换好了蓝色的工作服。看到她一副随时可以开展工作的架势，杨炳坤忍不住问道："现在就开始吗？"

李轩婉微笑着说道："面对未知的敌人，节省下来的时间，是对我们最有利的东西。"

杨炳坤击了一下手掌，说道："那就开始！"便要向外走去。李轩婉拦住他，说道："这次升级和以往不同，而且，我觉得你有必要在现场。"杨炳坤见李轩婉眼神里透出不容商量的意思，问她："这次升什么？"

李轩婉伸出两根手指，说道："两个内容，一是个体升级，扩容，钢索旅的每一个成员将拥有更快的电信号通路、更稳定的系统，升级后他们单人控制玄女的数量有望增加到 40 架，一个人就是一个加强旅。"说着她开始检查周子薇的生命维持系统，"第二个内容估计你们都想不到，重明 –3 战机，目前唯一可以达到宇宙第四速度的载人航天器。"

众人听了都感到振奋，宇宙第四速度，那是多少代人期盼的目标，杨炳坤兴奋地说道："你们这个保密工作做得好，应该早点拿出来！"

李轩婉摊开双手："时间紧迫，还没经过试飞，目前还无法量产，只能装备一个旅……试飞也得钢索旅来。"

"什么？"杨炳坤瞪大了双眼，"那质量？"

"理论上没问题。"李轩婉回答道。

周子薇听闻，眼神里充满了期望。一直微笑的李轩婉收敛了笑容，随即又说道："同时升级的还有墨影，更快的反应速度，个体化的 AI 嵌合式互联……这意味着你脊神经与电路的触点要增加 25%。"杨炳坤看向李轩婉，说道："会不会超出她的承受范围？"李轩婉没有正面回答："理论论证和人体模拟验证都通过了，但是……任何人体实验都有风险。"

"那就再做更多的论证和模拟，实验确实可靠了再升级。他们虽然是闭锁综合征患者，但是也会感受到痛苦。"杨炳坤的声音不大，但是言辞里透露着坚持的态度，"你们这样做，是对钢索旅的不负责任。"

周子薇听了他们的对话，毫不犹豫地对杨炳坤说道："我同意这次升级！我们都是属于未来的人。"

李轩婉看向杜司令，杜司令安抚杨炳坤："这件事是王东升参谋长和我决定的，我可以保证，前面做的各种模拟升级实验都是通过了的。科技上的每一次进步都需要代价，更重要的是，大战在即，我们要走在时间前面。"

李轩婉恢复了"微笑"状态，对杨炳坤说道："为了人类的未来。"

周子薇说道:"炳坤,我觉得实验可行。我理解你的担忧,但也请你看到我的决心。虽然我的身体和正常军人不一样了,但也是一名军人,军人不仅仅身体属于军队,所有一切都应该奉献出去。而且,从当前的紧迫形势来看,这个风险真的太微不足道了。对这个实验,我做好了最坏的打算。我接受任务,我要第一个接受升级,我要为钢索旅的其他成员负责!"周子薇说完就立刻向钢索旅成员下达了命令——全员到升级车间集合,准备升级。

杨炳坤一时无语,他神色庄重、亲自推着周子薇,跟随付大全和李轩婉前往升级车间。

几十套崭新的墨影 AI 互联设备在车间里排成一行。新的墨影不仅可以和重明-3进行模块化对接,还是钢索旅成员的新"身体"。和现在使用的不同,新的墨影升级了生命维持系统、通信系统,新增加了自卫武器和动作系统。尤其是动作系统,增加的四只机械臂,甚至能让钢索旅成员完成正常人都完成不了的动作。墨影不再只是终端设备,成了更偏重保障的小型机甲。

付大全走向排在最前面的那台,从一个机械师手里接过喷枪,亲自给它喷上周子薇的舷号"81192"。

4

王东升在飞往北京的途中,接连收到三条重磅消息。第一条消息就很震撼,是磁感线雷达侦测到一个不明飞行物,航行路线是火星到地球,速度是接近第三宇宙速度。王东升还没部署完针对它的监视、跟踪工作又传来了第二条消息，是那个不明飞行物上发出来的，为明语通报："马克尔向火星基地和地球联合军通告，鉴于火星基地面对敌人没有积极准备应战，反而准备带着太空工厂逃离太阳系，我正式宣布与火星基地决裂，请求加入地球联合军！"

王东升正在调取马克尔的资料，第三条消息就传来了，是火星基地发出的官方协助通告。通告宣布火星基地少将指挥官马克尔为叛逃者，其发表的内容不实，他做出的这种不利于地球和火星维持和谐关系的行为应当受到严惩！希望地球联合军协助，在其载具降落地球前将其摧毁，如地球联合军包庇他，火星基地将视此为严重的政治事件，不惜采取强力的制裁措施……

火星基地随即对马克尔的通信频率进行全覆盖式的干扰。

距离越来越近，这时候地球联合军发现，这个不明飞行物是一架改装过弹射装置的重明，由于干扰，一时还无法和他通话。

欢迎还是击落？这是个问题。

王东升这时候接到通信申请，来自资助"长矛工程"的财阀乔治八世。作为自由穿梭在地球和火星的重要人士，他肯定会受邀参加"全人类合作计划"的运行会。王东升挥手示意参谋不要接听，他觉得，乔治八世和马克尔事件有极大的关联，如果接听了通信，有可能对马克尔"叛逃"事件的解决造成很大困难。

他指示参谋，派出四架重明，引导马克尔降落在月球基地。马克尔的资料显示，他和付大全接触颇多，王东升立刻下令让付大全负责了解事情的缘由。待马克尔降落月球基地之后，王东升要根据他提供的证据，判明情况后再决定下一步如何行动。

如果火星基地逃出太阳系，那么人类对抗外星人的力量就少了一半；如果他们再带走太空工厂……把这两件事情告诉任何一个人，都会让他绝望。

11年前"全人类合作计划"筹备会就把相关文件交给各国，根据各国反馈，在无数次的谈判、讨论之下，"全人类合作计划"的法规、准则、权利、义务等各项内容早已确定，这次北京的会议是让各国派驻代表，并完成签字，正式完成缔结条约工作。届时，整个地球变成"地球村"。地区冲突、强权政治等困扰人类多年的痼疾将得到有效根治，发展更高水平的科技、守护蓝色家园将成为人类的共同目标。

地球上无休止的内战，没有促成和平，反而是外星人的侵略有望促成这一目标。希望鲇鱼效应带来的压力，能把人类思想里面的"水分"全挤出去，只留下团结和互爱……

大会进行得非常顺利，王东升在大会上提出要集结各国资源，加快"长矛工程"进度的提议，也被所有国家支持，这将是"全人类合作计划"运行后做的第一件实事。能达到这样和谐的效果有两个原因：一是钢索旅的战斗说明"拾荒者预言"是真的；二是马克尔的通报，他通报时用的是公用频段，很多国家都能听得到，而且火星基地的照会[①]印证了马克尔的话，他们的照会就像用沾了黑墨水的手去擦灰尘。在会上王东升没提火星基地和马克尔事件，各国代表也都心照不宣：火星基地打算逃跑大概是真的。

当然不能按照火星基地的想法将马克尔击落，相反还要保证他的安全，从他入手进行调查。与会者相信，事情的真相很快就

---

① 外交往来的一种文书。用作进行交涉表明立场、态度或通知事项等。

会暴露出来，"马克尔事件"的答案绝对会掀起一场风暴。

走出会场的王东升不由自主地抬头看看天空，他太想知道远处到底发生了什么……

太空里，这一刻的马克尔已经接近地球轨道，他很快就可以和接应的地球联合军会合。突然，两架天蛾出现在他的侧翼。马克尔逃出火星，是借着实验的机会，因为要承受巨大的过载，他的重明拆除了所有的武器，省出的空间都用来加固机体。看着那两架天蛾，马克尔心中发慌，他还有很多话没有说呢。

5

西藏林芝基地里，第一个接受升级的周子薇已经坐进了新墨影，李轩婉正在将她的神经和墨影连起来，付大全和杨炳坤就站在旁边看着，付大全毫不避讳自己曾经受到的伤痛，他安慰杨炳坤："我受到的创伤和周子薇不一样，周子薇伤在线路，我伤在中央处理器，但是，我们都活得挺精神，说明路走对了。李轩婉快把 AI 互联做到极致了，子薇可能会感受到痛苦，但是肯定不会变成我这样。"

周子薇说道："没事，我不怕，感谢你和李轩婉救了我，我那时候意志消沉到'十八层地狱'了——"李轩婉打断了周子薇的话，她蹲下去，准备周子薇的后脑连接："先别说话，我给你调试一下。这次会把连接器从 17 针升级到 25 针，其中有 2 针是增加的运动传导束。林菲翔已经把你的声音信号处理包发给我了，升级后这只'伯劳'你就用不着了。"

李轩婉很快给钢索旅的领头雁周子薇做完连接，周子薇紧闭着双眼，额头上都是汗珠，肯定是在遭受痛苦。杨炳坤为她轻轻擦去汗珠，关切地问李轩婉："怎么样了？"

李轩婉一只手拿着数据板，另一只手指像在弹钢琴，飞快地记录、调整数据。她头也不抬地说道："很成功，子薇的意志很坚强，她已经通过了设计的最大电流包线，且数据传输良好。我们设计的各项指标包线，是极限，平时用到包线范围内的 20% 就足够了，我也希望他们永远不要达到包线运行。"李轩婉说到这里，向周子薇竖起大拇指："钢索旅的勇士，你真棒！"

李轩婉终于记录完这项数据，赶紧终止实验，让周子薇缓一缓，等周子薇示意自己准备好后，李轩婉轻舒了一口气。

"来，现在你试试使用机械臂。"李轩婉从胸前拿出一支笔，放在周子薇的面前，"我相信，那是一种奇妙的感觉……一定要放松……再放松……"

周子薇控制墨影的一只机械臂，只见它缓缓抬起，像刚出土的嫩芽，向上卷曲、伸展，周子薇忍不住说话："这感觉，太棒了！"语音从墨影里传出来，和周子薇本来的声音一模一样。"看来以后听不到你说相声了。"付大全打趣道。

这个遥远又熟悉的声音很多年没有听到了，杨炳坤感觉鼻子发酸，他忍不住咬牙闭眼抿嘴甩下巴，当他再次兴奋地看着周子薇的眼睛时，那眼神仿佛来自刚学会凝视的孩子，全是天真和探索的喜悦。周子薇看了一眼"伯劳"，又看向李轩婉手中的笔，机械手缓缓地伸过去，拇指和食指……轻轻地捏住了。

付大全带头欢呼起来，他的脸部肌肉因为过度激动而略有抖动，但现在是群体亢奋的环节，少有人会在意这些，只有李轩婉看到了。

正在大家欢呼的时候，只听得咔吧一声，那支笔被折断了。周子薇的机械手失去控制，像自残一样，捏成一团，李轩婉连忙对周子薇轻声说道："放轻松，放轻松。"周子薇的回答很平静："我很放松。"但是机械臂上金属挤压金属的声音咯吱作响，让所有人的精神都高度紧张，直至砰的一声，五根机械手指全部被捏爆了。

周子薇的眼睛转向杨炳坤，那只机械臂垂下来，动作随即也停止了。李轩婉急忙调出数据，并且拿给付大全和杨炳坤看，大家都搞不清缘由，周子薇和墨影的所有数据传输均显示正常。

这时候出现这样的问题，李轩婉比谁都着急，反倒是付大全很淡定，他笑着对周子薇说道："周子薇，你要控制自己的情绪，你和我不同，你的大脑没有受到任何损伤，你再试一下。"付大全环顾四周，想找一个和笔相似的东西，但看了一圈都没发现有合适的。突然，他看到杨炳坤手里的勋章："林菲翔的勋章，来来来，拿过来。"

杨炳坤连忙打开盒子，金光闪闪的勋章被固定在盒子里面。"来，把林菲翔的这枚勋章从杨炳坤拿着的盒子里拿出来放在我的手上。"付大全说这句话的时候一字一顿，每一个字都是重音。周子薇听付大全说完，眼睛转向杨炳坤手里的勋章，剩下的三只机械臂竟然同时抬起，缓缓向勋章伸去。两只机械臂捧住了勋章盒子，第三只把勋章从盒子里轻松地拿了出来。

所有人都在期待周子薇接下来的动作，周子薇拿着勋章，放在眼前好奇地看，仿佛是第一次见到。"这感觉，太神奇了……"周子薇不由自主地发出感慨，毕竟正常人谁也长不出三只手。付大全的眼神充满了期许，就像迎接第一次站立行走的婴儿，周子薇把那枚勋章轻轻放进付大全的手中。

"成功！"付大全把徽章紧紧攥住，用力挥了一下手臂，他的脸部由于兴奋又不自主地抽搐了几下。

周子薇的成功意味着钢索旅其他成员的升级开始了。钢索旅的成员占满了升级车间，付大全和李轩婉一台一台地检查，把钢索旅的改装升级都检查了一遍，他们发现每个成员都出现了不同的问题，经过数据对比，付大全和李轩婉只能初步判定，这是因为每个人的大脑都是独一无二的，神经的传导也各有特点。他们断定，将来 AI 互联发展的指向是个体定制。

当检查完最后一台的时候，他们距离周子薇已经很远了。付大全看着远处的杨炳坤和周子薇在握手，两只手握着三只机械臂的样子很奇特，忍不住对李轩婉说道："你猜科技的尽头会是什么？"李轩婉笑着说道："我觉得你最近——"李轩婉的话还没说完，付大全的通信器就发出了红色的指令，一看就是有紧急情况。他跳上身边的一台助力车，转身奔往指挥部，路过杨炳坤和周子薇的时候连招呼都顾不上。

李轩婉坚持要把话说完，她用通信器向付大全发出单独通信："最近事情太多，你千万注意自己的身体！"付大全听了没有回答，心里却是很高兴的。

马克尔在四架重明的引导下已经接近绕月轨道，摆脱了火星基地对他的通信干扰，可以用数据链传输系统分别和地球联合军、月球基地联络。他们即将降落在月球基地，马克尔在通信恢复之后，就在呼叫地球"长矛工程"的总工程师付大全。

通过地球联合军向他通报的情况，付大全确信火星上的超级长矛已经投入使用了。对于马克尔的行为，付大全相信自己如果和他一样身处火星，肯定也会干出这样的事来。两个知心好友的保密通信一经建立，刚喊了对方的名字，两个人就大笑起来。

男孩子"捣蛋"成功会和好朋友分享，用来形容两人此时的状态再精准不过，即使他们都是挂的高级军衔。

这时候默契和信任胜过所有的语言。马克尔一边笑一边说："两件事，一是赶紧联络太空工厂的指挥官，我记得他好像是中国人，姓李。让他们向近地轨道靠拢，现在还来得及，我已经说过了，火星基地想把太空工厂带走。二是我回来的路上发现了两架天蛾，它们在集群飞向火星轨道，和我距离很近，但没攻击我，这绝对不正常。我说的这两件事或许有关联。"付大全说道："我马上给上级汇报。"马克尔笑着说道："别着急，再送你一件事！第三件事，根据火星的超级长矛的运行情况来看，有一些地方跟咱们当初的设计相比，有出入，等我睡醒之后告诉你。"

"全体人类合作计划"运行会刚刚结束，王东升就在会议外场的指挥车上听取了付大全的汇报。有一件事情，王东升无法回避，必须立刻拿出决策，那就是太空工厂的事。王东升发出指示，立即根据马克尔传回的情况，做如下行动：先用正常通信方式联系太空工厂的总指挥李轩宇，了解一下太空工厂的情况；和太空工厂附近的地球联合军联系，给他们授权，让他们可以前往太空工厂查明情况。

发布完命令，王东升又忍不住了，他问付大全："马克尔为什么不直接与地球联合军指挥部联络？非得找你？"

付大全吞吞吐吐地说道："他一直认为地球上的作风太古板……你跟他谈话的时候要留意……参谋长。他比我小10岁，正是冲动的年纪。他在火星基地出生，在火星基地长大，但他这人一直认为地球才是他的家。我了解他，他这么做肯定是为了让火星基地留在太阳系，但面对……面对哈特曼他们，他自己一个人，甚至一群人的能力太渺小了。"

处理完事情，王东升从指挥车上下来，想着付大全说的话，他对马克尔的评价。看着身边的一草一木，王东升觉得自己能够理解马克尔。家园，那是一个值得用生命去保卫的地方，一个永远令人挂念的地方。

王东升的身后，指挥车上的参谋发现太空工厂失联了。他们在努力呼叫太空工厂，但太空工厂一反常态，没有回应……

而王东升的身前，一众人簇拥着乔治八世向他走来。

第四章　太空工厂

1

太空工厂——人类在太阳系建造的三大工程之一，剩下的两大工程是火星基地、月球基地。

尽管没有确切的定义，但是人类普遍认为太空工程是综合体系的呈现，包含适宜人类繁衍生息的配套系统、动力和防御系统、自主开发系统、生产和制造系统等等。凡是能称得上"太空工程"的，都是可以脱离地球、满足人类长期生存繁衍的大集合体。

太空工厂是人类智慧的结晶！这句话一点都不夸张，建成太空工厂是几代人的夙愿。最终让它建成的，是李轩宇。如果把最下面圆柱形的动力控制系统去掉，太空工厂的中间部位可以说是一个准长方体，准确地说，它和中国良渚文化里的"琮"形态很像，方里有圆，圆又生方。在小行星带旁，它是最特立独行的一颗"星"。

太空工厂从建立到运行，一直在创造奇迹！

太空工厂不依靠地球和火星资源，全凭着从小行星带获得的资源运转，它不仅能保障自身的正常运转，还能给火星基地和地球联合军生产重明、鸾鸟，甚至更大的运输保障舰……

此外，太空工厂能给地球和火星上的人类提供工业产品和生产原料。比如氢氧化钠，比如氙氖氩。地球上费时费力的金属焊接，在太空中可以做到金属摩擦结合；金属零件的 3D 打印，太空中的工程师可以自由发挥，甚至有工程师制造出一种类似怪兽的零件，它可以同时连接几十个关键部件，而形态和强度都符合要求……这种生产方式在地球上是无法实现的。

早在 21 世纪中期，西方阵营就开始尝试在近地空间建立制造工厂，为打造星际远征舰队制造航天器。经过裂隙海盗事件的冲击后，东西方阵营经过协商，决定将所有的航天器制造厂组合起来，再扩大规模，建设成一个足够为全人类服务的超级工程，也就是后来的太空工厂。

安置太空工厂的位置，原本计划在地球和火星轨道中间，为的是遇到紧急情况时，地球或火星基地能及时支援它，或者它能及时向拥有强大兵力的方向转移。就这样，依照"地球持有，火星基地共享"的原则，太空工厂被建设成为全人类的、可以移动的"保障部"。

在运行了几年之后，给"保障部"提供保障的矿产大亨乔治八世提出，这种空间位置不能发挥太空工厂的优势，反而消耗了太多物力来运送原料，他再次提出了"近矿部署"的提议——将太空工厂迁移到小行星带。小行星带遍布各种资源，比如稀有金属、水和氢氮化合物、稀缺矿藏等。太空工厂如果部署在那里，就像是饥饿的人扑在面包上，喜欢寻宝的人钻进了玛瑙玉石堆……经过一番唇枪舌剑，乔治八世的提议最终还是被通过了。毕竟谁都喜欢花小钱办大事。既然有办法让太空工厂以低运行成本生产高价值的产品，何乐而不为呢？

而且，距离"拾荒者预言"中的时间点还早着呢。再说既然是预言，那就有真有假，总不能为了这个不确定的未来放弃唾手可得的巨大利益。就算预言为真，那重新部署太空工厂，获得更多的战略物资，不也是一件好事吗？总之，在那时的大部分人看来，让太空工厂迁往小行星带，是件一举多得的好事。

太空工厂迁至小行星带以后，事情确实如乔治八世说的那样发展。太空工厂大大提高了生产效率，从获得原始的资源到成品产出，这个生产速度确实做到了前无古人。简直可以说太空工厂前门推进去的是矿石，后门飞出一架战舰翱翔于太空。人类神话中造物、造人的传奇，不过如此。

按照合约，太空工厂应该按1∶1的比例同时向地球和火星两个方向输送战舰和武器，迁移后的一段时间也的确是按这个标准执行的。但随着在太空工厂中任职的火星基地的人越来越多，占据了从太空工厂副总指挥到一线工人等大多数岗位，他们就开始尽量把太空工厂产出报告上的数值降低，把实际多产出的发往自己的家园。

太空工厂的总指挥李轩宇是纯技术路线，或许是因为家学渊源（李轩宇的父亲是天行者李翼洋，兄妹几人都很有设计天赋，他的妹妹就是为墨影设计 AI 互联的李轩婉），他最关注学术和研发，始终把"节能降耗、提高产量、提高工艺标准"作为自己奋斗的目标。面对地球联合军多年的质疑，单纯的李轩宇只感到了压力，认为是自己不够努力，才导致了这个局面，又扎进了提升技术的领域里，以求更好地完成地球联合军和火星基地的生产合同，丝毫没想到其他人会做出什么出格的事——正是因为李轩宇这种认真的态度，地球和火星都觉得选对人了。

"全人类合作计划"运行会召开这天，李轩宇照常来到太空工厂的指挥中心里。按照往常的频率，检查了通信系统，没有发现其他信息，确认和周围进出港战舰的通信都很正常后便继续投入工作中。

来自地球联合军的呼叫，他和太空工厂一句也没收到，那呼叫却不断在裂隙叛军首领茶卡斯图的指挥舰上回响。

2

从人类角度来看，裂隙人是不擅长沟通的种族。他们的沟通方式是"神交"，念头从这一端的个体发起，瞬间就会传递到另一端的个体，传递的速度很快，里面包含的内容很丰富，但这些内容根本不是为了表述感情的，比如一个裂隙人永远不会对另一个说："今晚的夜色真美"。往来于他们之间的沟通内容，是明确、坚决的命令，是条分缕析的方案。导致裂隙人产生这种沟通内容的原因是他们那严格的等级制度和对执行效率的极致追求。

这样的沟通方式还赋予了裂隙人完全不同于人类的思考方式。比如拿茶卡斯图和王东升比较。尽管王东升也有同时思考很多事情的能力，但他的"同时"只是思考事情迅速，转换思路快，作为人类，他还是超越不了"一个脑袋只能瞬间有一个想法"的生理特点，所以他少不了一个庞大的参谋团队，他需要地图时，有作战参谋，他需要秘密对话时，有通信参谋……而茶卡斯图则可以做到真正意义上的同一时刻有多个想法，作为一个联合舰队的指挥官，他一个参谋也没有，他站在金字塔的顶端，顶端只有他一个人，裂隙叛军的所有决策，战情分析、兵力使用、武器使用等，都由金字塔顶端的他自己分析决策。

裂隙人的思考是类似于"圆桌会议"的形式，只不过圆桌"会议"上就座的与会者只有决策者一个人。正因如此，这次控制太空工厂的通信就是茶卡斯图自己分析决策的结果。

裂隙叛军早就破译了地球人的所有形式的通信，所以，地球人的通信内容茶卡斯图早就尽收眼底，地球人的科技水平、势力划分甚至矛盾所在，都已经呈现在眼前。可以说，他是以上帝视角来看这群折腾的地球人，听着地球人各式各样的保密通信。茶卡斯图在考虑接下来应该做什么。

茶卡斯图坐在他的指挥席上一动不动，"圆桌会议"却早已在他脑海里开启，这是近似于人类精神分裂或者多重人格式的"会议"。

茶卡斯图甲："会按照您的预想，挑起火星基地和地球联合军的猜忌，从而使其不和。"茶卡斯图乙："我们的干扰手段会被地球人发现，一经地球人破解，会被他们找到破绽。"茶卡斯图丙："按照预先程序，可以进入攻击阶段，切太阳系的引力飞行，直接掳走太空工厂，到达下一个目标，反正地球人文明也追不上我们。"茶卡斯图丁："征服地球，让他们臣服，世代为奴，太阳系将是我的殖民地，这么多现有的资源，可以让流亡结束了。"茶卡斯图戊："征服并不能解决问题，和地球人合作，对抗母星正规军，在终极的一战中，彻底确立我们的地位，自此再无逃亡。"茶卡斯图己："减少损失，就此离去，地球人已经做好了作战的准备，此战有可能消耗掉我们大部分能量，别忘了我们的初衷——'流掠'。"

…………

短短的几分钟，茶卡斯特的"圆桌会议"上几百个"与会者"就各自的议题都提出了方案，没有一个是犹豫的，也没有一个是敷衍的。哪一个决定是科学的，贴近实际可行的，哪一个就会成为决策者茶卡斯图。

最后茶卡斯图作出了决策：挑起火星基地和地球联合军的不和，以待时机。他在指挥椅上动了几下设备，舰队就向太阳系发出了断续的波信号。

太阳系里绝大多数的天蛾已经被王东升和哈特曼消灭了，只有几十架破烂不堪的天蛾游荡在太阳系的边缘、角落。这些余下的天蛾已经不具备战斗力了，而且它们分布过于分散，所以人类早已放弃了对它们的围剿。茶卡斯图决策下定的那一刻，它们瞬间如被蜘蛛网粘住的苍蝇，停在原地，瞬间又如同闻到了美食的饿犬，不计损耗地向着太空工厂飞去。

马克尔抵达月球的时候，正好与其中的两架"擦肩而过"。就在马克尔与付大全通信的时候，天蛾已经藏匿在火星基地附近的小行星带上。从那一刻起，太空工厂的通信就已经被裂隙人控制了，控制方式和人类的干扰、阻断、加密方式完全不同。

正当地球联合军以为太空工厂遭到劫持时，太空工厂的回话打消了地球联合军的这个念头。因为他们接到的是李轩宇的回复，他回复地球联合军：一切正常！ 04230 批装备已发往地球，04232 批装备正在生产。

这次联络是正常的询问与回答，所以双方都采用的是公共频道，面向整个太阳系里的人类设备，所以地球和火星基地都能够收听。

听到李轩宇的回复，火星基地参谋长哈特曼难以相信。因为他已经偷偷派出了两支小队和两艘登陆艇，按照计划，他们现在已经登陆太空工厂，并依靠太空工厂广大的"火星人"自上而下的、对火星基地的认同感，全面掌控了太空工厂。根据时间推算，这时候李轩宇一干倾向于地球的人应该被控制隔离，回复地球联合军的应该是自己派去的部队。

没错，外星人还没打过来，火星基地就想分"家产"了。作为一个在战场上厮杀多年的有丰富作战经验的老兵，哈特曼在看了钢索旅的视频后，认为外星人的实力是碾压人类的：那两艘担任斥候的外星舰艇没有使用武器，他们如果进攻钢索旅，钢索旅很有可能全军覆灭。必须做好最坏的打算——离开太阳系，而离开太阳系必须提前谋划。他的算盘是这么打的：太阳系里的三大太空工程，值得带走的除了自己掌控的火星基地，就是太空工厂。太空工厂距离自己最近，而且具备强大的生产能力，即使真要逃出太阳系、流浪宇宙，只要找到了有资源的地方，太空工厂就能进行生产，相当于自己有了后方基地。

哈特曼的如意算盘打得很响，他必须先控制住太空工厂！而控制太空工厂最大的障碍，就是李轩宇。王东升曾经给李轩宇八个字的评价："尖于领域，宁折不弯。"哈特曼知道李轩宇的性格，他像一根钢针，而此时他回答的语气和口吻，完全不像是一个受到胁迫的人。

哈特曼再次确认时间，按照进度，那两支小队应该完成指定的任务了，他搞不明白，为什么太空工厂的指挥员还是李轩宇？

哈特曼连忙让参谋照平时那样联系李轩宇，询问太空工厂的情况。要了解太空工厂的情况，必须询问李轩宇。因为那两艘抢夺的战舰使用的通信静默，这样可以降低被发现的概率。而且，这种询问必须让参谋去做，火星基地的参谋长亲自询问生产，一是不符合正常逻辑，二是哈特曼刚做了亏心的事，总觉得有什么东西要敲门。

"火星基地呼叫太空工厂。"

"太空工厂生产正常，"依旧是李轩宇在回答，"04233 批装备已发往火星基地。"

哈特曼的眼睛立刻转向火星基地态势图，没错，两架最新生产出来的重明战机正在以正常的巡航速度向着火星基地而来。

一切都很正常。没有人知道，那几十架天蛾，已经在这来来往往的通信中替代了太空工厂，它们已经成为火星基地和地球联合军的通话对象。太空工厂的背后是天蛾，天蛾的控制权在荼卡斯图手里。荼卡斯图的手指像干枯的葡萄藤，在座椅扶手上的控制器上面转啊转，只要他想，太空工厂的通信就能做到"一切正常"。

3

王东升想错了，他本以为乔治八世应该会对"马克尔事件"施压。因为毕竟乔治八世也是个"火星人"，他在火星基地出生，在火星基地长大，对火星基地的感情远大于地球。按照常理，他会更加遵从火星基地的指挥，令人没想到的是，他对马克尔这件事只字不提，甚至连一个评价都没有。

"尊敬的王参谋长，'拾荒者预言'正在一步一步变为现实，我和地球联合军一样，对人类的未来充满了忧虑。"这是乔治八世对王东升说的第一句话，第一句话的觉悟就令王东升惊奇。

王东升试探着问道："当下就是需要全人类团结起来，有钱出钱、有力出力，以应对未来可能出现的情况，你不准备做点什么吗？"

乔治八世忧心忡忡地说道："当然，我有两个计划。第一个就是积极参与'墨影计划'。钢索旅战斗力不凡，我想自己出资，也打造一支这样的部队。您也知道，我的工厂和矿场遍布太阳系，如果都投入生产，可以以极快的速度建造墨影和重明，甚至鸢鸟也不在话下。您放心，我这不是私心。想象一下，当我的矿场遍布钢索旅成员那样的勇士，他们就可以在太阳系任何地方向敢于冒犯之敌发起攻击！"

乔治八世这段话令王东升大感惊讶。中国主导的"墨影计划"，就是以建设钢索旅为核心的 AI 互联工程，由于钢索旅成员的特殊性，墨影不仅仅承担了生命保障的工作，还是"脑控"战舰的执行者。

当时中国就"墨影计划"发出了"联合研究、共同开发"的邀请，但是很多国家以各种问题拒绝参与，所以最后参与的国家寥寥无几。因此"墨影计划"的成果现阶段主要装备中国空天军钢索旅。

王东升还没明确回答"行"或"不行"，乔治八世就以一种治病救人的忧虑语气说出了他的第二个计划："原来我对'全人类合作计划'有一些不理解。现在看来，这个组织将会在应对人类存亡危机方面发挥极其重要的作用，它的成立将载入人类历史，具有里程碑意义……中国有句老话，'亡羊补牢，犹未为晚'。我会让我的集团上下，全力听从'全人类合作计划'的指挥，对所有决议——那都是全人类的意见总结，我都举双手赞成！"

王东升笑了："感谢您的支持，按照您现在的思想高度，相信我们能够通力合作，但是我敢肯定，这不是您的最终计划。"

乔治八世大笑，说道："是的，您也知道，现在 A 国的总统是依靠我们财团的支持赢得了上次大选，而我的身份信息在 A 国，所以这一次我准备亲自参加这次的总统大选。这样可以更加直接地参与政务，缩短决策的时间。"说着乔治八世的手在自己和王东升身体之间挥动了几下："可以更好更快地向地球联合军和'全人类合作计划'提供服务，无论是资源还是政府决策。"

王东升知道乔治八世的实力，也知道他说的都是实情，控制一个甚至几个国家的大选对他这样的财阀来说是很轻松的事情，而且他确实做到了。他对乔治八世说道："您这次参选，可谓志在必得。当您真正转变成一个政治家的时候，希望您能履行现在的承诺。"

乔治八世表情诚恳地对王东升说道："我会做到的，面对人类共同的敌人，我们没有投降可言，没有后路可退，没有选择其他道路的机会。我希望您能尽快联系中国方面，把'墨影计划'的设计图纸和设备公布出来，在这最关键的时候，这件事最能够显示你们的诚意。"

王东升看了一眼手臂上的通信器，上面显示太空工厂生产正常，联络畅通……见王东升还没拿定主意，乔治八世补充说道："现在所有人都猜到火星上的超级长矛已经建设完成，并且还投入使用了。我相信在我的斡旋之下，火星基地不会放任地球安危不管不问，也确信在我的帮助之下，地球长矛会很快竖起来。"

王东升还在为乔治八世巨大的转变而诧异，见他说得如此诚恳，不免被他说得心动。乔治八世见状，立即往后一伸手，他的秘书随即把文件递到了他的手中，他迅速把文件交给王东升。王东升拿起来看，是一个保障方案，他重点看了一下有关地球"长矛工程"的部分，那里写明了所需的物资均超量供应，而且一一列明交付的时间与方式。王东升又粗略看了一下其他内容，这个文件还包含了关于对地球联合军详细的人力资源保障预案、关于构建火星基地和地球联合军战时物资供应体系的建议……王东升一边看文件，一边笑着说道："事无巨细，有您这样实力雄厚的'保障部部长'，我作为地球联合军的参谋长，向您表示感谢，并希望您能把预案落到实处。"

看了文件，王东升心里没有更踏实，反而有些吃惊。因为乔治八世把地球长矛的建设情况摸得很透，缺什么、少什么，他都知道，尤其是一些急缺的稀有金属，这些信息在工程指挥部都是密级极高的。

球已经开出来了，王东升必须踢上一脚，否则无法体现"队友"的协作精神，而"墨影计划"的初衷本就是开发让全人类、各个国家共享的技术，以王东升的权限，他可以做主分享给乔治八世，但是他也有自己的顾虑。于是他这样跟乔治八世说："'墨影计划'我们已经发展到第四代，据我所知，在前三代的产品实验时，出现了各种各样的问题，参与实验的同志在身体和心理上受到不同程度的伤害。结果您也知道，钢索旅的战士现在都是'失能人士'。就在今天，钢索旅匆忙进行了第四代产品换代升级，可以说这次换代，是冒着巨大风险的。之所以这么做，就是为了应对即将到来的危险。考虑到目前的形势，我建议您先拿第三代产品来快速装备人员，那是钢索旅刚刚换下来的，安全性有保障。第四代产品还有一台实验机，你们也可以拿走……我好奇的是，你将选择哪些人来使用这些设备。"

乔治八世自然明白王东升暂时不想提供第四代的设计图纸，不过他接口说道："重赏之下，必有勇夫。"并笑着向王东升伸出了右手，重重地和他握了一下。

4

太空工厂的内部，一场暴乱早已结束，火星基地的拥趸们发出一片欢呼声。哈特曼派出的两支武装到牙齿的特战小队，一共24人，在阿米尔上校的指挥下，已经完全掌控了太空工厂，他们早已把李轩宇等人控制起来，自以为是地认为，是他们切断了太空工厂和地球联合军的联系。

按照计划，在夺取太空工厂成功后，阿米尔一行人将操纵太空工厂与火星基地同步同轨，以便于"战略大转移"时火星基地可以快速带走太空工厂。他们不知道的是，从他们进入太空工厂那一刻起，他们就成为荼卡斯图的"笼中鸟"。荼卡斯图早已利用天蛾包围了太空工厂，在太空工厂外围建立了通信屏障，让太空工厂成为一座孤岛。为了避免不必要的反抗，荼卡斯图还模拟了火星基地与小队通信。当阿米尔按计划夺取成功后，使用秘密频道、兴奋地向"哈特曼"报告自己取得的战果时，真正的哈特曼像是个聋子，一句也没听到。

太空工厂的实际控制者荼卡斯图对目前的状况表示满意。当阿米尔向哈特曼发出操纵太空工厂靠近火星基地的请示时，毫无悬念地被荼卡斯图拒绝。他还用哈特曼的声音指示阿米尔，让太空工厂转移进小行星带，注意利用小行星带隐藏位置；非特殊情况下继续保持通信静默；继续生产，生产出来的战舰，就地封存，以备不时之需。

随即，一条航线发送到太空工厂的指挥屏幕上，那是一条深入小行星带的运行航线。阿米尔有点发蒙，来的时候，哈特曼明明告诉自己是把太空工厂移动到火星基地同轨的位置。新的命令肯定是因为出现了新的情况。执行命令不能打折扣！阿米尔想到这里，连续下了几个转轨的命令，他将严格按照荼卡斯图给的航线飞行，将太空工厂驶向小行星带的更深处。

身处火星基地指挥室的哈特曼搞不清眼前的状况，他了解太空工厂的情况，他不相信阿米尔带领两支全副武装的小队还控制不住少数站在地球联合军一方的、手无寸铁的工人和科学家。他肯定已经夺得指挥权了，难道他也要单干？哈特曼忍不住这么想。

太空工厂是人类在太空建造的最大单体建筑，它旋转着，底部和顶部不断喷射蓝色的等离子流以调整航行姿态。与小行星相比，它的体积显得小了，它慢慢穿过各个星体，进入小行星带内部，开始逆着小行星的轨迹前进，就像水里逆流而上的鱼。由于轨道带上的小行星实在太多，存在磁场干扰，很快，它就消失在"南仁东号"的盲区里。

太空工厂消失了！火星基地和地球联合军共享"南仁东号"提供的信息，双方的解码能力都是相同的，谁也无法作假。这是一个让火星和地球都爆炸的消息。

王东升愤怒！哈特曼也很愤怒！与此同时乔治八世正在运走墨影。

中国浙江衢州，钢索旅的驻地。是的，钢索旅也有驻地。尽管钢索旅大部分时间在太空巡弋，很少回到地球，但是那个千年古城，一直都是他们名义上的驻地。这是空天军的传统，让游弋太空的战士在地球上都有一个名义上的"家"。在那里，付大全成为第一个进入 AI 互联工程实验的勇士，也正是在那里，付大全出了事故。

"一刻都不能麻痹！"这句话，是钢索旅的座右铭，其驻地显眼的位置都悬挂着这条标语。

一架显著位置均有"HC"的标志、除了舷号之外浑身浅蓝色涂装的重明运输舰降落在衢州机场。

"全人类合作计划"有一项章程明确写着：自组织运行之日起，会员国以及认同"全人类合作计划"之单独人类个体（无国籍限制），共享卡门线以下空域及航线，航行法则应遵守地球联合军法则，航行调度应遵从由地球联合军统一指挥。

　　这是按照"全人类合作计划"航行章程进行适航的飞行器，这架重明创造了很多个"第一"：第一架在中国空天军指挥之下、国籍不明的航天器；第一架超越了以往领土领空领海限制的航天器……

　　在"全人类合作计划"运行前，这种贸然"到访"的航天器只有被击落的份儿。

　　一切都是新的尝试，一切都是新的开端，一切都是为了团结全人类，一切都是为了更高层次的战略需求。"全人类合作计划"超大的格局，向全人类展示了划时代的巨大蓝图！

　　这架改变历史、可以穿越所有国家的"适航器"正是乔治集团的，在乔治八世与王东升谈话的时候，它就起飞了。本来它是从新加坡飞往上海，后来它的目的地被硬生生改为衢州；而原计划经上海飞东京的路线被取消，中间空余出的一小时四十分钟航行时间改为在衢州停留，下一步的航线也被改为衢州直飞夏威夷。乔治八世似乎对获得墨影的图纸胸有成竹。

　　太空工厂失联后，王东升对乔治八世有了更大的防备之心。王东升想，如果乔治八世也是一个军人，那么他的逻辑思维能力和行动力绝对不输于自己和哈特曼，他会是一个超强的战略指挥家。这次乔治八世把所有事都考虑得这么细致，在跟自己谈话的时候，他已经做完了所有的准备工作。他的目的很明确，而自己作为地球联合军的参谋长，只是他布局中的一环。

　　人类的未来会被资本控制吗？不是应该顺从于更广泛的民意吗？

　　王东升没时间想这些事了，他首先应该解决的是太空工厂的失踪问题。他得问问哈特曼，然后亲自和马克尔对个话，了解一下火星基地的真实情况。王东升猜测，火星基地是贼喊捉贼，太空工厂应该是他们藏起来的。

同一时刻，哈特曼正因为阿米尔的抗命暴跳如雷。阿米尔他们私自改变线路，且拒绝和火星基地对话，无论哈特曼怎么呼叫，只给火星基地传回一句话："非必要不联系，建议参谋长保持静默。"当然，这通话是茶卡斯图模拟的。

哈特曼心里止不住地"问候"阿米尔：难不成你也想学火星基地另起炉灶？你是去干吗去了？一点使命感没有吗？你真是个十足的混蛋！

茶卡斯图以火星基地的名义表扬了阿米尔等人，让他们坚持现有的路线，继续隐藏；阿米尔干得不错，拟提升为准将。阿米尔在接到的这番褒奖之后，兴奋不已。

很快，阿米尔就感觉"火星基地"的命令难以执行，他发现自己处于困境之中，因为小行星带上布满危机。大大小小的星体速度不一样、质量也不一样，有飞得快的"大房子"，也有慢悠悠的"小砖头"。太空工厂没有太多灵活性可言，因此，他要打起十二分的精神，指挥人员操纵太空工厂避开这些星体，命令人员给激光炮蓄能，随时准备击碎躲避不开的星体。

5

付大全在指挥工作人员铺设管道，一根根巨大的管道正被大型运输车从"561R"洞库的内部拉出来。"隐姓埋名"了这么多年，它们终于可以出门"晒晒太阳"了。杨炳坤看到，管道的内壁是十几厘米厚的金属铅。直升机把管道吊装起来，运到山体上搭好的支架上，依靠先进的装备，生产效率不算很高。杨炳坤对建造"561R"工程的前辈充满了敬意，难以想象当时的建造者们是如何克服重重困难，把这些东西秘密地制造出来的，又是如何运输的。

看到自己的梦想就要成为现实，付大全很兴奋，讲个不停："你看，这些管道要进行焊接，焊接好了就是一根巨大的炮管。高射炮弹和步枪子弹提升出膛速度靠的是增加身管比和装药量……好，我们把所有的都做到极致，包括弹头形状、更长的身管比等等。不过有一个问题，就是弹头的速度越快，阻力就越大。我们的弹头出膛就是好几倍音速，空气阻力成倍数增加，加上跨音速阶段的激波不稳定，力矩交感会使得弹头摇摆，我们在克服空气阻力上消耗了太多的能量。"他手指着南迦巴瓦峰，声音提高了好几倍，"我们管路要做成真空的，武器在离开峰顶的一瞬间，就省去了速度叠加产生的阻力，而且峰顶的空气密度比海平面的空气密度低得多……"

杨炳坤知道这门"超级大炮"的工作原理，但还是笑着听付大全说完了。

一根管道已经架设在基座上，工人操纵机械臂将它扶正……所有的工作都在按照流程进行，那根管道从身边拉走的时候，让人感觉它很大很震撼，而到了山上，就显得很渺小了。杨炳坤忍不住问付大全："这些材料够吗？"付大全看看洞库里，又一段正在被切割的管道，他忧心忡忡地说道："勉强够建两条吧，还是在全世界联手的情况下。没有这外星战舰的入侵，真不知道要拖到猴年马月。"

在月球基地的马克尔与王东升进行了友好的交流，马克尔把自己的经历原原本本地告诉给王东升。火星基地在超级长矛这种带不走的基础设施建设上一直消极怠工，经常挪用工程所需物资，还是在马克尔的坚持之下，才建成了"炮—舰"发射轨道。在向太空工厂派遣人员这件事上，火星基地则是不遗余力。据他观察分析，火星基地确实制订了详细的逃离太阳系的计划，太空工厂是其中很重要的一部分。加速火星基地实施逃跑计划的，是钢索旅的战斗视频，根据那两艘隐身舰艇的科技水平，火星基地预判，即使自己和地球联合军协同作战，也撑不到 60 个地球日，因此，逃跑已成定局。

王东升听了之后，明白火星基地对待外星侵略的态度很明确，就是逃跑，远比自己想象的作壁上观还糟糕。王东升沉思良久，问马克尔："那么藏匿太空工厂也是他们计划的一部分吗？最新的情报显示，太空工厂已经被他们藏匿在小行星带，进入了'南仁东号'的探测盲区，具体位置不可知。"

马克尔笑着说道："他们的目标是带走太空工厂，先藏起来，防止你们争抢，从这方面考虑的话……似乎挺合情合理的。"

王东升看马克尔一副与己无关的态度，也忍不住笑了。他对马克尔说道："如果他们用准备开走的战舰围绕着太空工厂，我觉得更合理，那样随时都能跑掉。现在他们让太空工厂冒着被撞击的危险，在小行星带藏匿，这样的行为我无法理解。"

镜头里的马克尔笑得更厉害了："我也无法理解，他们的许多决策在我看来就是懦夫行为。"他举起一杯泡沫四溢的啤酒，端详着，喝了一大口："只有地球才能生产出这么醇厚的啤酒，仅为了它，我就坚决不能离开太阳系！"

王东升微笑着说道:"欢迎你来林芝,指导地球长矛的建设,同时,也欢迎你加入地球联合军。"

马克尔听闻,放下酒杯,立正,敬了一个标准的军礼:"是!马上报到!"

王东升和马克尔都知道,这两个邀请的分量有多重。按照地球—火星的协定,马克尔这样被单方面认定为叛徒的,另一方也应视其为叛徒,并以对待叛徒的态度进行抓捕、审判、加以处罚。

结束与马克尔的谈话,王东升急匆匆走进指挥室。他接纳马克尔的决定,明显是做给哈特曼看的,他现在要立刻和哈特曼通信,质问哈特曼。

对太空工厂的呼叫一直没有停止,也一直没有回应。王东升又检查了一遍通信记录,自从李轩宇汇报良好之后,太空工厂再无音讯。

王东升亲自呼叫太空工厂:"我是地球联合军参谋长王东升,请太空工厂指挥官李轩宇通话。"

这一次,居然接通了!

"我是太空工厂指挥官阿米尔,我奉火星基地参谋长哈特曼的命令,全面掌管太空工厂,我宣布此刻起太空工厂不受你的指挥。"声音里充满了不屑与嚣张。一个强盗胆敢如此,涵养再好的人听了也受不了。

毫无疑问,这又是茶卡斯图在捣鬼。真正的阿米尔哪有工夫回话?他正全身心投入驾驶。再说,他也没这么大的胆子敢明说哈特曼的阴谋。

王东升愤怒了,他立刻发起与哈特曼的参谋长级别通信,但哈特曼那边却迟迟没有接听。哈特曼也在苦恼之中。目前太空工厂情况未明，也不清楚外星人到底有什么打算，这种情况下，他和火星基地还不能和地球联合军决裂；但要留下来，马克尔事件和阿米尔劫掠太空工厂将是火星基地永远的耻辱，双方的关系也必将回不到从前。

王东升的呼叫提示响个不停，心烦意乱的哈特曼则接到参谋关于马克尔加入地球联合军的汇报，又收听到阿米尔和王东升的对话。他愤怒地用两只手猛砸控制台，此刻他恨透了马克尔和阿米尔。他恨马克尔，但是理解马克尔这么做是为了母星不遭欺凌。他实在想不通这个阿米尔像只鸵鸟一样，一头扎进小行星带是为什么？若是隐藏，为什么选择危险的逆行，为什么与火星基地背道而驰？难道他出发的时候自己没交代清楚吗？

对火星基地保持沉默，与地球联合军通话又是为什么？你偷了人家的东西，他们自己还没发现丢失物品，你主动告诉他是你偷的！还说在我的命令之下干的？本来这是一盘准赢的棋，阿米尔这个愚蠢的家伙不是乱下棋子，而是把整个棋盘掀翻了。

这难道是个噩梦？哈特曼被逼得开始怀疑自己了，但是眼下，他必须先给所有地球人、地球联合军一个交代："立刻以火星基地的名义宣布：撤销马克尔的叛徒身份，恢复他在火星基地的军衔，就说抗击外星人的战斗即将打响，希望他早日回归岗位；继续呼叫太空工厂，让他们驶离小行星带，立刻向火星基地靠拢；宣布阿米尔是叛徒，他的所作所为并未受到火星基地的授权，他的言行与火星基地无关。"

哈特曼只能这么做，不仅仅是为了自己的面子，不与阿米尔撇清关系，地球联合军极有可能和火星基地发生冲突。外星人还没到，人类先内讧，追究起来，是自己的责任。让阿米尔带队去控制太空工厂，真是丢脸又丢利益的赔本买卖。

前任"叛徒"马克尔在月球到地球的路上，听到了火星基地的召唤，直接回复了一句："我现在隶属地球联合军。"现任"叛徒"阿米尔当然听不到火星基地的通告，他正为了自己的准将军衔，使出了浑身解数，背负凄惨的宿命逆流而上。

哈特曼无法与王东升通话，因为他也不知道说什么。王东升倒也不强求，火星基地的通告算是他们的遮羞布，太容易扯掉了，一句话说不好，就可能导致哈特曼恼羞成怒。

哈特曼决心再派出一支舰队，顺着太空工厂"逃跑"的方向追过去，并且把这一行动向地球联合军做了解释说明，希望地球联合军也派出一支舰队，双方联合查明情况，以证明火星基地的"清白"。哈特曼这么做，是相信在地球联合军抵达之前，自己能完全控制住太空工厂，解决掉阿米尔，这样即使地球联合军在太空工厂内部调查，也找不到火星基地企图夺取太空工厂的线索。

在挑选舰队指挥官的问题上，哈特曼陷入了苦恼。现在的他看谁都不放心，觉得每一个指挥官长得都像阿米尔。最后，两难之下，哈特曼决定自己亲自出马。

就在哈特曼的指挥舰离开火星基地的时候，受地球联合军指挥部的指挥，在火星轨道附近巡逻的一支地球联合军舰队也调转航向，向太空工厂可能藏匿的位置飞去。

第五章　宣战与准备

1

在太阳系的边缘，超过 10 亿颗天体在柯伊伯带，和太阳系的其他星体一样旋转。它们一面对抗太阳系内部引力的"招揽"，一面对抗着逃逸出太阳系的诱惑。向心力和离心力在这里达成一种奇妙的平衡状态。柯伊伯带的形状像一个甜甜圈，整个太阳系里的行星都被这个巨大的"甜甜圈"包裹在里面。这个"甜甜圈"上最有名的有两个"明星"，一个是冥王星，一个就是禁不住太阳招手，绕它环行的哈雷彗星。

茶卡斯图的主力舰队就在柯伊伯带里隐藏。他们就像倒挂在树上的蝙蝠，盯着太阳系里的每一点动静，只待一个合适的机会，就加速冲进去。

地球联合军和火星基地已经产生裂隙，火星基地的离开只是时间的问题，只要再给他们施加一点点压力，他们就会崩溃、失去战斗意志。整个太阳系里，最有价值的是太空工厂和"南仁东号"。只要吓跑了火星基地，就能以最小的代价获得太空工厂；

只要击败了地球联合军，就能带走"南仁东号"。这样的战果最理想，最符合叛军利益。至于刚开始制订的作战计划——劫掠地球资源，奴役地球人——现在已经不合时宜了。因为那个计划会给叛军带来更多的损失。经过那两艘隐身斥候舰的侦察，茶卡斯图了解了地球人的科技水平，虽然距离己方还有很大的差距，但是也不容小觑。

性价比最高的作战目标已然出现，通信技术已突破，雷达频谱已掌握，茶卡斯图现在有必胜的信心，眼下只需要顺着地球人矛盾的走向，推波助澜，相机开战就行了。茶卡斯图计划先夺取太空工厂，他预计火星基地不敢开战，夺取行动还能给地球联合军制造恐慌。于是他下令，让舰队把计时单位改为地球时间，全军进行战斗准备，第一个目标——太空工厂！

阿米尔现在是茶卡斯图的关键棋子，茶卡斯图决心再用他走几步，挑动地球联合军和火星基地的矛盾升级。如果他们自己内部能够先打起来，那就最好不过了。

于是"阿米尔"又开始讲一些匪夷所思的内容了。火星基地和地球联盟同时收到"阿米尔"以太空工厂的名义发布的通告：

太空工厂通告地球联合军和火星基地，经太空工厂上的所有人类表决，全票通过决议，太空工厂现在开始实行自治，不再属于任何国家和团体，特此声明。

在战舰指挥舱里坐立不安的哈特曼轻蔑地一笑，直接回复"阿米尔"："我不相信你所谓的全票通过，即使是投票，也需要全体人类投票，而不是你们这一小撮人。我已经确定太空工厂的具体位置，你最好听从命令，迅速向我的位置靠拢。否则，我马上向你们宣战。"哈特曼的话既是自证火星基地与太空工厂叛逃无关，也是对"阿米尔"进行恐吓——你小子，可别胡闹了，束手就擒，老老实实地被我抓住，或许还有你活命的机会。

地球联合军已经收听了哈特曼的通告，目前他们对火星基地夺取太空工厂的事只能是怀疑。哈特曼之前把外交补救措施做得很到位，即使他们有马克尔的证词，但没有实际的证据，也无法对火星基地进行制裁。地球联合军向"阿米尔"提出对话申请，并且提出："请原指挥官李轩宇对话。"在太空工厂没有回答的情况下，地球联合军向太空工厂发出最后通牒："正告太空工厂的叛乱分子，请你们保证我方科学家和工作人员的生命安全，我方已经派出舰队，如果你们违反人类法规，我方将对你们严惩不贷！"

从"阿米尔"发出无线电的那一刻，太空工厂在小行星带的位置就已经暴露。占据地利的哈特曼已经很接近那里了，他已经下令从母舰上释放战舰和运输登陆舰。哈特曼恨不得亲自登上太空工厂，亲手抓获阿米尔，而他不知道的是，真正的阿米尔和太空工厂早已不在那个位置。

当各类战舰一股脑冲进小行星带，就像中世纪狩猎的骑士冲进了茂密的黑森林，所有人都想尽快地找到目标。然而，在刚刚确定的无线电发射点位，他们一无所获。那里只有一个不断翻滚的星体，星体上面只有孔洞和撞击的痕迹。

当搜寻队伍把这个消息报告给哈特曼，哈特曼忍不住又一次暴怒："难道太空工厂凭空消失了吗？就是消失了，也要找到他消失前留下的影子！往那个星体上发射无人机甲，他们使用的是中继通信，找到那个中继器！"

此时的阿米尔已经侥幸躲过了很多向太空工厂迎面飞来的小

行星，还用激光炮摧毁了一些小的碎石。他还不知道自己和太空工厂有多重要，在当前的形势之下，他们成为三方博弈的关键点。

小型无人机甲像散开的蜘蛛一样，在翻滚的星体上进行地毯式搜寻，果然在那里找到了中继器。然后中继器被马不停蹄地送进哈特曼的指挥舱。看着外观像是包了一层层沥青样物质的中继器，哈特曼立即明白，这绝对不是人类的产品。

哈特曼让通信参谋马上组织技术人员拆解它，搞清楚内部结构，以确定物品的文明归属地，同时他把这一情况通报给地球联合军指挥部："王参谋长，我们找到了发出无线电的位置，很遗憾地通知您，我们没有找到太空工厂。他们用的是中继通信，而中继通信器不是人类的产品，更像是来自……"他看着那个拆开的设备，"制造天蛾和九婴的文明。"说完这些，他和王东升都感觉到后背发凉。

目前的证据表明，裂隙叛军已经破解了人类通信，对人类成功实施了欺诈，但人类对他们的情况只知皮毛。联想到他们的雷达—目视双隐身技术，眼下最坏的可能是太空工厂被他们隐身了，并且已经被转移出小行星带。以人类目前的科技水平，尚无可能攻破他们的隐身技术，也就是说太空工厂被裂隙叛军偷走的话，人类只能自认倒霉。

"沿着小行星带，继续寻找！"王东升和哈塔曼同时向他们派出的队伍下达命令。这是人类的底线，就像是父母找自己丢失的孩子，即使只有一丝希望，也不能完全放弃。现在只能寄希望于出现奇迹了。

火星基地的舰队分散开，沿着太空工厂可能经过的路途寻找；地球联合军则直接改变航线，根据太空工厂的速度、接到通告至今的时间推算它最远可达的地点，转向前置点航行。

哈特曼自己返回了火星基地，作为一个战斗经验丰富的指挥员，他明白自己的战斗岗位在哪里。寻找太空工厂的过程里，有可能爆发战争，他必须在自己应该待的岗位上。他明白自己接到的"阿米尔"通信是怎么来的了，他无法原谅自己当时鲁莽的行为，陷入了深深的自责之中。

地球联合军也预判到了战争的可能性，王东升已经向太空派遣兵力，在林芝基地的杨炳坤也接到了准备起飞的命令。钢索旅由于要集体换装重明–3型战机，有很多测试要做，所以他们必须留在林芝基地。

茶卡斯图从来就不是一个被动的领袖，他总是能在复杂的环境里找到最有利于自己的那条路线，并利用那或许只有一丝一毫的可能性，达到自己的目的。眼看着地球和火星的矛盾趋于缓解，这可不是他想要的结果。虽然目前只有他知道太空工厂的位置，但这样下去，太空工厂被找到只是时间上的问题。如果被地球人找到了，自己前期做的工作就全部沦为泡影。在敌方情况不明的时候，要迅速扩大己方优势，而不是在柯伊伯带继续等待。

茶卡斯图一直的顾虑就是资源。作为一个在宇宙中流浪的军事集团，他们居无定所，根本没有固定的根据地提供资源，这就造成他们的作战有两个原则：一是必胜；二是用最小的投入获得最大的利益。茶卡斯图一直在柯伊伯带隐藏的原因就是在坚守这些原则。如果没有发现地球人的太空工厂，或许他早已带领着队伍与太阳系擦肩而过了。

茶卡斯图没有对钢索旅发动攻击，一是因为侦察发现，钢索旅和鸢鸟002上的地球人战斗意志太强，上来用的就是拼命的招数。茶卡斯图不想上来就和他们拼命。二是因为他们的能量供应有限，导致应战能力有限。由于连年的征战，没有稳定的能量供应，叛军中能够全程开启隐身模式的舰艇少之又少，而且，开启隐身又需要消耗太多的能量，如果陷入苦战，隐身功能使用过度，导致能量消耗过度，他们连利用隐身模式进行安全撤离都做不到。一招不慎，整个舰队都会覆亡。

茶卡斯图不会打这种胜算不大的仗，他不想破坏原则，而且他带领的是一群虎狼之辈，一次失败就足够让他们推翻自己的统治。

"火星指挥官及地球指挥官，我是裂隙人指挥官茶卡斯图，我现在正式宣布：你们的太空工厂已经被我们完全控制，它现在是我们的财产。我希望你们能够主动交出金星附近的磁感线雷达，不然，我们将在10个地球日后向你们发起攻击。无论是科技水平还是战斗意志，我们都比你们高几个层次，我们也想避免战争，只要把磁感线雷达交付给我们，我们立刻就走。每一个生命都值得认真对待，为了避免你们的伤亡，未来10个地球日都是你们的考虑时间，希望你们给我一个满意的答复。"

茶卡斯图的无线电波覆盖了全人类的无线频谱，每一个地球人都收到了这条消息。他这么声势浩大地宣布这个消息，一是挑起地球人类的恐慌；二是可以让地球人认为自己已经拿到太空工厂，阻止他们继续寻找；三是试探，看看地球联合军和火星基地对于自己的反应，茶卡斯图预计火星基地会投降。

2

从地球到火星，有一条快速通道，在那条通道上始终有运输舰来来回回地往返，地球和火星称这条通道为"种子航线"。

种子航线并不是传统意义上的隧道，这条航线上布满了开放式的混合设备。这些设备由各种形状的磁力块组成，可以最大限度地集合阳光，给光帆加速，还可以利用电磁效应给航行器加速……在关键位置还摆了几个从小行星带运过去的星体作为加速点。

种子航线像一条高速公路，能把地球到火星的航行时间极大缩短，极限是缩短到 27 个小时。

坏消息一个接着一个。种子航线上的无人运输舰被击毁了两艘，而雷达没有发现攻击者。很明显是裂隙叛军利用隐身技术干的。随即茶卡斯图也宣布是他们所为。

人类陷入从未有过的恐慌。不同的意见层出不穷，每一方都觉得自己的判断最科学、最有道理。然后各方各派唯恐政府和自己的想法不一致，纷纷去表达自己的诉求。然后变为争吵，争吵演变为武力冲突。一时间几乎所有的政府门前都着了火。

只有火星基地的意见出奇一致：不与裂隙叛军正面对抗，保存实力，必要时可以离开太阳系。既然太空工厂已经被偷走了，"南仁东号"肯定也保不住，而地球联合军毫无疑问要跟裂隙叛军硬碰一下。面对着实力碾压自己的敌人，火星基地最后的归宿或许就是离开太阳系。

"孩子"既然被抢走，那就不要了。火星基地搜寻太空工厂的舰队已经撤回，回到基地执行保卫任务。整个基地被各种战舰里三层外三层地围起来，因为谁也不知道裂隙叛军的具体位置，谁也不知道他们会从哪个方向进攻。就目前的情况看，运输舰在内太阳系遭袭，说明这里有他们的隐身战舰，有多少是个未知数；而茶卡斯图无线电的发射点在柯伊伯带上，那里他们有多少兵力，更加是未知数。

如果裂隙叛军已经全面渗透太阳系，这仗还怎么打？哈特曼的参谋问他："参谋长，我们要不要和地球联合军商议一下如何应对——"

哈特曼挥手打断了参谋："不要商议，商议必然需要表明我们的态度，就这样最好。保存好我们的实力，希望裂隙叛军率先攻击的不是我们。"

参谋又问道："那如果先攻击的是我们怎么办？要向地球联合军呼叫救援吗？"

哈特曼说道："不需要呼叫，地球联合军自然会来。"

参谋听到参谋长的算盘打得噼啪作响：先打火星基地，地球联合军会不请自到；先攻击地球，火星基地就保留自己的实力；同时攻击的话，希望地球联合军能够多坚持一段时间，最好能够撑到火星基地转移出太阳系。

地球联合军也开始排兵布阵，相比较火星基地，地球联合军的压力更大，因为他们需要防范的区域比火星基地大得多。建设月球基地的目的是让整个月球武器化，现在上面虽然布置了一些武器设施，但是离完成还差得远。

王东升也撤回了搜寻太空工厂的大部分队伍，只留下一架重明继续搜寻。对于外来文明感到恐慌的不仅仅是平民百姓，也包括这些决策层。听说过老虎吃人，就想象老虎有多可怕，真正见了老虎，发现远比想象中可怕。王东升命令所有保障情况良好的空天战机都出动，在地球和月球之间待命；随即又给马上出征的杨炳坤下了一道密令，让他以支援的名义，巡航火星基地，查明那里的可用兵力，同时，条件允许的话使用非战斗资源，继续在小行星带里寻找太空工厂的踪迹。王东升要把所有能战斗的兵力都集合起来，因一颗马掌钉败了一场战争的事情不能在他这里出现。

除了武力方面的准备，人们的思想也需要统一。有很多人认为，既然裂隙叛军已经展示了实力，人类又没有足以抗衡的能力，不如把"南仁东号"给他们，避免战争。

为扫除这种思想，王东升发表全球公开讲话："……投降主义不可取，机会主义不可取。大家想一想，即使我们投降了，把太空工厂和'南仁东号'都交给他们，他们不守承诺进攻的话我们怎么办？我打一个比方：两个人对决，对方还没出招，一番恐吓之下，你自己先把眼睛抠出来，把武器送给对手，后面你还有说话的资格吗？更何况，太空工厂到底在哪儿，是不是被裂隙叛军劫持，还是一个未知数……"王东升的发言都是大白话，没有谈主义、国家的事情，反倒是说了很多关乎个人利益的重点，"……大家可以想一想几百年前的黑人奴隶，你想你和你的孩子比他们还要惨吗？殖民地的人民是永无尊严和生存的权利的。我们需要做的不是投降，而是拿起我们的武器，哪怕是一根棍子。更何况，在宇宙里我们有重明、有鸾鸟、有玄女，大气层里我们有战斗机，地面上我们还有机甲，我们有中子弹和激光炮……我们把它们制造出来，为的就是在这一天用来消灭来犯之敌。我们有空天军，我们有钢索旅，我们有无数不怕死的军人，我们把他们送进军营，接受各种严格甚至残酷的训练，不是为了在这一天让他们更整齐地举起白旗……等最后一个军人牺牲了之后，你们再谈投降的事情吧。我以一个中国诗人田间的诗表达我的看法。'假使我们不去打仗，敌人用刺刀杀死了我们，还要用手指着我们的骨头说："看，这是奴隶！"'我们决不能失去脚下踩着的土地，这是我们的土地，这是我们的家！"

一些短视的政府被王东升的公开讲话反驳得一无是处。广大民众受到了激励，无数的青年报名参加地球长矛的建设。林芝基地从未如此被重视过，各国的物资和人员以不计成本和数量的方式运来，让付大全都来不及计算数量了。在物资、人员极大充足的情况下，付大全估计，如果裂隙叛军从柯伊伯带发动进攻，在他们抵达地球之前，地球长矛应该能建好并投入使用，而且还有丰富经验的马克尔，他更是一个极有分量的"加分项"。付大全把建设地球长矛的工作全部交给了他，而自己把精力都投到钢索旅的 AI 升级实验中。

还有一个好消息，林菲翔醒过来了，尽管这件事情与丢失太空工厂、外星人宣战相比，实在太微不足道了，但是关注这个消息的人还是很高兴的。

钢索旅的成员对新的墨影都很满意，新增的机械臂确实带来了很多便利。新的墨影和新的重明－3 型空天战机也已经完成匹配，只待升空实验了。付大全是眼看着周子薇出的事，所以他对即将到来的升空实验非常重视，即使他最近非常疲劳，有几次都差点抽搐，也亲自到现场督查。

周子薇是第一个完成匹配实验的，也将第一个升空试飞。付大全爬进座舱，在座舱里调节各种指标，检查数据，最后在电子放飞单上郑重地签下自己的名字。

"最近事情这么多，你这么辛苦，不用亲自过来保障啊。"周子薇一边用机械手臂开各种开关，一边对付大全说道。她用的还是林菲翔给她的那只机械伯劳，看来她还是对那只"鸟"感情深厚。

"准备好了吗？"付大全没回答周子薇的问题，继续帮周子薇检查设备，"挂载的是实弹，注意设备使用。"

"好的，这次我要好好体验一把第四宇宙速度！"周子薇很兴奋。目前为止，人类的载人装备里，只有重明-3这个机型能够达到这个速度。钢索旅成员能够飞上这个机型，一个重要的原因是他们的特殊身体。他们因为高位截瘫、闭锁综合征或其他原因，早就完成了"人脑—战机 AI 互联"的前期准备——通过手术在身体里植入链接点，与神经系统搭桥，建立信息传输的基础。这是一种极其复杂又危险的手术，因为每个人的神经系统都有个体差异，每个手术方案都必须重新设计。如果要临时打造一支这样的队伍，根本不可能，建设这样特殊的队伍需要的不仅仅是敢于冒险的人员，更重要的是时间。

"放心飞，设备都检查好了！"付大全最后一次扫视了一遍座舱，这情景，就像周子薇的第一次实验。

"鸢鸟 002 启动成功！"巨大的轰鸣声伴随着通信器里传来的杨炳坤的报告词，"鸢鸟 002 检查好！"

为了保障好重明-3，鸢鸟 002 也在林芝基地进行了一些改装升级。由于设备有限，鸢鸟 002 是目前唯一可以保障重明-3的，其余鸢鸟的改装工作将在后续进行。

"重明-3检查设备，跟随鸢鸟 002 起飞……"付大全轻声对周子薇说道。同一个机场里面，杨炳坤的鸢鸟002的发动机已经开始喷射，巨大的机翼随着气流不停调整着角度。还没完全康复的林菲翔也在鸢鸟002上，他从舷窗里看了一眼停机坪上银白色的重明-3，即使周子薇看不到自己，他依旧向着周子薇挥手告别，他对自己轻声说道："感谢这个时代，让我们有机会扛起这么重的担子。"

"鸢鸟002请求出航！"

"鸢鸟002可以出航，祝你们一切顺利！"

"明白，再见了林芝基地，再见了我的爱人！"随着这句表白结束，鸢鸟002向着天空拔地而起，踏上了充满危机的航程。

再见，我的爱人。周子薇在心中默默道别。"重明-3型实验机请示开车！"周子薇这一声坚定的报告，宣告AI互联的升级实验正式开始，重明-3战机正式试飞。

3

在太空里航行，选择哪条航线是很重要的事。杨炳坤选择了种子航线。在裂隙叛军到来以前，由于种子航线不承担作战任务，一般情况下执飞这条运输航线的是新航天员或者无人机。在种子航线建成后，几乎所有新的航天员都是从这里第一次看到太空，杨炳坤也是。选择这条航线，杨炳坤是有想法的：既然有生命危险，可能是单程的航行，那就从哪里开始，从哪里结束吧；如果裂隙叛军进攻，正好可以给地球联合军和火星基地一些作战参考。

客观的景色因主观的心情而异，同一条航线，怀揣不同的心情走过去，所见景色也不同。杨炳坤还记得第一次在种子航线航行时的心情，那时候的他好奇心十足。他向座舱外看个不停，对宇宙充满了兴趣。那时候，舷窗外的星星似乎都会说话，会眨眼……而眼下，往前看过去，一路黑漆漆，仿佛是垂直而下的竖井，令人感到眩晕和窒息。

鸢鸟002在地球同步轨道上与地球联合军空天军的第一九九旅会合，一九九旅正在进入鸢鸟002张开的"大嘴"。一九九旅装备了第二代重明战机，虽然在战斗力上与钢索旅有一定的差距，但也是参加过很多战斗的名牌部队。裂隙人的战斗力到底有多强，唯有小马过河般亲身一试。一九九旅的重明已经在月球基地加装了很多特制武器。那是空天军最早的武器——航炮，特制的地方在于，炮弹的弹头部分填充了磁粉、铁粉、凝胶和炸药的混合物。这些混合物只要爆炸，总有一种东西会让隐身的不再隐身。林菲翔的实践已经证实，破解裂隙人隐身的秘方就是物质的基础属性之一：磁性。

与此同时，周子薇全神贯注，她现在测试的是重明–3在大气层内的性能。新式的重明在她的操纵之下，犹如一条翻飞的小白龙。由于墨影在她和重明–3之间架起了沟通的桥梁，周子薇能感受到机翼上的激波，仿佛它们直接附着在自己的双臂上，空气仿佛就吹在自己的手指上……战机每一个动作的开始和结束，周子薇都能感受到战机机体最末端的振动。这种人机合一的感觉，真是太奇妙了。

"完美！"周子薇闭上眼，忍不住向林芝基地如此报告。比吃到最美味的食物，看到最美的景色都令人享受，这种发自内心的、原始冲动一样的欣喜，是轻易感受不到的，即使是周子薇这种经历过大风大浪的战斗员、高级指挥员，也压抑不住这种感情。

"林芝基地回复，实验数据也完美！"付大全把目光看向李轩婉，她正注视着监控重明–3的实验数据，调整下一阶段的实验项目。他问李轩婉："怎么样了？"

李轩婉与人交流总是微笑，做起事来总是一脸严肃。"可以进行下一个项目，周子薇可以先前往地球同步轨道待命。"

只有在空中，周子薇才是自由的，就像伯劳，可以享受飞翔，也享受捕猎，不管思想还是身体，都是属于自己的，尤其在刚刚试飞了重明–3之后，周子薇感触更深。悬停的周子薇闭着眼睛，任由重明–3向下落，最后停在真高9 000米、一个薄薄的平流云里。机翼"浸泡"在云里，只露出座舱，重明–3就像漂浮在海里。此刻，她在享受太阳温暖的余晖，她的长睫毛浸在黄色的光芒里，脸上的每一根细小的汗毛都在舒展。她好久没有感觉到如此的舒爽了，上一次有这种感觉还是在身体健全的时候。

"人脑—战机AI互联"或许真的可以拯救人类。

周子薇刚想到这个念头，新命令就抵达了。"重明–3同步轨道待命，准备下一阶段测试！"付大全下达了命令。"重明–3明白！"她瞬间睁开眼，眼神犀利。重明–3瞬间抬起机头，向上垂直爬升，那平流云瞬间出现了一个巨大的洞。驾驶感太好了！周子薇一边滚转，一边迅速地上升，周子薇觉得自己像是敦煌的飞天，她在舞蹈，翼尖分离的气流就是自己的翩翩长袖。她在旋转中上升，只待冲破地球引力，体会一跃而出那一刻的欢悦。

重明这一次升级为3型，是因为这次钢索旅与裂隙叛军的战斗，让地球联合军明白重明–2很明显已经不足以应对敌人，这让地球联合军指挥部痛下决心，让负责研发的李轩婉团队把尚未完善的第三代重明拿出来使用。为此，李轩婉提出"一边实验、一边战斗、一边改进、一边制造"，四个步骤同时进行，以抢抓时间、保证质量。所幸以目前的情况看，李轩婉的安排是奏效的。

乔治八世的运输舰，那艘适航的鸢鸟，只在夏威夷象征性地停了一下，就飞往了阿拉斯加。众所周知，阿拉斯加有乔治集团最大的研发基地。

根据研发实力，乔治八世的集团完全有能力融合进新一代墨影的改进中，并且可以极大提升研造水平。这样他还能顺理成章地拿到最新的墨影研发技术，但他没有这么做。他之所以选择老设备，自有他的打算。加入墨影的改进工作，对他来说是一件只有投入、没有收益的事，因为新墨影造得再多，地球联合军也不可能给自己一台，老的则可以软件硬件一锅端！这些科技产品都是地球联合军投入了无数人力、物力、财力才造出来的，如果不借着这样的危急时刻，肯定是要不来的；至于要来之后的打算，既然软件硬件都要来了，放在自己手里肯定会增值。墨影，这个帮助实现人机结合的装备是个宝贝。世界上有的是高位截瘫的人，完全可以以实验的名义，让他们通过墨影给自己干活儿。这样不仅可以获得很多廉价工人，还能免税。乔治八世幻想着他的矿场、冶金厂、货运飞艇和载人航天制造等产业都在使用着廉价劳动力。那样就太棒了！至于和外星人作战，乔治八世可不想这么干，他自己是个商人，即使当选为总统，也应该把发展经济作为自己的首要任务。作战？那是地球联合军的事情，能从其他方面给他们做好配合，那自己就是称职的了。

另外，乔治八世还有一个特别隐秘的事情，那是他心里最大的痛，他不能告诉任何人。人类中，他是拥有最多财富、拥有很多能力、权力的人，但他也有弱点，而且，不容任何人知晓！那弱点就是他唯一的儿子。小乔治拥有纨绔子弟的一切毛病，一次酗酒开车时，他很不幸地发生了车祸，造成高位截瘫……本身他的存在都要保密，他出了这样的问题，更要在保密之上更保密。

乔治八世虽然对这个儿子很是失望，但是作为一个父亲，他还是希望通过墨影和自己手里的科研团队，不惜一切代价，把他儿子从现状之中拯救出来！这么多的财富，乔治八世当然也可以成立基金会，保障孩子未来的生活，但是他觉得儿子这么年轻，不应该困在病床上、轮椅上。

当地球联合军在天际翱翔、排兵布阵之时，乔治八世终于在阿拉斯加的基地见到了梦寐以求的墨影。他要用墨影拯救自己的儿子，也要用墨影连接重型采矿设备。外星人怎么了？外星人也需要有人给他提供矿产。任何政权都不可能长久，有用的资本家和财阀才是永远的上流阶级。此时的乔治八世抽着一根雪茄，幻想着裂隙叛军如果战胜了人类，自己如何以一个政治家的身份与他们打交道。雪茄猛烈燃烧的火光一闪又一闪，尽管笼罩在烟雾里，还是能看出他紫红色的脸上乐开了花。

4

鸢鸟002在航线上如临深渊、如履薄冰，因为谁也不知道哪个地方会有裂隙叛军冲出来。所有的武器操作员和雷达控制员都有些紧张，所有人都手握着武器手柄，做好了随时开火的准备。

周子薇已经到达了地球同步轨道，爬升时巨大的加速度把她的身体紧紧压在墨影里。很多人可能不喜欢那种压迫感，周子薇却很喜欢这种感觉，这种压力给她带来了一种安全感。

整个身体都被压力紧紧包裹着，胎儿在母亲肚子里或许就是这种感觉吧，周子薇想。

周子薇马上要实验的是大速度。重明－3是目前载人航天领域里的奇迹。最新改进的等离子发动机，最新研发的第一代实用型霍尔推进器，让重明－3动力十足。按照设计速度，重明－3可以达到宇宙第四速度，但能不能行，就看周子薇实验的结果了。

周子薇选择和种子航线平行贴近的线路，不是因为杨炳坤也在这条航线上，而是因为裂隙叛军在这里击落了人类的无人运输舰。周子薇心里不服，她还在为与裂隙叛军狭路相逢时的"失态"耿耿于怀。现在有了新的作战手段，她想试一试。周子薇这种不服输的性格，是地球联合军空天军军人的一个普遍特质，也是一个传统。因此，当她向付大全他们发送请求的时候，她的请求很理所当然地被通过，没有任何人反对。

"大速度试飞第一次，种子航线请求，第四宇宙速度请求，抵达鸢鸟002返回请求，返回巡航速度请求，请指示。"

"可以实施！"付大全想都没想，直接批准了她的试飞计划。周子薇开启了重明－3的加力状态。

在太空航行和在地球上的爬升不同，周子薇现在没有任何参照物，只有明显的推背感提醒她自己的速度有多快。她像射出去的利箭，向着前方疾驰而去。

所有的数据，包括速度在内，林芝基地都在向周子薇通报，她也在向林芝基地报告自己的舱内仪表显示的信息。

"表显达到第四宇宙速度！"周子薇向指挥所报告，周子薇有些兴奋，新升级的语音系统感受到她情绪上的波动，发出的声音竟然也有些颤抖。

鸾鸟002上事先就接到了重明-3的实验信息，当他们听到周子薇的报告，很多人都向后看去。他们希望能看到周子薇，哪怕一眼。所有人都想见证一下第四宇宙速度——人类创造的飞行史上的又一奇迹。杨炳坤听了周子薇的报告后，心情有些复杂。他既为她感到高兴，又为她的安危感到担忧。

付大全看着态势图，只需20秒，重明-3就能追上鸾鸟002。"保持，拉开间隔，过鸾鸟002后回转。"付大全的想法就是让周子薇在鸾鸟002的前面画一个精美的弧线，算是送给前出火星基地的兄弟一个礼物。

哪怕这一刻裂隙叛军出现，试飞的重明-3也能和鸾鸟002并肩战斗；哪怕是这一刻立刻战死，也见证了人类不屈的决心。鸾鸟002上所有人都在倒计时，就像在等待跨年的焰火。最后一秒，重明-3尾后的蓝黄色光芒，像是武术宗师挥舞利刃的轨迹，在鸾鸟002的前方，画了一个完美的弧线。那一瞬间，鸾鸟002上所有的探测器信号都爆满；那一瞬间太短，光芒太容易逝去。所有人的视网膜上只接收到不到一毫秒、不易发现的痕迹，但速度带来的冲击和震撼深深刻在了大脑里！

鸾鸟002上的人，尤其是杨炳坤，都兴奋地欢呼起来！这是个奇迹，是人类创造的奇迹，怎能让人不激动呢？

"向前！向前！向前！我们的队伍向太阳！向最后的胜利！向前进的方向！"杨炳坤忍不住，用机内通话向鸾鸟002上所有人喊道！本来忐忑的舰员们现在都兴奋起来了！

周子薇和杨炳坤相遇却不得一见，双方都在默默地为自己的爱人祝福。

王东升很忙，所有重要的事件，只要能够同步的，都在他的指挥室里呈现。现在他正忙于调度送往月球的弹药，但他忍不住对付大全说了一句："大全，你指挥得很好！"

疲惫的付大全没听完王东升的表扬就晕倒了。他最近太累了，高强度的AI互联升级改装工作和地球长矛的建设任务，早已把他压得喘不过气了。再加上他本身就是一个脑损伤的病人——这种强度之下，即使他是天行者也扛不住。

付大全的病起于"墨影计划"的第一代试飞任务。任务失败后，电流击穿了他脑部的一些神经和血管。基于人类自身的修复机制，受到损伤的血管和神经自然而然地往损伤部位填补式生长，试图恢复以前的状态，但这种修复接近于无序生长。这是生命从单细胞生物进化到人类一直恪守的原则。再优秀的医生都无法控制它们生长的方向，也无法抑制这种情况。这样生长的结果就是付大全会不时出现癫痫和抽搐。杨炳坤、周子薇在抵达林芝基地的时候就发现付大全脸部的抽搐，李轩婉也知晓他的病情在不断地恶化，但是形势逼迫之下，个人的病情问题永远是小的，人类的生存问题永远是大的。

在付大全倒下的这一刻，一直坚强且微笑的李轩婉终于绷不住了，她冲过去，坐在地上，抱着抽搐的付大全，伤心不已。新一代墨影还不成熟，就让周子薇直接实验；杨炳坤要去支援火星基地，将空天军一九九旅放出之后，还要承担搜寻太空工厂的任务；地球上最后的防御工程地球长矛几乎耗尽了付大全的最后一丝力量……作为自己的老师，付大全承担了太多的压力。

李轩婉扶着付大全："付老师，您要坚强啊，还有好多事呢，周子薇的试飞还没结束呢。"

这是个什么时代，为什么所有不好的事情都集合在这个时间了？李轩婉心里想着，却没办法说出来。她代替付大全指挥："重明-3返回使用第三宇宙速度，月球准备发射未知靶标，请按照规定射击。"

在周子薇回转向、对向月球之后，几架靶机被释放出来。靶标是随机的，数量不明、方向不明、速度不明，分别测试重明-3的远距离发现、攻击的能力，当然，还有近距离机动能力。

"靶机已释放！大速度飞行数据正常。"月球基地立即传来回讯。

"重明-3感觉良好，可以进入下一步试飞。"周子薇向林芝基地报告，并打开了武器系统，瞬间所有的目标都显示在她眼前。AI系统自动解算，立刻锁定了距离最近、最有威胁的那个靶机。"这速度，太快了！"周子薇忍不住说道，她的眼睛看过去，那个靶机还没有来得及机动，就被击落了。

随即，周子薇驾驶的重明-3像一只机动灵活的游隼，上下翻飞，时而增速，时而机动，像饥饿的鹰在掠食。很快靶机只剩下两架了，它们向地—月内部轨道飞去。追踪逃逸也是测试的一部分，那两架靶机用的也是第三宇宙速度。

一条条追击轨迹出现在周子薇面前，AI智能地把两架靶机可能逃逸的方向全都显示出来，处理之后，两条最有可能的线路在闪烁。回想刚才AI设计的攻击航线，周子薇认为那真的是无懈可击，堪称完美，她做的工作更多的是决断，选择"是"与"否"。重明-3再加上玄女无人机，钢索旅的战斗力将获得跨越式的提升。

　　李轩婉看着周子薇追踪逃逸的画面，心里默默地说：加油周子薇，重明－3上集合了目前人类最新的科技成果。她转头看向身边的付大全，付大全已经醒了，他坚持不去休息，要把周子薇这个架次指挥到着陆。他瘫坐在指挥椅上，脸上的肌肉仍在抽搐，但是他的目光异常坚定。

第六章　战争的理由

1

后来，2023 年被公认为"AI 互联元年"，这一年 5 月 25 日，马斯克的脑机接口公司 Neralink 宣布：A 国批准了他们进行脑机接口人体临床试验。

AI 互联起源于芯片植入或者连接，自从时代的巨轮转入 21 世纪，中美等国在这一领域的理论和实践上不断取得成果。按照那个时代的预期，大脑植入芯片，是可以解决高位截瘫人士不能动的问题，可以辅助治疗阿尔茨海默病、帕金森病、闭锁综合征等一系列病症，提高病人的生活质量。但所谓的"人权"人士一直在抗议，他们认为在病人丧失自主判断能力的情况下，不应该强迫他们使用这种方法。关于 AI 互联可能给人类带来的改变，当时人类普遍认为，人类的学习活动将会消失，因为可以把知识点植入芯片。他们更关心意识是否可以转移到机械里，数字人类是否是人类的终极未来。这引发了伦理和技术层面上的激烈争论。在各家争论不休之时，有些偏激的人士甚至做出了危害人类的事……

因此，短短的 40 年后，A 国官方禁止了这项技术。因为争论永远没有结果，而争论不下去的时候，论点的重要支撑往往还是拳头，拳头解决不了，那就升级为枪炮。

经过之前那些有关 AI 互联的激烈论争，中国主导"墨影计划"的时候一直坚持一个底线，那就是人脑里不植入任何芯片。即使有再多的机械和电子设备连接人脑，也不用电脑代替人脑。电脑只做辅助，决策权始终是由当事人这个个体的独立意识掌握。这也是中国的"墨影计划"能够施行下来的重要原因。

乔治八世拿到墨影设备之后，立刻让他的工程师修改，按照民用机械的设计思路，更换全部代码……他要为未来的太空采矿和矿产的深度加工进行技术储备。同时，他让工程师挑选出性能和保养最好的一台给他的儿子使用。

经过检测，性能最佳、连接速度最快的那台很快被挑选出来，那台机器喷涂着红色和金色飘带，上面还喷了很多星星。这台设备乔治八世亲自看过，检查过，确定没问题后，它很快就被吊起来，装进箱子，准备运往另一个基地。这时候，工人看到机器的头部和尾部，均喷涂有它的舷号"81192"。没错，正是周子薇刚刚换下来的那台。乔治八世的对接如此迅速，以至于周子薇的舷号都来不及擦除。

此时，真正的 81192 已经完成了追踪逃逸的试飞，这次周子薇把重明 -3 的性能包线图往外扩了很大的一块。李轩婉一边调整着包线图，一边激动地对付大全说道："从周子薇的试飞来看，武器发挥的作用和指战员的经验有很大的关系！"

付大全微笑着点头，咬着牙说道："继……续。"

　　"重明 –3 准备中子弹试射。"李轩婉指挥周子薇，并且划定了一条试射航线发送出去。试射目标是一颗流浪在地球和火星轨道之间的星体，上面布满了各种信号接收装置。

　　"明白，中子弹准备中！"周子薇接收到航线，一个漂亮的转身，向地球轨道外飞去。

　　之所以在重明 –3 上装备中子弹这种大杀器，是因为人类发现，对付外星人，中子弹是最经济、最实用的。它号称"业主炸弹"，是最合适的防御武器。它对所有的碳基生命来说都是公平的，别管外星人的长相多奇葩，只要是碳基生命，中子流都能破坏他们的 DNA，杀死他们；而且中子弹的辐射流不带电子，根本不受金属的遮挡，可以轻松地穿越外星人的战舰，又对设备损伤极小，人类还可以研究外星战舰；它还可以防御氢弹和原子弹的攻击……

　　如果钢索旅的一切试飞都能按部就班地进行下去，那么茶卡斯图在选择攻击时刻的时候肯定会犹豫不决，至少他会召开几场"圆桌会议"进行讨论。暗中观察到现在的茶卡斯图已经发现，重明 –3 有着不俗的战斗力，如果现在开战，会给叛军造成极大的伤亡。

　　本来试飞正按部就班地进行，周子薇先是让重明 –3 做了一个简单的 90° 转身，之后只要大速度向那颗流浪星体飞过去，进入航线、发射中子弹，完成这些就算试飞成功了。突然，周子薇闭上了眼睛，重明 –3 在转了 90° 之后没停下，一直又回到了原航向。这时候重明 –3 的航线指向是太阳系内部，与此同时，林芝基地指挥所的警报声不断地响起来，红灯闪烁，监测系统发现周子薇的大脑生物电的波动变化严重超标，已经超出正常阈值的两倍。

付大全想从椅子上挣扎着站起来，由于身体无力，又跌坐回椅子上，他使出最后一丝力气呼喊："周子薇，周子薇……"

李轩婉也在呼叫周子薇："重明–3，收到请回答，重明–3报告你现在的情况……重明–3切断AI链接！重明–3切断AI链接……月球基地，掩护兵力贴近保护，必要时使用伴飞系统把重明–3带回来！"在这么危急的时刻，李轩婉还能够沉着冷静地指挥应对，但是她的额头已经沁出了汗珠。

月球基地负责试飞保障的部门早已做好准备，接到命令之后，保障机组第一时间就跟上了周子薇。他们飞到周子薇的侧方，最近的位置，机翼叠压着机翼。从座舱里看她，她像是睡着了，脸上红扑扑的，呼叫没有任何反应；从生命保障系统来看，她的心跳已经超过了140，血压则飙到了190。

"请求太空开舱营救！"试飞保障的机组向指挥所发出请求。太空开舱就是使用机械臂把周子薇和重明–3进行物理分离，然后把周子薇和墨影设备带回来。这是早就演练过的最极端情况下的处置方案。

李轩婉果断下达了"可以实施"的指令，这四个字说出来很简单，但是这四个字代表了第四代墨影和重明–3的试飞失败了。无论任何时候，在指挥员的眼里，试飞员的生命都比设备珍贵。

就在保障机的机械臂缓缓向重明–3伸过去的时候，周子薇的81192却突然加速，瞬间就把四架保障机甩在身后。这突发的情况使得所有人都始料未及，周子薇的重明–3以第四宇宙速度向着太阳系内部飞去，跟随的保障机把动力系统加满在后面猛追。

"她的航向是……'南仁东号'磁感线太空雷达！"李轩婉面前的航线分析很清楚，她的话语说得很平和，分量却很重。周子薇到底怎么了？她要进行的是试射，难道她要攻击人类唯一的大型太空雷达吗？AI互联出现病毒了吗？还是她神经错乱了？各种想法一股脑涌现在李轩婉的大脑里。

在种子航线上的杨炳坤机组没有遭受任何攻击，但周子薇的情况对他们的打击却是沉重的。尤其是杨炳坤，他紧皱眉头，闭上眼睛，双手抱头，心里最担心的情况还是出现了。重明–3试飞失败了，看这个情况，应该是周子薇的身体出现了重大问题，但是任务在身，他又不能为她做任何事情，这种感觉……太痛苦了。

裂隙叛军没有攻击鸢鸟002，并不是因为杨炳坤的运气好，而是因为茶卡斯图手里能全程隐身的舰艇太少了。茶卡斯图把性能最好的两架用来侦察，结果其中一架还被击伤了，所以他不得不隐藏实力，如果被地球人找到自己的这个弱点，这一仗就没有完全获胜的把握。

2

周子薇的重明–3终于停了下来，现在她的前方是"南仁东号"，就在她的射程之内。重明–3的武器可以毁天灭地，摧毁雷达，只需要她动一下念头。

现在的时刻，谁也不知道周子薇要干什么。

李轩婉指挥保障机："迅速开舱营救，前面的一架阻挡攻击，后面的一架占据有利位置，做好开火准备。"所有人都知道李轩婉话里的内涵：如果能够终止周子薇的行为，那是最好的结果；最坏的结果是周子薇向"南仁东号"开火，为了保住"南仁东号"，前面的那架保障机要替"南仁东号"扛下致命一击；如果周子薇再开火，那就必须牺牲周子薇，尽管她是经过无数战斗历练的、难得的指挥员、战斗员，尽管她是林芝基地指挥所里很多人的好朋友。

此时，太空里的周子薇仍然在一种半昏迷的状态里，她的重明–3的机头慢慢从对准"南仁东号"转向它的左侧，太空航向偏了半个度。

"保障机组四机明白，武器已准备好。"保障机组还在追赶的路上，重明–3马上就要进入他们的射程了。突然，他们发现远处闪过一束强烈的光芒，很明显，那是周子薇开火了，他们马上向指挥所报告："重明–3开火了！"

即使是一向沉着的李轩婉也禁不住跺脚！付大全说了一句："完了……"便挣扎着站起来，实验从刚才的高歌猛进到现在的跌入低谷，付大全的心脏简直无法承受这么巨大的打击，他站起来又跌倒。

"肯定是病毒侵入了周子薇的墨影或者重明–3！"李轩婉不忍再看，她摘下眼镜扔在指挥台上，痛心地低下了头。她努力回忆第四代墨影的研究、制造过程，从软件到硬件……都不可能出现这种匪夷所思的问题，但是她不得不面对这个现实，作为这次试飞的实际指挥员，她必须给全人类一个交代："我想……有没有这一种可能性……"

"李指挥，你看'南仁东号'！"旁边的参谋大声提醒李轩婉！

李轩婉像是抓到了救命的稻草，戴上眼镜，向大屏幕看去，"南仁东号"并没有消失，李轩婉马上指挥保障机组："贴近，马上实施开舱营救，查明情况报告！"这是一个非常侥幸的结果，或许是周子薇还有微弱的意识，在阻止重明-3攻击"南仁东号"，或许是她自己打偏了。无论是哪种情况，马上把重明-3和周子薇分开都是当务之急。

"李指挥，弹道的轨迹不对！"那参谋又一次提醒李轩婉。李轩婉顺着参谋的手指看去，果然发现了异常。刚才周子薇发射的是一枚中子弹，那中子弹有一段飞行轨迹非常清晰，轨迹显示它从"南仁东号"左侧、大约20公里处飞过去，但后续的轨迹居然没了，这枚中子弹凭空消失了。中子弹爆炸肯定会被监测出来，就算不炸，它在那里也应该有一个飘浮的回波点，而那枚中子弹，就这么凭空消失了！

周子薇的重明-3已经从"南仁东号"的旁边飞过去。

保障机组也终于追上了周子薇。这时候看周子薇的机头指向，早已与"南仁东号"有了较大的夹角，即使重明-3发射武器，武器也只会越过"南仁东号"击中其轨道的侧后方，"南仁东号"已经安全了。重明-3不断在调整着航向，但是始终是指向一个点——"南仁东号"轨道线的侧后方。一架保障机迅速占位，"顶"在重明-3的前方，随着它转动位置，如果周子薇再发射武器，那么保障机将替"南仁东号"扛下所伤害，当然，它也会尸骨无存。后面一架保障机则已经占据好攻击位置，随时准备应对可能出现的突发情况，保障战士的手已经扣紧了扳机，他只能给周子薇一次机会。另外两架保障机悬停在重明-3的两边，近到机翼重叠着机翼，近到能看清周子薇的脸。

周子薇的眼睛仍然闭着，看起来仍未清醒。保障机组的机械臂缓缓伸出，马上就要接触到重明 -3 的座舱时，重明 -3 的太空航向突然向左转了整整一度，整个机体也在迅速平移。前面当盾牌的保障机重明还没跟上，周子薇的重明 -3 配备的激光炮、脉冲粒子炮、空空导弹全部开火，所有的武器擦着重明保障机的"头皮"倾泻。那个保障战士被吓得呆在原地，一动也不敢动。

那两架伴飞重明 -3 的保障机快要被甩开，开舱营救肯定是来不及了，他们用机械臂牢牢控制住重明 -3 的机体，唯恐它向右转角度。这时候激光炮的轨迹能明显看出来了，周子薇攻击的不是"南仁东号"，但是导弹是可以拐弯飞行的，所以驾驶保障机，在重明 -3 后面占据攻击位置的保障战士也很紧张，他紧盯着导弹的飞行轨迹，如果导弹拐弯，激光炮必须在射程之内将其击落。很幸运，所有武器的目标都是"南仁东号"的侧后方。

负责开舱营救的两个保障战士看到重明 -3 攻击的不是"南

仁东号"，但还是把机械臂用上了全力，把重明-3牢牢地控制住，以防止周子薇再做出什么可怕的事情。一面是不容破坏的原则，另一面是战友的生命，两个保障战士握着武器发射扳机的手还是出了汗。

中国古代有茅山道士穿墙而过的传说，这四个保障战士亲眼见证了这一奇景。所有的武器都消失了。在一堵无形的"墙"面前，先到的是激光炮，后到的是空空导弹，无一例外地，都在这堵"墙"面前消失了。该造成灼伤的没造成灼伤，该爆炸的没爆炸。

雷达显示所有的武器连个杂波反射都没有，带队的长机驾驶员觉得自己无法决策了，甚至无法用语言形容，这是超出人类认知的现象。一时间，他们不知道如何报告，四个保障战士立刻把四架保障机上的视频影像集合，打包发回了林芝基地指挥所，同时立刻实施开舱救援。两架保障机的机械臂合力把周子薇的墨影从重明-3上分离下来，一架把周子薇和墨影固定在机背上，另一架则把周子薇的81192重明-3固定在机腹下方。

面对一波三折的事情发展，杨炳坤没在现场，只能通过无线电收听消息，再加上自己的猜测，使得他比现场的人更着急。他努力平复自己的心情，不断提醒自己，不断默念："完成任务！不要被外界因素打扰！"这是每一个空天军战士必须恪守的准则，更何况任务的目标火星基地就在前方！

火星基地和地球联合军的敌我识别系统一直是通用的，只要鸢鸟002靠近火星基地的识别区，敌我识别系统的询问机和应答机就会自动工作，完成甄别，自动给定进港航线，并发送泊位。这次好像不太行，应该是火星基地关闭了敌我识别系统。杨炳坤理解他们的做法，这么做可以防止裂隙叛军在破译敌我识别系统的密码之后，冒充地球联合军偷袭。于是他明语向火星基地呼叫，没想到的是，火星基地竟然禁止杨炳坤靠港，给出的理由果然如杨炳坤所料。他们怀疑杨炳坤是裂隙人冒充的，并且威胁杨炳坤，如果再靠近，他们将派出战舰驱离甚至发动攻击。

这话吓唬别人行，对杨炳坤可不好用。他在火星基地和地球之间来来回回几百次，火星基地的很多人都认识他，大多数人都听过他的名字。杨炳坤想，你们派出战舰最好，正好让你们近距离看看自己是不是裂隙叛军。

火星基地当然也知道来的是杨炳坤不是裂隙叛军。因为雷达上面有显示，机身外形、机翼长度、细节尺寸，所有他们对于杨炳坤和鸾鸟002的了解都在说明，这次来的是本人。但是面对杨炳坤的不断靠近，他们还是坚持呼叫杨炳坤，威胁他不要继续往火星基地前进，否则会发动攻击之类的。在威胁未果之后，他们竟然真的派出了两架重明，意图逼停鸾鸟002。杨炳坤和火星基地打过太多交道，他和这两架重明的驾驶员都相熟。于是这两架重明的驾驶员一边用手和杨炳坤打着招呼，一边严厉地用语言驱离杨炳坤。这两个驾驶员明白打通火星到地球航线的重要性，如果裂隙叛军首先攻击火星基地，他们还得指望着地球联合军的救援，所以驱离、击落之类的威胁只是做做样子。

在火星基地两架战机的"护航"和各种言语的恫吓之下，鸾鸟002把火星基地看了一个遍。由于哈特曼收缩兵力，火星基地的所有战舰都停泊在基地附近，层层叠叠，蔚为壮观，像是一个巨大的白蚁巢穴。他们按照作战单位聚集、结群，负责保障的舰艇则停在各个作战单位之间，来来回回的运输舰像是快速穿梭在海底的鱼。杨炳坤实在没想到火星基地竟然有这么多的战舰，他这么熟悉火星基地，却从没想到他们竟然藏了这么多战舰。这么多年下来，他们利用自己的地理优势，从太空工厂偷来了超厚的"家底"。杨炳坤检查了一下数据链，有将近三分之二的战舰竟然没有在地球联合军注册！这意味着火星基地隐藏的兵力是地球联合军知晓的一倍有余。

杨炳坤身边的副舰长忍不住感叹道："我的天啊！他们会魔法吗？一下子变出来这么多战舰。如果不是魔法，这么多战舰，他们原来都藏在什么地方了？"

"当然是小行星带。"杨炳坤从舷窗看出去。整个太阳系里，也只有小行星带能够遮挡这个数量的战舰反射波。想到这里，杨炳坤的心里灵机一动：太空工厂这么大的体积，怎么会被轻易带走？它极有可能还藏在小行星带中。

这时候林菲翔走进了指挥室，他把杨炳坤拽到一个僻静的角落。"你觉得有没有可能……太空工厂还在小行星带里？"林菲翔问杨炳坤。林菲翔当然也看到了火星基地的情况，他和杨炳坤一样，对火星基地能够藏这么庞大的舰队，感到不可思议。

"想到一块儿去了，我觉得有极大的可能。既然火星基地能够藏这么多战舰，再藏一个太空工厂也不是什么问题。他们有可能在演戏！"杨炳坤看了一眼控制台的航线，接近小行星带的轨道就是巡航的返回点，"咱们快要到巡航航线的折返点了，我觉得可以派出几个人，去小行星带找一下。有百分之一的可能，就用百分之百的努力去尝试。"

"那我就是你要找的人。"林菲翔调皮地眨眼，手指敲敲脑袋，"你想到的我都想到了，我是你中央处理器里的'病毒'。"

"可是你的身体……"杨炳坤忍不住问道。

"放心吧，身体没问题，我又不是跑步前进！给我一副机甲，我就能完成任务。"林菲翔笑了。他知道，杨炳坤肯定会派自己去。

"我给你配一个助手。"杨炳坤考虑了一下，呼叫了伴随掩护的兵力，一九九旅停在机舱最外面的重明和它的驾驶员被派出来。那人名叫"大牛"，由他挂载着林菲翔的保障吊舱前往小行星带。"如果发现太空工厂，你会怎么办？"

"这次巡航有三次折返，第三次折返时，我们在折返点会合。如果中间有突发情况，由重明向你报告。我们两个私下定个密语，如果呼叫你的救援时喊的是'鸢鸟002'，就是我发现太空工厂了；如果呼叫名称只有'鸢鸟'，那就是没发现，而我们又处于危险之中。"听了林菲翔的话，杨炳坤把手放在这个年轻人的肩膀上，看来林菲翔已经把所有事情都考虑周全，只待自己点头实施了。

为了防止火星基地捣乱，这个工作只能秘密进行。在经过折返点的时候，鸢鸟002转弯并缓缓打开了外侧的舱门。一架挂载着保障吊舱的重明被"甩"了出去，神不知鬼不觉地和小行星带的星体们混在一起，就连火星基地"护航"鸢鸟002的两名驾驶员都没发现。

3

此时的地球联合军忙作一团，周子薇还在昏迷之中，李轩婉带领"墨影计划"的工程师、重明-3的制造工程师探讨周子薇的情况。科学家和各级指挥员都在指挥所里观看周子薇和四架保障机传回的视频图像。

那团吞噬体距离"南仁东号"太近了。指挥员调整"南仁东号"转向它，结果显示那里存在大片的磁感线干扰。针对这个情况，很快有了初步结论：一是这个物体质量很大，可以确认的事实是它的轨道和"南仁东号"基本一致；二是这个物体很可能是裂隙叛军的秘密工程，它距离"南仁东号"只有几千公里，在这么近的距离出现，不能排除他们的目的是吞噬"南仁东号"。

当下亟待确认这个吞噬体到底是什么东西？它是一直追赶"南仁东号"还是保持着距离？如果是件武器，它完全可以放在地球轨道上，那人类已经败了。面对这种碾压式的优势，根本没有打一仗的必要。越研究问题越大，越讨论，越让人感到后怕：这个吞噬体是什么时候出现的，如果不是周子薇，谁也不可能发现它！

惊慌和无助充斥着地球联合军指挥部，火星基地在得知这个消息之后，更加坚定了执行逃跑计划的心思。这个消息被泄露出去后，赫耳墨斯之徒兴风作浪，借着吞噬体的出现，迷惑、拉拢了大批恐慌者。他们抛弃政府，以"新人类集合体"的名义直接向吞噬体和柯伊伯带发送信息：未知的征服者，我等地球民众，信仰赫耳墨斯和平之精神，永无反抗之心；我等愿奉尊敬的您为等同于赫耳墨斯地位的神；我等愿意永远匍匐于尊敬的您的脚下，服务于您，真诚献祭于您，包括我等的组织和秩序、命运和财产，甚至鲜血，甚至一切……

发现吞噬体后，最想逃走的不是哈特曼，而是茶卡斯图。茶卡斯图此刻十分慌张，因为整个太阳系只有他知道周子薇事件的真相，周子薇发现的那个吞噬体是裂隙正规军正在开启的虫洞！

从形态上看，完全开启还需要很长一段时间，但是这已经很明显了，裂隙正规军已经掌握了自己的动向。如果不是周子薇"无意"中的发现，连他自己也还蒙在鼓里。该继续掠夺还是立刻逃走？这个问题不好回答，逃走肯定能活，但是自己不得不面对着没有补给的困境。荼卡斯图甚至把那几十架破败不堪的天蛾都算了进来，在研究兵力之后，他陷入了困境。摆在他面前的是一本"烂账"：如果去往下一个星系还是这种装备和物资的话，下一个星系或许就是自己旅行的终点；如果下一个星系再有地球人这样的抵抗意志和战斗力，自己就只能投降了！

必须尽快在太阳系获得足够的资源，与地球人作战要把自己的战损降至最低，最好没有战损……荼卡斯图正在考虑接下来的计划，赫耳墨斯之徒的宣言给他带来了福音，他决定修改作战目标，把"劫掠太空工厂和磁感线雷达"的战斗目标改为"劫掠太空工厂"。

荼卡斯图决定提前发动攻击。在火星基地外围建立一道封锁线；继续干扰太空工厂的通信，指挥太空工厂驶出小行星带；自己的主力切太阳系黄道面穿过，登陆并占领太空工厂，再切黄道面而出；防守阻击的兵力和自己在太阳系外会合。这是损耗兵力最少、最安全的打法。就像苍鹰捕食野兔，旨在一击命中、一掠而过。

现在的战场态势已经发生了变化。本来的进攻方裂隙叛军已经转为防守，他们的角色已经从"抢劫犯"变为了"诈骗犯"；而本来的防守方地球人，还完全不知情，如果不改变策略，只能任由裂隙叛军夺走自己的重要战略资源。

人类的救命稻草是周子薇，所有人都知道，周子薇并不是攻击"南仁东号"，而是她有所发现。周子薇被顺利地运回地球，王东升指示，将她送往林芝基地。李轩婉查看了生命保障系统的记录，在周子薇失去意识的时间段里，她的脑电波以 θ 波为主，这种被称为"暗示"的脑电波，往往和人最深处的思维和情感有关，这里的思维往往属于潜意识的最深层次。在使用了镇静剂之后，周子薇的生命体征已恢复平稳，心跳和血压都已恢复正常，脑电波也由以 θ 波为主转为以 α 波为主。

所有人都在等待周子薇醒来，就好像她醒来，所有的问题都迎刃而解了一样。连科学家和指挥员都有这样的想法，面对束手无策的大问题，他们也都幻想小问题的解决能带来大问题的突破。

有一些科学家大胆地依据爱因斯坦的质能等价原理，用预估的这个吞噬体的质量进行计算，得出的结论非常惊人，这个吞噬体的能量大得可怕。周子薇发射了重明–3上的全套武器，那种杀伤力就算在太阳系内也是可以掀起波澜的，但在那团物质面前，竟然全部被吸收了。

武器撞到墙上，爆炸，那是最符合自然规律的。那团吞噬体很像一堵墙，但是它太奇怪了，它的工作原理完全超出地球科学的范畴。有科学家认为它是一种先进的能量护盾，也有科学家大胆提出假设：这团物质是不是裂隙人发动的虫洞攻击？此言一出，就连敢探讨这个问题的人都没有……都怕因为一句话，把自己置于万劫不复的境地。所有关于这个吞噬体的讨论，越来越脱离科学范畴。

王东升私下认为，那个吞噬体就是虫洞。

倒不是因为他有超越科学家的理论水平，全是靠他军人的思考方法。"拾荒者预言"里说过，即将到来的是一支裂隙叛军。

这支叛军可以被称为"流寇"。对付流寇,中华文明有发言权。作为唯一传承至今未断代的文明。中国的史籍记录了太多关于流寇的历史。王东升肯定,既然是流寇,即使他们是外星人,在很多方面,也永远逃不出流寇的思维。

作为一支流寇部队,如果有开启虫洞的能力,那么他们肯定会首先开启虫洞。能不打仗就不打仗,盗走东西,还让失主找不到窃贼,这才是他们应有的主导思想和行动方式。杨炳坤在种子航线上已经走了一个来回,却没有遭受任何攻击。那支裂隙叛军如果有完全碾压人类的能力,还会发出通信吗?并且,如果裂隙叛军想发动攻击,绝对不是现在的形式。隐藏在柯伊伯带的裂隙叛军很明显是虚张声势……现在,所有的事情合在一起,即便是在混乱的指挥部里,王东升也能保持冷静了。

王东升努力地去分析,分析的结果都合乎已有的态势,但是,鉴于自己是地球联合军的参谋长,在缺少必要证据的情况下,这些想法提都不能提!分析和判断,只能作为一种猜测存在。

谁也没见过虫洞。虫洞是什么形态的,它到底是圆的还是方的,是一团物质还是一个光圈?

4

茶卡斯图如果保持沉默,人类对于那团吞噬体的讨论还能延续一年半载;他的谎言帮了人类的大忙,尤其是王东升,王东升听完,就确定了那团物质是虫洞。

"赫耳墨斯的信仰者,我接受你们的崇拜,并接纳你们成为我的信众。只要笃信于我,我便保证你们的生命不受侵害。只要口念、心想、默认我是你们唯一的主人，我就保护你们的财产和亲人。我们要和平，不要战争。你们要去劝人，劝所有反抗我的人放下武器，劝更多的人加入你们的组织，我会给予你们奖赏。如果反抗者不听你们的劝导，一定要想尽办法阻止他们。我已经在磁感线雷达附近开启了虫洞，大量舰队将会从那里蜂拥而来，发生战争的话，你们地球人绝无胜算。"

茶卡斯图一边给赫耳墨斯之徒规划"美好"的未来，给他们指明了下一步的工作方向；一边向裂隙叛军下达了进攻的命令。

柯伊伯带上的裂隙叛军，就像倒挂在房檐的蝙蝠。这些流寇，早已习惯了猛冲猛打，这次茶卡斯图折腾这么久，他们早已等得不耐烦了。进攻的命令一下，他们就松开了"利爪"，一边利用太阳和各大行星的引力，一边用发动机调整自己的航向，向着火星基地直扑而去。

裂隙叛军为了节省能源，没有开启隐身模式，"南仁东号"上面一时间布满了回波点。王东升指挥参谋将它的功率开到最大。"该来的终于来了！按照作战计划，兵力配置，沿种子航线，同步前出，到达火星基地待命！"

地球联合军的"同步前出"命令是保留了维持和平的最后一点底线的。裂隙叛军往哪里去，地球联合军就往哪里去；裂隙叛军前进几步，地球联合军就前进几步；裂隙叛军走多快，地球联合军就走多快……他们什么时刻撤退，地球联合军也会撤退。地球联合军拿出了最大的诚意。

火星基地则将兵力散开，布成一个圆环阵势，中心空出来，那是留给超级长矛发挥的区域，整个阵形随机转向，等待裂隙叛军的到来。根据雷达信息显示，哈特曼判断，火星基地会是裂隙叛军的第一波打击目标，压力太大了。哈特曼已经拿起了话筒，话也已经到了嘴边，如果王东升不指挥地球联合军前出，他马上就会呼叫他们的支援。

不得不承认，阿米尔的驾驶技术是一流的，哈特曼选择他的时候，也是看中了这一点。太空工厂这么大的体积，这么差的机动能力，在阿米尔的手中竟然被"驯服"得像一头温顺的大象。阿米尔不断预判前方星体的轨迹，辗转腾挪，逆流而上……在这么复杂的环境之下，他竟然没忘记"哈特曼"给他下达的命令，不忘生产，终于组装出来两架重明。

准将的职位肯定没问题了，阿米尔心里很得意。"马上启用那两架重明，注意保持缄默状态。"阿米尔下达命令，"星体实在太多了，让这两架重明在前面开路也是好的。"

两架重明被迅速地装载弹药、燃料，只待起航。这时候荼卡斯图通过天蛾给阿米尔下达了新的任务：贴近小行星带的外侧边缘飞行，等待命令，随时准备飞出小行星带。荼卡斯图明白，现在还不是太空工厂暴露的时机，而作为通信中继器的天蛾只有藏在小行星带里，才能不被发现。只要一出小行星带，天蛾就会被发现、击落，自己就无法控制太空工厂了。

"明白！"阿米尔擦擦头上的汗水。他已经驾驶了很久，完全没想到自己能接这么个体力活儿。太空工厂慢慢变轨，向小行星带外侧横移。指挥中心监控星体的矢量图原本就很复杂，航线一变更，更是错综复杂。太空工厂的计算机主要涉及保障工厂运转，航行并不是它擅长的领域。这种极端情况下的航行，即使是重明-3这种战机，其配属的计算机也要全频开启才行。太空工厂中，计算机超标运行的报警响个不停。"坚强"的阿米尔看了一眼警报文字，长呼一口气，不加理会，埋下头去继续"炫"自己高超的驾驶能力。

在阿米尔的身后，林菲翔和大牛也开始沿着小行星带逆向行驶。小行星带对太空工厂这样的庞然大物来说，是充满了危机的，而对重明这种机动性强的小型战机来说，就像是坐过山车，很刺激，但是危险性不大，所以他们可以轻松地前进。

林菲翔和大牛一边前进，一边扫描。很快，他们就发现了一架天蛾。那是包围太空工厂的天蛾中的一架，飞行在最后方的一架。

林菲翔和大牛打破脑袋也想不到它是干什么的。

太阳系里的天蛾应该都是破烂不堪的了，但这一架天蛾看起来保存得很好，比地球联合军博物馆里的那架还要新，而且它还在正常工作，尽管就像痴呆了一样。它丝毫没有发现接近它的林菲翔和大牛，它的机头指向小行星飞来的方向，似乎在向前盲目飞行。

大牛把三门激光炮对准了那架天蛾，慢慢地向它靠近，只要它有任何不明举动，立刻就能把它打成碎片。大牛不断试探，当与天蛾的距离只有 5 米的时候，他们看到天蛾指控台的灯光都是红色，这和以前看到的完全不同。

"怎么办？击落它吗？"大牛用机内通话问林菲翔，说着紧了紧扣在开火扳机上的食指。

"不不不，到它上方去，缴获它，我试试能不能黑进它的系统！"林菲翔一下子就兴奋起来。这架天蛾如果可以被顺利缴获，肯定可以被收藏在地球联合军博物馆里，这是任何战士都无法拒绝的诱惑。

同一时刻，昏迷的周子薇醒了过来，她睁开眼，尽管第一眼看到的是李轩婉和坐在椅子上的付大全，但她的眼神里全是慌乱。李轩婉问周子薇："出现了什么情况？"

仿佛是一场噩梦，周子薇闭上眼回忆，她很少有这种状态："李指挥，你无法想象……我当时的状态。我现在的状态……从开始到开舱营救，我一直是清醒的……"周子薇有些语无伦次，李轩婉忍不住拿起"伯劳"，检查她的语音系统，唯恐她神志不清，或者语音系统出现了问题。

"不用检查，语音系统没问题。对不起，我有些激动……那种感觉……怎么形容呢……你能体会到'我找到了我'的感觉吗？"周子薇用期盼的眼神看着李轩婉，她无法分享那种感觉，一时也找不到合适的语言来描述，只能继续向二人解释，"那绝对不是懵懂的状态，是一种高于我现在，不，平时清醒的我的状态……那个不明物体……另外一个'我'，她说必须去，她觉得那里有威胁，然后就去攻击不明物体……你们能明白吗？"

三个人都陷入沉默，周子薇等待付大全和李轩婉的分析，她觉得面前的两个人肯定会给自己一个满意的答复。付大全的大脑迅速搜索各种可能性，李轩婉则是仔细核对周子薇在失去意识阶段的脑电波记录。"难道是被激发的潜意识？潜意识扩大？"付大全看向李轩婉。李轩婉关掉记录，她的表情波澜不惊，但眼神在表示肯定，见付大全看向自己，又郑重地向付大全点点头，给了他自己的答案。

"对，就是这种感觉。我觉得我自己变大了，如果保障机组没有开舱营救，我相信'我'也会让重明–3飞回来。"周子薇对这件事很有把握，"反而是在开舱营救、断开我与重明–3的链接时，我才失去了意识。"

"我们总是想要找到天行者与正常人的不同之处，或许这就是其中之一。"付大全接过李轩婉手里的生命保障系统的记录，上面的各项指标都显示，当时周子薇的身体都处于超负荷运行状态，尤其是大脑。作为一个闭锁综合征患者，周子薇身体的能量除了供给必须运行的内脏器官的部分，剩下的能量全部供给了大脑。这种消耗量，相当于一场超级剧烈的马拉松！

"子薇你看，这些数据说明当时你的大脑进行了一场相当强度的'运动'。"付大全给周子薇看数据，印证自己的判断，"以前的计算机中央处理器，有一个超频技术，很多计算机高手都以超频技术来证明自己的实力。当时的世界经常组织计算机超频大赛，看谁能用同样配置的计算机做出更快的运算速度、更高的运算频率。"

李轩婉接着说道："计算机超频的好处是超能力计算，但是超频也有最坏结果，就是宕机。"

"宕机是什么意思？"周子薇忍不住问道，她能理解超频，但是在她出生以来，就没有听过"宕机"这个古董词。

"宕机意味着计算机有可能再也无法启动，不过现在的计算机已经不存在超频和宕机的事情了。"李轩婉向周子薇解释。

"噢，我明白你的意思了。这么说，我这种情况应该是人脑超频了，幸好没有宕机。"周子薇反而跟李轩婉开起了玩笑，"帮我转告一下杨炳坤好吗？别让他担心。"

"人脑也会宕机，除非人脑不超频。你刚才应该就是超频了，应该是墨影或者重明-3激发了你天行者的潜质。这种事一定要小心。"李轩婉跟周子薇解释，并动身去指挥所，她要通知杨炳坤，同时把周子薇的情况向王东升汇报。付大全继续检查周子薇生命保障系统的数据，问她："你现在感觉怎么样？"

周子薇说道："有一些疲惫，但是感觉很舒服。我想如果能把潜意识发挥到极致，能够极大地提高作战效率。"

5

人类科技已经解决了计算机宕机的问题，现在所有设备上运行的计算机，生产标准的第一条就是"系统稳定"。自从人类进入太空时代，在更加残酷的环境里，计算机宕机意味着生命保障系统的失灵，驾驶系统失去控制……随即会带来毁灭性的后果。因此"系统稳定"是压倒一切的准则。想要避免宕机，那就不要给计算机不胜任的任务，比如太空工厂的计算机，一个以保障工厂运行为主的计算机，根本就没有为它设计在危险条件下保障长距离航行的功能。

在阿米尔猛如虎的操作之下，太空工厂的计算机果然宕机了。工厂的通信和转向功能都失灵了，这种情况下在星体群里逆行，简直就是作死。

驾驶对阿米尔来说没有任何问题，但是他对维修是一窍不通。即使太空工厂的其他技术人员，也没有几个敢打包票能让太空工厂的计算机重启。阿米尔的责任心还是很强的，他觉得自己必须完成任务，把太空工厂移动到小行星带的外侧边缘。无奈之下，他只能求助于李轩宇。

李轩宇等人被关在一间储物间里，他们尽了最大的努力想逃出去，哪怕是把消息传递出去也行，可惜都没有成功；然后他们又试图说服看守，哪知那看守是个跟阿米尔一样的狠角色，都是吃了秤砣铁了心的；最后李轩宇预感到这么飞行肯定会出事，这种载荷是太空工厂承受不了的，他让看守转告阿米尔不要这么飞，但看守不去，即便真去了，执拗的阿米尔也不可能听。

古老的空军中有句名言"愚蠢是一辈子的事"，这句话在空天军也适用。有些人可能技术很好，但是必须把他们划为愚蠢的那类，因为他们做事情往往是这样的：别人预见了即将发生的问题，好心劝告他出面解决，他不会感谢别人的劝告，甚至把那种劝告当作恶意的诅咒；等到出现问题、需要弥补时，他又会逼迫最早的劝告者出面解决问题，因为他知道，劝告者既然早有预料，肯定也有解决的方案，只是没有早点告诉自己。

"说吧，怎么解决？"阿米尔站在门口，一副高高在上的样子。

"我不知道你为什么把太空工厂开进小行星带，这是你的指挥官的命令吗？"

阿米尔理直气壮地说道："当然！"

李轩宇丝毫不惧怕阿米尔，他走向矮胖的阿米尔，走得那么近，一直到他胸口的指挥员徽章几乎贴近阿米尔的眼睛才停下。李轩宇是个温文尔雅的人，他个子很高，却极少用身高优势去压制别人，但是再一次见到抢夺太空工厂的人，他实在忍不住了。本来气势汹汹的阿米尔在金色的徽章前丧了气，顿时没有了气场。李轩宇文雅，但并不是没脾气，他居高临下、冷笑着看阿米尔，杀人诛心地问道："是他蠢还是你蠢？"

这种双向否定的问题，对阿米尔来说理解上有点难度，他一下子就被问蒙了。他在纠结谁更蠢的时候，李轩宇又从道德层面对他进行了降维打击："快点放我们出去。太空工厂不是火星基地的，不是地球联合军的，是全人类的。太空工厂出现任何问题，你就是全人类的罪人！"

李轩宇说着，一把推开了阿米尔，直接往外走，那种正气凛然的气势，把阿米尔和守卫都镇住了。李轩宇的话响在走廊里，如同洪钟："太空工厂掉一颗螺丝，我都不会放过你们这帮混蛋！"说着，他直接奔向了设备舱。

"多久能好？"阿米尔搓着手，跟在李轩宇身后，谦卑地问。

舷窗之外，一颗硕大的星体与太空工厂擦肩而过。所有人都知道当下形势的严峻——如果不赶紧把计算机修好，太空工厂危在旦夕。

太空工厂现在的领导者阿米尔在发现与"哈特曼"失联之后，自己主动进行了角色转变，他已经变成了"主刀医生"身边的"器械护士"，要钳子递钳子，要扳手递扳手。

李轩宇是唯一一个全程参与太空工厂设计、施工、运行的工程师。他毕生所学、青春热血都奉献在这里，他了解太空工厂的每一个细节。很快，太空工厂的宕机问题就被解决了，计算机重新开启。阿米尔握住了李轩宇的手，傻乎乎地想发表讲话，以表达自己的感激之情，他没想到李轩宇根本不吃他这套。李轩宇甩开了他的手："快去指挥中心，抓紧时间驶离小行星带，现在使用的都是备用系统，我只能保证短时间内不出问题！"

阿米尔如梦初醒，跑向了指挥中心。李轩宇说的是什么他已经忘了，他一边跑一边想"哈特曼"的命令——移动到小行星带的外侧边缘，领导确实考虑得很周全，知道自己的难处，已经重新做出了正确的部署。

当阿米尔跑到指挥中心的时候，一颗直径十几米的星体向着太空工厂迎面而来，阿米尔声嘶力竭地下令开火。刚刚恢复正常的太空工厂将所有的激光炮都对向那颗星体，把那颗星体打碎了，但是不可避免地，星体碎片还是击穿了太空工厂的一些部位。

"一颗螺丝钉都不能掉！"李轩宇出现在阿米尔背后，大声地呵斥他，并把他挤到一边。李轩宇接过驾驶权后，仿佛与太空工厂融合了。看出李轩宇是准备驶向火星基地，阿米尔命令几个士兵，控制住李轩宇，自己则重新抢过驾驶权，他要继续完成"哈特曼"交给他的任务。

李轩宇奋力挣扎，可还是抵不住对方人多，渐渐失去了对抗的能力。

太空工厂的后面，林菲翔和李轩宇一样忙碌。

地球人对于天蛾的研究持续了几十年，逆向工程部一直被戏称为"皮尺部"，源于他们首先要测量外星舰船的尺寸，他们真的有皮尺，当然也有真才实学。在逆向工程方面，他们确实做到了极致，很多工程师对天蛾结构的了解甚至超过了人体，但是从来没有任何人敢于侵入外星系统。

林菲翔除外，他不是循规蹈矩的人，他不会遵守教条化的规则。正在工作的天蛾系统，对林菲翔这种机械师来说，是块肥肉，更是一生的荣耀。要是控制了一架"活的"天蛾，林菲翔可以吹嘘 10 年。

大牛始终拿激光炮对准天蛾的"脑袋"。这架不太正常的天蛾让林菲翔开创了纪录。林菲翔不费吹灰之力就用机械臂撬开了天蛾的外壳，接着他操纵机械臂把各种强弱电、电缆、接头和天蛾的设备连接起来。这架天蛾的系统很快被林菲翔控制，林菲翔可以如愿让这架天蛾以"林菲翔"之名进博物馆展览了。

"嗨，大牛，这是个惊喜！"林菲翔太激动了，他的机内通话声音太大，几乎震破了大牛的耳膜，"你肯定想不到我发现了什么！这架天蛾是联网的，前面还有 11 架……让我看看它们干的是什么活儿……貌似是压制通信……"

"多久能好？"大牛问林菲翔。

"十几分钟，保持好姿态和戒备。它的武器系统处于警备状态，还能使用。我试试看连接它的通信系统。"林菲翔在小心翼翼地做着各种尝试。

就在李轩宇即将被带离指挥中心的时候，太空工厂突然收到了林菲翔的声音："喂？"这声音就像天外之音。

李轩宇不认识这个年轻人，当然也不可能知道这个年轻人是自己忠实的粉丝。阿米尔对于这种通话方式也十分困惑，所有的航天器通话都讲究简明扼要，没有这么随意的。"喂喂喂，你好……你是哪一位？"林菲翔的声音再一次传来，李轩宇大声呼喊："这是太空工厂！快来解救我们！"可惜通信权力在阿米尔手中，阿米尔坚持执行命令，保持通信静默。

"喂喂喂……别管你们是谁……你们的通信被天蛾干扰了，总共有 12 架天蛾，我在尝试破解……"林菲翔的话语再一次在指挥中心响起。

被带走的李轩宇早就听明白了事情的真相，他大声咒骂着阿米尔："愚蠢的指挥官！你将带领你的士兵走向灭亡！"

第七章　走吧，崭新的道路

1

"阿米尔，我命令你们继续通信静默，并马上转移出小行星带，在小行星带外侧待命。"接收到"哈特曼"的命令，阿米尔带着太空工厂全速向小行星带外侧移动。

茶卡斯图通过天蛾收听到林菲翔和大牛的对话，因为林菲翔的机械舱与天蛾进行了物理连接，所以机内通话也被天蛾传了出去。他明白天蛾马上就会失去控制，这也意味着太空工厂即将暴露。茶卡斯图有些着急，他命令部队全速前进，争取在天蛾完全失控之前抵达小行星带。

"大牛，你听这个声音是哈特曼吗？"林菲翔的话响彻太空工厂，随即就是大牛的回答："我听着像。"

"像？就是'不是'的意思啰。搞不懂为什么这架天蛾只接收这一条通信轨道，如果是压制通信，咱们得帮帮这个被压制的……刚才叫他什么？阿米尔？像是个印度人的名字，你查一下他的资料。"

"好的。"大牛很快回复，"查到了，阿米尔，火星基地出生，属于火三代，大型运输类舰艇的一级舰长。小胡子留得不错，发给你看看？"

"不用了，他们那里的人长得都差不多。哈特曼让他到小行星带外侧。怎么？火星基地的兵力前出了吗？快了快了，还有两架！天蛾为什么聚集，这个事值得调查一下。"林菲翔嘴里说着，手上干着，敲击控制板的手像在弹奏钢琴曲。大牛看了一眼林菲翔的保障吊舱的监控，忍不住说道："得亏是你来了。"林菲翔说道："你的雷达上有没有看到太空工厂的踪迹？"

大牛看了一眼显示器："毫无发现啊，杂波太多了。不知道太空工厂上的人都怎么样了。你说裂隙叛军真的会把太空工厂藏在小行星带吗？也不怕被撞坏了。你说咱们在小行星带里穿梭，裂隙叛军会不会发现我们？"

"不知道，应该不会。这是战争，兄弟。战争是不拘泥于形式的艺术，不能追求一招鲜，要追求招招鲜。就差最后一架了！"

大牛一番操作之后，告诉林菲翔："我通过数据链把太空工厂遭通信压制的情况发给火星基地了，他们应该会转告这个阿米尔的。"

"最后一架也搞定了，我再给这些天蛾编个程序，让它们关闭武器，集合在一起，找个地方报到。让它们去……火星基地吧。"

阿米尔忍不住嘟囔了一句："你们俩在这说相声呢？"林菲翔和大牛的机内对话，每一个字音，包括他们的呼吸声，都呈现在太空工厂和茶卡斯图那里。这些消息对阿米尔来说太震撼了，他的嘴巴越张越大，他感觉自己的大脑已经胀满了，稍微一碰就能炸开，背后直冒冷汗。

"可以脱离了。"林菲翔指挥大牛脱离对接。随着这句话，太空工厂的通信恢复了，作战部署、后勤调配……数不尽的信息像潮水一样涌进了指挥中心。就算再傻，阿米尔也听明白了，他颤颤巍巍地打开了通信和定位设备的开关，鼓足了勇气说道："火星基地……太空工厂呼叫火星基地！"

阿米尔的这一声呼叫，不亚于月球上人类迈出的第一步。地球联合军和火星基地各自的指挥部都"炸"了。太空工厂没有丢！裂隙叛军在虚张声势！一时间，呼叫太空工厂的通信几乎饱和了。阿米尔只怨爹妈没有给自己多生几个耳朵，一时间不知道先回答哪一个。哈特曼心里有鬼，他既恨阿米尔的愚蠢，又怕阿米尔把他下令劫持太空工厂的事情说出去。他暴跳如雷，顾不得许多，直接与阿米尔通信，让他赶紧滚回火星基地。

阿米尔已经把太空工厂的目的地改为火星基地，但是，由于巨大的惯性，太空工厂还是窜出了小行星带。它像跃出海面的巨鲸，虽然没有引起视觉可见的波澜，但是跃出的那一刻就立刻被"南仁东号"捕捉到了，火星基地的远程雷达也发现了它的身影。

林菲翔和大牛也发现了太空工厂，大牛忍不住对林菲翔说道："伙计，你这次捞到大鱼了！"林菲翔活动着手指，有点蒙，他也没想到自己无意之中的举动，竟然牵连出这么大的事件。

太空工厂在小行星带里逆行了许久，按照它的动力，想要追上火星基地，需要很长的时间。茶卡斯图还有机会，他命令舰队不再假装攻击火星基地，都直接飞向太空工厂航线的前置点。根据计算，他的队伍会提前到达，后面就看地球人的决策和速度能不能赶上了。

"地球人，我即将在'南仁东号'附近发起攻击，首先击毁你们的雷达；14个地球日后正式决战，希望你们提前准备。我正式通知你们，是为了遵守'公正'的宇宙精神。

"我必须向我的信徒、伙伴、合作者——赫耳墨斯的忠实信徒们发出召唤，是你们发挥作用的时刻了。如果你们忠诚于我，献祭于我，那我只拿走太空工厂，绝不摧毁你们的家园，保证你们的生命不受伤害。"

荼卡斯图向人类发出了两通宣言，一个是迷惑军方的，让地球人的军队误以为他会前后夹击，这样至少可以分散地球人一半的兵力。另一个是恫吓赫耳墨斯之徒和不明真相的群众，以制造混乱，毕竟不战而屈人之兵是最好的。他相信自己的判断，地球人极有可能把太空工厂献给自己。

王东升随即就对荼卡斯图的宣言做出了回应："人类是爱好和平的种族，愿意与任何文明进行平等的交流和贸易，任何事情都可以通过谈判等一系列和平方式解决。如果你们胆敢抢掠，我们将和你们拼死一战！'朋友来了有好酒，豺狼来了有猎枪。'"

地球联合军发布了宣言，而火星基地则一直沉默。哈特曼对自己抢劫太空工厂的事情感到懊恼、自惭。自己战斗了半辈子，因为一时黄油蒙了眼，搞得一世英名毁于一旦。他知道，人类的小学里都挂着自己和王东升的照片，那是消灭天蛾时自己浴血奋战的结果，是人类社会对自己的极大肯定，现在……将来如何对自己的后代交代这件事？可惜的是，听到荼卡斯图的宣言之后，哈特曼第一个想到的念头不是纠正自己的错误，而是准备舍弃阿米尔。他认为这个人的存在对自己而言是个定时炸弹。

如果打败裂隙叛军，地球和火星基地继续存在合作关系的话，按照双方共同制定的法律，阿米尔将来肯定要走上被告席，他肯定会把自己供出来，紧跟着，被贴上"被告"标签的就是自己……从"大局"考虑，哈特曼认为把太空工厂送给裂隙叛军就可以避免战争是笔划算的交易。毕竟太空工厂可以再建，但只要开战，火星基地就会受到重创。从个人利益考虑，哈特曼认为，把太空工厂送给裂隙叛军，有利于除掉阿米尔，那他的罪行就不会有实证。

火星基地上也有众多的赫耳墨斯之徒，他们在不断地拉拢身边的人，火星基地的妥协似乎不可避免。

地球联合军始终把抵抗裂隙叛军作为指导思想，早在赫耳墨斯之徒邪教初露端倪的时候，王东升就果断整顿军务，严禁任何地球联合军人员参与该组织，并且进行了深入的清查和公开讲话："只要你还是一个战士，你就应该为了自己的职责去战斗，为了自己的使命去牺牲。膝盖是用来快速前进的，不是让你下跪的！"

正因为王东升提前做了很多准备，所以地球联合军的战士在思想上高度统一，他们普遍认为，为了身后的家园不被侵略，要抗争到底！因此从抵抗意志上来看，地球联合军的情况要比火星基地好太多。

地方政府就惨了，尤其是一些打着民主旗号的国家。这些国家的邪教徒身份多而杂，有虔诚的老妇，有懵懂的儿童，有浑身刺青的流氓，有监狱里的杀人犯，甚至还有担负执法责任的警察和法官。当这些人聚集起来，为了一个共同目标而奋斗的时候，势必是缺乏秩序和行为准则的，尤其是特别虔诚的信徒。

手无缚鸡之力的人去政府和军队门前静坐，有人在政府门口自焚；年轻力壮的向抵抗者的家里投掷石块；激进分子在大街上与警察激战；甚至有恐怖分子向地球联合军的基地发动自杀式袭击。社会地位高的赫耳墨斯之徒手段更隐蔽，他们把控议会，不断向决策者施压，让他们尽快通过割让太空工厂给裂隙叛军的决议。

一时间，新闻媒体有了取之不尽用之不竭的素材：刷新记者三观的事件层出不穷。政府失控，大街小巷中，冲突在不断爆发，遍地狼烟……

在这种内忧外患的情况之下，王东升给地球联合军地面部队下达命令：机甲部队派驻各国政府周边，帮助警察维持秩序，确保发生骚乱的国家政府不被邪教徒推翻，确保各国政府的职能部门能够正常工作，确保人民生命不受邪教徒威胁……

地球联合军的战士都有很高的觉悟和作战能力，邪教徒在机甲面前不堪一击。各方面优势综合在一起，王东升发布命令的当天夜里，各国形势都得到控制，斗争的焦点逐渐转到身居高位的赫耳墨斯之徒和理智人士之间。

2

很难相信，和付大全一样优秀、在火星基地大名鼎鼎的马克尔只有一个学士学位。付大全是天行者，而天行者都是有着特殊能力的人。马克尔能和付大全齐名，不仅仅因为他是 12 岁就考进大学的天才，还因为他大胆的发明创造和他不断闯的"祸"。作为指挥员，他有和付大全一样的智慧和魄力，他还有一项区别于付大全的特点，就是他的"放荡不羁"。"长矛工程"建设涉及很多数据，对于这些数据，付大全的要求是一点偏差都不能有，而马克尔竟然认为差不多就行。他的做事风格引起了林芝基地很多人的不满，他们认为马克尔不负责任，而马克尔认为，赶在时间节点之前建成才是最重要的，不能在细枝末节上浪费时间。

有很多人在私下里把马克尔的工作态度告诉了付大全，希望付大全能重新接管地球的"长矛工程"，因为马克尔干的事情，太不让人放心了……这样类似的话一遍又一遍传到耳朵里，本来对老战友充满了信任的付大全心里也打起鼓来。他把工程指标检查了一遍，果然有很多数据是溢出指标的。他的工作态度一向是非常严谨的，对此他也无法理解，他感觉必须得去看看"长矛工程"的进度，顺便和马克尔谈一谈。

马克尔正端着青稞啤酒，坐在指挥所里"挥斥方遒"。地球联合军还没有在施工现场饮酒的先例，更何况是总指挥，但是青稞啤酒似乎没耽误马克尔"作品"的生成——"长矛工程"的进度远超付大全的预期。

付大全还是按照以前的昵称称呼他："老马，工程数据有一些不太对……"

"放心吧，大全，我得对得起西藏的青稞。这酒简直太棒了！火星基地永远造不出这么好的口感。"马克尔端起杯子，饮了一大口，白色的泡沫挂在他的上唇。他看了一眼付大全指的数据，眨眨眼睛，"你不会以为我们的时间很多吧？裂隙叛军都要打上门了，就不要想着把这件东西做得十分完美，甚至能写进教科书。我们现在要的是什么？一个综合体！一个能够满足计划的综合体！整体运转起来，能够达到作战需求就够了，不要老追求完美的数据。我一直在用计算机计算，不断调整，最后总体结合起来，会有好的效果。"

付大全听了无奈地摇摇头："伙计，你这样不是打补丁式的施工吗？"

"打补丁有什么不妥？只要衣服结实，就是好的。你先想想在做衣服之前，自己可是浑身赤裸的。"马克尔把手从上到下一挥，仿佛自己就是赤裸的。他无所谓的样子和付大全皱紧的眉头形成鲜明对比。沉默片刻之后，马克尔的脸突然变得严肃了一些："如果不相信我，你可以换人。"

林芝基地两大工程——地球长矛的建设和"人脑—战机 AI 互联"的升级改造——没一个顺利的，付大全的压力达到了顶点。这两个工程是地球上人类的救命符，哪一个都不能出问题。

看付大全忧心忡忡的样子，马克尔站起来，一边搂着他的肩膀，一边抖动自己的肩膀："放轻松，相信我，火星上的超级长矛也是这么造出来的！"

付大全没有别的办法，周子薇的"人脑—战机 AI 互联"实验一刻都不容迟缓，地球长矛只有交给有实践经验的马克尔。这是时代选择了自己，选择了马克尔。他也要相信马克尔，尽管他在喝酒，尽管他这种行为在地球联合军是违反军纪的。或许马克尔说的是对的，只要结果，过程是次要的。

付大全从不饮酒，他端起马克尔的扎啤杯，看着那黄色浑浊的液体，气泡在里面悬浮、游荡，仿佛里面也有一个宇宙。他笑着说道："地球长矛，我第一个试飞！"并不是付大全对马克尔不放心，他这句话也不是为了给马克尔增加压力，他只是不想任何人再出事故，如果再有牺牲，那就是自己好了！付大全喝了一大口青稞啤酒，这是他第一次喝酒。他把酒含在嘴里很久才咽下，他想象刚才看到的"宇宙"已经和自己融为一体，但愿那个"宇宙"里没有战争，只有满满的青稞香味。"味道是挺不错的。"

半个小时之后，付大全重新出现在钢索旅的实验现场。试飞的仍然只有周子薇，这是她的第二次 AI 改装试飞。或许是在马克尔那里喝掉的一大口青稞啤酒发挥了作用，付大全做了一个大胆的决定，硬件和软件都不做修改，既然潜意识能够被激发并转化为实际的行动能力，对天行者驾驶员来说是好事。

李轩婉也同意，她觉得这个激发机制在未来大有作为。他们俩相信周子薇，相信钢索旅的这帮天行者。他们有高度的自制力，有优于普通人的意志和反应速度，有更快的决断速度，神经传导更是在人工智能的辅助之下发挥到极致……如果将他们潜意识中的能力开发出来，在人类与裂隙叛军的斗争中，应该能大有作为。重明-3又一次准备好，只待出征。付大全和李轩婉又一次站在周子薇面前，李轩婉检查了一遍连接数据，都显示正常，周子薇的各项身体指标都处于最佳状态。李轩婉忍不住把数据拿给周子薇看："你的状态太棒了，子薇，都准备好了，这么短的时间内，敢于连续实验，你是英雄！"

周子薇的眼睛没有去看那些数据，她的机械臂拿起了那只"伯劳"，另一只机械臂缓慢抬起来，抚摸着"伯劳"的翅膀。"李指挥，我现在不需要数据，我特别享受那个状态，我特别期待那个状态再次出现。"周子薇注视"伯劳"的眼睛转向李轩婉的眼睛，仍然不看那些数据，"我这么做不是为了我自己，是为了钢索旅，是为了马上到来的决战，是为了全人类。"

周子薇说这些话的时候，语音仍然是从林菲翔制造的"伯劳"里面传出来，并没有使用她连接的墨影。付大全忍不住对李轩婉说道："我觉得，我们要相信每一个战友，即便他很特殊。我刚从马克尔那里回来，'长矛工程'……你……你以后有时间跟他交流一下。我现在要做的就是决策，把试飞单拿过来，我签字！"

李轩婉感觉付大全的话有些奇怪。付大全签完字之后，对李轩婉下达命令："开一个模拟飞行，我要沿着周子薇试飞的数据重新来一遍，包括数据连接。"这句话明显违反地球联合军的规定，按照规定，这种全逼真的模拟飞行只有当事人自己使用才符合规定。试想，一个人用另一个人的思维控制自己，思维如果绞在一起，极有可能出现多重人格甚至精神分裂。这是一件可怕的事，历史上出现过几例违规者，无一例外都出事故了。

周子薇安慰付大全："付指挥，你放心吧，再也不会出现那种情况了，我心里知道。"

李轩婉佩服付大全的担当，但是他要想这么干，还是需要从她的手里走一遍流程，届时自己肯定会阻止他。当下最重要的是马上试飞的周子薇。李轩婉画了一条抛物线，指着抛物线顶点对周子薇说道："人的神经系统有应激机制，在正常情况下，适当的刺激，会让人的反应加快，但是刺激有一个阈限，超过阈值就会适得其反……我设置了提醒机制，主要监控你的肾上腺皮质激素、儿茶酚胺类物质……飞行的时候，如果你的身体达到临界状态，会有告警。"

"我上次试飞的时候超标了没有？"周子薇问李轩婉，她的机械臂已经固定起来，做好了起飞准备。

"严重超标。"李轩婉看着数据说道。

"那就关掉告警。"

周子薇醒来之后，就像变了一个人，付大全和李轩婉感觉她处处透着冷静和杀气。

"关掉？"李轩婉愣了一下，还是伸手把新增的监控关掉，她感觉周子薇的话似乎是不容违抗的。

"起飞！"周子薇看着付大全和李轩婉说。付大全从她的眼神里竟然看出诀别的意味，两个人离开重明-3，发动机开始启动。周子薇闭上眼睛，没有人知道她在想什么，两秒后重明-3以最大速度起飞，像一颗射向天空的白色流星。

李轩婉和付大全看着周子薇离去，李轩婉轻声对付大全说道："模拟飞行……那一段超出标准的，一定要删掉，千万不要尝试。"

3

根据"南仁东号"提供的信息分析，裂隙叛军目前的进攻点是太空工厂。因为观测到裂隙叛军的战舰虽然来自四面八方，但它们都是同一个目标点——太空工厂的前置点。根据这一情况，王东升根本没理会裂隙叛军吹的牛皮。

咬人的狗都是不叫的。茶卡斯图号称要从虫洞派遣兵力，他如果有那个实力，还废什么话？"南仁东号"早就被击毁了。王东升做出了兵力部署：除了留下少部分兵力留守地球、月球之间，防止裂隙叛军偷袭；10%的兵力作为预备队，停驻在地球和火星基地中间；剩下的兵力都前出到火星基地一线，根据太空工厂的情况，等待时机前出，接太空工厂"回家"。

王东升专门给付大全通了电话，让他抓紧重明-3的试飞，确保钢索旅能够在最短的时间内参加战斗。付大全在收到这个消息之后压力更大了，他站在指挥台前，因为高度紧张，整个身体都在微微颤抖，李轩婉心疼不已。

希望周子薇一切顺利，把这关闯过去吧……

这时刻，距离太空工厂最近的武装力量不是裂隙叛军，也不是火星基地，而是大牛和林菲翔。对于太空工厂的回复，林菲翔觉得有问题。李轩宇这个传奇的名字他听过无数次，他是李轩婉的亲哥哥，是地球联合军派往太空工厂的电子专家、工程专家，他一直以来都是太空工厂的指挥员。他在正常的、大家都能收听的通信中听过李轩宇的声音，那声音很有辨识度，而且李轩宇与地球联合军的通信一直是积极的。面对地球联合军不间断的呼叫，李轩宇不可能不回答。更重要的一点，大牛和林菲翔都没想到，太空工厂竟然距离自己这么近。两个人本来的任务就是寻找太空工厂，于是简单一商议，就制订了一个大胆的计划……

林菲翔一边想那12架天蛾的奇怪之处，一边秘密用数据链给杨炳坤发送信息：我们前往太空工厂，暂不返回母舰。

这时候鸢鸟002已经完成了第二次往返巡航，马上就要到达火星折返点。地球联合军的大部队，浩浩荡荡地排成"一堵墙"，沿着杨炳坤他们"蹚过雷"的种子航线前进。杨炳坤给林菲翔回复了四个字：注意安全。

除了太空工厂上的一群人和茶卡斯图，到目前为止，没有几个人知道太空工厂是如何重现的，包括又一次创造奇迹的林菲翔。

地球联合军一直在呼叫太空工厂的指挥员李轩宇，但迟迟得不到回应，这是因为阿米尔直接关掉了与地球联合军的通信。王东升判断太空工厂肯定发生了问题，于是他用加密的数据链命令最前端的杨炳坤，让他结束巡航任务，往太空工厂方向前进，查证太空工厂的情况。

杨炳坤给王东升回复的信息是：已派出。

随即王东升收到了一个态势信息，那是杨炳坤发送的，上面显示了大牛、林菲翔和太空工厂的相关位置。王东升一看十分高兴，大牛和林菲翔已经靠近太空工厂，再有十几分钟就可以进港了。王东升觉得这两个人肯定和太空工厂的再次出现有莫大的关系。他大声喊身边的参谋："这两个人是谁？"

"一个是空天军一九九旅的大牛，另一个是林菲翔。"参谋立刻就查到了信息。

"对，我刚给他授过勋。这个小伙子，敢于突破，可堪大用！杨炳坤，积极主动，可堪大用！"这段时间，这几个人给王东升带来太多的惊喜了，但愿这种惊喜持续下去。

重明想要跟踪太空工厂太简单了。大牛的重明是注册在地球联合军的，且不说敌我识别系统不会判定他们为敌人，就算判定为敌人，太空工厂想攻击他们也很难。太空工厂配属的武器是为了对付可能撞击工厂的飞行物的；而且太空工厂还有一个极大的盲区，这个像中国玉琼一样中空的建筑，动力系统在它的底部，那一圈圆环状的动力喷射口中间是开放的且没有任何武器，太空工厂生产的战舰就是从那里飞出去的。

这是大牛和林菲翔第一次如此近距离观看太空工厂。他们最先看到的是动力系统。太空工厂底部的喷口现在正在喷出蓝色的光焰，光焰呈现一个月牙的形状。这些喷口的动力输出设计很科学，它们不仅能为太空工厂提供动力，还具备操控方向的功能。

离得更近了，林菲翔和大牛不由被太空工厂巨大的体积震撼。重明来到太空工厂的底部，他们往上看去，就像一个人站在巨大悬崖的下面，他们很难相信这是人类造出来的。

动力系统的中央是个巨大的孔洞，那就是进出港的大门。大牛他们一接近，透明的大门就开了一个通道，重明顺利地进入了太空工厂内部。里面灯光闪烁、气势宏伟，二人沿着路线垂直向上升，一路上看到的全是生产车间。每一层的结构看起来差不多，均由透明的有机玻璃和合金框架构成。生产车间中，有的停放的机甲，有的是设备，有一层最大最宽敞的，是制造大型设备的车间，那里停了一艘组装到一半的鸢鸟。大牛一直向上飞，直

到最上面，那里有两架新制造出来的重明，动力系统摆在一边还没安装。

"确实应该把工厂建设在太空，光人工就可以省很多啊，比如拧螺丝，无重力的情况下拧完下面，不用梯子，纵身一跃，就可以飞到上面接着拧。"大牛忍不住对林菲翔发出感慨。

"现在都是机器人干活儿，哪里还用人来拧螺丝？"林菲翔忍不住笑了，"真奇怪，这么大的车间，怎么一个人都没有？"

两个人决定就从重明的生产车间进入，他们刚一靠近，车间的玻璃舱就自动开启。他们在这里感受到了磁力和空气，应该是为了让工作人员可以很方便地行走。虽然经常和重明打交道，但两个人是第一次进入重明的生产车间，他们就像孩子，眼里全是好奇，忍不住东张西望。

大牛把重明上面救生的武器拿了下来，武装自己和林菲翔。

两个人只有两把微型冲锋枪，还有 150 发子弹。大牛心里没底，他掂着小枪，感受它们的重量，问林菲翔："你觉得咱们俩到底是侦察，还是检验我们的自卫武器能坚持几分钟？驾驶重明我行，单兵教练还是得找陆军。"大牛认真检查弹匣里面的子弹，给枪上膛，递给林菲翔一把。

林菲翔笑着摇头，拒绝接枪："这是咱们的工厂，里面人员那么多，其中是接收飞机和机甲的飞行员，谁认识你啊？谁知道你是哪个部门的？这不是拍动作片，你不用紧张。"

"有道理啊。"大牛歪头一想，但还是把枪挂在了腰上。

重明车间的面积很大，两个初来乍到的人根本不知道该往哪里走，他们选择往里走。走到最里面，发现有两艘登陆艇。这个型号两个人都没见过，就围着登陆艇上上下下地看。林菲翔说道："应该是火星基地的，看铭牌——"

"果然，俄文和英文混搭。让我看看里面还有没有其他特殊之处。"大牛好好研究了一番。

"你能开起来吗？"林菲翔看着登陆艇里大大小小的按钮和电门。各自发展了几十年，火星基地的设计和地球联合军的设计已经出现了很大的不同，能够很明显看出他们的设计更贴合火星的实际情况。比如，这两艘登陆艇的设计就没有将地球大气层的特点纳入考量。"看起来，他们就没打算过让它在地球上奔跑。"大牛总结了一句。

"是的，你看见它们的轮子了吗？专为火星基地甚至更远处的行星设计的，而且，这个型号……他们没把图纸传送给我们，也没有注册过。"林菲翔嘴里说。大牛手上也没闲着，一通操作之后，座舱里灯钮闪烁，系统提示"电力系统准备完毕。"这条语音像说的印度式英语，但是又多了很多俄式的颤音。"开起来问题不大。这个事情咱们得如实上报，地球联合军可以开听证会质询他们。"大牛用自己身上的客观记录系统给两艘登陆艇里里外外、上上下下拍了视频，他要把这些资料上交。

这两艘火星基地的登陆艇的座椅和座椅前后空间都非常大，这个设计很明显有其目的。几乎每个椅子上都有一副机甲，从配置上看，这些机甲非常轻便，人机功能设计得非常合理，士兵穿上完全可以和外星人打架。和登陆艇一样，机甲也是地球联合军从来没见过的。"很奇怪啊，这么好的机甲，他们为什么不穿？"大牛抚摸着座椅两侧的把手，只要接通人机互联，这副机甲就可以把他"包"起来。"如果我穿上它，届时我将在地面上动如闪电，毁天灭地。"

"还用说吗？大家都知道，太空工厂是个不设防的地方。你那两把枪，将来会成为太空工厂的笑话。"林菲翔指着大牛腰间的枪笑他。

林菲翔和大牛只听说过太空工厂的上部分是负责采矿和冶炼，下部分是负责建造生产，根本不知道指挥中心在什么地方。两个人最后决定向上走。他们俩穿过了两层存放设备的空间之后遇到了一扇大门，再往上就需要通行卡了。

大牛躬身趴在门上的窗户看，看到神奇的一幕：门后的空间在不断地旋转。林菲翔的脑袋从下面把大牛的脑袋挤开，他看了一眼断定："应该是这里了。"

"没错，看起来这里有人造重力。"大牛上下左右地看，手还是不由自主地去摸枪。

林菲翔早已把数据线的两个电极插进门禁系统，开始解锁那扇大门。他突然灵感爆发，觉得最近发生的事情可以被一根线串起来：聚集的天蛾、被迷惑的阿米尔、阿米尔的火星基地上校身份、呼叫不通的李轩宇……这些信息像电影的画面般，在林菲翔脑海里不断涌现。他问道："大牛，你觉得有没有这种可能？火星基地劫持了太空工厂，裂隙叛军借天蛾控制了太空工厂的通信……那此时在指挥中心的阿米尔就是火星基地派来的指挥官？"

4

周子薇在最短的时间内做完了所有的测试，所有的数据都溢出。"重明-3是个非常优秀的战斗机，它太棒了！和我一样！"

上一次因为虫洞没完成的实验，周子薇三下五除二就完成了，还是在没有任何指挥引导的情况下。

付大全和李轩婉更关注的是周子薇的生理指标。很不幸，所有的数据都超标了。

"这种极限状态下的飞行，对驾驶员的身体是种摧残，必须尽快解决这个问题。如果暂时解决不了，钢索旅的任何一个成员因为设计问题出现了意外，责任由我一人承担。"付大全对李轩婉说这句话的时候，非常严肃，严肃得有些吓人。

"不，现在情况紧急，每个人都在追求超越，没有一个人可以独占这么大的荣耀，同样，没有一个人可以承担这么大的责任。无论是荣耀还是责任，都属于我们这个群体。付老师，在前进的路上，我们不可避免地会遇到瓶颈，我们得一起来面对，一起去解决。"李轩婉一边安慰着付大全，一边指挥窗口接收周子薇回归地球。周子薇的重明－3旋转着向林芝基地而来，在天空划过一条明亮的线。

这次的试飞，堪称完美，周子薇把试飞的注意事项给钢索旅的其他成员讲述了一下，紧接着就是钢索旅的全面试飞。林芝基地已经没有时间一架一架地试飞了，因为王东升马上要进行一项大行动，钢索旅必须全员都上。

为了振奋人心，在舆论上和赫耳墨斯之徒对抗，王东升召开了一个新闻发布会，他在会上宣布一个重要的决定——钢索旅全面换装重明－3。他全面介绍了重明－3的性能：重明－3是地球联合军最新研发的空天战机，各项性能指标突出，可以以第四宇宙速度巡航，搭载的主武器中子炮威力巨大，可以对所有碳基生命形成有效杀伤，理论上与天蛾的战损比能达到1∶160……

由于是开放式的发布会，各个新闻平台都在转播，普通民众都能看到。通过王东升的讲话，他们知道重明－3可以极大提升钢索旅的战斗力，可以让人类在与裂隙叛军的战斗中有胜利的把握。当然，这一重要时刻，赫耳墨斯之徒怎能放过这样的好机会？他们在留言区毫无底线地攻击王东升个人和地球联合军。有些邪教徒煽动民众，让大家把在地球联合军服役的孩子叫回家，不要参加这场无谓的战争，不要把生命白白浪费在打不赢的战斗中。有些邪教徒则是"苦口婆心"地劝导其他人，裂隙叛军首领已经说过了，只要太空工厂，那就把太空工厂交给他们好了，和气生财。

这样混乱的舆论态势，在王东升的预料之中。他早有准备，而且这个计划他偷偷进行很久了，就待在这一天宣布。他很快举行了新的新闻发布会，他拿出一份文件，展示给所有人："这是由'全人类合作计划'167个国家和政体连同地球联合军共同研究制定的文件，由我代为宣布。经由讨论和投票，'全人类合作计划'和地球联合军现在宣布，赫耳墨斯之徒为非法组织。自宣布之时起，将由'全人类合作计划'和地球联合军联合执法，对该组织进行取缔，对该组织内的骨干成员、实施过暴力犯罪的人员进行抓捕。"

抓捕行动在王东升召开新闻发布会的时候已经开始部署。顺着网络地址，许多居心叵测的邪教分子已被网监部门定位。他们在咒骂地球联合军的时候根本不知道，自己已经被警察或地球联合军包围了。同时，各个国家都开始清理政府部门里的赫耳墨斯之徒，尤其是一些身居高位的要员。

本身就是依托于对未知的恐惧而聚集起来的乌合之众，在联合打击之下，一击即溃。几个小时之后，政府和地球联合军就收到了捷报。

为了提升人类战胜裂隙叛军的信心，王东升在全球同步直播钢索旅的全员换装试飞，同时直播的，还有抓捕赫耳墨斯之徒的行动。当全世界人民亲眼看到钢索旅的成员出现在林芝基地，一排排崭新的重明-3停得整整齐齐，他们的信心确实被提升了。每一架重明-3的涂装各不相同；每一架重明-3的后面，各有和它涂装相同的僚机玄女无人机，有的后面跟二十几架，有的跟三十几架，可带僚机数量都是由模拟器上实验得出的。当镜头扫过周子薇的81192时，银白色的机身，机头到机尾几条红金相间的线条，帅得让人眼前一亮。镜头扫到机尾，81192的身后是整整45架玄女……民众回想起钢索旅一直以来的英勇，一时间群情为之沸腾。

这个时候压力最大的，还是付大全。他受过重创的脑神经已经不堪重负，绷得只剩最后一丝弦了。全程直播时，如果出现了周子薇之前那样的情况，怎么向王东升参谋长交代？怎么向全世界人民交代？

钢索旅的战机陆续升空，镜头扫过地球长矛。在太阳的照耀之下，两根黑色的粗管道从山顶铺到山脚下，在雪山上非常显眼。镜头解说讲到地球长矛："这是地球上最大的轨道武器，在建成之后还可以肩负航天器发射的任务。据了解，发射时，武器或者航天器会在电磁线圈中不断加速，它们在山顶脱离轨道的时候，速度能够达到 13 马赫……"

付大全紧盯着钢索旅的每一个数据，钢索旅的成员除了周子薇，都是第一次和重明 -3 进行磨合。升空之后不久，周子薇解散了编队，她带着自己的玄女僚机直接冲出了大气层，而钢索旅的其他成员要先在卡门线以下熟悉机型特点。他们像散开的焰火，各自飞向不同的方向，根据自己的心意做着高难度的机动动作。超快的互联速度，升级的动力系统和机动能力，让钢索旅的成员都感到不可思议，他们尽情享受着这种超强的驾驶快感。观看直播的观众看到了一次前所未有的视觉盛宴，比所有的航展都惊险刺激。

周子薇一声呼唤："伙计们，怎么样了？"

一声声"优秀！""太棒了！"的赞誉传回周子薇的耳中。

听到这些报告词，紧张的付大全还是手抖得厉害，还有进入太空的那一关。"集合，向我靠拢！时间不等人哪！"周子薇显得特别轻松。

一架架重明 -3 冲出大气层，向着周子薇的位置而去。

"再见，林芝基地！"周子薇说完，就带领钢索旅奔向战场。

"再见钢索旅。前方征途漫漫，你们肯定能够战胜一切困难。我在地球金樽举满，等待你们的凯旋！"这段深情的告别词不是出自付大全，而是地球联合军参谋长王东升，他也一直在关注着钢索旅的动态。经历过太多的战斗，王东升不知道这次面对如此强大的敌人，钢索旅会有怎样的牺牲。

钢索旅所有的成员都已会合。进入太空之后，钢索旅的所有数据都已回传到林芝基地，大部分的成员身体数据都有溢出。付大全双手支撑在指挥台上，不停地颤抖，脸不停地抽搐："给他们直接升级墨影……换装重明 -3……我们是不是错了……"李轩婉原本一直盯着数据，听到付大全的喃喃自语，她把目光移向付大全。只见他的头低垂着，似乎一秒也坚持不住的样子。李轩婉连忙伸手去扶，幸亏扶得及时，付大全才没有倒在地上。这么近的距离，李轩婉看到付大全通红的双眼，抽搐的嘴角，以及嘴角流出的白沫……

付大全已经把命投入事业中，即便如此，他也已经被眼前的事业压垮了。地球长矛如果没有马克尔，以付大全现在的状态，10 个他也坚持不下来。李轩婉一边监控着钢索旅的数据，一边大声呼叫军医。就在这段时间，付大全已经抽搐成一团，旁边的几个参谋正在对付大全进行急救……

5

走进人造重力舱的感觉就像走上商场里的电动扶梯，一切瞬间都变了。林菲翔和大牛感受到太空工厂设计的高明之处，设计成中空的形状，是为了兼顾生产区和生活区的不同需求。生产区最好保持真空和失重状态，这样工作人员可以毫不费力地"举"起几吨重的金属。生活区则为了这些"太空人"可以长期停留在太空而模拟地球的环境，毕竟人的生理和心理还都没有进化到太空生物那一阶段。

和充斥着钢铁味儿的车间不同，生活区简直就是一个世外桃源。人们生活在一个巨大的圆柱之内，这里有各种人造景观和各式各样的建筑，还有模拟的阳光，林菲翔和大牛竟然还感到有微风吹过。两个人走在一条小径上，两边是绿油油的草地，种满了各种果树，树旁还有小河，河里还有波浪，透过波浪可以看到河里的鱼……真是风景如画，比地球上的公园还要漂亮。

"太漂亮了！怪不得他们不想家，要是我，在这住久了，不回家也行。"大牛忍不住对林菲翔说道。

"指挥中心能设置在哪里呢？"林菲翔东张西望地找。

"喏！上面！"大牛正向上伸手，准备从身边的树上拧一个又大又红的苹果。他透过枝叶，看到头顶上有个建筑。大牛把苹果在身上擦擦，啃了一口，汁水四溢。

果然，在他们的头上，有一个大型建筑，从建筑风格来看，应该是指挥中心。林菲翔看到前面不远处有一条正在运行的传送带，拉着大牛向前跑去。

站在传送带上，大牛兴奋地指着前方："看，前面有几个人在传送带上。"顺着大牛的手看去，林菲翔看到，远远的地方，几个工程师站在传送带上，跟着传送带逆时针或者顺时针转动。

慢慢靠近指挥中心了，那是一栋红瓦尖顶的建筑，共有五层，但是距离越近，越能发现这栋建筑和地球上的不同。这五层不是上下排列，是前后排列。大牛忍不住拍着手对林菲翔说道："太搞笑了，你看，这个楼是躺着建的！"

林菲翔也忍不住笑："这是既没忘了传统，又大胆地改革创新！如果这个设计出自李轩宇的手笔，我一定要向他请教一番。"

林菲翔和大牛看到最后面一层空间最大，有透明的大墙，透过它可以看到房间里人影攒集。那是指挥中心无疑了，可以看到指挥中心面向太空的那面也是全透明的设计。距离再近一些，生活区的环境就逐渐消失，第五层逐渐被第一层完全遮挡。偌大的一个指挥中心外面，竟然看不到一个人，两个人均对此感到好奇。林菲翔让大牛赶紧找个地方把枪藏起来，他的直觉告诉他这么做更好。大牛这次听话照做了。

走下传送带，行至大厅门口，门口挂着的牌子上面写着：太空工厂指挥中心。

大牛左看右看，为找不到垃圾桶而烦恼，实在没有办法，只能把苹果核捏在手里，和林菲翔一起走上台阶，走进了太空工厂神秘的"大脑"。一进大厅，几个手拿冲锋枪的武装人员就从各自的藏身之处走了出来，一个武装人员问林菲翔和大牛："你们两个！是干什么的？"

正在四处张望的大牛很自然地拿起苹果核："找个垃圾桶。"并不是大牛反应快，实在是个人优秀的习惯解救了他。

一个武装分子慢慢走近大牛。面对黑洞洞的枪口，他很有礼貌地把苹果核放进那个武装分子手里，并说了一声"谢谢。"在太空中长期生活的人都有这样的习惯。人类的科技水平再高，在太空中生活也无法避免有机物的极端匮乏。这导致在太空中长期生活的人很重视有机物，有机物不能有一丁点儿的浪费，所有有机物都要回收，经重新加工之后再利用。太空工厂是这样，火星基地也是如此。

那名在火星基地养成同样习惯的武装分子上下打量着林菲翔和大牛，说道："赶紧离开这里，有机物回收也不行！你们应该待在自己的位置。"

大牛正准备说话，林菲翔立刻说道："好的。你们辛苦了。"

"哎——"大牛话还没说出口，他就被林菲翔拉住。林菲翔一边快步往外走，一边低声对大牛说："别说话，快走。这还不明显吗？他们把咱们误认成这里的工人了，危机之中的运气。"

大牛扭头看了一眼，走出大门才说道："他们不让咱们进去，说明有问题。林菲翔，你说得对，太空工厂极有可能被火星基地控制了。"

第八章 分歧与默契

1

太空工厂的行进速度太慢了，他们想追上火星基地需要相当长的时间；而且，它的动力系统并不具备独立远航能力；所有附属的保障舰又都留在了火星基地，而阿米尔的一番超限操作又过多地消耗了能量。现在，太空工厂的燃料即将告罄。

如果失去动力，那么太空工厂将会与火星基地越来越远。阿米尔很着急，他恨不得派出手下的 23 名悍将出去推。

火星基地的动态很奇怪，事情到了这一步，他们仍然摆出一副完全防守的态度，把兵力部署调整成为立体棱堡阵形。在阵形的最外端，战斗舰艇从后向前，排成突出的芒刺状，"芒刺"与"芒刺"的连接处，是保障舰和维修舰。他们丝毫没有前出救援太空工厂的打算。地球联合军指挥所跟火星基地沟通了几次，火星基地依旧固执地认为，以守为攻才能以最小的代价换取最大的战果。

火星基地不负责任的观望态度惹得地球联合军十分不满。

杨炳坤收听通信，也对火星基地的态度十分恼火，他指着数据链传回的火星基地阵形，忍不住骂道："这么混蛋的想法，这么混蛋的阵形，这就是把十六世纪的棱堡照搬到太空，鸡贼地以为凭借布局上的优势、火力上的重叠可以取得胜利！从想法上就已经输了！这是太空，敌动你不动，就是等着覆灭！真没想到，这竟然成了火星基地在太空作战里的新战法。"杨炳坤的出发点是战斗，他知道这样部署的战略意图是威慑敌方别来进攻。

这阵形王东升看得更透彻，很明显这是逃跑前的虚张声势。

裂隙叛军的行进速度简直太快了，他们似乎比地球人更理解爱因斯坦的广义相对论。冲在最前面的战舰在海王星、天王星的引力之下做了几个"蛙跳"，已经接近土星轨道。

相对于火星基地的棱堡阵与地球联合军的有序部署，裂隙叛军的攻势简直如草原上掠食的野兽般凶猛。面对裂隙叛军未知的战斗力，人类陷入了一种持续性的恐慌状态。当人们熟悉了旧的恐慌之后，新的恐慌又不断涌现，不断刷新对"恐慌"的定义。

火星基地空前团结，选择避战的哈特曼成为火星基地的主心骨。火星基地上有相当数量的赫耳墨斯之徒，他们和地球上的信众不同，他们走了中和的道路，更加信奉哈特曼的计划，即逃离太阳系的绥靖战略。火星基地的信众已经把逃跑计划奉为信仰，似乎赫耳墨斯本人来到了，也得对这个信仰鞠躬。他们认定，只有离开这个是非之地，才能获得拯救。

王东升的计划已经取得了阶段性的成果，虽然理智的人类在更加理智，但是恐慌还是会传染的。"全人类合作计划"和地球联合军不可能让取得的成果丢失。面对与裂隙叛军不对等的战场感知，王东升知道人类已经无密可保，还不如让大众和军人共进退。

人类最后的底线，无非是联合军不胜，裂隙叛军占领地球。即使到那个时候，人类也要抵抗，而不是甘愿沦为奴隶。为了鼓舞民众，王东升不断公布地球联合军的新动向，毕竟决战还没到，每一次新动向的公布，都能让处于恐慌之中的人类感受到一丝慰藉，树起一点信心。同时，王东升在明知火星基地结阵是为了逃跑的情况下，仍然安排了几个专家仔细研究，给民众分析火星基地的布阵优势，生生把它说成了积极防守的阵形，抬高到在危急时刻可以救命的地位。这无形中从舆论上给火星基地施加了压力。

你说你的，我干我的。

表面上看，火星基地和地球联合军互不相关，但实际上，双方的最高指挥官在决策上进行着较量。决策上的较量是最难的，因为每一方的决策只有其自身安全或利益受到侵害时才会受到影响，而这种影响通常只有在形势发展到关键时刻才会显现出来。

哈特曼当然知道王东升的想法，他迟迟没有离开，也是因为抱有一丝幻想——人类能够获胜。火星基地若是离开太阳系，没有了地球的保障，一切从零开始，未来的路会有多艰辛，谁也不知道。何况火星基地至今没有一个明确的目的地，逃离太阳系简单，但逃走以后去哪里呢？

哈特曼在犹豫、观望，只待人类和裂隙叛军的第一次正式交火。王东升知道，只要人类有获胜的希望，火星基地肯定会进行支援，毕竟"血浓于水"；而哈特曼也清楚，王东升会指挥地球联合军战至最后一卒，那火星基地完全有逃走的时间。哈特曼还给逃走策略找了个理由：这是在保存人类文明的种子，不能全人类一起毁灭在太阳系内。

在复杂的政治环境里，王东升必须把棋走在前面。现在他面前的战局如果是场排球赛，那么他这方的自由人只有钢索旅——人类速度最快的舰队。最强的防守是进攻！王东升给钢索旅下了一道密令，只有7个字：全速、木卫三、默契。

裂隙叛军"蛙跳"的最后一跳必然要借助木星。木星是太阳系里质量最大的行星，质量在太阳系里仅次于太阳，相当于其他行星质量总和的两倍多。裂隙叛军的攻势已经表明，他们肯定要借助木星的引力来"跳"到小行星带内侧。他们的目的地早已经被确定，就是太空工厂的前置点，现在这个点被人类称为"K点"，那是人类能够达到的最近截击点。

王东升的命令并没有说得很详细，但是在木星附近设置第一道防线，首选的地点肯定是木星的第三颗卫星——木卫三！ 木卫三上面有一个人类的秘密基地！

木卫三是木星最大的卫星，主要由硅酸盐石头和冰体构成，有咸水海洋，有磁场，有铁质星核，整个星体有水蒸气包裹，是太阳系里人类最有可能移居的星体之一。人类在30年前就已经登陆了这颗星球，并且在上面发现了地外文明的遗迹。之所以称为"遗迹"，是因为上面的建筑已经是一片狼藉，根本无法分辨文明的归属。经过碳十四测定，是2 000多年前的一次剧烈爆炸，导致这颗星球上的建筑只剩残骸。也正是那次爆炸，让中国的天文学家甘德发现了木卫三。甘德活跃在先秦时期，他记载了木卫三的那次爆炸，不知道当时该有多大的火光，使得没有天文望远镜，仅靠目视的他记下如下文字："单阏之岁，摄提在卯，岁星在子。以二月与婺女、虚、危晨出夕入。其状甚大，有光，若有小赤星附于其侧，是谓同盟两国。"

地球人在 30 年前就确定要在木卫三上面建设大型保障基地，并且进行移民。当时还从建设火星基地的工程师中分出来一半去建设木三。

后来，因为在木卫三建设移民点的成本太高，使得人类在对木卫三进行了一段时间的基础建设之后，建设目标就从移民点改为了战略储备基地。

钢索旅将以最快速度赶到木卫三，在那里把能量补充满，然后依托那个补给基地，打击先到的裂隙叛军。以人类最强的战力对付数量最少、速度最快的敌人，这将是人类和裂隙人的第一次正面交锋。交锋之后，再进行战略的修正。这是王东升给钢索旅发布的命令的初衷。

在裂隙叛军利用木星的引力"蛙跳"之前、必须给予他们第一波阻击，这是王东升所想的。这道命令，王东升没有多说，但周子薇应该能懂，这就是默契。

2

杨炳坤也接到了密令，只有 12 个字：全速、木卫三、钢索旅、补给、默契。

和周子薇一样，杨炳坤也明白鸢鸟 002 的任务，就是在周子薇带领的钢索旅耗尽燃料之前，给他们补给。杨炳坤立即与周子薇取得联系。确认会合点后，杨炳坤指挥鸢鸟 002 脱离原有航线，直接奔向种子航线的前置点、靠近小行星带的地方，那里将是自己与周子薇再次见面的地方。

收到命令的时候，周子薇就知道王东升的想法，木卫三是钢索旅未来的补给基地和战场。周子薇知道以钢索旅这种全力行进、不顾一切的速度，燃料坚持不到木卫三，但是她依然以第四宇宙速度前进，所有的消耗都不计较。她相信，作为地球联合军参谋长的王东升必然会为钢索旅安排好后勤。果然，出发不久，她就接到了杨炳坤的通信请求。

"把油门给我踩到地板以下！"杨炳坤开玩笑似的下达了指令。一贯严谨的杨炳坤从来不说这种玩笑话，但他这句话一出口，负责动力系统的参谋居然没感到意外，他按照指令把动力加到最大。杨炳坤走下指挥席，拍开领航参谋，自己坐在领航参谋的席位，再亲自确认鸢鸟002与钢索旅的会合点。然后杨炳坤站起来，用机内通话向鸢鸟002的机师、工程师、机械师甚至厨师进行战前动员："我们何等荣幸，能参加人类文明与裂隙文明的首次正面对决。做好一切准备，伙伴们！9小时后全力保障钢索旅，在最短时间内给你们嫂子带领的钢索旅加满燃料和武器，然后我们与他们一起，站在对敌第一线！"

这是杨炳坤第一次这么肆无忌惮地说出他与周子薇的关系，痛快淋漓地表达自己的情绪！知晓了裂隙叛军的偷袭，听到了付大全、李轩婉对周子薇的一系列呼叫，自己却无能为力……这些经历都在影响着杨炳坤。

既然还活着，为什么不完全表达出来？

难道留给后来人猜测吗？

不！活着的人要把这份感情，甚至情绪展现给现实中那些与他们情感相呼应的人！

杨炳坤记得林菲翔说过的那句话："你们这样，感情表达得挺没劲的。"那句话像中医的银针，深深扎痛了他的灵魂，扎通了他的脉络。

鸢鸟 002 开放所有的通道，把原来保障的空天军一九九旅放出去。舰上的所有人都在为最快保障钢索旅做准备，他们势要将自己所处的鸢鸟 002，变成钢索旅这辆"汽车拉力赛车"最快的 Pit Shop[①]！

杨炳坤甚至没有时间回答空天军一九九旅旅长的感谢词，他亲自站在动力位上，把鸢鸟 002 的功率加到最大，直至很多指示灯都变成了红色。

此时杨炳坤虽然还惦记着林菲翔和大牛，但是迫在眉睫的新任务已不允许他再为此投入时间。从态势图上，他看到大牛的重明进入了太空工厂，他们肯定已经深入内部，并且取得了一些实质性的内部消息。杨炳坤用密语给林菲翔发了消息。

太空工厂正在经历两件重大的事情：林菲翔正踩着大牛的脑袋爬上太空工厂指挥中心的窗户；阿米尔用尽了太空工厂的最后一毫升燃料。

停了！太空工厂的运动停止了！

阿米尔气急败坏，对手下几个人喊道："去！把李轩宇给我抓上来！太空工厂肯定还有备用的燃料！"

林菲翔骑在窗户上，用大腿把大牛拉了上去。翻进窗子后，两个人同时摔在地上，大牛尽力躲闪，但还是砸中了林菲翔带伤的身体。大牛忍不住说道："还是失重环境适合你，我真是不好意思。"

---

① 赛车比赛中的维修站。

四个武装分子从关押李轩宇的地方把他抓出来，控制好他的手足，把他放在一个小型动力装置上，押往指挥中心。

李轩宇一路都在高声控诉。控诉阿米尔的胡乱操作导致太空工厂的计算机宕机；控诉火星基地领导人下令劫掠太空工厂的愚蠢行为；控诉阿米尔不听劝告导致太空工厂燃料耗尽……

林菲翔和大牛躲在一扇门后，把李轩宇的话听得清清楚楚，那声音也越来越近。

"是他吗？"大牛把声音压到最低。

"是他！我敢肯定！从小我就视他为偶像！"林菲翔的声音比大牛的更低。

"劫下来？来，给你一把枪！"大牛在爬窗之前取回了藏着的枪。

"停，等他们过去。"林菲翔把手指放在嘴唇上，做了一个噤声的手势。

李轩宇的声音由远及近，又由近及远。

"为什么不劫下来？"

"听脚步，对方有四个人。"

"那是你的偶像啊！"

"我们是两个人，他们是四个人，咱们没有必胜的把握。救我偶像，必须得一击即胜！"

林菲翔的理智，让大牛佩服。大牛还没佩服完，就看林菲翔指指自己的身后："走，穿他们的机甲！"

林菲翔深知，24名武装人员能控制这么庞大的太空工厂，那些机甲肯定功劳不小。

3

乔治八世继承了祖先留下的遗产，把矿场开遍整个太阳系，让乔治家族的财富和权势到达了前所未有的高度。他的儿子，小乔治身居乔治集团"太子"的位置，从小集万千溺爱于一身，导致小乔治从一个劣迹斑斑的孩子长成了一个作恶的大人，"放肆"用在他身上都是夸奖。为了自己的面子，乔治八世一边不断地包庇小乔治，一边隐瞒他的存在，直到小乔治成了高位截瘫的残疾人。在乔治八世看来，孩子闯了什么祸都好弥补，但是他的身体发肤损坏了，能弥补的就有限了。乔治八世给小乔治定制的医疗辅助方案在全球是独一份，但小乔治依旧无法行动自如。

按理说这孩子可以停止折腾了，但是人的性格是永远不会变的。他从乔治八世那里知道了很多密级极高的信息，有很多上不得台面的劲爆猛料，如果乔治八世是第一个知道，小乔治就是第二个知道。

乔治八世之所以会费九牛二虎之力弄来墨影，就是小乔治提出来的"借鸡下蛋"计划打动了他。小乔治认为裂隙叛军攻占地球是迟早的事，拿人家的鱼远不如拿人家的鱼竿渔网，什么东西都是"别人有不如自己有"。只要把地球上最先进的技术拿到手里，资源加技术，就不怕外星人。外星人怎么了？到时候就是外星人他舅舅来了，乔治家族还是不倒的"铁杆庄稼"！再有一条，当乔治家族吃透了墨影和重明的技术，难道不能组建一支属于自己的太空部队吗？有自己的队伍，有太阳系的矿产，难道还愁生意走不出太阳系吗？更重要的一点是机遇，外星人大举入侵，这个时候是地球联合军压力最大的时候，只要开口，他们就能把设计图纸和装备毫无保留地交出来。

当然小乔治也做了最坏的打算，如果裂隙叛军准备灭亡人类，有了这些战斗力强大的武器，逃跑或者移居别的星球也可以由自己说了算。

乔治八世觉得这个孩子依旧那么聪明，乔治家族走出太阳系，走向宇宙，就得靠这种有"宏才伟略"的人才。

乔治八世把喷涂着"81192"舷号的墨影交给小乔治，小乔治看着红金相交的线条，脑子里面描绘的是自己驾驶地球最先进的战机驰骋宇宙的景象。乔治八世指着这台墨影对小乔治说道："听说这台是钢索旅旅长的，是这一批墨影里性能最好的。"

"改装开始！"小乔治对他和蔼可亲的爸爸说道。小乔治早就找好了工程师，他一挥手，工程师们一拥而上，围上了墨影。

"要不要先找其他人试试？确认可靠之后你再上？"乔治八世有些不放心。

"不需要，钢索旅旅长使用了那么久，设备肯定没问题。地球联合军现在巴不得这东西能够多产，我们研究透彻之后多生产一些，回头卖给他们。这一天，我等了太久了！"

杨炳坤和钢索旅在约定地点成功会合。能够保障重明-3的目前只有这艘鸢鸟，能从心理上给周子薇安慰的只有杨炳坤。

周子薇的81192打开舱门，她闭上眼，想放松一下，谁知工程师热情地说道："欢迎嫂子回家！"一声"嫂子"喊得周子薇有些不知所措，但是她的眼睛依旧没有睁开，她的内心感觉很甜蜜，她很享受这一刻的宁静和这一声"嫂子"。随即她听见急匆匆的脚步声，抬眼她就看见杨炳坤跑过来。周子薇正准备开口，只见杨炳坤二话不说，握起周子薇的手，俯身去亲吻她。"伯劳"低声说道："炳坤，很多人……"

这一次是杨炳坤第一次在大庭广众之下对周子薇做出亲密动作。旁边的工程师用充满羡慕的眼神看着这两位。周子薇的机械臂很自然地慢慢抬起，抚摸杨炳坤的头发。

机械师加注燃料的时间只有几分钟，前面加注好燃料的重明-3已经滑出鸢鸟的停机舱。杨炳坤和周子薇尽情享受着难得的相聚。

为了节省时间，周子薇的重明-3站了一圈工程师，氧气、燃料、生命保障……都要在最短的时间内完成补给。燃料指示表的数值在不断上升，一个工程师加注指示达到95%的时候，终于在旁边轻声说道："杨指挥，快好了。"

杨炳坤和周子薇结束了这深情一吻，杨炳坤拿起周子薇的手："打完这一仗，咱们就结婚，好吗？"

"好，等着我。"周子薇深情地说道。

"到时候我们在月球举行婚礼，趁十五那天月亮最圆的时候，月牙的时候我怕站不下那么多人——"重明-3的座舱盖慢慢地落下来，杨炳坤的声音听不见了。本来这是个笑话，周子薇却流下两行泪来。杨炳坤看到了，却不能再打开座舱盖为周子薇拭去那泪水，因为重明-3的发动机已经启动了。周子薇的头盔面罩喀的一声落下来，挡住了她的眼睛，也遮住了她的脸。

那个面罩似乎是隔开她与生活的闸刀。就在面罩放下那一刻，周子薇立刻变身成冷静的钢索旅旅长，她似乎嗅到了战场特有的味道。

钢索旅全速赶往木卫三，鸢鸟002继续在后方全速追赶。和周子薇一样，杨炳坤也感觉到第一仗很快就会打响。

4

付大全的情况好了一些，他躺在被他硬生生扯开一道口子的被褥上，脸色苍白，浑身无力。当听到钢索旅和鸢鸟 002 已经会合并且前出木卫三的消息后，他干裂的嘴唇微微上扬。

马克尔那里也传出来好消息，地球长矛组建完毕一条，目前正在调试阶段，并且马克尔派一个参谋给付大全送去两样东西：一杯冒着泡沫的青稞啤酒，一个控制器。控制器上有一个红色的按钮，按下它将发射地球长矛的第一枚炮弹。马克尔认为付大全最有资格享受这份荣耀。

看看啤酒，又看看按钮，付大全用通信器给马克尔对话。他有气无力地说道："谢谢你的啤酒……别忘了……第一个载人的航天器必须我来乘坐。"

这个刚建好的地球长矛和火星基地的超级长矛不一样。火星的大气层极其稀薄，引力只有地球的 38%，重力加速度只有 3.72 米 / 秒 ^{2} ……各种有利的天然条件使得他们在设计超级长矛之初面临的掣肘因素就较少，加上火星基地紧靠太空工厂和小行星带的优势，还有乔治八世的偏心式物资供给，不知道火星基地超级长矛的威力会是地球长矛多少倍。

设计完步枪，还要有与之配套的子弹。"长矛工程"还包括为这个超级电磁炮设计弹头。火星基地的弹头先一步完成，但因为地球和火星的条件不同，地球上使用的弹头需要重新设计。在中国不缺钨，钨钢有更好的刚度和耐燃性，所以马克尔把地球长矛弹头的头部设计成尖锥形，用的是切削整形的钨钢。这样的弹头在高速穿越空气时，会形成激波，在弹体四周形成真空层，以减少弹体损耗。

马克尔用的是中国的"祖冲之号"第十二代超导量子计算机设计地球长矛。"祖冲之号"超导量子计算机从21世纪初就在地球人的智能计算领域初露锋芒，到马克尔使用的时候，这台计算机已经把理论计算和实践结合在一起了。在设计过程中出现的数据溢出可能会在组建过程中引发很多问题，但是通过模型构建，"祖冲之号"能对这些问题一一进行调整，所以，马克尔用那种"懒散"的状态能够建成地球上最大的防御武器就不是奇怪的事情。他求速度求实用的理念，被证明在这样的危急时刻是最有效的。造地球长矛不是造一台精密的实验仪器，这是造一门"炮"，能把"炮弹"打出去就行。

付大全感慨，多亏了马克尔，如果是自己负责这件事，以他过于严谨的工作态度，或许真的会延迟地球长矛投入使用的时间。

5

小乔治已经完成了和墨影的互联。他本来就因高位截瘫接受过改造，脊柱早就有用于电信号连接的触点，只要稍作调整，就能改造它们，以符合地球联合军的标准连接要求。连接很成功，各项信号反馈的表现都很优秀。小乔治的工程师拿出早就准备好的重明，开始为它和小乔治的墨影建立连接。乔治八世也不去问这战斗型的航天器小乔治是怎么搞来的，他现在十分信任自己

儿子的能力，他只想知道儿子接下来打算怎么办。"你准备怎么搞？"乔治八世笑眯眯地问宝贝儿子，

"连接好重明，我就直接飞。"小乔治没开口，墨影的语音功能直接回复了乔治八世，这番操作引得乔治八世击掌大赞。"嘀，这装备果然名不虚传！"这句话是小乔治自己说的。

小乔治只顾着尽快试飞，根本没有考虑现在的形势。乔治八世则有些担忧：裂隙叛军的到来，使人类陷入恐慌，地球联合军所有的兵力都在严阵以待，一兵一卒都要列入战斗序列，这个时候试飞，太惹眼了。即便地球联合军没有空闲时间追究这架重明的来历，升空试飞还是很危险的。

这个时候，就是显示乔治八世实力的时候了。既然儿子都有这么大的抱负，自己也不能落后，一个大胆的计划很快在他脑子里成型。他先是联系了当地的政府，然后又毕恭毕敬地向地球联合军发了一份申请，大意是为了抵御外星人的入侵，乔治集团准备直接支援地球联合军，将所有的工厂改建为航天战机制造厂，为地球联合军大量制造航天战机，并培训航天战机驾驶员。现在工厂已经处于待命状态，希望地球联合军能尽快授予乔治集团关于武器类器械和航天器的生产许可。另外，乔治集团仿制的第一架重明战机即将进行试飞，希望地球联合军予以支持。

不能因为情势危急，就让个人有自己的军队，因为个人早晚会失管失控。不只是王东升，很多国家的政要都看出乔治八世图谋不轨。这明显是他在危急时刻要挟地球联合军，要地球联合军给他武器设计图，准许他生产武器、培训操控者。一旦满足他的诉求，那他跟一个无法管控的军阀有什么区别？而且，他掌握权力后完全可以成立一个不依赖于国土的组织，这个组织甚至会超

越政府，会给人类几千年流传下来的"国家"概念造成冲击。

许多政府明确提出，不赞成乔治八世的做法；也有绥靖的观点，认为乔治八世只要保证所有生产出来的武器都要交给地球联合军，培训出的驾驶员都要加入地球联合军的序列，也可以答应他。王东升却直接批准了乔治八世的申请，尽管有很多人不解，但王东升也不解释。王东升并不指望乔治八世会全力帮助地球联合军，他答应对方，是因为地球的军工厂已经在超负荷生产了，乔治八世的加入至少可以扩大生产规模。至于培训的驾驶员，王东升也想得很清楚，即使乔治八世培训的这些人不加入地球联合军，他们至少也能增加对抗裂隙叛军的有生力量。他相信，以乔治八世的能力，他能够在错综复杂的环境之中生存下去。乔治八世掌握的力量和火星基地有很大区别。乔治八世在太阳系拥有产供销一条龙的商业版图，同样准备逃脱的火星基地在这一点上就差远了。纯军事的组织即使逃出太阳系，没有太空工厂那样的后勤基地，也是不能长久的。

"全力支持乔治集团的试飞。"王东升对联合军指挥部做出了指示。他做出这个决定是非常痛苦的，明知道乔治八世的目的，却无法苛求对方留下来。人类的未来该何去何从，是生存还是灭亡，这所有的重担都要由决策者来扛。

墨影和重明的搭配本来就是成熟的，二者建立连接之后，小乔治只需稍加适应，就能感受到这两个搭配得天衣无缝的设备的强大。小乔治酷爱驾驶，他驾驶过人类所有的民用航天器。眼下墨影和重明给他的感觉，是一种化身为战机的沉浸式体验，那种体验感只能体会，不可以描述。如果非要找一个形容词，那就是"神奇"。

　　小乔治连接、调试完毕后，他那负责任的爸爸不仅拿到了试飞的批文，而且乔治集团的工程部都已经在接收鸢鸟和大型运输舰的设计图纸了。

　　所有的事情都在按照乔治八世和小乔治的想法进行，再也没有这么舒爽的未来了。这些事情对于乔治家族来说，是历史上前所未有的。小乔治觉得，按照家族传统立铜像已经无法体现他们俩划时代的地位，而乔治八世已经在默默计算自己手里有多少白金。

　　看着曾经是地球最高配置的航天战机，无论怎么看，都像艺术品。尤其是动力系统和操纵系统，那是任何民用的航天器都无法媲美的，它们的差距就像是超跑和拖拉机。

　　小乔治打开高密度能量核心，打开变循环发动机，打开感应式力场驱动装置，重明摇摇晃晃地离开了地面，停机库的天窗也随之开启。

　　这架重明甫一出现，空天卫星和监控系统就监测到了。随即地球联合军指挥部的命令就传达到了所有作战部门："所有单位注意，佛罗里达有一批一架未经注册的重明，科研试飞，航空单位注意避让，防空单位注意屏蔽，他的临时 ID 是 07082。"

　　小乔治听着地球联合军指挥部的命令，心里得意极了，自己可是"闲散人士"驾驭空天战机的第一人，是历史上的第一人，而且还有地球联合军的伴随保障，"借鸡下蛋"这一招用得实在是太绝了！

第九章　鸿毛还是泰山

1

林菲翔和大牛抵达了火星基地的登陆艇，他们清点了一下机甲数目，只少了一副。这副少了的机甲有可能被那群劫持李轩宇的人穿走了。时间容不得他们俩多想，就算对方也有机甲，以二对一，林菲翔和大牛也有优势。

这种机甲设计得非常人性化，不需要培训就能驾驶。他们俩很快熟悉了机甲的操作方法，随后毫不犹豫地拽掉了剩余机甲武器的连接设备。

"只要击败了那一副机甲，咱们俩在太空工厂就是无敌的了。"大牛检查了一下右手控制的火炮。他把炮口对准一艘登陆艇，只要他扣动扳机，就能给这艘加装了装甲的舰艇开个洞。

"容不得一丝大意啊，兄弟！"林菲翔将两只强有力的机械臂举起来，活动了一下机械手指，攥成拳头，"走！解救太空工厂！"林菲翔的铁拳和大牛的两只机械拳上下碰了两下，像两个拳击手比赛之前的碰拳礼，只听得当当两下金属碰撞的声音，火花四射。

林菲翔和大牛不知道，他们装甲一启动，阿米尔那边就收到了信息，包括林菲翔和大牛的通信，也全部被阿米尔那边听到了。这两个人掩耳盗铃式的进攻将会遇到什么可想而知。

相比林菲翔和大牛，更让阿米尔担心的是太空工厂的动力问题。总工程师李轩宇再一次被抓进指挥中心，李轩宇表示自己也没有办法，恢复动力的唯一办法是让距离他们最近的火星基地派来补给舰，一路加充燃料，可是即使燃料充足，要想追上火星基地也是不可能的。

面对重重困境，阿米尔终于说了软话："李总工，让您受苦了，很对不住您，但是我也是听令行事，您也知道军人当以服从命令为天职。"

瘦而高的李轩宇从指挥台上居高临下、冷冷地看着阿米尔和一众士兵："眼下唯一能追上火星基地的办法是生产助推器，把工厂里面所有能用的产品都拆了，只用它们的动力系统，把动力系统做成'外挂'，作为太空工厂外面的辅助动力。你是火星基地派来的，你赶紧联系你们那个倒霉的参谋长，让他派补给舰。"

李轩宇转过身，看指挥台上各种态势信息，裂隙叛军的战舰布满了整个荧幕。李轩宇想不到，自己被关押的这段时间发生了这么多的事。看着裂隙叛军前赴后继地奔向木星，即使没听到茶卡斯图的要挟，他也一眼就看出问题所在，他们这是摆明了要借助木星的引力弹跳，而弹跳的目标……李轩宇在指挥台上输入了一些数据，立刻明白了自己的处境，很明显太空工厂是他们的目标。

阿米尔拿起话筒，声音颤颤巍巍的。他直接呼叫火星基地，希望他们能够尽快派出补给舰，谁知道火星基地对他的请求不予理会。相比较之下，没有补给舰算不上不幸消息，因为后面还有一个通告，那才是真正的不幸，犹如晴天霹雳一样把阿米尔打得站不起来。

"这里是火星基地指挥所，我们正式宣布阿米尔为人类叛徒，希望遭到阿米尔蛊惑的其余23人立即对阿米尔实施抓捕，以将功补过。首犯阿米尔所犯的劫掠太空工厂罪行，触犯《火星基地刑法》第十七章第三款……"

这个消息是谁都没想到的，阿米尔瘫坐在地上，不住地摇头。事情不应该是这样的，他知道火星基地这条信息的意义，"人类叛徒"这顶帽子可以说比电线杆都高，这是宣判了自己的死刑。现在如果有人杀死自己，就可以去火星基地领奖金。

"军人以执行命令为天职，你却把自己执行到死胡同里了。"李轩宇毫不留情地嘲笑阿米尔，同时他使用内部通话下达命令，"太空工厂所有工程师注意，马上回到自己的工作岗位，20分钟后，我会把助推器的改造图纸发送到各车间，各车间要全力生产。"

被阿米尔小队控制的工程师在收听了火星基地的通报后，顿时觉得有人撑腰了，在李轩宇的复工通告下达之后，他们走出了关押他们的房间，完全无视站在门口的守卫。

跟随阿米尔的队员很快集合在一起，所有人的心里都充满委屈。他们偷偷商议，意见迅速达成一致，那就是马上逮捕阿米尔，并把他交给火星基地。一个队员对阿米尔说道："上校先生，请交出你的武器。你当初说这次行动是奉火星基地参谋长哈特曼的命令，可现在火星基地宣布你的行动是非法的，看来你并未得到哈特曼先生的授权。你这是犯罪，我们可跟这事没关系。"

阿米尔才是最委屈的，他觉得自己太倒霉了，窦娥都比自己强百倍。哈特曼可是亲口给自己下的命令，即使自己受了骗进入小行星带，那也是敌人的原因，自己并没有叛变，哈特曼怎么可以把这盆子脏水全倒自己头上！别管哈特曼是怎么想的，阿米尔觉得自己必须澄清这件事，所幸自己在太空工厂，还有发声的机会，如果自己在火星基地，可能真的死都不知道怎么个死因。

面对部下的逼迫，阿米尔一边往后退，一边用手阻止步步逼近的队员："听我解释，哈特曼参谋长亲口给我下的命令，就在他的办公室里，你们要相信我……我有证据……"

面对"人类的叛徒"，这23个如狼似虎的士兵肯定不会手软。他们现在执行的就是火星基地参谋长的命令。且不说火星基地那笔丰厚的奖赏，只要抓了阿米尔，就能拿到很重要的自证清白的证据。阿米尔是死是活都不重要，重要的是自己在大是大非的事情面前有立场、有行动。

阿米尔已经退到指挥台，再也无处可退，他的身旁就是李轩宇。李轩宇此时正在大荧幕上制作改造各型航天器的动力系统的图纸，他有信心，也有能力，在20分钟之内，就把鸾鸟、重明、玄女……所有航天器的动力系统改造成太空工厂的助推器；而那些导弹，拆掉战斗部，就是最好的加力燃烧室和助推器。这些设备改造好后都将安装到太空工厂的外面，这样即使没有补给舰，太空工厂也可以用1.3倍于火星基地的速度行进。

只有回到火星基地或者地球，太空工厂才是安全的。李轩宇相信只要20分钟，他就能让太空工厂恢复生产；只要4个小时，即使没有地球联合军和火星基地的帮助，也能让太空工厂飞向该去的地方。

李轩宇正聚精会神地修改图纸，阿米尔掏枪的时候，他都没察觉；阿米尔劫持他的时候，他手上也没闲着，机库里面还有一艘鸢鸟，他正在修改鸢鸟的动力系统。

2

"咱们这个机甲会不会被遥控控制？"大牛问林菲翔。

"这种设备，应该有遥控的功能。"林菲翔正在准备打开生活区的门禁系统。他刚伸手，大门就开了，无数的工程师从里面涌出来，林菲翔和大牛连忙闪到一边。看到这两位的机甲战士，工程师们误以为他们是和阿米尔一路的，白眼和中指向他们猛招呼，把他们彻底搞蒙了。

直到最后一个工程师走出生活区，奔向自己的岗位，林菲翔和大牛才趁着空当钻了进去。他们万万没想到，就在他们穿机甲的时候，太空工厂的斗争形势发生了巨大的变化：太空工厂的敌人本来是两个小队，现在只剩下一个人——阿米尔。

林菲翔和大牛赶到指挥中心，立刻用火炮对准了那两个小队。他俩瞬间发觉形势不对，那些人的武器为什么都对准了阿米尔，而阿米尔的右手用枪抵着李轩宇，左手拿着一枚打开了电子保险的手雷，双方陷入了对峙的僵局。局面有点乱，但目标很明确，劫持李轩宇的人肯定不是好人。短暂的迷茫之后，林菲翔和大牛很自然地也把激光炮对准了阿米尔。

这些队员知道，如果李轩宇受到伤害，他们这 23 个人肯定要承担责任，这可是人类中最优秀的总工程师。

李轩宇不慌不忙，根本不把劫持当回事，很快鸢鸟的动力系统的改造图纸被他发到了车间，他用通信器对鸢鸟车间下达命令："拆掉那艘鸢鸟，把动力系统拆掉改造后待命。"随即又呼叫火星基地和地球联合军："这里是太空工厂，我是指挥员李轩宇，太空工厂燃料耗尽，失去动力，正在自救，请求火星基地和地球联合军的补给舰支援。"

火星基地肯定比地球早收到李轩宇的信息。坐镇火星基地的哈特曼此刻更加关心的是阿米尔的生死，听到李轩宇的报告之后，他没有提支援的事情，而是迫不及待地问李轩宇："人类叛徒阿米尔抓起来没有？如果抓到，就地处决。这是命令！"

"他现在正劫持着我。"李轩宇不慌不乱，说这句话的时候，都没看一眼阿米尔。他的手指像在弹钢琴，一下没停，他正在改造的是重明的动力系统，仿佛这一刻被劫持不是自己，而是阿米尔。

林菲翔和大牛觉得这场劫持场面有些尴尬。李轩宇个子很

高，手在指挥台上不停地操作；矮胖的劫持者阿米尔不时从李轩宇的胳肢窝偷看外界的形势，李轩宇成了他的人肉机甲。

"参谋长阁下，明明是您派我来完成这项任务的！"阿米尔绝望地冲通信器大叫。

"我们正在与人类叛徒对峙，肯定能将其抓获，请参谋长放心！"突击队员为了表示忠于人类，也在给火星基地汇报当下的形势，指挥中心内的通信乱作一团。

"上校阿米尔，请你放下武器，有什么事情我们慢慢商量。"林菲翔此刻最在意的是李轩宇的安危。

躲在李轩宇背后的阿米尔陷入了绝望，精神濒临崩溃，他挥舞着手臂："都退后！都退后！放下枪！我是无辜的。哈特曼，你这个混蛋！"

就在阿米尔身体暴露的一瞬间，队员的激光武器开火了。两束激光击中了阿米尔，他的身体向旁边倒去，暴露的身体更多。机会来了！23名队员都是轻武器射击的好手，发发命中阿米尔的身体，他被打成了筛子。

手雷从阿米尔手里滑落，那23名队员的战术动作都很专业，他们向后闪开、卧倒、躲避。在这千钧一发之际，林菲翔操纵机甲弹跳起来，他没有一丝犹豫，冲着手雷就扑了过去，机甲的性能足以防护手雷的爆炸。砰的一声闷响，指挥中心里充满了浓烈的硝烟味。待烟尘散尽，林菲翔爬起来，机甲胸前出现了一个巨大的白色炸点，像朵盛开的菊花。

"好悬哪！"大牛乘坐着机甲，空气的硝烟并不会影响到他的呼吸，但他还是习惯性地挥舞机械臂，扇去面前的灰尘，环顾四周，"大家都没事吧？"

李轩宇的手指一下都没停，大牛长舒了一口气。共同的敌人已经倒下，剩下的就是朋友了，爬起来的队员和他俩打着招呼，几名队员也向林菲翔伸出了大拇指，对他的勇敢表示赞赏。林菲翔无暇这些，尽管手雷的能量都被自己扛下来了，他还是唯恐李轩宇受到伤害。他走向李轩宇，喊了一声："李指挥！"

这时候李轩宇手上的动作突然停止，他瘦而高的身躯向后倒去，林菲翔赶紧接住。他这才发现李轩宇的胸部被击中了，从伤口看，是侧方击中的。肯定不是那些队员干的，是阿米尔。或许是他被击中的时候，手指扣动了扳机；或许他是因为心中不甘而故意报复……但是对于李轩宇，结果都是一样的。

林菲翔大喊："医生！"随即打开了机甲，跳了出去，伸手去摸李轩宇颈动脉，他的心脏已经停止了跳动。太空工厂的医生用最短的时间赶到，带来了人类最先进的医疗舱。尽管只有一枪，尽管用了那么多措施，李轩宇还是没抢救过来。

林菲翔没想到死亡如此之近，又如此之快。李轩宇的突然离世对他的触动极大，他站在李轩宇的病床前，看着眼前的偶像。这是他第一次见李轩宇，也是最后一次，他早就准备好的问题，永远没有了答案。

只中了一枪李轩宇躺在病床上，打成马蜂窝的阿米尔躺在地上。两个人都是血肉之躯，同属一个物种，结局都是一样的，但是，李轩宇在最后一刻仍在战斗。

人活着就应该像李轩宇一样——林菲翔是这么认定的。他跪在偶像的遗体前，大颗大颗的泪珠滚落。他后悔，如果他和大牛当时就跳出来，或许结局不是这样的。一个转弯或者一个驻足，就会带来不同的结果，冥冥之中的命运，为什么如此残酷？

地球联合军的两艘补给舰快速向太空工厂的方向飞去，火星基地的指挥室里，哈特曼终于等到了只属于他自己的好消息：阿米尔终于死了，他要抢夺太空工厂这件事再也没人知道了。现在向太空工厂派遣补给舰是展示火星基地态度的最佳方式，哈特曼也紧急派出了两艘补给舰。

在得到李轩宇牺牲的消息后，地球上很多人都痛心不已。最伤心的是李轩婉，亲哥哥的牺牲，对她的打击太大了，她哭到不能自已。付大全知道这时候劝不住，只能默默在她身边坐着。

悲伤的王东升询问太空工厂的工作，大牛做了汇报。太空工厂正在自救的积极态度得到了王东升的肯定，这也是李轩宇留给人类的最后一份礼物。林菲翔已经接替了李轩宇，着手改造各种航天器的动力系统。改造好的动力系统将直接运出舱，固定在太空工厂的指定位置，以期用最快的速度、最短的时间和火星基地会合。

3

"南仁东号"收集到的数据是通过中继无线传输技术向外输送的，裂隙叛军在抵达柯伊伯带的时候就发现了人类在信息传输方面的缺陷。只要破译"南仁东号"的加密通信，就有可能在"南仁东号"复刻他们对太空工厂的做法。届时"南仁东号"的信号将被篡改，这台能力强大的雷达将成为裂隙叛军的强大信息支援。在地球人普遍认为裂隙叛军将要借助木星的巨大引力"蛙跳"的时候，茶卡斯图做出了一个令他的部下也没想到的决策。他在最前线的队伍里挑出两艘状态最好的战舰，组成一支具备隐身能力的小队，切水星公转轨道直接飞向"南仁东号"。这个双机编队的阵容不一般，其中一艘的驾驶员是荼卡斯图的儿子。

看着战场态势，冲在最前面的舰队已经接近木星轨道，马上就可以利用引力弹弓实现增速，"跳"向太空工厂航线的前置点。荼卡斯图做出这一决策也是身不由己，因为他知道虫洞的真相。

可是还没破解"南仁东号"的无线传输信号。地球人对这台雷达非常重视，他们每一次的信号传输，都是点对点的，而且在传输信号的过程中，还加入了敌我识别程序。如果时间足够，荼卡斯图有信心把人类密级最高的敌我识别程序全部破解掉，但突然出现的虫洞打乱了荼卡斯图的计划，察觉它的存在后，流逝的每一分、每一秒都是在警告他：你在太阳系没有机会了。

现在，荼卡斯图必须分配更多的资源去监视虫洞，眼下他只能用原始的办法了。他派出这支隐身小队的目的很简单，让他们隐身抵达"南仁东号"，用物理手段直接把通信部件换成自己的。只要在通信信号束里分出来一束给地球人发送假信号或者延时信号，这个事就成功了。

这支肩负着重要使命的小队，全程隐身，全速度飞行。这种航行会消耗巨大的能量，这是一趟有去无回的征途。因为裂隙叛军不可能深入到那么危险的地方去给这支小队补给燃料。荼卡斯图计算过，那两艘最佳状态、最佳位置的战舰，以这样极端的条件飞过去，即使满载燃料，也只够单程抵达。

"南仁东号"可以发现 91 000 批次的目标，准确跟踪32 000 批次的目标，而目前裂隙叛军出动的兵力的回波点已经超过 40 000 批次。裂隙战舰和他们制造的假目标太多了，"南仁东号"传回的图像，任何一个地球人看了都会感到害怕。上面的目标排得密密麻麻，那些全是裂隙叛军的反射点。

没有人注意到那两艘战舰是何时在雷达荧幕上消失的。

地球人最精锐的钢索旅还在努力赶往木卫三设置埋伏，"南仁东号"传回的图像显示，裂隙叛军最前端的兵力刚刚从土星"起跳"，即将"抓住"木星。"南仁东号"没反映的情况是，茶卡斯图派出的那两艘隐身战舰已经利用了木星的引力，正在加速冲向火星，为增速做准备。

王东升早就发现裂隙叛军航向箭头的指示都是木星，仅靠钢索旅明显不足以应对。他立刻调整部署，分出小部分的兵力进入小行星带，在那里设置伏兵；剩下的兵力仍布置在小行星带的内侧，随时准备前出；而钢索旅的战斗策略依旧为游击，占完第一波便宜之后也进入小行星带，和大部队会合。

钢索旅和鸢鸟 002 目前还在通信静默状态，王东升相信周子薇和杨炳坤会有默契，根据之前的数据链态势，他们已明白自己的意图。当然，还有面对最糟糕情况的计划：即使他们不清楚战场态势会转变成什么样，开战之后通信静默已没有意义，在通信可以达成的情况下，完全可以明语把他们喊回来。

另一边，地球上所有的航天器制造工厂都在超负荷生产，乔治八世的申请获批后，很多民用设备的生产厂家也纷纷提出申请，获批后都改换了生产线。很多厂家想的是，这时候哪怕能给地球联合军造一颗螺丝钉都是好的。生产规模最大、生产速度最快的是乔治八世的生产线。在拿到图纸之后，乔治八世下令全力保障生产。他这种决心和魄力当然不是为了全人类的命运，他是为了他心中的乔治帝国。拿到图纸才 5 天的时间，乔治八世的车间里，重明和玄女已经在做总装了。

小乔治的飞行经验很足，高位截瘫之前，他的总飞行时间已经达到五万多小时，他和重明结合得也很好，但是他不可能和钢索旅那些天行者一样，一个架次就把所有科目都试完。他已经连续飞了 7 个飞行日，最长单次滞空时间 16 个小时，他很享受重明带给他的驾驶快感。如果这机型不是用来战斗的就好了——小乔治这么想。他的下一个飞行科目就是进入太空。

4

周子薇的钢索旅在捕捉到木星第一缕引力的时候就开足了马力，他们也需要利用木星的引力"弹跳"，从而更快地到达木卫三。在那里，他们将得到第二次保障，而第二次保障将是他们伏击裂隙人的重要支撑。按照作战计划，杨炳坤驾驶的鸢鸟 002 会在钢索旅游击之后，给他们带来第三次保障。至于第四次保障……难以想象，这种敌方战斗力不明的厮杀会带来什么样的战损比，更没人知道这场残酷的战斗之后，还能有多少战舰得以幸存。能不能得到第四次保障，尚未可知。

钢索旅的行动十分隐秘，可是在裂隙叛军看来，他们简直就是在自己的眼皮子底下行动。茶卡斯图的儿子比他老子更嚣张，他居然不顾命令，带领另一艘战舰向周子薇的编队迎头而去。

茶卡斯图当然明白这两艘战舰要干什么，炫耀武力和挑衅。他并没有阻止这两艘战舰的挑衅行为，尽管这种挑衅有可能会给整个舰队带来毁灭性的灾难：无法控制"南仁东号"，裂隙叛军就无法保证自己获得胜利。

战争就是比谁更狠毒，比谁更残酷，比谁撑得更久，中国空天军一直以来也有"战场无亚军"的口号。

"仁义之师"，只要是中国人，都知道这个词。但"仁义"用在战争中是骗人的。率先践行这个想法的是中国春秋时代的宋襄公，但是他刚践行了三天就被对手杀死了。对敌人仁义就是对己方战士残酷，对他们不负责任。

狠毒和狡猾，茶卡斯图带领的这支队伍太会使用了。在宇宙里流浪，常年的掠夺生涯，没有这两样东西，他们连一个星系都飞不出去。茶卡斯图的儿子尤其擅长此道，攻击宇宙拾荒者这种违背宇宙规则的行动就是他指挥的。

击败钢索旅是不现实的。两艘战舰，即使是隐身的，对战地球人最强大的部队，他们也无必胜的把握，但是扰乱钢索旅的布阵，让地球人摸不清裂隙叛军的实力，他们可以轻松做到。

尽管后面还要执行更重要的任务，他们仍然敢于主动出击。这种自由作战的思维，和地球人完全不同。茶卡斯图只在荧幕上静静地看着显示器，等待这一出好戏的上演。

木卫三就在眼前，钢索旅的燃料指示表已经变红，剩下的备用燃料已经不够一战，他们必须尽快着陆找到补给。"南仁东号"提供的战场态势显示，裂隙叛军还在穿越土星轨道。这么远的距离，钢索旅还有充足的时间前往木卫三进行补给。静谧的宇宙里，木星强大的吸引力正在把裂隙叛军和钢索旅拉向一个点。

两艘隐身战舰从钢索旅的下方通过。钢索旅是宇宙第四速度，两艘隐身战舰也是第四宇宙速度！在与钢索旅队伍交叉瞬间，他们竟然关闭了隐身功能！

巨大的恐吓效果出现。这种效果如果放在以前的地球内战中，相当于在睡着的士兵耳朵边开一枪，还要让弹头蹭一下钢盔。

钢索旅的全向告警器红灯闪烁，警报刺耳；火星基地、地球联合军的指挥所里的红灯也是一片片地频闪。大家都在想，什么飞行器？怎么可能飞那么快？

如果是武器，人类精英中的精英钢索旅还没抵达战场，就全军覆没了。所有人都在这么想，包括茶卡斯图。

地球人的计划已经暴露，钢索旅伏击的可能性微乎其微，而摆在眼前的问题，就是钢索旅的燃料补给。

距离钢索旅最近的鸢鸟 002 上，包括杨炳坤在内所有人的脑子在那一刻都像炸裂了，所有人汗毛竖起、血压飙升。短暂的惊异后，他们立刻意识到，裂隙叛军准备攻击的或许是自己，毕竟他们是和钢索旅离得最近的，只要切断补给，钢索旅就丧失了持续作战能力。

"战术防御！"杨炳坤给钢索旅下达了命令，尽管他自己也知道，这个命令毫无意义。

眼下的情景，根本不需要命令，钢索旅早有应对的方案。这么多的战斗中，钢索旅使用这样非对称的战术防御是第一次。以第四宇宙速度擦肩而过的震撼不言而喻。在告警的一瞬间，除了周子薇，钢索旅集体"甩尾"。巨大的载荷使得所有队员的身体都倒向了一边，所有重明 -3 的机头都对向了空无一物的后方，敌方目标的运动方向和钢索旅是相反的。发动机的减速动力板不时放下来又收起，重明 -3 的动力系统在减速板的控制之下不断调整着喷射方向，向前或者向后冒着蓝光。这闪烁的光像极了钢索旅队员忐忑的心情，像极了他们粗细不一的呼吸……

裂隙叛军很快重启了隐身功能，又消失在茫茫宇宙之中。交叉的瞬间，裂隙叛军拨动了一下隐身开关，他们是故意的，他们在羞辱地球人，恐吓钢索旅。

虽然重明-3的机头对向了太阳的方向，但整个舰队的行进的方向，还是朝着木卫三。钢索旅的成员知道，这时候最重要的是去木卫三补充燃料，否则，没有机动能力的重明-3，是无法应对裂隙叛军。如果不能在最短时间获得燃料，钢索旅会全军覆没。

钢索旅的所有成员都恨不得立刻赶紧补充上燃料，痛痛快快地加速，轰轰烈烈地打上一仗。裂隙叛军太可恨了！

还要保持通信静默吗？看起来似乎毫无意义了，但是谁也不能保证刚才的情况是误告警，尽管出现这种情况的概率基本为零。所以钢索旅的通信仍然是静默状态，周子薇很担心那引发告警的敌人是冲着鸢鸟002而去。

跟在钢索旅后面的鸢鸟002现在处境很危险，作为一个以保障为主的运输补给舰，它的火力和机动性根本无法和战斗舰相抗衡。

此时的鸢鸟002上，所有人都感受到一种喘不上气的压迫感。一个参谋的声音略显颤抖，他小声问杨炳坤："杨指挥，怎么办？"

杨炳坤似乎根本没看到刚才的告警，他紧盯着面前显示的时间，脸上的表情丝毫不起波澜："原航线，保持速度，注意警戒。所有武器做好射击准备，听我口令齐射。"

鸢鸟002和以第四宇宙速度前进的裂隙战舰相向而行，即便鸾鸟 002 走得慢，双方接近的速度也很快。杨炳坤看着时间，他的心里已经默默做了一个大胆的决定。

5

虽然茶卡斯图的目标是"南仁东号"，但他认为儿子的那支小队对鸾鸟 002 发动攻击并击毁它，对他们的计划来说，绝对有锦上添花的效果。

鸾鸟 002 的体积太大了，雷达反射面太大了，它又处在两艘裂隙战舰的航向范围内。唾手可得的便宜摆在面前，不攻击？那肯定不是裂隙人的性格。杨炳坤看了一眼时间，如果他们的目标真的是自己，那就让这交锋快点来吧。

地球和火星基地使用的都是格林尼治时间。此时，站在指挥所的王东升也在不停地看时间，虽然那告警就出现了一瞬间，但是量子计算机一下子就计算出了裂隙战舰的速度。王东升和杨炳坤一样，根据两者的速度，计算出了他们相遇需要的最短时间，他也正忧心忡忡地看着时间一分一秒地流逝。

如果那两艘裂隙战舰冲着鸾鸟 002 而去，按照计算，格林尼治时间 15:24:39，双方将展开战斗。所有人都知道，这个精确的时间，可能是鸾鸟被击落的时间。

这时候不是退缩的时候，即使只有一线希望，也要向前，给钢索旅提供第三次补给。杨炳坤没有和王东升通话，他却清楚记得王东升的十二字命令里最后两个字是"默契"。

还有两分钟，杨炳坤下达了命令："所有激光武器，进行无死角、不停歇射击！"杨炳坤明白这个命令是把双刃剑。激光武器射击无疑会暴露自己的位置，但既然钢索旅都被发现了，鸢鸟002这么大的体积，更不可能没被发现。这种射击方法最大的好处是可以避免被敌人贴身观察的耻辱再次出现。

假如没有杨炳坤的这个决定，鸢鸟002肯定会被击落。那两艘裂隙战舰早早就发现了孤零零的鸢鸟002，他们原计划靠击毁鸢鸟002的驾驶舱来达到破坏它的目的。因为这一战术目的对他们双机来说太简单了，就像骑兵收割步兵的脑袋，骑兵只需在擦肩而过时，把刀摆好角度，剩下的交给速度和刀锋。

隐身小队知道自身任务的重要性，控制"南仁东号"这个战略目标必须达成，这对裂隙叛军能否赢得整场战役的胜利至关重要，因此，他们不会允许在这样的关键时刻让战舰受损。杨炳坤的决策正中他们的痛点。鸢鸟002火力全开的举动，明显增加了裂隙战舰受损的可能性，所以他们选择在距离鸢鸟很远的时候，就调整了航向，以避开鸢鸟002那杂乱无章、近乎疯狂的射击。

在杨炳坤下令射击之后五分钟，火星基地再次派出了两艘补给舰，循着鸢鸟002的航线全速前进。哈特曼当然也是一个合格的指挥员，王东升能做到的，他也能做到。他也在掐算着时间，在他看来，五分钟的时间刚刚好，不长也不短，毕竟现在还没有和地球联合军撕破脸。长于五分钟，显得自己代表的火星基地过于自私，没有将人类的共同命运放在首位；时间太短了也不行，如果裂隙叛军的目标真的是鸢鸟002，那么派出多少兵力都是送羊入虎口；即使裂隙人的目标真的是鸢鸟002，在他们遭到进攻的时候，把派出的两艘补给舰撤回，补充一些兵力接应，完全来得及。

所有的事情都在按部就班、紧锣密鼓执行的时候，王东升和哈特曼都在思考同样的问题：裂隙叛军既然不进攻鸢鸟002，那这一批裂隙叛军渗透进来会干什么？除了这一批，其他的地方还有没有？裂隙叛军到底有多少兵力？他们的进攻强度是按照隐身兵力的偷袭计算，还是按照他们从柯伊伯带袭来的兵力到来计算？

四塞忽闻狼烟起，问儒士，谁人敢去定风波？人类现在能定风波的当然是杨炳坤！

舰上所载的重火力武器都在待命，激光炮这种消耗成本低的武器在射击，鸢鸟002一边射击，一边加速行进。杨炳坤带领着鸢鸟002侥幸飞过了最危险的地段，但是他们丝毫不敢放松。

杨炳坤没发出停止射击的命令，他的神经高度紧张，他不能看时间。王东升和哈特曼则是紧盯着时间，按照之前的测算，鸢鸟002早该受到裂隙战舰的攻击了，但预想中的攻击迟迟没有发生。王东升想：这两艘裂隙战舰的消息还是先不公布了吧，以免又引起全人类的恐慌；希望他们也是侦察地球人情报的斥候吧。

鸢鸟002随后的航程越顺利，王东升就越不安。作为一个指挥员，拥有冷静并理智的思考方式尤为重要。王东升在想，如果自己是敌方的指挥官，在斥候遇到鸢鸟002的时候，肯定会命令斥候攻击它。但现在敌方没有攻击，肯定有问题！

第十章　举起震慑的拳头

1

木卫三基地转为战略储备基地后，除了对保障设备进行维护升级时有工程师造访，平时只有 AI 按最低损耗模式维持这里的运行。

木卫三基地的停机坪面积不够，只能容纳钢索旅三分之一的兵力着陆，因此，钢索旅成员要排队进行补给。补给进行得很顺利，看来木卫三基地的保障设备已经按时升级了，虽然效率比不上鸢鸟 002，但也够用。

然而，就在最后两架重明 -3 在接受补给的时候，突然收到告警，木卫三基地的储备能量告罄了！

这两架重明 -3 驾驶员很着急，他们立刻用数据链把问题传送给了周子薇。周子薇也纳闷，木卫三基地是一个永备基地，通俗来讲，它就是个堆满物资的大仓库，可以给上万个钢索旅提供补给。周子薇迅速链接了木卫三基地的数据库，一条信息赫然显示在眼前。原来在裂隙叛军首次宣告自己的存在后不久，火星基地就对接过木卫三基地。从现在的情况来看，火星基地对物资储备数据进行了修改，它们带走的物资数量不明。钢索旅之前还有补给可用，并不是运气好，很明显，现在的这点物资是火星基地当时拿不完剩下的。

情况紧急，周子薇指挥两架加满能量的玄女，调换能量给没加满的重明-3，毕竟人要指挥机器作战，人是最重要的。钢索旅都明白这件事意味着什么，可是在通信静默的情况下，他们又无处去申冤，大家心里都憋了一肚子火。

周子薇看着数据链传回的态势图，火星基地又派出了两艘补给舰，它们正跟在鸢鸟002的后面，很明显，这是哈特曼的补救措施。

计时结束之后，王东升下达了一个命令，所有人类的航天器必须返回就近的基地待命，滞留太空的向以旅为单位的战斗队集合。王东升怕的是再有航天器被不明不白地击落，战斗损失尚在其次，可怕的是隐身战舰的战斗性能带来的恐慌。这种恐慌对空天军还好说，就怕引发民众恐慌，造成社会问题。更何况"死而不僵"的赫耳墨斯之徒依旧虎视眈眈，它存在的目的仿佛就是给人类生存增加难度的。

情绪高涨的只有乔治八世和小乔治了。乔治八世不计成本地生产战舰，他把脚跷在办公桌上，抽着雪茄，看着世界各地的生产情况，笑得合不拢嘴，没有哪位祖先的成就比得上他。

这时候小乔治的通信器接到了航天管制员的通知："试飞重明，请你马上在月球基地着陆。"

航天管制员是人类设在宇宙里面的交通警察，所有航天器必须听从他们的指挥，否则会有相应的处罚措施，严重的违规甚至会被送进监狱。

试飞完毕的喜悦还未散去，小乔治看了一眼近在咫尺的地球，想着也就几分钟的路程，去月球基地，有必要吗？这不就是一把油门、一把驾驶杆的事吗？

"听不清，请重复。"小乔治嘴上这么说，就是把自己的违规变得合理，他把动力加满，调转机头对向了地球。

每一个空天军的战士都接受过区别勇敢和侥幸的教育。勇敢是对面前的情况有初步预判，即使有危险，也做好了心理准备冒险一试，就像游乐场里的"勇闯鬼屋"游戏；而抱有侥幸心理则是玩蒙眼抓人游戏，不知不觉抓到了悬崖边，心里挺乐呵，却不知道面前是深渊。

小乔治想赶紧回到乔治集团的总部，他想说的话太多了，想做的事太多了，他很想把这喜悦当面分享给乔治八世。在他动力加满的时候，航天管制员就发现了不对劲，赶紧呼叫他："试飞重明，马上就近前往月球基地。"

"我听不见，通信故障了。"小乔治这明显是揶揄航天管制员，面对耳机里不断的警告，他一把关掉了数据链的开关，又关掉了通信开关。

坐在办公桌后的乔治八世也不同意儿子的做法，他这个年纪更加知道稳妥的重要性。他们所想的目标都已达成，没必要冒一丁点儿风险。乔治八世连忙把脚从办公桌上拿下来，对着荧幕呼叫小乔治，可惜小乔治关掉了通信。乔治八世只能通过监控，看着小乔治的航迹。

乔治八世从来没有这么紧张过，他盯着小乔治的航迹，身体一丝也不敢动，仿佛一动就会给小乔治带来灾难，雪茄的灰积了很长一截他都没察觉。终于，那烟灰支撑不住，猛然掉在桌子上，吓了乔治八世一跳，他下意识看了一眼，又立刻把注意力转回荧幕。小乔治的雷达反射点消失了！

茶卡斯图的儿子把乔治八世的儿子打成了碎片，作为领袖和"领袖"之间，这或许是未来不共戴天的仇恨的起源。

乔治八世揉揉眼睛，还是没有看到小乔治的雷达反射点。他愤怒地把雪茄甩出去，大声叫喊道："快检查设备，为什么我儿子不见了！"

荧幕用女声回答道："正在检查中……设备正常……连接正常……"

乔治八世愤怒地走向荧幕，想看看荧幕是不是出现了什么问题。"混蛋！"他自言自语地吼道，很明显荧幕没问题，"联系地球联合军指挥部，找王东升！"

荧幕甜美的女声回答道："连接中……"

地球联合军指挥部同时发现了这一情况，甚至有一架太空望远镜拍到了小乔治被击毁的视频。王东升等人正在看这段视频。他们看到小乔治试飞的那架重明，像一个玻璃杯般碎掉了，碎片飞得到处都是。

乔治八世连接王东升的申请根本没人理会。

王东升盯着荧幕说道："把视频放慢，看看他们使用的是什么武器。"一个参谋不断地调整播放速度，直到一帧一帧的图像展现出来。虽然裂隙人的战舰早已和人类亲密接触了，但这是人类第一次清楚地捕捉裂隙人的攻击。

视频拍摄得很清晰，破坏是从重明一侧的机翼翼尖开始，然后是机身，一直到另一侧的翼尖，整架重明一点点地破碎了，碎片非常小，最后是整体的迸裂。王东升身边的参谋忍不住说道："参谋长，看这损伤过程，很像某种波武器造成的效果……"随即，他又反应过来，推翻了自己的看法，"不对不对，不太像，这到底是什么武器呢？"

王东升的语气沉重，他缓缓说道："如果按照第四宇宙速度计算，和钢索旅接触的裂隙战舰正在穿越火星轨道，不可能来得那么快。计算一下他们可能达到的速度，要准确。现在看来，文明差距比较大，我们短时间内没有应对他们武器的办法。"

茶卡斯图对这一战果非常满意，他又一次向火星基地和地球传送信息："我是裂隙叛军指挥官茶卡斯图，我已派出 10 000 艘隐身战舰，将地球和火星基地包围了。刚才击落的重明，你们也看到了。在科技上，我们完全地碾压你们。我奉劝你们这些抵抗者，赶紧投降，任何敢于前出的战舰我们都将击落！有赫耳墨斯之徒向我发送求救信息，谈及臣服于我的人被你们的政府逮捕。我现在命令你们，马上释放他们，否则，在我占领地球之后，你们将被彻底清算，沦为最底层的奴隶。赫耳墨斯之徒们，勇敢地站出来，推翻你们的政府，你们建立的新政府将是与我的军队平等独立的存在，会得到我的尊重。"

茶卡斯图的通告杀人诛心，破坏性极强。

2

首先需要确认的，是茶卡斯图的话语的真实性有多大。他号称已经包围了火星基地和地球，但王东升不需思索就判断出他在吹牛，哈特曼也有同样的感觉。

急需解决的问题是如何防御裂隙人的武器，以稳定民众的情绪。赫耳墨斯之徒在收到他们"神"的鼓励之后，已经开始行动了，改换政府的游行示威立刻开始在世界各地爆发。行动快的信徒拉开门就走上了大街，行动慢的信徒可能是因为在家里写标语耽误了一些时间。更多的是因为惧怕外星人，要求立刻加入赫耳墨斯之徒的人……刚刚稳定的民众情绪，又被茶卡斯图搅得一团糟。

地球很快就会陷入全面混乱，地球联合军判断出有可能发生严重暴动的几个地区。这些地区大部分在私人枪支武器合法化的国家，尤其是马上进行换届选举的 A 国。

王东升命令参谋："10 分钟之后，召开新闻发布会，我来讲。确保把这个新闻发送到每一个通信终端。"王东升看了一眼乔治八世的通信申请，指着荧幕上乔治八世的申请，拍起来一个参谋，边走边说道："把试飞重明的视频发给他，给他发一封正式的慰问信，鼓励他继续加速生产，告诉他我实在没时间，转达我的悲伤和歉意。"

王东升一边往旁边的新闻发布室走，一边不停地下达着不同的命令。杨炳坤和火星基地的两艘补给舰得到新的命令，回转至小行星带内侧，与那里的大部队会合。确认钢索旅现在得到的补给足够他们进行一次短途冲锋，并向钢索旅下达了新的命令：地球时间 K 时刻，作为人类速度最快的战斗力，钢索旅要从木卫三全速冲向小行星带，与那里的大部队会合。

周子薇理解这条命令，钢索旅作为人类精锐中的精锐，他们必须冲在最前面。在木卫三基地设伏、偷袭裂隙叛军的计划已经不现实，王东升的意思就是准备把暗棋变成明棋，逼着茶卡斯图分兵。周子薇明白这道命令有多可怕。钢索旅停在木卫三基地，裂隙叛军或许早已看到了他们的动态，如果裂隙叛军在 K 时刻之前，留够足够时间，分兵来攻击他们，那就是一场血战。裂隙叛军凭借隐身优势，或许会让他们全军覆没。如果裂隙叛军不分兵，K 时刻之后，这一条临时航线上会有无数的裂隙战舰，从他们的斜后方穿插，那或许会是另外一种惨状，尸骨要么是裂隙叛军的，要么是钢索旅的。

钢索旅收到王东升命令之后，随之而来的就是数据链传输来的小乔治被击毁的视频。

钢索旅必须承担起这种高于试飞风险的任务，这种类型的任务他们还从来没有遇见过。提前与对手交锋，摸清他们的攻击方式和武器特点，然后大部队就会有 30 ～ 40 分钟的时间制定战术动作和规避方案……周子薇心里默默想：如果自己能够活下来，一定给这种战斗任务命名为"试战"！这个任务有意思！

当参谋把小乔治被摧毁的视频资料发给乔治八世的时候，瘫坐在地上的乔治八世像是定格了一样。他双眼紧盯着天花板，嘴巴张得很大，一动也不动，直到女声响起："有来自地球联合军……"

"接听！接听！"乔治八世像是抓住了救命的稻草。原本无助的他，已经丧失了最后一点理智，原本像是被抽去了骨头的双腿，这一下又重新注入了能量，他用两只手支撑着地面爬起来。地球联合军指挥部的一个参谋向乔治八世转达王东升的慰问："尊敬的乔治八世，我受王东升参谋长的委托，向您表示诚挚的慰问和哀悼——"

"不要说了！"乔治八世根本无法接受这个现实，他打断了参谋的话，"快说！我应该怎么办？"

"尽可能更多、更快地制造飞行器！在即将到来的战斗中，给地球联合军最大的支援。这既是体现您作为一个企业家的大局意识，更重要的是，您制造的飞行器都是给您儿子报仇的武器！"参谋的话说得合情合理。

参谋看不到乔治八世的表情，因为他两只手扶着荧幕，而头则深深地低下去。

参谋问道："乔治八世？"

乔治八世直接关掉了通信器，他无力地跪在地上，小乔治的离世带走了他最后一丝魂魄。

面向全体人类的新闻发布会又一次召开，在游行队伍经过的电子屏，在所有人的通信终端，在几乎所有的电子荧幕上，都有呈现。王东升讲的是振奋人心的话，让大家坚决不投降，并且他明确指出荼卡斯图的谎言漏洞百出："如果现在的形势如荼卡斯图所说，我们已经被包围了，面对我们滞留在太空这么多战舰，他们怎么可能不发动攻击？他们攻击的试飞重明连战斗部都没有挂载，根本不具备武力。我们不要被试飞重明这样的偶发事件骗了，不要被一两句谎言吓住，考虑问题要全面，而不是屈服于恐惧，从而做出错误的抉择。"

地球上的民众收听了王东升的讲话，他们在犹豫向左走还是向右走。在太空里的周子薇和杨炳坤等人听到时，却有一种奇怪的感受。大战在即，世界却很安静，只有王东升一个人在讲话，仿佛在自言自语，仿佛和即将到来的战争有关的人，只有王东升。

聚集在小行星带内侧的地球联合军越来越多，地球和月球基地的预备队也在升空，地球联合军指挥部在向世界转播空天军出征的实况。

　　在王东升第一次做抵抗裂隙叛军的动员后，大量的航天器被生产出来，地球上也起了参军潮。可是要把新兵变成战斗员不是一蹴而就的，更何况现在最急需的，是可以驾驭空天战机的特殊兵种，它需要的训练时间更长。一时之间，兵员不足的问题就暴露出来。地球联合军先征召了五年之内退出现役的空天军老兵，希望他们立刻返回原部队，并且地球联合军指挥部也已经开始做陆军机甲兵动员的计划。

3

　　面对骤变的战场形势，距离太空工厂最近的火星基地只派出了四艘鸢鸟支援太空工厂，地球联合军则派出了一九九旅。

　　太空工厂可以储存很多燃料，但是在日常使用中，仍需精打细算。因为太空工厂的动力系统过于庞大，一旦用起来，燃料得消耗极快。阿米尔把李轩宇积攒很久的燃料消耗尽了，导致太空工厂失去动力，在当前的形势下，如果太空工厂到不了火星基地附近，或者得不到相当数量兵力的保护，那肯定就归裂隙叛军所有了。

　　为避免落入裂隙叛军手里，李轩宇的做法是对的。利用已加注燃料的新制航天器的动力系统，对太空工厂实施外挂推进，这是目前唯一实用的生存之道。

　　王东升在发表演讲的时候，太空工厂没有人顾得上收听。太空工厂的外面，忙碌的机械臂正在固定各种类型的发动机，林菲翔正在指挥中心忙碌地计算各型发动机的位置和推力。毕竟要推动这么一个庞然大物，外部动力的使用容不得一丝差错。力矩出现不平衡，就有可能使得太空工厂进入滚转。一旦发生滚转，不仅会损坏太空工厂的内部设备，甚至有可能造成太空工厂结构解体。

恢复太空工厂动力的任务，李轩宇做了一半，剩下的一半林菲翔正在做。他想象李轩宇就站在自己背后，等着自己交出一个满分的答卷。林菲翔埋头计算，他把火星基地新派出的四艘鸢鸟算了进去，把地球派出的一九九旅也算了进去。在原有的外部动力之外，又加了由援军施加的拖拽之力，毕竟推动和拖拽的效果是不一样的。林菲翔想的是外部动力和拖拽同时启动，等太空工厂有了惯性之后，就不用外力拖拽了，以外挂动力为主，推动太空工厂前进。如果要保持太空工厂的行进姿态，首先通过调整固定在太空工厂不同位置的发动机的喷射角度来实现，如果不行，再启用拖拽，加快进行姿态调整。

林菲翔最后检查了一遍电力系统，电力还算充盈，可以支持接下来的行动。时间紧迫，林菲翔用数据链传输了消息，也不等回复，就开始了发动机调试，他的每一个微小举动都事关重大。

茶卡斯图也在调整部署，先期出发夺取"南仁东号"的战舰任务不变，但他没有分兵去攻击早已被他发现的钢索旅，而是整个舰队都奔着钢索旅而去。看这个态势，他们是准备从外到内，逐个歼灭地球人的武装力量。看着"南仁东号"传来的数据，钢索旅所有人都明白，就义的时刻就要到了，而杨炳坤看着这样的态势，简直崩溃。

裂隙叛军的大阵势实际上是为了掩盖他们真正的作战目标。茶卡斯图的舰队中有隐身战舰和无法隐身的战舰，其中绝大部分是无法隐身的。这些无法隐身的战舰都是"演员"，冲在最前头的隐身战舰才是真正干活儿的。隐身战舰在捕获木星引力不久，突然转弯，沿着黄道面直奔太空工厂而去。隐身战舰的目的很明显，就是夺取太空工厂。只要太空工厂到手，茶卡斯图他们就会立刻离开太阳系。

做出这种调整，直接原因是茶卡斯图觉得，如果能靠加强恐吓力度，让地球人把让出太空工厂当作避免开战的条件，乖乖就范最好。如果地球人不同意，那就再压迫他们一步，控制"南仁东号"，让地球人变成近视，再控制太空工厂。到那时候，或许只要小规模战斗就能解决问题。

茶卡斯图必须在虫洞开启之前，带着自己的队伍远离太阳系。如果和地球人全面开战，他的军队不仅无法迅速从战斗中抽身，而且还会受到损伤，削弱他们逃离太阳系和应对裂隙正规军的能力。地球人重兵布阵，摆出决战的态势，根本不知道，敌方的隐身战舰在自己的眼皮底下，已经冲向了太空工厂，那两艘排在最前、击落小乔治的，已经靠近了"南仁东号"。这两个点都是地球人的软肋，只要茶卡斯图一声令下，两个关键点的隐身战舰将同时动手，届时，一个在明，一个在暗，加上裂隙叛军重兵压境的大背景，地球人可能还没搞清战场的态势，就会彻底失去太空工厂。

鸢鸟和一九九旅先后抵达了太空工厂，执行拖拽任务。在各方努力之下，太空工厂终于动了起来。林菲翔看了一眼"南仁东号"传回的态势图，大概算了一下需要的动力和时间，忍不住拍了一下手掌，很幸运，这些动力刚好够用！他知道只要太空工厂靠近火星基地，裂隙叛军想在太空工厂身上打主意就难了，因为火星基地不可能袖手旁观。可林菲翔不知道的是，裂隙人的第二批隐身战舰已经不声不响地靠近了太空工厂，他们只等指挥官荼卡斯图一声令下，就会立马动手。

漆黑的宇宙里，太空工厂不断地加速，那群隐身的裂隙战舰同速度跟随。荼卡斯图看着隐身战舰传回的影像，没有下达任何后续命令，他对隐身战舰的做法很满意。

消灭鸢鸟和一九九旅，可以瞬间完成，但静等着摘果实才是最好的选择。

要想太空工厂飞出太阳系，必须得有足够的速度，地球人给太空工厂增速的方式太落后了。荼卡斯图下令，隐身战舰在消灭了鸢鸟和一九九旅之后，再用裂隙人的办法给太空工厂加速。

荼卡斯图严令：任何人不准破坏太空工厂。

太空工厂是地球人在宇宙中最大的保障基地，是综合性基地，里面肯定是满满当当的工程师和设计图纸，缴获太空工厂不是"开盲盒"的游戏，它里面可盛满了"真金白银"！

即便不需要荼卡斯图的命令，这些隐身战舰也会隐忍。他们之所以能忍住强盗作风没去攻击，是因为每一个驾驶员都知道近在咫尺的这个"大蛋糕"的价值到底有多大，这个"蛋糕"的内部有很多惊喜。裂隙人在太空里劫掠，如同地球上的野生猫科动物捕食，他们既能隐藏，又能迅击，协同、默契也一样不差。裂隙叛军能够在宇宙里浪荡这么久还保有如此攻击力，和这些是分不开的。

这时候第一批的隐身战舰还有 15 分钟到达"南仁东号"。

荼卡斯图让大部队减少了动力输出，看似停止了增速，任由整个舰队被木星的引力吸引过去；实际上他们并不是为了延缓进攻，而是为了节省动力输出，引力是最便宜的动力。时机到了之后，他们就可以展现自身的优势。

钢索旅面还是第一次对这样的攻势，人类也是第一次。一个被攻击的目标，可以称为"靶点"。靶点可以是一个射击者的目标，也可以是一千、一万个射击者的目标。从现在"南仁东号"给的态势来看，钢索旅就是裂隙人的靶点。这种震撼是巨大的、可怕的。

从"南仁东号"给的态势来看，能探测到的裂隙叛军战舰都冲着钢索旅而来，这显示在数据链态势上非常壮观。每一个裂隙战舰都有一个反射点，这些密密麻麻的反射点从柯伊伯带来到木星，沿着黄道面聚集，汇成线，线又逐渐汇成"河流"。这条"河流"十分宽广，相较而言，钢索旅的反射点相当于河流里的一片树叶。茶卡斯图有信心，他的"河流"可以冲垮任何一个数量小于它的舰队，包括钢索旅。

钢索旅已经彻底没有了隐藏的可能。面对裂隙叛军这种集合部队进攻的态势，钢索旅的通信静默已经是过去时了，或许成员的生命也会很快成为过去时。

木卫三上没有大气压，重明–3 的座舱里也没有设置大气压力这一功能，但是，钢索旅的成员都感到了呼吸上的不畅。他们也是人，也会恐惧。人区别于动物的表现之一，就是面对巨大的危险，敢于冲上去，而不是像鸵鸟把脑袋埋在沙子里。

"钢索旅前出，准备战斗。"周子薇下达了命令。她的命令不是用钢索旅专用频率发出的，而是用面向所有人类的公用频道发出，钢索旅的成员听得尤为清楚。周子薇在用行动向王东升汇报钢索旅的行动计划，也是在表明全旅的决心，同时也是向杨炳坤告别。周子薇的声音不大，语调平缓，显得既温柔又有力。这

语音还要感谢林菲翔，他再改造的"伯劳"最大程度地还原了周
子薇的音色。

4

钢索旅的重明–3和玄女排开大间隔，从木卫三垂直爬升，
调转机头，正面迎敌。他们像逆流而上的鱼，去冲击整条河流。

人是活在历史之中的，今天的现实，就是明天的历史。钢索
旅对抗裂隙叛军的战斗将是人类史上写满了光辉的一页，可以和
任何不畏强敌、敢于胜利的历史事件相比。

王东升坐在指挥室愁眉不展。钢索旅的情况让他别无选择，
周子薇的明语通信是对的，如果自己在周子薇那个指挥岗位，也
会这么做。他再梳理了一次裂隙叛军的行动过程，发现了其中的
蹊跷。如果裂隙叛军针对的是钢索旅，分出小部分兵力即可，完
全没必要用整支舰队追着这么一个旅打。难道对方知道了自己的
想法？王东升本来是想钢索旅先接敌，边打边和大部队集合，同
时找到裂隙叛军的攻击方式、武器特点，以便应对。难道他们想
让钢索旅在发出信息之前被全部消灭？不对！这不符合情理……

王东升站起来："咱们的大部队转移位置，到这个地方！"
王东升在电子地图上一个缓慢移动的闪光点前面画了一个圈，那
个点正是太空工厂航线的前置点。"月球基地的预备队，抽调第
十八旅到这个位置！"第二个圈画在"南仁东号"上。"地月之
间的预备队做好两面出击的准备。"

一个参谋忍不住提议："参谋长，可是大部队到达太空工厂
位置的话，相当于把大门给裂隙人打开了，他们可以长驱直入，

直接切入种子航线……"

"进门了也不怕，进门就关门打狗！大部队移动要快，必须在 12 个小时内完成部署，做好战斗准备。"王东升又坐下了，他在等待钢索旅的第一击。王东升在想，如果自己是茶卡斯图，会怎么做？

王东升觉得茶卡斯图是个合格的指挥官，一个指挥官不搞点偷袭、阴招，还能当指挥官吗？王东升在指挥屏上调出裂隙叛军的航线，然后在航线的末端点击太空工厂航线的前置点。AI 立刻就给出了预判，裂隙叛军沿现在的航线行进，是可以利用木星引力跳跃到太空工厂航线的前置点的。

"看好这个点。如果裂隙叛军途经这个点，或许他们的目标就不是钢索旅，他们有可能进行跳跃去攻击火星基地或者太空工厂。届时钢索旅放弃正面迎敌，按照原计划，斜插过去，与大部队会合。"下达这个命令的时候，王东升感觉自己总算为钢索旅做了一点儿事情。

王东升随即给旁边的参谋下达新的命令："把这个点同时发给火星基地。"

火星基地上，超级长矛早已经装填了第一颗中子弹，只是没有装订瞄准诸元。收到地球联合军的数据之后，他们立刻把目标设定为王东升发过去的航线前置点。这不是哈特曼在与裂隙叛军作战上变得积极，而是他必须表现出足够的武力威慑，让裂隙叛军不敢轻易进攻火星基地。接到地球联合军的通报，哈特曼搞不懂，既然裂隙人这么想要太空工厂，那就给他们行了，为什么非得作战？

哈特曼觉得自己有必要和王东升商议一下，说服王东升，让他同意让出太空工厂。只要王东升同意了，哈特曼觉得，凭借火星基地超级长矛的威慑加上谈判桌上的让步，自己能够化解这次危机。或许火星基地不需要逃离太阳系，或许自己会成为载入史册的人。

5

在林芝基地，工程师们忙得像旋转不停的齿轮，各种工程车来来回回地忙碌，地球长矛进入组装阶段。付大全的状态好了一些，但是为了让他更快地恢复，组装现场主持工作的还是马克尔。

机场上堆满了世界上最高标准的无缝管道。马克尔穿了一件羽绒服，站在寒风里，凛冽的风不时卷起积雪，拍打在马克尔身上。他在测试完最后一组数据之后，顾不得冷，一屁股坐在地上，风裹着雪吹得他的帽子不断地翻起。站在他身边的是再次核对数据的李轩婉，她招手召唤最近的一辆保障车。车开过来了，马克尔却没上车，他径直走向旁边的一辆运输车。

运输车的后面拉了一枚实验弹，这将是地球长矛打出去的第一发"子弹"。这枚实验弹的外形和实弹的外形一样，但材质却是纯钢的，马克尔就是要测试钢铁在地球长矛发射中的消耗情况，根据实际消耗来调整后面的弹头外形、合金含量等设计。时间紧任务重，留给人类的时间不多了……

马克尔和李轩婉看着这枚实验弹，它的直径也就二十厘米，长度一米。它和给它赋能的电磁线圈，是全人类保卫家园的希望。工程师们看着马克尔，向来随意的马克尔这时候表情凝重，他拍拍弹头，用手势指挥工程师拉走装填。马克尔注视着工程师带走实验弹，看了很久才上保障车。

一进林芝基地指挥所，马克尔仿佛才感受到温度，他猛搓手，搓两个冻得通红的耳朵。付大全躺在椅子上，笑着说："别人都穿高原装备，就你另类。"

马克尔一边在指挥台上操作，一边回答道："中国有句古诗，'清风朗月不用一钱买'。这种冷是真实的，如果到处都和空调房一样，没有四季，那多没乐趣。我爱地球，就是因为她是饱满、变化的、多姿多彩的。她太完美了，没有一点瑕疵，就像我的梦中情人。是的，是这样的。"

付大全看着马克尔忙碌的背影，笑着说道："你这个'火星人'懂得不少。"

"可以了，大功告成！"马克尔鞠躬挥手做了一个迎宾的姿势，指着指挥台上红色的按钮，"请吧，付指挥。"

付大全扶着椅子扶手站起来，他本来想让马克尔来完成光荣的发射，但是想到万一出现其他情况，如果失败，不应该让临危受命的马克尔承担责任，毕竟荣耀和责任是密不可分的。

时间会告诉人们一切，尽管这些科研学者和工程师都没有拿枪，但是他们也是当之无愧的勇士。付大全打开按钮保险盖，口中熟练地对着录音器说道："地球长矛，九月十六日一次试射，试射航向 002，电压 19.2 亿伏特……"然后摁下了发射按钮，线圈逐级工作，荧幕上的电压瞬间归零，又弹了回去，就在那一刹那，那枚实验弹被发射了出去，随即就是一声巨响，即使在指挥所也能听到。

马克尔赶紧调取视频，看起来高速摄像头好像什么都没录下来，实际上是因为那枚实验弹飞得太快了。马克尔把发射视频放慢，再放慢。"完美！"马克尔把摄像头捕捉到的影像调了出来，"南仁东号"也传回来实验弹的路线，AI 计算机给出了速度——22 马赫。

马克尔和付大全情不自禁地击掌，指挥所一片欢呼，声音几乎要掀掉"屋顶"。马克尔和付大全没有和大家一起继续狂欢，而是调出另外的影像，检查地球长矛内部的情况。金属在电磁炮的炮管以极高速冲出去，会产生刨削效应，对炮管和弹头的损伤极大，速度越快，刨削越严重。炮管损伤是马克尔和付大全一直担忧的问题，这可不是机枪，这么大的工程总不能打一发炮弹换一次炮管。

地球联合军的贺电和王东升的电话一起到了林芝基地，王东升关心的也是地球长矛的炮管刨削问题。电话接通后，王东升也不寒暄，直接问道："怎么样？刨削效应在不在控制范围内？"

付大全直接把摄像头的实时视频共享给王东升，马克尔一边看一边说道："还没看完，目前看来底部的还好。怕的是上面，因为越往上速度越快。"

付大全调出实验弹出膛时候的视频，放慢了播放速度之后可以看到，本来光亮如镜的炮管顶部瞬间变了颜色。

王东升对照着看视频和数据。数据显示，管道三分之二的铅壁都熔化了，王东升说道："你当初选择 561R 工程的废料是对的，钢管、铅管、铝管三层管道一体，中间的铅熔化，正好起到快速降温的作用。"

马克尔面色凝重地说道："不行，我得上里面看看去，摄像头看不全面。"说着就脱掉外套，换保障服。

付大全连忙拉住他，说道："指挥所更需要你，我找几个人去，再说，穿这个也不行，去里面需要穿防辐射服。"

马克尔换了个话题对王东升说道："根据摄像头拍摄的影像，估计要换部分管道。刚才测试的是85%的功率，看来在地球上我们没办法使用最大功率。等后面的数据出来了，我再做一个可执行的方案。"

太阳落下去又升起来便是一夜，这种地球上再正常不过的景象，对于在火星长大的马克尔永远具有新鲜感。早上没有什么风，干冷干冷的，马克尔开了一辆敞篷的保障车，左手拿着一杯啤酒，右手熟练地打着方向盘。车子后面坐着付大全，他要带付大全去看日出。从561R工程的隧道里开出来，车停在大门口。付大全从车上下来，看着工程师用直升机吊装管道，更换管道；马克尔则喝着啤酒，看着雪山被初升的太阳照成红彤彤的。一夜未眠，付大全和马克尔把所有的问题都解决了，经过两个人的反复推敲，最终决定地球长矛的功率定在67%，这样可以做到每30发更换一次管道。

第二次试打定在晚上。第一枚实验弹打出去，耗掉了将近一半的炮管。按照工程进度，最快也得晚上才能换完受损的炮管，看来今晚又是一个不眠之夜。

第十一章　破局的关键

1

中国的白天，是 A 国的深夜，乔治八世的办公室里站满了人。他们忙得像热锅上的蚂蚁，准备演讲稿的，准备服装的，协调车辆的……只有乔治八世稳稳地坐在椅子里，他整个身体都很放松，仿佛陷进了椅子，成了椅子的一部分。乔治八世临时决定，天亮之后的总统大选，他要亲自参选。本来他早已选好了代理人，没有人知道为什么他改变了主意。他刚刚失去了儿子，但是从他眼中看不到一丝悲伤，那目光反而柔和又坚定。没有人知道，这一天的时间他到底经历了什么。

直到服装助理到来，乔治八世才从椅子中剥离出来。他试完衣服，缓步走到窗前。地球联合军的通告似乎用处不大，恐惧仍然充斥着很多人的内心，对他们来说，投降仍是唯一出路。街头的荧幕，一部分循环播放着王东升和各国领导人对时局的分析，对民众的规劝，更多的荧幕则被黑客攻击，换成了荼卡斯图的讲话，一遍又一遍，重复着放。

"所有臣服于我的，我将赐予你们永生的能力……"

永生？乔治八世对这个很感兴趣。

在乔治八世大厦的下面，仍然有不少示威的人群。一个赫耳墨斯之徒的成员站在高处，四周围满了听众，不知道他在讲什么。不时听到有玻璃被砸碎的声音，往远处看过去，街道上还有不少地方冒着浓烟。警用航空器开着大探照灯在各个大厦之间穿梭，尖锐的警笛声由远及近、又由近及远……整个城市仍然在混乱之中，乔治八世看了良久，伸出左手，一个助理连忙往他的中指和食指之间放上一根雪茄。

太阳落下去，又升起来，照耀着乔治八世的大厦。乔治八世在那窗前站了很久，当他转身时，他竟然丝毫没有疲惫的模样，反而看起来精神状态很好，仿佛从来没有发生过小乔治的事。

一艘豪华的航空器停在大厦的顶层，大厦的上空已经有很多武装航空器在空中悬停，只等乔治八世登机。乔治八世向上看去，那些武装航空器中竟然还有四架重明。他在舷梯旁停下脚步，目光在重明上停留很久。

半个小时以后，南卡罗来纳州的议会大厦里，乔治八世被簇拥着走上演讲台。

"女士们、先生们，大家好！或许您正在诧异，为什么走到这里的是我，而不是我的朋友菲利普。我甚至连预选都没有参加，连议员的身份都没有。亲爱的朋友们，事情已经到了最危急的时刻，人类面临着被奴役甚至被灭亡的危险，所有的形式主义在这种危险面前都像脆弱的纸，我们应该把屏蔽我们视线的这张纸撕掉！朋友们，请用心听完我的话。前天，我的儿子的战舰被裂隙人击落了。当时，他正在为了全人类的福祉进行试飞，他是第一个战死的人类，他是个英雄，我为自己成为英雄的父亲而自豪……摆在人类面前的残酷现实，是我们甚至连裂隙人长什么样都不知道。他们的隐身技术超越我们太多了，我们的战舰正在被他们消灭，我们的子弟正在宇宙里粉身碎骨。大家向外看，民众除了愤怒与恐慌，没有一个方向，世界上所有的政府都无能为力。政府无法让民众真正的情绪平和，因为他们毫无思路。地球联合军的思维主导着一切，他们的领导人脑袋里全是火药，思考的除了战争还是战争，他们对民众的诉求无动于衷！我不是救世主，我失去了唯一的儿子，我的房子里再也没有那个年轻人。这种悲剧很快就会在无数个家庭上演，我比你们更早地体会了绝望。恳请你们与我一起行动，为了我们自己。我竞选此任总统，只想和你们挽起手，正面应对这次灾难。我们要祈祷，但是更实际的行动更重要。我将带领你们前进，我将与你们并肩作战……我们将永远是太阳系的主宰，而不是奴隶。我的朋友们——别管你是什么身份，别管你是哪个党派组织，甚至别管你是不是赫耳墨斯之徒——我们应该行动起来。第一个行动，回家，不要再制造混乱，我们不能自乱阵脚；第二个行动，请在网络确认您的身份，今晚 24 时网络投票通道开启的时候，投我一票……让上帝指引我们前进。"

乔治八世开始讲演的时候，街头所有的荧幕都把画面切换成了他，个人移动通信设备播放的也是他。很明显，乔治八世把政府说服了，并且他雇用了更高水平的黑客。

乔治八世的演讲充满了蛊惑性，街头民众中竟然真有七八成的正往回走。在毫无头绪的情况下，乔治八世几乎成为他们最后一根救命的稻草，并且，在极度恐惧的情况下，他们不敢恨裂隙叛军，地球联合军无疑成为仇恨目标。

乔治八世的讲话触动了很多人的内心，人类宣扬的道德构架里，和平是主要支柱。可惜善良的人再怎么考虑问题，出发点也是善良的，他们无法理解卑鄙者的通行证上写了什么。他们不知道无道德无底线的种群是贪得无厌的野兽，永无满足的一刻，裂隙叛军的贪婪远超他们想象。

2

裂隙叛军把所有的精力放在了增速上，木星的引力很快让他们的速度达到了第五宇宙速度。王东升看着那个拐点，一艘、两艘……不断地有裂隙叛军的战舰经过，出乎王东升的意料，他们没有在那里跳跃。

战场态势看起来很可怕，裂隙叛军就像草原上漫山遍野疾驰的骑兵，挥舞着马刀，冲向一棵高粱。看起来他们准备冲垮钢索旅，王东升为钢索旅捏把汗。先发制人，打两枚中子弹。王东升觉得只要裂隙叛军进入射程，周子薇会有这个战术意识。

周子薇下令："中子弹准备！包线外双发齐射准备！"包线外发射是最大的提前量了，这是不追求命中率的火力压制。

钢索旅的中子弹还没有打，情况出现了变化，裂隙叛军跳跃了。果然他们并不打算和钢索旅纠缠，但是他们的跳跃超出了王东升的预料。裂隙叛军直接跳出了太阳系的黄道面，用速度优势来获得更大的势能。钢索旅虽然也可以达到第四宇宙速度，但是如果想仅靠推力在垂直方向上用这个速度飞出黄道面太难了，他们只能眼看着裂隙叛军在前方垂直向上逃逸。裂隙叛军的战舰像海上跃出水面的飞鱼，一艘跟着一艘，他们在黄道面上变向飞行，直接向火星轨道切进去。

王东升万万没想到，裂隙叛军竟然以这种方式跳跃，不过吃惊归吃惊，他还是一眼就看出来裂隙叛军的目的：他们这是积攒势能，在势能达到顶点时，从黄道面之上往下再一次垂直穿越，这种机动明显不是作战，他们这么做是为了太空工厂。火星基地已经布好阵势，只等一战，既然裂隙人连钢索旅都不想纠缠，所以他们肯定不会想招惹严阵以待的火星基地，那他们的目的就只能是太空工厂。一次穿插之后，他们极有可能会借助势能，向下飞出黄道面。即使钢索旅追上去，消灭他们的一些战舰，但裂隙叛军的战略目标已经达成，从宏观上看，人类已经败了。王东升立刻下令："大部队继续全速赶往太空工厂，钢索旅退出战场，前去会合。"

王东升下达完命令，感觉这帮裂隙叛军的境界太低，别管他们怎么打科技牌，最终还是暴露了本性。王东升感觉到十分好笑，自言自语地说道："本以为你是个强盗，没想到你归根结底还是个小偷！"

"将在外，军令有所不受""箭在弦上，不得不发"。中国的这两句古话完美诠释了周子薇现在的行动。周子薇得到王东升的命令之后，立即通过数据链指挥钢索旅转向，只不过在转变航向之前，她要将那两枚早已做好战斗准备的中子弹扔出去："装订单一近炸引信，双发中子弹，发射！"

导弹可以设定很多爆炸方式。近炸是导弹的距离探测器探测到近处的目标后，实施引爆。触碰引信则是结结实实地撞在目标上爆炸。还有航程爆炸，导弹飞出航程设定距离爆炸。周子薇这么设定，就是要两枚中子弹一直飞下去，不见目标不爆炸，如果裂隙叛军置之不理，这两枚中子弹一定会冲进他们的队伍中间爆炸。

两架挂载中子弹的玄女加速，冲出编队，先把两枚中子弹发射了出去，瞄准点就是王东升提供的那个跳跃点。由于是包线之外，能不能摧毁敌人的战舰尚不得知，但是周子薇认为这两枚中子弹必须得打，哪怕是给裂隙叛军一点心理震慑。

王东升看着"南仁东号"传回的数据，中子弹的轨迹很明显，而裂隙叛军也感受到了威胁，他们垂直向上机动的拐点不断提前，并且整个舰队的轨迹在向一侧偏转，以避开那两枚中子弹。王东升忍不住赞叹："干得漂亮！"

正在回传数据的"南仁东号"突然黑屏了，又立刻恢复了正常，和计算机在刷新似的。自从这部雷达运行以来，还从来没出现过这种状况，王东升察觉到不妙。如果只是地球联合军的指挥所出现问题，那还好说，如果是大范围出现，那就不堪设想了。他连忙呼叫通信参谋："快去检查一下'南仁东号'的信号传输。"

参谋调出数据，发现是"南仁东号"本身出现了极短暂的传输间隔："参谋长，是传输的问题，出现了一次短暂空当，目前看没有任何问题"。

王东升捏着额头，太多的事情，繁杂的头绪，让他有些忙不过来："让派往'南仁东号'的部队好好检查一下，做好战斗准备，那附近可能有敌情。"

通信参谋说道："会不会是虫洞的干扰？"

王东升瞬间恢复了正常，他看了一下"南仁东号"附近的十八旅，重要位置都已经布置好了兵力："也有这种可能，但现在不能抱有侥幸心理。让他们抵近检查，叮嘱他们小心，别忘了，裂隙人可是会隐身的。"

"南仁东号"有两个重要的功能，除了探测航天器以外，它的巨型敌我识别器还担负着为全人类识别敌我的功能。

磁感线雷达和脉冲雷达、相控阵雷达一样，发射通信信息的同时，还要发送一组询问密码，这组密码可以确定对方的身份。如果对方的回答错误或者没有回答，在显示屏上就为红色，表明是敌军。如果是友军，在显示屏上就为绿色。在环境复杂的空天战斗中，战舰缠斗在一起，如何让导弹避开自己的战友，只攻击敌人，靠的就是敌我识别器，而敌我识别器最核心的部分就是密码。

这组密码太重要了。地球联合军在成立之初，就集合当时最尖端的数学家，在各国当时已有的敌我识别密码上进一步优化，制作出了这组密码。在识别密码复杂的公式里引入了"π"，让这个无限不循环的无理数在密码里流转。后来又加入了虚数"i"，让密码具有量子特性。我们可以把敌我识别器的密码想象成为一个动态的、跳跃的，不断计算的问题，只有掌握公式和时间的应答机才能回答。

截至现在，荼卡斯图最大的收获或许就是获得了地球人的敌我识别密码，因为那两艘隐身战舰早已到达了指定位置，并且物理对接上了"南仁东号"。现在，荼卡斯图拥有了让地球人的指挥系统瞬间瘫痪的能力。

看起来荼卡斯图并不想立刻这么做，如果地球人知道密码丢失，他们很快就会更换密码。虚虚实实才有更大的杀伤力。

空天军第十八旅负责"南仁东号"的护卫工作，他们在接到王东升的命令之后，以最快的速度到达了指定位置侦察。那两艘隐身战舰则是依靠隐身技术，大摇大摆地继续对接"南仁东号"，接下来他们会根据命令，彻底篡改"南仁东号"的数据。

3

一九九旅的处境比十八旅更危险。十八旅是晃着自己的炮口找不到敌人，而一九九旅则一直在敌人的炮口下活动。

荼卡斯图把绝大多数的能隐身的兵力都放在了太空工厂，只待支援的鸢鸟和一九九旅给太空工厂增好速就发动攻击，这样可以最大限度地省下自己的能量，并夺取太空工厂。眼下，他们需要的条件快要达成了。他们偷袭一九九旅太简单了，一架接一架，同时开火，包括玄女无人机在内，一个也跑不了。消灭一九九旅之后，太空工厂再无战斗力，因为库存的航天器的动力系统都被拆解做了动力外挂；而地球人的大部队还有三个小时到达部署位置，全力以赴的钢索旅则需要十个小时。荼卡斯图的队伍在黄道面之上航行，少了行星的引力，这时候速度似乎慢了下来，竟然落在钢索旅的后面。这样看起来，人类仿佛还可以掌握形势。

周子薇这时候注意到，那两枚中子弹的反射波仍然在，这说明它们没有爆炸，到底是怎么回事？那可是装订的近炸引信，难道它们没检测到裂隙叛军的战舰吗？周子薇不知道的是，裂隙叛军已经掌握了人类敌我识别器的密码，那两枚中子弹已经把裂隙叛军判定为友军，根本达不到爆炸条件。

太空里的物体只有质量没有重量，太空中也没有阻力，当物体在太空中获得速度后，只要没受到外力干扰，物体就会一直保持这个速度。要是在地球上，就凭着这些鸢鸟、重明、玄女，根本拖不动太空工厂这样的庞然大物。林菲翔看着速度一点点增加，已经达到追赶火星基地的速度了，这时候他的心才放回了肚子里。

林菲翔指挥一九九旅："一九九旅的战友们，速度达成，你们可以脱钩了。"

"一九九旅脱钩收到。"

一九九旅的重明和玄女从后至前，逐个把战机尾部的挂索打开，脱钩后它们转到太空工厂的侧方。一条条挂索像海蜇的触须，伸向太空工厂的前方。

"剩下的就是调整姿态，等我们接近火星基地的时候，把发动机一侧转来朝向火星基地，做个减速。"林菲翔一边计算，一边对身边的大牛说道。

茶卡斯图看到传回的太空工厂影像，感到满意，牵引太空工厂的挂索都是现成的，只需要让自己的战舰挂上，就可以快速地带它走。

"还等什么？进攻吧！"茶卡斯图对包围太空工厂的战舰下达了命令。

潜伏在一九九旅四周的隐身战舰早就做好了攻击准备，得到命令之后更是迫不及待地攻击。

裂隙叛军同时发动攻击，一对一地击杀，一九九旅、四艘鸢鸟和四艘补给舰毫无察觉，连反抗都没有就被瞬间击毁了，他们的战舰像一朵朵尚未绽开的花，消失在太空工厂附近。虽然近在咫尺，太空工厂却对此毫无察觉。林菲翔站在指挥中心，数据显示一切都很正常，一九九旅还稳稳地护卫在太空工厂两翼，负责补给的舰艇也在规定位置。

在摧毁了一九九旅之后，裂隙叛军战舰连接了挂索。茶卡斯图的战略目标已完成了一大半，是否和地球人"掰手腕"已经不重要了。他带领的大部队现在只是做做样子，吸引地球人的眼光。暗度陈仓、不战而屈人之兵、上兵伐谋……茶卡斯图没学过《孙子兵法》，但是他把这些战术都结结实实地用上了。

裂隙叛军拖着太空工厂继续加速，他们计划带着太空工厂向下垂直飞出黄道面。现在对裂隙叛军来说，全是优势，唯一的劣势将在一个小时后出现。隐身需要消耗太多的能量，再过一个小时，隐身功能将无法继续维持，但是那又怎么样呢？等地球人发现的时候，再想追赶已经来不及了，更何况还有强大的后援部队在向这里飞来。

十八旅绕着"南仁东号"飞了几圈，并没有发现异常，地球联合军指挥部的指示也很正常，一切都在计划之中。"南仁东号"显示：地球联合军的大部队冲在裂隙叛军主力之前，在他们抵达之前就可以占据有利位置，钢索旅也已经穿过了小行星带，再过不久就能与大部队会合。

其实这些都是假的，裂隙叛军已经篡改了"南仁东号"的数据，他们的目的很简单，让地球人误认为他们正在掌控战场主动权。实际上，茶卡斯图的大部队距离太空工厂已经很近了，他们马上就可以变轨，再一次垂直冲向黄道面。

火星上的超级长矛和地球长矛有一个共同点，那就是建好后无法自主选择发射方向。因为两者都是依托于山体建造，因此，发射的方向在建好后就固定了。只有在星球自转、公转条件达成，目标正好在炮口延长线的时候，才是两个长矛的最佳使用时机。

两套系统相比较，超级长矛性能更突出。由于火星上的奥林匹斯山山体结构特殊，整个山体凸出火星地面，像一张厚厚的盾牌放在平地上，山的四周断崖结构明显，因此，超级长矛比地球长矛有角度优势。他们可以建造不同方向的轨道，让超级长矛的火力覆盖面要比地球长矛的更大。

哈特曼一直在等角度，眼下角度正合适。从"南仁东号"提供的虚假信息看，裂隙叛军大部队的航线前置点在火星基地和太空工厂之间，谁也无法保证他们不拐个弯攻击火星基地，因为按照性价比来看，火星基地应该是第一波打击对象。

"必须给予敌人有效吓阻，超级长矛，发射！"哈特曼下令，超级长矛瞄准的靶点正是裂隙叛军大部队的前置点。哈特曼不想与裂隙叛军开战，他希望他们继续前进。既然地球联合军想和你们较量一下，那你们就去找他们，千万不要冲向火星基地。

哈特曼要的是震慑，当然不能选择实心弹体，必须得是威力大的中子弹，那是火星基地威力最大的武器了。哈特曼打的这枚给足了茶卡斯图面子，当量达到了惊人的 4 000 万吨，杀伤力是氢弹的几十倍。哈特曼瞄准的那片区域，看起来没有任何裂隙叛军的舰船，"南仁东号"传回来的态势图上看，对方还有三个半小时才能到达。哈特曼相信茶卡斯图能从这次攻击听到自己内心的潜台词：我不惹你们，你们也别来惹我。

中子弹被哈特曼设定为单一距离引信，也就是说飞到指定的位置，它就会爆炸。茶卡斯图自信地认为他们既然已经掌握了地球人的敌我识别密码，而且周子薇打出的那两枚中子弹还在沿着航线飞行呢，这枚中子弹根本不需要击落，击落反而会暴露自己的实际位置，所以他只下令让大部队注意躲避。当一切都顺风顺水时，就容易得意，得意时就容易忘形，从而丧失最理智的判断，外星人也不例外。

中子弹在预定地点爆炸，太空里没有蘑菇云，没有冲击波，所以看起来并没有壮观的景象，但是高能中子是实实在在地穿透了裂隙叛军的战舰，穿过他们的身体，又从战舰穿过，继续穿过下一艘。中子弹的特点是杀人不毁物，靠辐射杀伤敌人。裂隙叛军的战舰编队队形没变，但几百名裂隙人驾驶员已经当场殒命，遭受了巨量辐射的更多的驾驶员，他们会在不长的时间里死去。

哈特曼的误打误撞使得茶卡斯图终于亲眼见识到了地球人的武器，他唯恐火星基地再打出一枚。他立刻调整队形，指挥舰队拉开大间隔、大距离差，提前转弯，飞向黄道面。

4

"大牛，你研究过六分仪没有？"林菲翔突然放下手里的工作，问旁边坐着的大牛，"那是一种用于航海的仪器。"

大牛从椅子上站起来："听说过，是不是牛顿造的？那是多久的老古董了，我没用过。据说是根据星体和地平线确定自己的位置。"

"是的，我感觉咱们的位置不对啊，你看远方的星体在指挥中心的投影，我怎么感觉咱们在飞出黄道面呢？"林菲翔指着远处的太阳和行星，"你把它们想象成一个盘子里的葡萄，咱们是不是在盘子下面了？"

大牛歪着脑袋看了一会儿，笑着说道："我可看不出来，不会出错的，我们旅的战友都在外面呢。"大牛指着显示屏上的态势图，那被篡改的数据显示一九九旅仍然在太空工厂的四周。"要不是你把我的重明发动机拆下来，我应该和他们一起战斗的。"

大牛说完，向前走去，趴在玻璃窗上向外看，他想和自己的战友打个招呼。大牛贴在玻璃窗上仔细地寻找，又回头看看雷达显示，自言自语："不对啊，雷达显示我的大队长在这里呢？"他指着空荡荡的宇宙。

"这么近的距离，雷达显示或许有误差。也有可能是你那儿有死角，所以看不到。"林菲翔搭着大牛的话，他开始利用六分仪的工作原理计算自己所处的位置。

大牛见林菲翔忙，自己跑出了指挥中心。临出门之前，他在右臂的通信器上设置了一下，把雷达显示信息同步到通信器上，他要根据雷达标注点去找他的战友。

"不对，不对，我们现在的位置不对。大牛，你看看我计算的结果，不管怎么算结果都一样。咱们正在脱离黄道面，而且是垂直脱离！"林菲翔抬头，他埋头计算，没注意到大牛出了指挥中心。

"各部门注意，刚才我用六分仪的工作原理计算了一下我们的位置，和雷达标识的有些出入。如果大家有其他方式，请复核一下，及时与指挥中心通报结果。"太空工厂里有的是工程师，林菲翔用舱内通话下通知，他相信很快就会有回信。

林菲翔没想到第一个回信的是大牛。他气喘吁吁地跑回来，手指画了一个圈。"我转了一圈，我们旅的一架航天器都没看见。"大牛手指着雷达荧幕，"肯定是雷达出问题了。"大牛拿起话筒，准备呼叫一九九旅。

林菲翔一把拉住了大牛，他理解他的心情，那是整整一个旅的战友。"现在情况不对，不要轻易行动。"

大牛又使用数据链和二次雷达来寻找一九九旅的踪迹。可是，就算用再多的手段又有什么用呢？那些勇士连同战机都已经消失在茫茫宇宙了。

林菲翔的通知很快就又有人回应了。太空工厂的其他几个工程师也从不同方面证实了他的猜测，太空工厂现在所处的位置和态势图上标注的完全不符，确实如林菲翔所言，正在垂直于黄道面向下运动。

如果你看见冰山一角，说明你的船马上就要撞到冰山；如果你感觉好几件事都不对，那你马上要遇到危险。林菲翔的预感成真，意味着太空工厂的处境可怕。太空工厂已经没有任何能量可以用于启动自卫的武器，那几艘新造的战舰都已拆掉动力系统，唯一能拿上台面的还是火星小分队带来的机甲。

地球联合军、火星基地知不知道我们现在的情况？裂隙叛军会不会登陆太空工厂？

…………

所有的问题一下子涌上了林菲翔的脑门，而且这些问题都需要马上解决。

首先要做的事是稳住大家的情绪，创造自救的条件。动力系统只能推着太空工厂向前，而前进方向是由前面的几条挂索决定的，裂隙人是会隐身的，难道是那几条挂索前面出现了不该出现的东西。林菲翔看看燃料指示，补给后的燃料仍不算多。

必须向地球联合军报告，这种情况肯定不止在太空工厂出现。现在情势危急，假的雷达信息对人类将是致命的。现在的态势图都是假的，主力部队和钢索旅的真正位置谁也不知道，太空工厂必须自救。

"大牛，别管使用什么手段，你一定要联系上一九九旅，查明情况！"

林菲翔指挥着大牛，自己走到指控台前，活动了一下手指。"那就来吧！"林菲翔一边说着，一边在心里拿定了主意，"各部门注意，我们的雷达信息出现了严重的问题，我们可能被裂隙人绑架了。绑架者就在挂索的前面，只是因为他们拥有隐身技术，所以我们看不见。要脱困，现在唯一的办法，就是挣断挂索。我会利用太空工厂自带的动力系统反推，然后将前进方向定为火星基地。"

林菲翔忙碌地操作着各种开关，他问旁边的一个工程师："如果咱们的动力系统耗光了所有的燃料，用电力够不够？"

"除了维生系统用的电力，剩下的电力只够维持人造重力系统，如果重新启动动力系统，会瞬间消耗大量电力，人造重力会受影响。如果动力系统要用电，咱们必须让太阳能板全程接收到阳光，否则，我们自带的电力无法维持重力——"

那个工程师还没说完，林菲翔打断了他的话，"死不了吧？氧气之类的还有，对吧？"

"是的，只是人造重力会消失，人会比较难受——"

"好的，我知道了。"林菲翔再次打断了这个工程师的解释，"动力系统重新启动倒计时，30秒之后，人造重力会消失。抓好扶手啊兄弟们！"林菲翔用内部通话下通知，然后左手拉住指挥台，右手抓住了启动把手。

"30、29……"林菲翔随即就开始倒计时，太空工厂内部一时间有些忙乱，所有人都在寻找可以固定自己身体的东西，"……3、2、1，启动！"林菲翔把启动把手推了上去，太空工厂底部的推进器先是红光，然后是蓝光，向着航线的反方向推进。

本来裂隙叛军的隐身战舰和太空工厂保持着相同速度，太空工厂突然反向推进，导致工厂瞬间减速，造成双方巨大的速度差。由于急剧的速度变化，这连接它们的几十根挂索瞬间就被扯断。有几条挂索抽回来打在太空工厂的外壳上，嵌了进去；还有几条挂索抽过去，像钢鞭一样打在前面的隐身战舰之上。

只要参与拖拽的隐身战舰或多或少都受到了损伤，甚至有两艘被击毁了动力系统，无法继续航行。隐身战舰不再隐身，这突发的变故着实让隐身战舰吃了一惊。

更加惊慌的是太空工厂这方。先是剧烈的减速，导致人被甩向前方，很多人虽然提前做好了准备，但还是受了伤。紧接着由于电力消耗过大，人造重力瞬间消失，整个指控中心里到处都是灰尘，椅子桌子都飘起来了。生活区也是一片混乱，树叶、树木、草、人造景观里的水，都悬浮起来。惊恐的尖叫和受伤的哀

号充满了各个舱室。

裂隙战舰迅速回转，太空工厂则修正了航向，对向黄道面的火星基地。幸好太空工厂的新航线提前设定好了，否则会出大乱子。林菲翔的身体也失去了控制，他紧紧抓住指控台，尝试着重启人造重力，屡次尝试都不成功。他检查了一下电路，发现是弹回来的挂索破坏了太阳能电池板的部分线路。现在修不了，可是如果使用发电机，林菲翔又怕燃料不够维持太空工厂航行。

在忙乱之中，林菲翔还是稳住了身体，他终于看到了接近指挥中心的裂隙战舰。这几艘受损的战舰无法再隐身，林菲翔是第一个肉眼看到裂隙人隐身战舰的人类。这是千载难逢的机会！他一只手固定自己，一只手在指控台上操作，把太空工厂所有的摄像头都对准了它们。刚开始只能看到裂隙战舰是土黄色的，随着摄像头的调整，裂隙战舰的外形也逐渐清晰。这个视频尤其重要，裂隙战舰的武器、动力、外形都将是判定他们弱点的依据。

林菲翔一边录像，一边把这个视频打包发往地球联合军和火星基地。

5

天行者李钧的一生是个传奇，即使在他去世之后，依旧是传奇。遵照李钧的遗嘱，他的大脑被保留下来，以备不时之需。在李钧之前被保存大脑的只有爱因斯坦，他的大脑被切片保存，实际上是被破坏了。一台被切成片的处理器，怎么实施运算呢？

李钧不一样，他的大脑保存在一个特殊容器里，据说那容器是他的朋友宇宙拾荒者制作的。谁也不知道李钧和他们经历过什么，反正宇宙拾荒者非常认同李钧，他是他们的第一个人类成员，为了他，宇宙拾荒者专门派出两艘舰船到访地球，为他设计保存大脑的容器。谁也不知道里面到底装了多少黑科技，谁也不知道李钧这么做的目的是什么。直到现在，他的大脑被保存在特殊容器里。这是一个绝密的消息。

随着人类科技的进步，宇宙拾荒者留下的那个容器不断被破解。就算穷尽现代人的想象，也无法想象宇宙拾荒者到底捡了多少"破烂"，见证过多少文明，他们能创造多少奇迹。

由于时间仓促，宇宙拾荒者只给人类留了一根线，作为连接李钧大脑的媒介。后来，人类的科学家一直在努力探求那根线后面可以连接什么。经过无数次的模拟实验，科学家们终于敢尝试连接李钧的大脑。他们发现，只要一个线束足够宽的端口，就能和他的大脑连接。连接后，他们发现李钧的大脑竟然还有思维。宇宙拾荒者为这个大脑设置了一个显示器，这设备来自李钧驾驶过的歼－7。指针式仪表显示他语言的多少，思考状态用的仪表竟然是歼－7战斗机上的油量表，总开关更奇葩，用的是歼－7战斗机上的应急放起落架开关——一个水阀式的开关。

这一切都是人类是无法理解的——思维，这种最难展示给别人的东西，他们竟然用机械来显示！

曾经有科学家提出将李钧的大脑定义为第一个数字人类。虽然大脑所属的肉体已然不在，但将来可以给它塑造机械身体。这个提法被中国空天军驳回，他们认为他根本不是数字人类，他就是李钧。通过向容器中的大脑传送模拟的生物电信号，他仍然可以做出回应，从刚开始的简单问候，到现在的大环境预判，他的思考方式没有经过任何 AI 的转换或者提醒。他是一个残缺的人，一个身体有缺陷的天行者，而不是机器人。

作为 AI 互联的专家，李轩婉在很早以前就曾经参与过这个项目。她非常理智，并没有因为李钧是自己的爷爷影响自己的判断。当时她力排众议：李钧的大脑不需要任何 AI 的帮助，AI 对于他反而是累赘。当下他之所以思维迟缓，是因为宇宙拾荒者的技术比人类高超，人类设计的连接设备还不够强大，还不能和容器的能力相匹配，等到人类的科技追上宇宙拾荒者，就能让李钧的大脑完全正常起来。

李轩婉曾大胆预言：不远的未来，天行者李钧完全可以和其他天行者一起并肩战斗。

付大全和李轩婉一直想以李钧的思考模式为基础，建立一个 AI 模型，以应对未来可能出现的危机。毕竟李钧是目前为止"活"得最久的天行者，他们俩甚至拉着王东升去专门征求李钧的意见。

没想到李钧拒绝了，他的理由有三个：一是不想到处都是自己；二是只要是人，都会有缺点，如果以自己建模，推广开来，缺点就会被放大，甚至会成为死穴；三是李钧自己也无法判断自己是不是真的李钧，等时间吧，它会证明一切。

付大全和李轩婉都对李钧钦佩不已，因为这是一个无私又理智的灵魂。谁知李钧又劝他们道："你们可以提前准备，以前我军的口号是'人可以等装备，装备不能等人'，现在时代更不一样了，装备更要走在前面。"

李钧这句话把所有人都逗笑了，这句口号已经很久没有听过了，现在人和装备同步发展，根本不存在"等"的问题。

　　李钧默认他们可以拿自己做研究，但前提是不到万不得已不能投入生产。

　　王东升很早以前就制定了一条规定：每天都给李钧通报当日发生的重大新闻。规定执行后，很快就收到了较好的效果，李钧的反应变得更活跃，和留存下来的资料进行对比，他的状态甚至和年轻时候的状态一样。

　　某次谈话之后，王东升更是彻底放开了李钧的信息获得权限。李钧他对什么感兴趣，完全可以自己选择。

　　从那以后，要想与这位苍老又年轻、睿智又木讷的数字天行者对话，不仅要得到地球联合军指挥部的批准，还要遵守他的规则，且对话时长由他控制。

　　身为地球联合军的参谋长，在进入对话之前，王东升也在得到批准之后，严格按照李钧的规则，在保密部门取了一张20世纪的老物件——一张纸质的"放飞单"，郑重地在上面签下了自己的名字。签"放飞单"就是李钧的规则，一个摄像头相当于他的眼睛，他必须看到那张纸质的单据，才相信与他对话的人。

　　问及提交纸质"放飞单"的原因，李钧说过，有的时候他自己也怀疑过，自己到底是宇宙拾荒者安插在地球的眼线还是真的就是自己，只有看到纸质的"放飞单"，他才能相信自己是那个歼–7飞行员。

　　实际上，所有与他对话的人都知道，李钧是唯恐有人冒名顶替。他这种做法更说明他的谨慎，是他具备独立思考能力的又一证据。

　　王东升想与李钧对话，因为他是地球联合军的参谋长。仗打到这种程度了，马上就要决战，却连裂隙叛军到底长什么样都不知道，他们擅长的攻击方式也不知道。都说知己知彼才能百战百胜，一问三不知的情况让王东升甚至对自己的指挥能力产生了怀疑。他只能确定一点，对于赫耳墨斯之徒的决策肯定是正确的，其他的决策都让他自我怀疑，难道哈特曼为代表的中立派是对的？

李钧不仅仅是天行者，在迫不得已的情况下，他还被迫"兼职"了相当长时间的宇宙拾荒者。这个职业的优势在于能够见识不同文明的碎片，一叶知秋，一个材料碎片或许就能找到一支舰队的弱点。打个比方，如果他们的载具是纸做的，那就用火；如果他们的载具是泥做的，那就用水。可以根据载具特点找到攻破它的方式，了解了生命体的特性，根据特性消灭生命体也很容易。这么说起来，消灭一个文明也挺简单的。

这是距离人类最近的宇宙拾荒者，王东升觉得必须和他交换一下意见。

这是一间保密室，藏在地球联合军指挥部最隐秘的地方。王东升在保密室的门前驻足，从身上摘下所有的通信设备，然后沿着保密室的走廊行走。途中经过几个单独的房间，没有门牌号，每个房间的秘密都足以惊动世界。王东升在一个单间前站定，刷了身份卡，验证了生物信息，门就悄无声息地开了。

一个黑色的罐子，外形极不规则；罐子的后面有一根细线连接了两条粗大的管路，管路延伸出去几十厘米，又各自分叉，一级级分下去，一片红色、蓝色的管路布满了后面一堵墙。从外面看不到罐子内部，李钧的大脑就在里面。宇宙拾荒者从他的大脑的语言中枢引了一条线路出来，把李钧大脑反馈的生物电信号转化成为语音，这样他就具备了聊天的能力。

"李钧同志你好，我是现任的地球联合军参谋长王东升。"

不久之后，李钧像是从沉睡中苏醒，开始回话："你好，裂隙叛军打到哪里了？"

"已经接近火星轨道，他们的大部队马上与我们的大部队硬碰硬。"

"裂隙人作战太残忍了，只有奴役和杀戮，所以幸存者很少。"

"的确如此。有一个很不幸的消息，您的那群朋友遭到了攻击，他们只剩两艘空壳舰船了。"王东升权衡了一下，觉得还是把这个消息告诉李钧为好。

"宇宙拾荒者就像是野草，是最卑微低调的，同时也是杀不尽的，数量最多的。因为每一次战争过后，都会有种族沦为宇宙拾荒者。这一次……人类和裂隙叛军的这场大战，他们肯定会来。"

"那我们能不能获得他们的帮助呢？"王东升听到这个消息，脑海里瞬间涌出很多想法，他甚至有些激动。

"如果人类寻求最卑微低调者的帮助，那人类又处在什么地位呢？"李钧说话语调平缓，但每一个词都像利刃，戳痛了王东升的自尊心。"在宇宙中，很少有种族会主动攻击宇宙拾荒者，这是因为不屑于这么做。人类不应该沦落到指望他们的帮助。"

"如果我们能够得到裂隙人的相关数据，或许能够有更大的胜算。"

"宇宙这么大，文明多如牛毛，这种情况下，人类不应该追求知己知彼，应该把人类文明的优势发展到极致，才是百战百胜的法宝。"

"说来惭愧，裂隙人有隐身技术，我们到现在连他们的战舰长什么样子都不知道。"

李钧问道："重明战机在相控阵雷达面前也可以隐形，我想，说到这里你已经明白了。"

"我知道该怎么做了，谢谢您！"

身为宇宙拾荒者和天行者的李钧，即使只剩大脑竟也有如此清晰的思维能力，而且还关注着最新的形势。他的话像是开启灵感的钥匙，让王东升兴奋不已。

裂隙战舰只是看不见！如果站在它所在的位置，是可以触摸到的！李钧提示的这几个要点，或许就是获胜的关键。

第十二章　工作好不好

1

A国选出的总统果然是乔治八世，而且他的得票数是历任总统当选者中最高的，由于形势紧张，他可以立马宣布就职。

乔治八世看着眼前的《圣经》，偷偷把食指和中指交叉了一下，然后把手放在厚厚的册页上，面无表情地宣誓，与身边观众形成了鲜明的对比。观众无不用充满了期盼的眼神注视着他，仿佛他就是能带来希望的"救世主"。

乔治八世在讲完世俗的那番话之后，从旁边助理手里接过一张纸，那纸上是A国各部门领导人的姓名。他们都是乔治集团内部人员或者乔治八世资助的政治家，官职从外交部部长到农林部部长。A国各部门的领导人全部换成他的知心人。

在把所有官方的套路走完之后，乔治八世立刻宣布："我们要与裂隙叛军建立和平、共利的外交关系，谈判事项由新任的外交部部长负责。我相信，只要我们拿出诚意，和平的光会平等地洒在每一个人的身上。"

"总统先生，您这句话也是宣誓的内容吗？"一个记者大声问道。

"当然！我以下的话也是。我们目前最迫切要解决的问题是混乱。先解决大街上的问题，大家不要结群，不要游行，从现在开始，我们有序排队领取食物，把垃圾扔进垃圾箱……裂隙叛军的战舰在逐步靠近我们，而地球联合军没有有效的手段阻止他们开炮。请大家相信我们，我们才是政府，剩下的事情交给我们。30天，只要30天，如果我们达不到和裂隙叛军谈判的目的，我和我的政府愿意承担一切责任。请相信我，我也和大家一样，是地球上的一个人，一个想保护自己家园和财产的人，一个为牺牲的儿子哀伤不止的父亲……"

乔治八世获得了巨大的成功。他保证在现在社会动乱的情况下，免费给民众发放食物、饮水等一切保障基本生活的物资，尽快恢复电力，提供安全的庇护所……并且这些行为都由乔治八世的公司来负责，不给政府增添一丁点儿负担。乔治八世还鼓励年轻人加入乔治集团，成为自己的员工，工资和福利是其他公司同类型岗位的数倍。金钱和地位是最诱人的东西，一时间，报名和咨询的人几乎挤爆了乔治集团的服务器。

富可敌国、财富榜排名第一的资本家，同时掌控了政权，工厂里还有无数的战舰，可以说是人的巅峰地位了。

看着不断增长的报名参加重明战舰驾驶员遴选的人数，乔治八世的脸上也没有喜悦的表情。从其他人的角度看来，他是成功者，其实他是逼不得已才出此下策。这个总统的位子，他完全可以找个人替他坐，他完全可以让自己过得更轻松，之所以要亲自坐到台前，都怪裂隙叛军！

这个站在人类巅峰的人下一步工作会着重于哪一方面？钱？不对，他明白钱的概念，那是一个穷人才在乎的东西。权力？不，他的权力比 A 国的总统还要大，因为前几任的总统都是他的代言人。私人军队？不，他本身就可以动用 A 国政府军，组建私人军队并不是必要选项。

乔治八世现在的想法很可怕，他想追求的是长生不死，不然这么多的财富和权力交给谁？小乔治死了，或许永远不会存在乔治九世了，唯一需要考虑的就是自己能活多久。小乔治刚去世时，就有幕僚给乔治八世提过建议，辅助生殖技术和克隆技术发展到今天，完全可以让乔治八世拥有自己的后代甚至让小乔治再生。尽管法律仍然不允许克隆人类，但是以乔治八世的地位，偷偷克隆一个小乔治也不是问题。但是乔治八世对这些技术很抵触，不然他不可能只有一个孩子。现在，他觉得最可靠的还是自己，自己才能够把控一切。

思想会指引行动，乔治八世想从裂隙人那里获得永生，他已经开始行动，竞选总统是第一步。乔治八世这种人，内心不会透露给任何人，哪怕站在他面前的是上帝。他已经走上了一条不归路，这条路上会有无数的铺路石，而那些铺路石，无疑将是追随他之人的生命。

2

火星基地上所有的人都像是睡着了，他们只做严密防守，既不前出，也不与地球联合军联络；而地球上的所有人似乎都在追随新的"救世主"乔治八世，人们在无限解读他的讲话和讲话中透露出来的思想。他们不在意太空工厂，它就像是被遗忘在高速公路上的婴儿车。太空工厂所遭受的危机之大，令还有理智的人后背发冷、坐立不安。

王东升被敲门声惊动，在这样的保密室里，按照规定这条走廊没有允许都是不准进的，竟然有人敲门？

沉默的李钧这时候开始说话："这次肯定是另外一个关键点出问题了，容我想想……"

敲门！这种情况肯定是保密员都扛不住的大事件！王东升顾不得再与李钧交流，瞬间就开门冲了出去，差点儿和保密员撞在一起。

王东升一边锁门，一边和保密员交流："出现什么情况了？"

保密员也不知道这房间里的秘密，他一边走一边给王东升解释道："抱歉，参谋长。几个参谋让你马上返回。太空工厂发回了一段视频，需要您立刻去看。这段视频的意义肯定很重大。"

"太空工厂？他们自救不是很成功吗？"王东升还认为现在的形势是太空工厂追赶火星基地，地球联合军大部队正在接应它的路上，裂隙叛军的行程比人类滞后……他有些诧异，三步并两步就走到了保密室之外，戴上自己的通信设备。他开启设备的那一刻，各种报警响个不停，声音几乎吵破了他的耳膜。

各个部门的参谋都在保密室外等着王东升，只是短短的几分钟，就发生了这么大的变故。仅靠着电子图像，就觉得形势可控，"一刻都不能麻痹"的话，难道自己忘了吗？容不得王东升多想，他一边走，一边按照威胁等级分批查看消息。林菲翔发来的视频尤其重要，他传来的信息表明裂隙叛军已经干扰了"南仁东号"。王东升一边看着一边指挥十八旅在"南仁东号"上释放小型无人机甲。

小型无人机甲在雷达上无死角爬行，会导致"南仁东号"的信号受到干扰。王东升让参谋通知各部队，关闭对接"南仁东号"的信号接收模块，何时开启以地球联合军指挥部的通知为准。裂隙叛军的战舰影像立即发送到所有研究所，要求研究所立刻对它们的外形、武器进行详细分析，同时将有效辨别出的裂隙情报的部分发给空天军。毕竟，谁也没见过它们长什么样。

随后需要紧急处理的是火星基地的一封协查通报。超级长矛发射的中子弹爆炸之后，无航行物区域突然出现一艘裂隙舰艇，它处于失控状态，正冲向火星基地，目前看没有攻击性，不排除是和那两艘裂隙斥候舰艇一样的侦察目的。因地球联合军即将通过该区域，火星基地希望地球联合军协助调查。王东升批示同意。同时让参谋给地球联合军各部队传达命令：与裂隙叛军战斗的时候，对于隐身战舰，优先使用……小微型中子弹。

王东升在下命令的时候，顿了一下。谁都知道中子弹的威力，如果在近战的混乱状态引爆中子弹，所有的碳基生命都会受到同样的伤害，但是没有选择，目前人类唯一得到的经验是中子弹对付裂隙叛军有效。王东升在最短的时间内做了无数个决定，下达命令时就像机枪发射。

驻扎在"南仁东号"的十八旅现在形势不佳。尽管是执行命令，几名发射混装包的驾驶员还是感受到巨大的压力，有的人手都在颤抖。为了更好地获得磁感线扰动的反馈，"南仁东号"的主体形状被设计为一个圆球，通体是软金属骨骼和复合材质。负责信息采集、处理和发送的处理器是两个圆柱形，垂直于它的运

行轨道，位于球体的上下两端，与太阳系黄道面形成一个 10°
的夹角。这可是人类的"眼睛"，一定要小心翼翼，造成了破坏
谁也承受不起。

混装包被发射在上下两端的处理器上，那里的材质比球体要
坚固一些。尽管如此，混装包着陆的时候，还是在着陆点的表面
引起了涟漪效应，带来了巨大的干扰。还好王东升已经提醒地球
联合军关闭对接"南仁东号"的信号接收模块，不然现在地球联
合军的告警器肯定要吵破人的耳膜。

混装包着陆之后立刻自动打开。混装包里都是小型无人机
甲，这种探测型机甲和小行星带上用的一模一样，当时火星基地
就是用这种探测机甲发现了裂隙叛军的通信中继器。它们没有攻
击能力，主要用于对目标物进行无死角探测，它们按照网格状的
轨迹运行，以探测目标物的每一寸外表面。本来这种设备是用来
给陌生的星体绘制地图和探测矿藏的。现在它们完全可以让隐身
战舰露出原形，只要这些小型无人机甲能够爬上去，就能看出战
舰的轮廓！

十八旅早就做好战斗准备，各种武器随时可以开火，他们的
瞄准点在"南仁东号"的轮廓之外。"南仁东号"是精密装置，
十八旅的旅长相信裂隙人的科技即使再先进，也不可能随便就
进入雷达的内部，他们肯定也是从外部与"南仁东号"对接。
他们很快就发现了问题，一架小型无人机甲从处理器上爬了出
去，"悬空"在宇宙之中！很明显，那里肯定有一艘裂隙人的
隐身战舰。

那两艘裂隙叛军的战舰驾驶员早就发现了十八旅，其中一艘
早已脱离了与"南仁东号"的连接，悄悄隐藏在十八旅的背后。

如果那艘连接的战舰被发现，他就会毫不犹豫地向"南仁东号"开火——既然我们用不了，那大家都别用了。

开火还是不开火？这是一个问题。十八旅的旅长是个老江湖，他没有下令开火。他知道这时候开火等同于把"南仁东号"置于敌人的炮口之下，保护好"南仁东号"才是最终目标。

十八旅旅长立刻停止了小型无人机甲的行动，他向地球联合军指挥部报告："'南仁东号'一切正常，我旅准备撤离。"

报告词说的是十八旅准备撤离，但是地球联合军指挥部一下子就听出了端倪。十八旅接到的命令是保卫"南仁东号"，他们不可能主动撤离，这种报告词实际上是说明了"南仁东号"有问题。指挥部和十八旅瞬间达成了默契。

一个参谋正准备回答，王东升抢先说道："可以撤离，注意警戒。"

"明白，注意警戒，十八旅无线电静默开始。"

这句"无线电静默"更加坐实了地球联合军指挥部的判断，十八旅估计是打响第一波战斗的先锋。十八旅的无线电报告已经被裂隙叛军同步掌握，这让那两艘裂隙战舰的驾驶员兴奋不已，自己的位置是如此明显，他们竟然没看见，地球人的战斗力也就如此了。

十八旅有些成员不明白旅长这是要干什么，正准备询问旅长，却被旅长"无线电静默"的命令堵住了嘴，只能干着急。

地球联合军指挥部里，王东升紧盯着时间，计算着十八旅与"南仁东号"的距离。差不多了，差不多了，该回转了。与此同时，十八旅中一个干着急的成员往回看去，"南仁东号"越来越远，看起来如同灯笼大小了。就在这时候，他们的旅长一个急转，两枚中子弹就离开了弹仓！

"回转，准备战斗！"第一个打破无线电静默命令的是十八旅的旅长。

中子弹的炸点紧挨着"南仁东号"，十八旅之所以敢在这么近的距离引爆中子弹，是他们确信"南仁东号"能够承受住。在设计"南仁东号"时，就考虑到它的运行问题，它的轨道离太阳太近，太阳的电离辐射太强了，如果使用常规材质的电子元器件很快就会失灵，因此，"南仁东号"的材料可以抵御极强的离子辐射。中子弹的电磁脉冲辐射很小，根本没超出"南仁东号"的设计包线。太空中没有空气，爆炸也就不会产生冲击波。因此，在"南仁东号"附近使用中子弹是不会对它造成损伤的。

刚刚还在开心的两艘裂隙战舰的驾驶员瞬间蒙了，他们没想到地球人还会撒这么大的谎。眼看躲避已经来不及了，他们也不是吃素的，连接"南仁东号"的战舰直接将信息收发构件固定在雷达的处理器上，而战舰主体则脱离了"南仁东号"。他知道自己会死，但是没关系，只要信息收发构件留在"南仁东号"上，这样即使无法篡改数据，"南仁东号"的远程预警报告茶卡斯图那里也能同时接收到。

能够共享地球人的远程预警报告，这个结果对茶卡斯图也是难能可贵的。

中子弹爆炸后，那两艘裂隙隐身战舰终于出现在十八旅的面前，"南仁东号"的数据也恢复正常。

"十八旅干得漂亮！"王东升看着视频，兴奋地呼叫十八旅。这两艘裂隙战舰将是人类历史上可以载入史册的缴获品，也将为马上到来的决战提供最有力的情报支撑。十八旅已经派出两架重明，将那两艘裂隙战舰固定在机翼之下，运往地球。

王东升让参谋通知各部队，重启与"南仁东号"的对接。看着"南仁东号"传回的信息，王东升是喜忧参半。喜的是"南仁东号"终于恢复了正常，还缴获了裂隙叛军的战舰，忧的是它传回的态势。原来裂隙叛军真正的进程如此可怕，万万没想到，他们已经如此接近太空工厂，而地球联合军的大部队远远滞后。现在需要地球联合军做的，是立刻、主动攻击裂隙叛军，否则他们很快就会掠走太空工厂。太空工厂的位置，让所有人都大吃一惊，谁都没想到，太空工厂竟然飞出了黄道面这么多距离。王东升相信，太空工厂上的同志看到这个态势，会吓一跳。

茶卡斯图知道那两个担任斥候的勇士已经死了，其中一个是自己的儿子，他们的两艘战舰肯定会被地球人缴获，但没关系，想依靠逆向工程研究明白裂隙人的科技，地球人还需要一百年。看着"南仁东号"传给自己的远程态势图，他非常满意。

3

林菲翔还悬在太空工厂的指挥中心里，他有点适应无重力的环境了。看到"南仁东号"传回的真实态势，他当然是后背发凉。这时，太空工厂的燃料用尽了，再也没有一点动力，只能任由裂隙叛军重新绑架它，带它继续远离黄道面。

从整个态势上看得到，裂隙叛军的主力部队已经兵分两路，一路在黄道面上方停驻，另一路正在垂直穿越黄道面。穿越的这一路取了一个前置点，太空工厂很快就会和他们在那个点会合。林菲翔一眼就看出来这个态势的可怕之处。

超级长矛发射的中子弹误打误撞，让裂隙叛军瞬间损失了几百艘战舰的驾驶员，还有很多遭受了辐射的驾驶员会在不远的将来死去。这损失对比即将到手的太空工厂，也不算很大，但是这种情况仍然让茶卡斯图心疼不已。他也知道，布置在"南仁东号"附近的战舰迟早是这个结果，但没想到这么快，他原本的预期是他们能坚持到大部队离开。

茶卡斯图干脆以中子弹攻击的区域为界，将队伍分为两部分。在黄道面下方的部分是跑得最快的先锋，那部分兵力少，但是接应太空工厂足够了。茶卡斯图断定，地球人断然不敢与自己的这一支主力硬碰硬，他们没有速度优势，垂直飞出黄道面对他们来说是件困难的事，追击太空工厂他们更是不敢。自己只需要和剩下的大部分兵力一起留在黄道面上方，分散布置，静待时机。如果地球联合军追击太空工厂，他们就冲进黄道面，抄地球人的后路。

看着真实的态势，林菲翔一下就断定，太空工厂获救已经是希望渺茫了。别说王东升，换哪一个指挥员都一样，不可能为了一个太空工厂就让地球联合军的主力两线对敌，身处极端的危险之中。

林菲翔看看电量指示，已经快到红线位置了，自己现在需要干的不是把太空工厂从裂隙叛军手里夺回来，而是维持电力供应。因为电力耗尽之后，氧气制造系统也会停止工作，到那时，太空工厂中的所有人都会有生命危险。保电力供应就是保自己和这些同事的命，修复电路是眼下他最需要做的。

林菲翔发布通知："修复太阳能电池板的线路需要几个志愿者，有愿意和我一起去的，带上工具到指挥中心前集合。"

马上就有几个临近的电力工程师报了名。这时候，一个背负着各种压力的群体正在凝聚成团体，而这个团体的领头人就是林菲翔。林菲翔在飞出指挥中心之前，看了一眼大牛。大牛抱着一根管道，什么也不看，目光凝滞、毫无表情，仿佛整个人被抽去了灵魂。

任何一个人遇到这样的情况，都不会比大牛现在的状况好。整个旅都没了，只剩下自己一个人，这种打击是巨大的。林菲翔理解大牛现在的心情，但他无法劝说，有些痛苦就是需要孤独地承受。

太空工厂的危险位置呈现在地球联合军所有的显示器上，周子薇当然也看到了。钢索旅已经毫无保留地加速，他们接近了地球联合军主力部队和太空工厂的等距点。向地球联合军主力部队靠拢无疑是最安全的，但钢索旅等不及向地球联合军指挥部报告，就在周子薇的指挥下，借着引力弹弓效应，急加速并变轨，向着太空工厂冲了过去。

钢索旅需要面对的，是舰艇数量远超自己几十倍的裂隙叛军。这支裂隙叛军之所以跑得快，一是舰艇的状态比较好，至少有最好的动力系统；二是这群人都是亡命之徒，他们玩命地冲在最前面，是最渴望打仗的裂隙人。

参谋及时将钢索旅的新动向汇报给王东升，王东升看了一眼态势，周子薇的决策让他很满意。这就是指挥员和战斗员长期以来达成的默契。如果每支队伍都像钢索旅这样就好了。王东升想，这次战争如果人类能够获胜，一定要在指挥系统里做一个集成的决策中心，再有战争的时候，就可以让其他人也能有周子薇般的良好的判断力和执行力。王东升看了看态势图上的火星基地，如果再加上按兵不动的他们，裂隙叛军和地球联合军就达到了一种微妙的兵力对等，尽管钢索旅需要面对的压力最大。

必须让火星基地动起来！王东升注意到裂隙叛军的分兵点，那里散落了一些失控的战舰，而那个点正是超级长矛发射的中子弹的炸点，这说明超级长矛的进攻是有效的。必须说服哈特曼，超级长矛不能停！

火星基地随即就收到了王东升的通信申请，哈特曼没有拒接的理由。与王东升交换了一下"南仁东号"的情况，哈特曼也惊出了冷汗，如果按照假信息来，裂隙叛军可以轻松消灭火星基地。一方面是王东升的建议符合火星基地的需求，另一方面是火星基地的震慑手段取得了实际战果，可能会引起裂隙叛军的报复，所以哈特曼认为继续震慑裂隙叛军的行动是很有必要的。

"超级长矛继续装填中子弹，按照最大发射频率的60%掌握。"哈特曼下了令，让超级长矛继续发射。他看着太空工厂真正的矢量动向，心里默默祈祷：赶紧把太空工厂带走吧，你们赶紧离开太阳系吧！

4

电力维修是件辛苦的活儿。太空工厂的电力故障是因为几根挂索抽打回来，将太阳能电池板的线路打碎了。这些太阳能电池板采用的是并联电路，如果只是电路损坏，只需要把坏掉的电路从供电线路中剔除就能解决，这项工作用软件就可以完成，再复杂一些重新布线就好。但事情远比想象中复杂，其中一根挂索戳穿了太空工厂的外壳，完全破坏了主储能系统。

"人活这一生，最大的意义，或许就是为了解决一个难题，紧接着再解决下一个难题。"林菲翔笑着对身边的工程师说道，此刻他再一次想到了自己的偶像李轩宇。

太空工厂失去重力唯一的好处或许就在这里了，林菲翔和工程师们可以轻松地"举"起原本装配在鸢鸟上的储能器。没错，林菲翔只能重建太空工厂的主储能系统。

尽管现在的形势看起来，太空工厂已经落入了裂隙叛军之手，而且距离黄道面越远，太空工厂越难获救。工厂里的所有人的命运似乎都已经无法改变——成为裂隙叛军的俘虏。殉职还是投降，这是马上就要摆在他们面前的问题。

自救，到底还有没有意义？

还好太空工厂中存放着鸢鸟的储能器，可以用来重建太空工厂的主储能系统。在搬运鸢鸟储能器的时候，一个工程师还是忍不住问林菲翔："林指挥，我们……或许殉职才是最好的选择，咱们把太空工厂炸掉吧。"

"不，我们最好的选择是斗争到生命的最后一刻，你说的那个，是我们最后的底线。"林菲翔的声调不高，但每一个字都掷地有声。

林菲翔的年纪比太空工厂里绝大多数人都要小，但是现在所有人都觉得他是最有主意的人。虽然没有得到地球联合军的任命，但是现在，他确实是太空工厂实际上的指挥官、领路人。

几个工程师在忙着将新的储能器接入电力系统，除了重新搭建之外，还要把所有设备固定好，毕竟当重力恢复的时候，谁也不想这些设备从空中坠落。眼看电力系统即将安装完毕，林菲翔用手拉了一把旁边的设备，自己就"游"了出去，一直到一扇很小的瞭望窗口前。林菲翔趴在上面向外看去，几艘裂隙战舰就在窗外，无数怪异的触点固定在太空工厂的外壳上，它们伸出蛛丝样的线连接着裂隙战舰。林菲翔想知道裂隙人到底长什么样，他透过那扇小窗上下左右地看。虽然看不到对方的驾驶舱，但是这种像蛛丝一样的连接线让他的内心十分不安。

"还差多少？"林菲翔问那几个正在调试设备的工程师。

"快了，快了，我再测试一下电压就好了。"一个工程师头也不抬地回答林菲翔。

"太空工厂，全体注意！"林菲翔"游"到那个工程师身边，看了一眼他手里的操控板，"10分钟后恢复电力和重力，大家注意安全。"

整个太空工厂的所有人都忙着固定各种物品和自己的身体，大家都知道，重力恢复的那一刻无疑是一次整体的下坠。脑袋上即使飘着一个茶杯，在恢复重力的那一刻，也有可能给自己留下伤口。

林菲翔看着电力恢复的倒计时，自言自语地说道："这不是一点点好起来了吗？"

5

太空工厂忙着自救，钢索旅冲向太空工厂，火星基地按时不间断地向黄道面上方发射中子弹……

新当选的A国总统乔治八世早已派出了两艘白色涂装的鸢鸟，一艘沿着种子航线航行，待接近火星基地，它要向上飞出黄道面，避开中子弹的影响，抵达裂隙叛军主力的活动区域；另一艘则径直开往了"南仁东号"。

当幕僚为挑选合适的白色鸢鸟驾驶员而举棋不定时，乔治八世淡定地说道："在赫耳墨斯之徒里挑些最狂热的，他们有'信仰'。"说完，他狂笑不止，幕僚一时被笑愣了。

乔治八世当然不是为了支援地球联合军。为了彰显自己和谈的诚意，每艘鸢鸟上都有一个和谈大使及他们所带领的团队。只可惜无法提前和裂隙叛军沟通，和谈的事情只能秘密进行。如果和赫耳墨斯之徒一样，明语暗语地呼叫裂隙叛军，肯定会遭到地球联合军的阻拦。

影响乔治八世和谈信心的症结也在这里。由于无法沟通，乔治八世实在搞不懂裂隙叛军到底喜欢什么，大抵离不开各种矿藏吧。乔治八世给裂隙叛军带过去的见面礼是光谱，太阳系所有矿石品种中，80%的矿石品种的光谱。

作为生意人，乔治八世才不会一下子打光手里所有的牌，矿石光谱他留了20%，这是他未来谈判的筹码。"人生在世，吃喝二字"，外星人怎么了？外星人看到值钱的东西也会两眼放光芒。乔治八世这么想。

飞出黄道面需要的时间很长，而飞到"南仁东号"就快得多。乔治八世想的是双管齐下，双保险，万一交流不畅，一艘被击落，那么第二艘还有谈判的机会。既然茶卡斯图能够开启虫洞，那么穿越虫洞或许比飞出黄道面更便捷，能够更快地见到这个叛军领袖。

地球联合军当然发现了这两艘鸢鸟，对乔治八世的就职演说也有所耳闻，他们一直在提防着他。不可否认的是，乔治八世在平息地球动乱上确实起到了灭火队长的作用。这事交给地球联合军肯定不行，面对焦头烂额的战场态势，他们实在抽不出精力了。地球联合军紧盯着这两艘鸢鸟，它们的行动将证明他到底是不是投降派！

乔治八世早已做好准备，提前报备航线，打的旗号是去一线支援、取证。

前往"南仁东号"的鸢鸟已经抵达，并且已经和十八旅会合。乔治八世的行动着实让人预料不到，这艘鸢鸟上竟然真带了燃料补给。另一艘还没进入火星轨道，看起来也很正常，因为他们在态势图上标注的目标前置点恰好和地球联合军大部队的重合。这让质疑乔治八世的人终于松了一口气。

可是令人大跌眼镜的是，松的这口气刚从胸腔吐出来还没到嘴边，那艘鸢鸟就突然变轨，逆着火星公转方向而行，距离火星基地越来越远。这……是不是不太正常了？

"动力系统故障报备。"那艘鸢鸟向地球联合军和火星基地同时发报，让本来大跌眼镜的人大吃一惊。你知道乔治八世想干坏事，但是坏事没办成之前，你又不能钻进他脑子里拿出这个想法摆在桌子上当证据。一时间让地球联合军的参谋感到手足无措。

"盯住它，如果它试图脱离黄道面，靠近裂隙军队，就直接击落，通报为误伤。如果它有任何投降的语句传出，立即实施干扰。"不知道王东升有几个注意力，无数的事情需要他跟进，没想到乔治八世这样的小动作他也在默默关注着。他头也不抬地指挥参谋："绝对不能让乔治八世投降！我们得帮助他。"

"明白！"正苦于没有办法的参谋马上有了思路，连忙调动一架重明带四架玄女，脱离大部队，向着那艘鸢鸟而去。

"钢索旅还有多久可以展开战斗？"王东升在明语问话。他相信裂隙叛军如果也有类似人类的敌我态势图，他们肯定也会预判开战的时机。他这么问，实际上是没有意义的，但是他心里担心钢索旅，实在忍不住。

"参谋长，十八旅！他们马上进入大气层了！缴获的裂隙战舰！"一个参谋兴奋地从座席上弹起来，着急向王东升报告这一好消息。他激动得有些语无伦次。

"按照计划进行。"王东升平静地回答那个参谋，见钢索旅还没回答，他又追问了一句，"钢索旅工作好不好？"

中国空天军将中国空军的很多经验带进了宇宙，连同那句"工作好不好？"

"工作好不好"，其实是问的人怎么样、器械运转顺畅与否、环境能不能适应执行下一步的任务。在中国空军的时代，这三个要素被简称为"人、机、环"。这种询问在 20 世纪 50 年代的中国空军里就已经出现，在 21 世纪初向飞行员问出这句话就是对飞行员最贴心的问候，也最能体现深厚感情。

地球联合军科学研究院在十八旅缴获裂隙战舰的时候就兴奋地准备好了一切。对于未知科技的"瘾"让科学家和工程师个个摩拳擦掌，只待裂隙战舰。

6

重力恢复的那一刻，每一个人都像是从水里刚捞出来的溺水者。由于血压的突然变化，所有人的脑袋都像是被猛拍了一巴掌，而身体则像灌了铅。

林菲翔"落地"之后，被一些东西砸到，他挥舞着胳膊把那些东西抢开后，第一件事就是跟跄着冲进了指挥中心。

林菲翔现在迫切想看到裂隙人到底长什么样，不仅仅是因为好奇，还因为他想把更多的裂隙人的信息传给地球联合军指挥部。更重要的，他想让大牛振作起来，虽然认识时间很短，但大牛已经是和他出生入死的哥们儿了，他不能放任哥们儿自此一蹶不振。

恢复的重力使得大牛瘫坐在地上。大牛太年轻，经历的事情太少，尤其是这样大的突发事故。他一动不动，嘴里喃喃自语，不知道他在说什么，看起来还没从悲伤中"醒"来。林菲翔懂得，大牛现在的这种状态在心理学上被称为"创伤后应激障碍"，这种症状在战场上很常见。

林菲翔把大牛从地上拉起来："振作起来！走，我们去找那些杀人犯！"

听到这句话，过了几秒，大牛才抬起头来，他的双眼布满了红色的血丝，眼神里充满了仇恨，看起来有些狰狞："去哪里？"

林菲翔指指上面："走！"

巨大的、圆柱形的太空工厂的内部宛如迷宫，林菲翔一边看着地图，一边开启不同的闸门，二人一起跑出了人造重力舱。二人悬浮着穿过两个闸门之后，进入一个小型的密闭舱，这里有通往太空工厂外部的减压门，是检修外部设备用的。

林菲翔先飘了过去，他趴在小小的舷窗上看了一眼就招呼大牛，大牛连忙凑上去。

裂隙人的战舰黄而怪，机体的质感看起来像是黄色的岩石，没有一点金属光泽，而那土黄的颜色竟然还不均匀。那种不均匀不同于人类早期使用的迷彩涂装，看起来像是涂装工人在干活时不求标准、漫不经心的敷衍之作。然后就是外形的怪，战舰的外形像被随意地浇进冷水里热糖浆，前部大，后部则拉出长长的细丝。太空工厂外部停了好几艘裂隙战舰，每艘战舰的外形竟然都不一样。

"鬼知道他们的工业体系得有多奇怪。"林菲翔在大牛身后，从大牛和舷窗的缝隙里上下左右地看，"看到驾驶舱没有？"

"没有。难道他们没有目视，全靠仪表？"大牛回头，把舷窗前的位置让给林菲翔。这时候，大牛又恢复了以往的状态，一副严肃认真的表情。

"真想看看这群混蛋长什么模样！我想给他们的鼻子上来一拳。"林菲翔说完，沿着来时的路向指挥中心飘去，"咱们得想想办法，接应他们的人快到了。"

大牛隔着舷窗狠盯了一眼不共戴天的仇人，说了一句"血债血偿！"就跟随林菲翔而去。

第十三章　黄道面下的反击

1

　　茶卡斯图并不畏惧地球人，因为双方各有优势劣势，实力对等，这次对决之后，或许谁也不会灭亡谁。裂隙正规军就不同了，他们拥有庞大的舰队，更多的资源和能力，他们的战斗力，地球人和自己加起来也扛不住。茶卡斯图判断，自己的行踪肯定是宇宙拾荒者为了报复透露给裂隙正规军的。

　　太阳系在宇宙之中一直未被其他文明发现，地球人文明才得以在没有其他文明干扰的情况下稳定发展，但正是因为没有竞争，地球人文明发展的速度很慢。这种情况下，地球人文明一旦暴露了位置，就很危险，尤其是暴露给裂隙正规军。茶卡斯图认为，眼下的结果是仇恨泯灭了理智导致的，宇宙拾荒者虽然有机会报仇，但是同时给地球人带来了灭顶之灾。

　　按照以往的经验，虫洞早就应该打开，现在还是混沌状态就说明裂隙正规军肯定在和某个实力相当的对手"互殴"，他们目前抽不出手来对付自己。这样的结果茶卡斯图毫不奇怪，毕竟裂隙正规军的首领和自己一样暴躁好战，而且强悍的实力让他比自己更加肆无忌惮。

茶卡斯图有相当的信心能够在裂隙正规军面前逃走，即使虫洞在下一秒开启。因为裂隙正规军肯定也预料不到虫洞的彼岸还有地球人文明这块"肥肉"，"营养又美味"的地球人文明，肯定会让裂隙正规军追逐的脚步停下来。毕竟自己这种流寇，远没有一个从未被掠夺的文明有诱惑力。

和地球人的这场战争，茶卡斯图一方面在尽最大的能力降低消耗，另一方面在尽最大努力获取资源，因此他并没有把战争的节奏拉得很快。即使他的儿子死于地球人之手，有两艘裂隙战舰被地球人缴获，茶卡斯图也没有疯狂反扑。

坐在指挥椅里的茶卡斯图正看着太阳系中忙碌、混乱的态势，思考应对策略。他逐渐注意到有一艘鸢鸟的航线与众不同，它的推算前置点在不断变换，最后的目标竟然是自己的舰队。没错，正是乔治八世派出的那艘鸢鸟。

乔治八世之所以选择鸢鸟而不是重明，是因为鸢鸟是运输补给舰，能表达他寻求和平的心迹。更重要的是，人类的航天器垂直飞出黄道面的难度太大了。为了飞出黄道面，这艘鸢鸟除了燃料舱满载，还把机库改造的巨型燃料舱装满了，这还不算，在它的外部还增加了几个助推器。乔治八世的科技专家经过计算，即使如此，这艘鸢鸟能达到的速度和裂隙叛军相比也是龟速。

越过火星轨道之后，白色鸢鸟就暴露出自己的真实目的。它打开了八台固定在机翼上的助推器，在引力弹弓效应消失之前维持住了速度，紧接着动力全开，以一种逆流而上的态势努力向着黄道面上方爬升。

　　茶卡斯图没看明白，这艘鸢鸟的反射波和二次雷达都说明这是艘大型运输补给舰，根本不具备战斗性能，那它这么做是什么目的？难道带了自爆性的武器，准备冲进自己的阵营里，与自己同归于尽？茶卡斯图葡萄藤一样的手指动了两下，几艘裂隙战舰就将远程武器对准了它，只要它进入射程，就准备将它击落。

　　白色鸢鸟不知道自己处境危险，除了裂隙叛军准备击落它，地球联合军的一架重明、四架玄女也在"盯"着它。看到自己偏出超级长矛的射线之后，白色鸢鸟就开始了正式的"外交之旅"。

　　"这里是乔治集团，鸢鸟3374号，尊敬的茶卡斯图阁下，我谨代表您虔诚的信使赫耳墨斯之徒，以及新上任的A国总统乔治八世向您致敬……"

　　地球联合军指挥部一下子就听出来端倪，处置预案立即启动，一艘干扰舰立刻对白色鸢鸟实施了全频谱的无线电干扰。一时间，白色鸢鸟的通信器里全是刺耳的噪声，无线电发不出去，也无法收听。

　　白色鸢鸟的通信频段，乔治八世一直在收听。在受到干扰之后，他一点也不慌张，白色鸢鸟说出去的话虽然很少，但是已经够用了，对方肯定能明白这艘鸢鸟是去干什么的。乔治八世唯一不满意的是那名驾驶白色鸢鸟的赫耳墨斯之徒，他首先应该代表自己，以及自己身后代表的政府，而不是他们那个非法组织。

　　这群狂热之徒乔治八世是一点儿都看不上。他们只会不顾一切、毫无底线地去乞求裂隙叛军，但这一点刚好可以让乔治八世利用。既然用他们去"蹚地雷"，有点瑕疵也是可以接受的。毕竟乔治八世的身份已经发生了重大转变，他现在不仅仅是一个商业帝国的掌舵人，还是一个政治家、一个政府的首脑，一个可以改变人类未来命运的人。

乔治八世的做法激怒了很多人。"全人类合作计划"中的各个国家立刻召开会议，准备联合所有国家，动用武力，先把乔治八世为首的投降派消灭掉，以防止他们采取下一步行动。地球联合军的通信也随即而来，不甘于为奴的民众也向乔治八世的政府送去粗口的"问候"。

乔治八世办公室的通信被挤爆了，但是，乔治八世早有准备，他的幕僚用早已准备好的托词向外界解释：那是狂热的赫耳墨斯之徒在投降，与乔治八世本人和 A 国政府没有半点联系，他们也是受害者，乔治八世本人及 A 国政府支持"全人类合作计划"的一切决议，支持地球联合军做出的一切决定。

如果白色鸢鸟能够听到乔治八世的解释，肯定会揪住他的脖领子质问他。

茶卡斯图当然听懂了白色鸢鸟的报告词，他没有兴奋不已。他终于等到了地球人真正意义上的势力分裂。这种分裂对曾经的他来讲是有巨大意义的，但现在，他马上就要带着太空工厂离开太阳系了，因此，对他来说，地球人之间是分是和已经无所谓了，也就没必要浪费精力应付这艘鸢鸟了。所以茶卡斯图既没有派出战舰去迎击白色鸢鸟，也没有和投降派和谈的想法，只是彻底无视了他们。

茶卡斯图永远不会料到，自己的傲慢会带来什么严重的后果。

2

鸢鸟 002 在当下位置想要垂直飞出黄道面，必须依靠火星。虽然火星的引力约为地球的 38%，借助火星引力弹跳的效果不会太好，但聊胜于无，而且弹跳时航天器必须无保留地输出动力。当周子薇带领钢索旅向太空工厂方向追击的时候，杨炳坤也默默出发了，作为唯一可以给重明 -3 提供保障的鸢鸟，他等不等命令，结果都是一样的。

置生死于度外，鸢鸟 002 在没有掩护，没有支援的情况下，努力飞向钢索旅的前置点。为了尽可能地给钢索旅更多的支援，杨炳坤把前置点设置在黄道面之外！作为一艘运输补给舰，这么做是不合理的，但现在顾不了那么多了。看着不断下降的燃料指示，杨炳坤知道后果，再耗下去，鸢鸟 002 自身可能回不去了。

为了节约消耗，同时不暴露目标，杨炳坤关掉了一切发送信号的设备，只接收信号，甚至关掉了所有的灯光，将指挥台的控制面板都改为暗色。

暗室里的沉默被一个年轻的参谋打破，他问杨炳坤："杨指挥，我们会不会被裂隙叛军偷袭？"

坐在指挥椅里的杨炳坤没有回答他，他沉默了一下，从上衣口袋里掏出了全息投影电吉他。他打开开关，六根弱到几乎看不见的琴弦投影出来，杨炳坤的手一滑，歌声瞬间如青松之间的泉水般，缓缓流淌出来：

每夜，你都在黑暗里迈步，黑发在黑暗中摇曳。那一刻啊，动摇我的，不是拂过我脸的柔荑，是随你去的幻想。

欢笑啊歌唱啊，只是刹那。痛苦啊死亡啊，只是倏忽。我只愿，你路过我路过的路。

杨炳坤一边唱着，一边看着钢索旅不断接近自己的位置。这次补给之后，他们就要正式接敌了。

"疲劳的同志抓紧时间休息，精力旺盛的在这里听歌。我们还有四个小时与他们会合。"杨炳坤说着看了看时间，再确认了一下。

钢索旅这种全力输出动力的追击需要消耗巨大的能量，如果中途没有补给，他们不可能追上裂隙叛军那一支主力。

钢索旅面前，是茫茫宇宙，但是周子薇一点都不慌张，她相信鸾鸟002是钢索旅途路上注定的惊喜。

距离弹跳点还有五分钟路程，还没有找到补给点，钢索旅的有些成员沉不住气了。就在这个时候，杨炳坤的语音通信在每个钢索旅的通信器上响起来："钢索旅，正常弹跳，我在你D点022方位。"

听到熟悉的呼叫，钢索旅所有人都很振奋，仿佛他们不是在去往战场的道路上，而是回家，回到地球，回到各自的家，那里有一扇等待他们的、开启的门，有欢迎他们的笑脸。钢索旅宛如脱缰的野马，又像离弦的飞羽，在弹跳点把速度加到极限。

黄道面的下方，按照地球的方位习惯，是南方。被劫持的太空工厂在最南端，紧跟着它的是裂隙叛军中最快的那部分兵力，然后是鸾鸟002，紧接着加进这段"旅途"的是钢索旅。

这段路上共有四部分兵力，裂隙人和地球人都信心满满，下了必胜的决心。

进入指挥中心，林菲翔发现大牛没有在身后跟着自己。他不知道大牛正在给阿米尔带来的小队做思想工作，他更没想到，红了眼睛的大牛竟然真的说服了那 23 人。理由很简单，最可怕的不是死，而是等死的过程，太空工厂里所有人的结局一眼就能看见，那就是成为奴隶。"奴隶"这个词，激发起他们无尽的恐惧，他们恐惧人权、性命、自由等均无保障的结局。

没有战舰，大牛和这 23 人有办法。不是还有从火星基地带来的机甲吗？

大牛笃定地认为，太空工厂是裂隙叛军的劫掠目标，他们不舍得攻击太空工厂，所以大牛他们反击时只要站在太空工厂的外壳上，就是安全的。其他 23 人也认为这个事情太值得尝试一下了。

默契这事太重要了。林菲翔在指挥中心里，也猛然想起机甲。他和大牛用过的机甲在解救李轩宇的行动之后就被开走了，他问身边的工程师："那两副机甲呢？"

"地球联合军空天军第一九九旅，全体人员请求出舱！"

林菲翔还没找到答案，大牛就给了他一个新问题。林菲翔又喜又怕，连忙问道："大牛，你要干什么？"

"地球联合军空天军第一九九旅，全体人员请求出舱！"大牛的声音更坚决。虽然太空工厂的对外通信早已被切断，但是内部通信还是畅通的，林菲翔在操纵台上点了几下，大牛的视频已经连接到指挥中心的荧幕上。

24 副机甲已经排得整整齐齐，在一个气闸舱舱门前，等待林菲翔的命令。林菲翔又切换了一下，大牛的脸出现在荧幕上。

如果大牛的表情是充满了仇恨的，林菲翔肯定会阻止大牛。仇恨，始于愤怒，终于懊悔。一个因仇恨失去了理智的人，是不适合去做这么重要的工作的。从荧幕上看起来，大牛的眼睛虽然是红的，表情却是平静而坚决的。这是林菲翔想要的状态，因为他自己也是这种状态。

大牛现在干的，正是林菲翔想去干的。大牛在报告的那一刻意识到自己已经完成了角色转变。只是林菲翔还有点恍惚，自己居然这么快就从报告出舱的战斗员转变为批准出舱的指挥员了，自己肩膀上的责任更重了。

"一九九旅可以出舱！"林菲翔下了命令。他原本只是机械师，无须考虑战争局势，只要做好自己的本职工作，忠实执行上级命令即可，但现在太空工厂的所有事情都要他来拿主意。林菲翔在下命令的时候不由自主地想：到底是时势造就了人，还是人造就了时势？

3

对于茶卡斯图来说，即使钢索旅在追击，他赢得胜利也是没有悬念的。按照现状，地球人最精锐的部队根本追不上太空工厂，更何况太空工厂周边还有一支自己的部队。

在茶卡斯图看来，地球人这是在做无谓的挣扎。白色鸢鸟还在向茶卡斯图的舰队靠近，尽管它不断地、谄媚地表达自己是爱好和平的，甚至连武器都没有，但是，茶卡斯图依然没有更改命令，距离它最近的裂隙战舰已经做好了攻击它的准备。眼下这种局面，茶卡斯图根本没有和谈的打算，甚至连缴获它的欲望都没有。一群第四宇宙速度都跑不出来的奴隶，只会是自己的累赘，要来何用？

乔治八世不是等闲之辈，他早就预料到地球联合军的手段，在白色鸢鸟的通信被全频段覆盖式干扰的情况下，竟然还留有后手——使用激光信号发送莫尔斯电码。

如果没接触过莫尔斯电码或许还要学习一段时间，但作为破译密码的大师，裂隙人马上就明白了激光闪烁中的秘密！

……我们愿意呈上太阳系中 80% 矿石品种的光谱，以表达我们合作的诚意……

其他的话都是废话，只有这句话让茶卡斯图的心动了一下。光谱？这里马上就会变为裂隙正规军的屠宰场，光谱你们自己留着，我只要太空工厂！茶卡斯图的手指一划，那艘得到命令的战舰就像饿极了的老虎，一个滚转，从舰队里脱离出去，向着白色鸢鸟扑去！

癫狂的赫耳墨斯之徒还以为这是一艘接引他的"天使"，还认为他们的信仰是正确的，让人类终于在与裂隙叛军的交往上有了大的突破。他们万万没想到是这个"天使"没有翅膀，只有镰刀。

远程武器将白色鸢鸟击得粉碎，它的反射点在雷达荧幕上瞬间消失，攻击它的裂隙战舰优哉游哉地返回了舰队。

在乔治八世的庇护之下，几个臭名昭著的赫耳墨斯之徒摇身一变，成为各个部门的部长。他们聚集在总统府的会议室，原本是为了见证与裂隙叛军达成共识的历史时刻。当白色鸢鸟被击碎的消息传回，残酷的事实摆在眼前，这群兴奋的人瞬间被打击到崩溃。他们至死也不相信这个消息，一个幕僚大声叫喊："不对，不对，总统先生，一定是误击，肯定是地球联合军的通信干扰破坏了我们的计划！"

另一个幕僚尖着嗓子说道："我们要立刻照会地球联合军，他们严重破坏了我们的和平进程！"

"马上启动剩下艘白色鸢鸟吧，总统先生！"几个幕僚向乔治八世请求。此时，运筹帷幄的乔治八世背对着大家，正在看荧幕上的裂隙战舰归队。

"你永远无法叫醒一个装睡的人。以地球联合军为代表的人现在就是在蒙蔽自己的双眼，不仅如此，还要拉所有人类下水。成功就差那么一点点。"乔治八世转过身来，忧心忡忡地说道，"真的要让这艘白色鸢鸟穿过去吗？这风险是极大的。"

"没问题，当初我们在挑选驾驶员的时候，选的就是信仰最坚定的，他们愿意为了这份伟大的事业献祭生命！"能说出这种话的，肯定是铁杆的赫耳墨斯之徒的成员。

"毕竟……这是你们组织内部的活动，我作为一个总统，是不好下达这样的命令的……"乔治八世这时候竟然犹犹豫豫起来，"你们组织内部的事情，当然按照你们组织的规则处理，我只能做到在背后默默地支持你们！"

乔治八世站起身来，缓步走到落地窗前。总统府的院子里是草坪，有几个孩子在上面奔跑玩耍；院子的栅栏外面，是黑衣服的警察在维持秩序；再往外，有很多人举着牌子，抗议乔治八世的投降行为。

"你们看，为了我们的未来，我们必须借助暴力，把不合时宜的人隔在外面。"乔治八世一边说着，一边用手在孩子、警察和抗议者那里画了三条线，"这样我们这些理智的人，才能更安静地思考，认真地做一些事情。为了办成一些事情，我们要做到忍辱负重。希望你们能够理解，为了保住这艘肩负和谈任务的白色鸢鸟，我必须再次强调被击毁的那艘是非法的。诸位看能不能接受？"

"能！"异口同声地回复。

赫耳墨斯之徒这个组织中，聚集了一批只知妥协、退让的乌合之众，即便他们中的一些成为政府部门的部长，这一点也没有改变。这几个人看着一个幕僚在乔治八世的授意之下，向地球联合军发布消息：刚刚被裂隙叛军击毁的白色鸢鸟是被赫耳墨斯之徒劫持了，其所作所为与国家、其他组织和个人都没有关系……

这时候，总统府的会议室里，一些赫耳墨斯之徒的成员依然狂热，依然追随乔治八世，但是另外一些成员已经明白，他们这些人已经被乔治八世利用了。这些人很无奈，但是眼下只能沿着这条不归路往下走。

被赫耳墨斯之徒寄予厚望的，还有"南仁东号"附近的另一艘白色鸢鸟。这艘舰船如果还走老路，那它注定要因它的无知造成不可挽回的恶果。

这艘白色鸢鸟给十八旅的舰船补给之后，没有按照通常站位，而是远远地飘在十八旅的舰队的外面，离那个被称为"虫洞"的混沌体比较近。十八旅一直在监视着它，并让它一直处在激光炮的射程之内。敢投敌？十八旅会分分钟把它打成渣。

换作普通人，肯定被吓得一动也不敢动，但是，虔诚的赫耳墨斯之徒是不会被吓到的。

眼下这艘白色鸢鸟正在各种威力的激光炮的"注视"之下，一米一米地向那个混沌体靠近。它在试探十八旅的底线，它知道，只要不做出明确的投敌行为，它就是安全的。面对刚刚给自己补给的母舰，舰上又是同类，十八旅肯定下不去手。

同样关注这艘白色鸢鸟的，还有乔治八世身边的各种角色。和谈只剩最后一丝希望，全在那里。乔治八世的幕僚团甚至已经向地球联合军提出申请，要求十八旅必须保护这艘白色鸢鸟的安全。

4

机甲可以监控驾驶员的每一项生理数据，这些数据汇总到AI，指挥中心里的人也可以看到他们的各种表现。

地球联合军的空天军一九九旅全体出征，这是件特别悲壮的事，这是大牛一个人的复仇。大牛仿佛是一天就长大的孩子，脸是稚嫩的，表情却是坚毅的。

那23名特战队员是哈特曼亲自挑选的，能力素质自然不用多说。击毙阿米尔的行动中，他们每个人都开枪了，每一枪都没打偏，所有的弹着点都在阿米尔身上。

大牛带着机甲部队集体出舱。火星基地设计制造的机甲有用于太空行走的设计。在太空中，机甲是靠仿生的苍蝇脚行走，即使在无重力的环境，也能保证穿它的人如履平地。这次太空行走最大的安全隐患，是没有安全绳进行保障。这次出舱全靠机甲的设计、使用者自己的能力和队友间的互助保障安全。如果有人不幸失足，队友又没有救助到，那这人肯定是要葬身在无尽的宇宙里了。

大牛第一个冲了出去，他的身后，一副副机甲鱼贯而出。大牛双手握紧机甲的武器操纵杆，高举起两只机械臂，将上面装载的武器露出来，一出去就向左跳跃。跟随他而出的队员左右分开，成疏散队形。裂隙叛军被机甲的行动震惊了，同时也印证了大牛的判断，他们并没有向太空工厂开火。

展现在大牛面前的太空工厂和他初次见到的太空工厂完全不

同。现在的太空工厂样子有些狰狞怪异，裂隙叛军的各种舰艇铺满了太空工厂的表面，它们的外观是超越人类的认知的。

地球上所有的航天器都有飞机的影子，包括重明和重明的附属无人机玄女，还有鸾鸟。相比较之下，裂隙叛军舰艇的外观就太随意了。它们有的高，有的扁，有的宽，有的窄……装备的武器也不一致，各式各样的炮口从舰艇里伸出来。这个舰艇的乘员喜欢高壮的外形，战舰就是高又壮；那个舰艇的乘员喜欢低调一些，那么舰艇就扁而窄……所以，谁要用外形去判断裂隙舰艇的用途，那他多半都会猜错。舰艇的外形，竟然全凭乘员的爱好与想法。大牛不懂这些，见裂隙叛军并没有向自己开火，大牛低声嘀咕了一句："你们不来？那就我先来吧！"然后对23人小队下令："开火！"

大牛的开火命令，用的是公共频道，裂隙叛军和地球联合军，太阳系所有收听无线电的生物都能听到。大牛就是要让仇人听到，这是他对裂隙叛军的宣战。

大牛就没打算回去！

机甲的武器是针对太空工厂内部环境装载的，武器是专门对付人类的。毕竟哈特曼在谋划劫掠太空工厂的时候，根本没想到裂隙叛军也会对这里下手。因此，机甲左右臂上的模块化装备主要是大口径机枪和火炮。他们在装载主武器的时候就没考虑过激光炮，只为省去后背加挂电池组这一工作。

大牛带领23人出舱的时候，根本没有时间换装激光武器，加上机甲载荷有限，激光武器负荷太大，会影响机动性能。相比之下，常规武器简便可靠，补给简单。每副机甲有800发炮弹、12 000发机枪弹，这些在太空里可以正常使用，并且近距离的杀伤效果也不弱。

没打过仗的人肯定觉得这些弹药打一场战役足够了。实际上，按照机枪每分钟 16 000 ～ 20 000 发的发射速度，扣住扳机不放，这些机枪弹勉强能听个响。不过机甲的机枪在设计的时候，给了驾驶员一个限制，就是每次驾驶员扣动扳机，机枪弹只击发 59 发，相当于机枪的"点射"。当然，肯定也有应急的设计，只要驾驶员使用一个开关，再按压扳机，就会把机枪弹一下子全打光。

在没有受到攻击的情况下，大牛依然驾驶着机甲在机动，这是战斗要求。他在不断地扣动扳机，每次扣动扳机，都有 59 发大口径机枪弹射出去。头盔瞄准具的辅助使得他如虎添翼，他眼前的光环在不断地跳跃，锁定不同的目标。AI 不仅能辅助大牛调整左臂或右臂的架炮位置，还能在炮弹离开炮口，炮口微微上跳时，自动修正瞄准点。大牛攻击的第一艘裂隙战舰被挂索击中过，本来舰体就有伤，大牛的炮弹很快就把它撕成了碎片，那艘战舰的各种部件向太空里飘散而去。

不是裂隙叛军不想还击，而是他们收到了茶卡斯图的严格命令，严禁损坏太空工厂。如果没有这个忌惮，大牛这帮惹人厌恶的家伙，早就被他们消灭了。大牛等人使用的武器还是依靠火药爆炸、依靠内燃力冲出弹头的武器，这种武器在裂隙叛军看来就是狒狒抛向坦克的石块。

弓箭永远打不破坦克，但是弓箭可以杀死每一个暴露在坦克之外的人。大牛这些人和裂隙叛军的这场武器悬殊的战斗正在验证着这一条理论。

裂隙叛军被他们眼中的低级武器逼得退让了。有不少的裂隙叛军战舰在脱离太空工厂。很明显，再贴在太空工厂的外部是致命的，于是给太空工厂加速无形中变成了次要任务。珍惜自己的生命，避开不必要的风险，在这一点上裂隙人和人类并没有多大的区别。

大牛和其他 23 人像是行走的驱虫剂，裂隙叛军则像是被不断被驱离的苍蝇。随着裂隙叛军战舰的脱离，太空工厂远离黄道面的速度明显降了下来。大牛他们认为只要把太空工厂上的裂隙战舰清除掉，再经过引力和时间的作用，太空工厂很快就能重回黄道面。

24 副机甲在太空工厂的表面到处跳跃，快速地转移位置，不断攻击冥顽不化、不肯脱离太空工厂的裂隙战舰。

裂隙战舰当然不会坐以待毙，有几艘裂隙战舰不断贴近太空工厂的表面，想要在同高度位置向大牛他们发动攻击。战舰的优势当然是空间作战，但当前的这种战斗把他们的位置规定死了，加上对太空工厂的忌惮，使得他们的攻击很难奏效。

裂隙战舰不断地聚集，寻找攻击点，发射武器，有些武器甚

至紧贴着大牛他们的头顶飞过，但都被大牛他们利用太空工厂自身的弧度躲了过去。裂隙叛军几乎要被大牛他们逼疯了，要不是太空工厂太重要，他们恨不得将大牛他们立刻捻为齑粉。大牛他们毫不畏惧，不断地还击裂隙叛军，正面和他们对抗。不断有裂隙战舰被击中，于是，聚集起来的裂隙战舰又四散开来，像被驱散的鸟群。

林菲翔紧盯着工厂外部传回的视频，他用手捶着指挥台，喊道："太棒了！过瘾！"林菲翔一边兴奋，一边为大牛他们担心。看着大牛他们在枪林弹雨之中穿行，他几乎把心提到了嗓子眼，他不敢与大牛对话，唯恐扰乱了大牛的注意力。

敢于主动攻击大牛他们的裂隙战舰越来越少，它们拉开了距离，与大牛他们火力对峙。对这群裂隙人来说，眼下保护好自己和太空工厂才是重要的，更何况，接应的部队就要来了，他们的舰艇有更好的状态，大牛他们弄出来的棘手问题，让他们来解决更好。

大牛进行着一场酣畅淋漓的复仇之战。他杀得酣畅，为了那些牺牲之前连呼喊都未曾释放的战友，他用自己的勇敢证明了自己永远属于光荣的一九九旅。他不是一个人在战斗，仿佛全旅的英灵都汇集在他一身。

林菲翔不时看一看整个局势。虽然这是人类第一次在与裂隙叛军的战斗中取得优势，但是林菲翔知道，这种优势是特定条件之下产生的，并不能代表人类的战斗力强于裂隙叛军。增援的裂隙叛军已经迫近太空工厂，而负责阻击他们的钢索旅才刚刚和鸢鸟 002 完成对接。

态势图很明显，钢索旅距离太空工厂的距离比裂隙叛军的增援部队远了一截，他们肯定会在裂隙叛军的增援部队之后到达。

提前到达的裂隙叛军增援部队到底会干什么？

趁着裂隙叛军无暇对太空工厂进行通信干扰，忧心忡忡的林菲翔不断地向地球联合军和火星基地发送大牛他们的攻击视频。

5

此刻的周子薇正与杨炳坤深情对视，杨炳坤把周子薇的手放在自己的脸上。这世间，遗憾太多了。

这次补给时，周子薇打破了钢索旅的传统，第一个驾驶重明–3进入鸢鸟002接受补给。钢索旅的战友们主动为周子薇的重明–3让开一条道，像是送她步入结婚的礼堂一样。

最后一架离开鸢鸟002的重明–3也是周子薇驾驶的。既是因为她的战舰停在最里面，也是因为她的战友们希望给她和杨炳坤多留一点相处的时间。

周子薇看着补给指示，说道："每一次都是这样，生离死别的。"

杨炳坤笑着说道："这是时代选择了我们，是我们的荣幸，这将是我们留给后人的礼物。"

杨炳坤把周子薇的手从自己脸上拿开，放在墨影里，这时候停机舱里响起通知："所有补给人员离开！即将开启舱门……"

和所有负责保障的工程师一样，杨炳坤头也不回地冲回了密闭门。他知道，太空工厂还在危险之中，他的战友、兄弟正在被劫掠的路上，这时候要节省每一秒钟，能和周子薇再次面对面凝视，已经是万分幸运了。

密闭门缓缓关闭，周子薇没有像以往，早早地戴上面罩，而是一直凝望着那扇门，那扇门之后是注视着自己的杨炳坤。周子薇知道，这次她和杨炳坤都是凶多吉少，面对裂隙叛军的优势，尤其是速度上的优势，人类几无胜算，更遑论在黄道面之外的裂隙叛军的主场。

周子薇知道，鸢鸟002在不计消耗地陪同钢索旅往外飞，会和钢索旅一起踏上这次征程。如果钢索旅不能在即将到来的战斗中获胜，杨炳坤和鸢鸟002上的所有人都会成为裂隙叛军的靶子。

让周子薇痛苦的是，这次战斗她不确定能否取胜，她的年纪太年轻，还没有经历过裂隙叛军这样强大的敌人。周子薇从来没有如此忐忑，她觉得这一次真的可能是永别了。

杨炳坤这时也透过密闭门的舷窗向外看，看那架他再熟悉不过的81192。它最后脱离鸢鸟002，从舱口滑出去，瞬间以最大推力向前飞去，消失在尚未关闭的舱口。

杨炳坤的泪水瞬间流下来。他看到舱口之外的黑暗是那样的无边无尽的，而周子薇驾驶的重明–3那么渺小。

"指挥长！我们继续飞吧！"一个参谋在杨炳坤身后轻声道。

"继续飞，原航向！做好下次保障准备，把我们的武器再检查一遍，确保都在最佳状态。"杨炳坤悄悄擦眼泪，把目光转回舱内，他这才发现，自己的一举一动都在大家的注视之下，"我没事……大家都知道，这个航向或许是条不归路，但是这个航向不仅仅是指向你们的嫂子——"

参谋和工程师七嘴八舌地打断他。

"我们都懂，形势所迫……"

"为了太空工厂……"

"我们愿意跟着你一起，哪怕赴死……"

…………

在那一刻，杨炳坤感到从未有过的温暖，他真想抱住周子薇，把这些好兄弟的心意告诉她。

此刻的周子薇早已戴上了面罩，面罩之内，那柔情的女孩重新变换角色，重新成为一把让敌人闻风丧胆的"镰刀"。

茶卡斯图已经通过"南仁东号"掌握了钢索旅的动态。为了保险起见，他还是给赶往太空工厂的支援部队下达了一道命令："注意钢索旅！"

距离黄道面越远，"南仁东号"的作用越小。因为太阳系的行星主要在黄道面运行，远离黄道面的区域，基本可以看成虚空，那里分布的磁感线少，"南仁东号"自然也就没有了远程定位的依据。王东升看着太空工厂的位置不断在被 AI 修正，那是根据断续的磁感线，再加上它原本的速度和航向进行的推算的结果。事实上，人类已经无法准确判定太空工厂的位置。

如果与裂隙叛军的战役能够获胜，人类需要总结的东西太多了。在无数中继器的传输之后，王东升终于看到了太空工厂第一线的视频，听到了大牛的报告词："地球联合军空天军第一九九旅，全体人员请求出舱！"

事实上，作为地球联合军参谋长的王东升这个时候才得到正式的战报，他已经失去了一九九旅绝大部分的成员，那个旅只剩一个叫"大牛"的了。"大牛"这个名字，王东升是第二次听到。

这是让人痛心不已的消息。这支英雄的部队，王东升太熟悉了。突然之间，一整个旅只剩一个人了，王东升肯定怀疑过自己的指挥，因为他觉得对不起战友，对不起这支部队的所有人，他完全可以派另一支部队……但是哪一支部队不是血肉打造的呢？

在王东升年轻的时候，他觉得自己早晚得牺牲在太空里，他也认为在太空里为守护人类而死是最光荣的。但等他成了家，有了孩子，尤其是到达了指挥官的位置之后，他才发现，牺牲的背后是更大的牺牲。他特别珍惜每一个战士的生命。

一九九旅的背后有相当数目的家庭，这些家庭之中又有多少个人呢？他想到阵亡通知很快就会下发，到时候，泪水会汇成一片海。王东升经历过太多这样的事，那种惨烈的场景：女人的眼泪、孩子的惊恐、男人的隐忍……他闭上眼就能看到，那种令人心碎的情绪让他喘不上气来。

杨炳坤回到驾驶舱，看着雷达显示画面上钢索旅的队形。本来排在最后的那架重明–3通过不断加速，已经重新变成"领头羊"。鸢鸟002也收到了林菲翔发送的视频和通报，一九九旅只剩了一个人，他们的牺牲过于惨烈，这让目送一九九旅出征的杨炳坤心里特别难受。战争是真实的、残酷的，眼前这支由自己最爱的人带领的部队，结局会是怎样的？

第十四章　卑微的反抗

1

十八旅带回的战利品引起了轰动，所有人都乐观地认为，破解裂隙人秘密的时刻即将到来。那两艘裂隙战舰被立刻送往了地球联合军科学研究院。

全世界的顶尖科学家和顶尖工程师都已经提前赶到了那里，作为工作人员待命。他们的热情很高，裂隙战舰一到，他们就将开始进行逆向工程。他们将先对其中一架进行研究。只要想到崭新的科技即将呈现在面前，有些人甚至兴奋到昼夜无眠。

到了，终于到了！所有人都兴奋不已！

裂隙战舰和人类的战舰完全不同，整个机体一体成型，没有一颗螺丝钉，却不是3D打印技术制造的。

裂隙战舰越研究越让现场的人类眼界大开。

所有人都意识到人类与裂隙人间科技的代差太大了，把裂隙战舰拿给现在的人类，相当于把手机递给原始人。经过几天的研究，工作人员只发现了裂隙人武器的作用原理，他们使用的竟然是应力武器。大家一下明白了小乔治那架重明被击毁的原因。裂隙人的应力武器就是让金属键断裂，从而摧毁金属。航行宇宙的大部分航空器都是金属骨架，裂隙人能在宇宙中横冲直撞，就是靠的这招撒手锏。"有没有破解的方法？"王东升问他们。

"目前没有。"所有的工作人员都在摇头。地球上任何人都没想到，这两艘裂隙战舰还在工作。换作谁都会对这招得意扬扬，通过这两艘舰艇，茶卡斯图已经看到了科学研究院的一切。如果他读过《荷马史诗》，他肯定把自己的这一步棋称为"特洛伊木马"。只是打开"木马"肚子的时机未到，他现在更加关注太空工厂的形势。

裂隙叛军派往太空工厂的援军马上就到了。大牛带领的战斗小队还在鏖战，林菲翔赶紧给他们发了消息：先返回舱内，补充弹药，伺机再战。

林菲翔怕大牛面对有利形势，不愿退出战斗，而自己现在还没有权力给他下命令，只能婉言相劝。他们撤回来，待裂隙叛军的援军到了，观察好敌方态势，再做出击的打算。

没想到大牛回答的是："是，执行命令！"林菲翔没想到，大牛早已把自己当成了指挥官。

气闸舱的舱门被打开，大牛和23名队员逐个进入太空工厂。这个时候，打得发红的枪管接触到空气，开始冒烟。有了空气散热，机甲浑身的机械部件急速冷却，开始噼啪爆响。每副机甲都像从热水里刚拎出来的，硝烟的味道充斥着他们走过的地方。

林菲翔匆匆赶到，气闸舱里早已经是沸腾一片。太空工厂能去的人都去了，欢呼和尖叫，口哨和掌声，不断把人的耳朵灌满再溢出来，再灌满……

大牛顾不得脱下机甲，就伸出右手的机械臂，做出击掌的姿势，林菲翔率先跳起来和他的机甲击了个掌。

林菲翔看大牛打开了机舱罩，这时候，又是一阵欢呼。因为剧烈运动，大牛的脸通红，脸上满是汗水，眼睛四周因为汗水的浸泡变得更红。他很兴奋，兴奋到说不出话来，他的手略微颤抖，向气闸舱里的众人挥手。大牛不需要说一个字，大家都能看出来，他的眉、他的眼、他的情绪，都说明他已经从阴霾之中走出来了。

林菲翔也很激动，他要第一个拥抱一九九旅。

大牛从机舱跳下来。失重环境下的人回到重力世界，比潜水的人上岸有更明显的反应。大牛的双腿软了一下，幸好林菲翔一把将他抱住。

"欢迎归来，一九九旅！"林菲翔对大牛说。

大牛挣扎着站起身来，旁边一个工程师送过来一把椅子，大牛不想坐，林菲翔却坚持把他摁在椅子上，并把手臂上的多功能显示器递给他，让他看太空态势。"第二场战斗很快就会到来，你得保证休息。"听到这个，大牛这才坐下。

旁边递过来各种各样的容器和各种各样的饮品，大牛拿了一杯牛奶，喝了一口，举起来向围在他四周的众人说道："为了地球！"大牛的上嘴唇还留有牛奶的痕迹，像白色的胡子，却没有人会笑这个英雄，只觉得他可爱。

好在这里是太空工厂，人类武器保障最充足的地方，有的是弹药和枪管。就在大牛跳下机甲的时候，几名工程师顾不上给他祝贺，快速地对机甲进行拆卸、更换炮管和补充弹药等工作，然后检查机甲的状态。

林菲翔压抑不住激动的情绪，他用通信器对所有人说道："一九九旅取得了空前的战果。我觉得，既然咱们在太空工厂，那我们就应该立足现有条件，尽可能多造一些机甲。哪怕是从别的设备上拆解部件，用这些部件重新组装也要多造一些机甲！最好能够人手一副。"

林菲翔的话得到了大家一致的认同，对于现在的太空工厂，重新设计针对战场环境的机甲肯定有难度，但是短时间内攒出来几十副能用的，这丝毫不是问题。

那23名来自火星基地的特战队员从来没有收获过这么多的赞誉。本来他们在太空工厂是受鄙视的群体，现在面对荣誉，他们有些无所适从。唯有一个名叫"拉贾"的特战队员表现不太一样。击毙阿米尔的时候他第一个开枪，现在他正搂着工程师，左手拿着一瓶啤酒畅饮，右手拍着视频向火星基地的战友发送。他用独特的英语口音，语速极快地向他的同伴说道："伙计们，我们刚刚战斗结束。在人类和裂隙叛军的战斗中，我们第一次获得了胜利！要相信人类的力量，一定要加入我们！"

火星基地接收到地球发来的关于裂隙战舰的逆向工程解析通报，同时也接收到拉贾的视频。环抱双臂的参谋长哈特曼看着这两份情报，也不由得腾出一只手，去摸好几天没刮的胡子，若有所思。

哈特曼知道作为"全体人类合作计划"中重要的指挥官，自己的所作所为是非常自私的，自己将来是肯定会被人类唾弃的，即使这历史由火星基地的人来写。

哈特曼，火星基地参谋长，在与裂隙叛军的诸多战役中按兵不动，间接导致了人类的失败……

哈特曼预料到，这样的文字，将来肯定会出现在"哈特曼"的名字之下，没准他人还没进入骨灰盒，就能看到。这样的评价带来的打击，对任何一个人来说都是巨大的。

这时候，火星基地必须做点什么了，哈特曼深知这一点。本来他想带领火星基地飞出太阳系，现在看来，这是一件只在理论上行得通的事。即使带着太空工厂不顾一切地飞出去，火星基地也很可能会成为其他文明的劫掠对象，下场如何，无法想象。最好的结果或许就是耗尽所有的燃料，成为在宇宙中流浪的最低等群体。

面对着太阳巨大的、似乎无法克服的引力，哈特曼感慨：真的是宇宙大，人类小。

"必须做点什么了！"哈特曼自言自语地说道。

站在他旁边的参谋被这句没头没脑的话整蒙了："参谋长？"

"向太空工厂派出支援！"哈特曼面无表情地说道。

"参谋长？"那个参谋觉得自己听错了。

"向太空工厂方向派出 10 架鸢鸟、两个旅的支援兵力，支援钢索旅和鸢鸟 002。"哈特曼进一步向参谋明确了兵力部署。

参谋看着哈特曼，简直不敢相信自己的耳朵，本来参谋长可是极力保存实力，坚决不肯和裂隙叛军一战的。

"发布命令！"哈特曼又重复了一遍，参谋这才缓过神来，连忙去调兵遣将。

站在指挥台的哈特曼后悔又庆幸。现在他还能觍着脸站在指挥室，火星基地的所有人依然对他很尊敬，全因为阿米尔没有成功劫掠太空工厂，否则，就不仅仅是丢人了。

2

"南仁东号"的附近，那艘乔治八世派出去的白色鸢鸟眼下貌似等不及了。本来它的涂装就和地球联合军、火星基地的鸢鸟不同，让人感觉不伦不类。现在它作为乔治八世的"战士"，忠实的"赫耳墨斯之徒"，终于暴露出它真实的嘴脸。

白色鸢鸟刚给十八旅充的电能，十八旅正用来给激光炮加高压电瞄准它。没人会相信它，和那艘被裂隙叛军击毁的白色鸢鸟一样，它来这里肯定不是送补给这么简单。十八旅已经做好准备，白色鸢鸟只要敢开口"乱吠"，他们就会在一瞬间把它撕成碎片，让它没机会讲出丧权辱国的话。

白色鸢鸟果然没有辜负乔治八世的期望，虽然它面对着箭在弦上的十八旅，不敢用任何通信手段发送求和信息，但它果断执行了乔治八世的第三手准备。白色鸢鸟偷偷地从舰体后部向虫洞发射了一枚晶体。

这枚晶体远比被击毁的白色鸢鸟的投降宣言可怕。它的表面蚀刻了赫耳墨斯之徒呈给茶卡斯图的礼物——太阳系 80% 的矿石品种的光谱，以及他们效忠于裂隙叛军的宣言。

乔治八世不知道自己闯了多大的祸，这枚晶体永远到不了茶卡斯图的手里，但这枚晶体给了裂隙正规军继续追杀茶卡斯图的理由。

尽管有一艘白色鸢鸟被裂隙叛军击落，但乔治八世超强的自信心仍然支撑着他。他仍然固执地认为，那艘白色鸢鸟被击落，是源于和外星人交流不畅，而不是裂隙叛军根本不在乎赫耳墨斯之徒。

于是，在看到"南仁东号"四周的态势，收到这艘白色鸢鸟成功发射晶体的消息之后，乔治八世迅速做出反应，他让那些邪教徒，在组织内部宣布这艘白色鸢鸟的乘员为虔诚的赫耳墨斯之徒，公开发布命令，让它停留在"南仁东号"附近，继续为十八旅提供保障。

乔治八世的话说得很有水平，赫耳墨斯之徒听了，感觉这是对自己的奖励；如果发射晶体这种超大的事件被地球联合军发现，那乔治八世也可以让自己跟这件事撇清关系。

乔治八世笑出了声，雪茄那长长的灰都因为手的抖动而掉落。

现在除了乔治八世和他的幕僚之外，知道这枚晶体的，只有茶卡斯图。

看到这枚晶体的轨迹，茶卡斯图从椅子上站了起来。裂隙人之所以人类被称为"裂隙人"，而不是"裂隙象""裂隙蚁""裂隙凝胶状混合体""裂隙六方体"这样的名字，是因为他们是类人的。这是人类从宇宙拾荒者带来的消息中总结出的。

那两具裂隙人的尸体正在被研究，人类发现了他们的许多特点。比如裂隙人的膝关节是向前屈的。也就是说，如果乔治八世有和茶卡斯图谈判的机会，如果谈判桌后放的是同样的板凳，那么大家坐下来谈事情的时候，乔治八世的小腿可以放在板凳前，而茶卡斯图的小腿则要放在板凳之后。

更多的发现呈现在人类面前：裂隙人没有眼睑，只有一种薄膜覆盖在眼球上，左右开合；他们没有感受外界声音震动的鼓膜，取而代之的是在没有毛发的头上安装的、和大脑互联的设备；他们没有嗅觉，却有一套可以分析分子的器官布满全身，比猎犬的鼻子还灵敏；除此之外，裂隙人的嘴巴超级大，里面有锯齿一样的牙齿……

从外观来看，裂隙人和人类最大的差别还是皮肤。裂隙人的皮肤可以在短时间内暴露在太空，看起来像极了干枯的木头。裂隙人和地球人同属碳基生命，但是裂隙人作为太空里进化的物种，始终对抵制"氢"和"氧"两种元素的态度坚贞异常，他们始终向着不依赖于这两种元素的方向进化……这些特质，或许正是他们在宇宙中能横行霸道的资本之一。

为了让自己更适应宇宙的环境，裂隙人不断改变自己。他们中意于在太空里进化，任由 DNA 的链条不断地被改变、像野草一样放肆地疯长，直至进化成为自己都难以想象的模样。如果他们也照镜子，那么他们肯定更愿看到与昨天不同的自己。

此时茶卡斯图走到一台设备前面。这个圆柱形的设备，上下都泛着蓝色的金属光泽。茶卡斯图的手一靠近，那设备的顶端就像镜头环，逐层地打开，形成一片更深的蓝色色块。茶卡斯图把手放进那蓝色色块的一瞬间，身体就被定住了，仿佛变成了一尊木雕。

3

在公元 1977 年，A 国国家航空和航天局向宇宙深处发射了两枚探测器，它们被命名为"旅行者 1 号"和"旅行者 2 号"。探索宇宙，是人类共同的梦想，当时的 A 国国家航空和航天局却做了一件充满争议的事情，在两个探测器上，他们各放了一张金色唱片。唱片里面刻录了地球的位置，利用脉冲星和巨大的仙女星系做航行标志，然后顺着仙女星系，就能定位太阳系，然后就是地球。巨大的仙女星系无疑是最亮的航标灯，想获取地球的位置实在太简单了。

金色唱片上还有数学、物理、化学……人类基础学科的理论，一百多张图片，以及人类的 DNA 构成。外星人完全可以根据这些信息推算人类的各种关键信息。

当时有人乐观地认为，金色唱片展示了人类的探索精神和对外星智慧生命的友好态度，也向宇宙展示了人类文明的存在。如果在未来，人类文明直到走向毁灭也没有与地外文明建立联系，金色唱片至少能证明人类文明存在过，宇宙史上会有人类文明的一笔。也有人担心，金色唱片会为地球文明招来潜在风险，如果收到金色唱片的外星生命是好战分子，那么他们就有可能攻击地球。就现在人类与裂隙人的接触来看，当时人们对于金色唱片的担心，不无道理。

乔治八世发射的晶体还不如当年发射的金色唱片。他干的这件蠢事，竟然让本来端坐"太师椅"的茶卡斯图都坐不住了。

虫洞尚未正式形成，还是混沌体，它的力量能把一艘战舰变成粉末，但是乔治八世发射的这枚晶体是正六边形，且材质特殊，混沌体的能量还真的无法把它毁灭。

可怕之处就在这里，只有茶卡斯图知道，虫洞那一头，连接的是可怕的裂隙正规军。如果晶体到了他们手上，人类文明再加上自己，这两块"肥肉"绝对会让他们立刻红了眼，马上开启虫洞来大肆抢掠。到时候他想带着自己的部队逃跑就不容易了。茶卡斯图仔细研究了目前的战场态势，几番思想斗争后觉得应该和裂隙正规军的首领谈一谈了。毕竟这个星系富得流油，只要"合理"运用外交手段，就能争取正规军放过自己，毕竟流浪和被追杀的生活实在太辛苦了。

茶卡斯图的"灵魂"此刻正从他的手进入的蓝色色块中，再穿越无数个星系，直接连接到裂隙正规军首领的指挥室。

人类从未接受过如此强大的干扰，所有的通信设备和雷达都失效了，就连"南仁东号"也不例外。这么强大的干扰，简直可怕。在所有设备失效之前，人类监控到，在黄道面之上，裂隙叛军舰队中间出现了一个发射源。

任何人都不知道这个超级通信要给太阳系带来多大的灾难。茶卡斯图准备把地球"送"出去。虽然他现在还没有征服地球人，但是这不妨碍他吹牛。

几艘裂隙战舰在这个时候迅速靠近，不断地接力，给茶卡斯图的指挥舰补充能量，更多的战舰在外围排队。可以看出，对于这次会谈，裂隙叛军是真的不惜一切代价了。作为一个首领，茶卡斯图是绝对合格的。裂隙叛军也佩服自己首领的勇气，在这样的战场，他竟然敢于启动超级通信。

现在的茶卡斯图正在与裂隙正规军的首领对峙，他刚才使用的是叛军最不想用的联系方式，一种远比地球全息影像先进的联系方式。

地球的全息影像通信是先捕获人或物体的声音、图像信息，再把这些信息转化为数据，然后传输到对方那里进行还原。参与对话的人看到的都是对方的虚像。

裂隙人的超级通信则能让参与通信的各方产生真实的接触。使用它的人即使一个在宇宙这端，另一个在宇宙那端，在通信接通的那一刻，通信的两个人同处的那个小空间是真实的。也就是说，无论相隔多远，只要启动这样的通信，参与对话的那些人就是面对面，甚至可以真实地杀死对方。

茶卡斯图若是死了，裂隙叛军就会分崩离析，人类文明的危机看似会立刻解除，但实际上人类会遭遇更可怕的事情。这群无领袖的叛军，在补给已经捉襟见肘时，会立刻攻击人类，而以他们的战斗力，大概率会和人类撞个鱼死网破。如果这事被人类知道了，估计全都要替茶卡斯图祈祷吧。

4

趁着大牛他们补充弹药的空档，太空工厂的外部已经重新布满了裂隙战舰，它们看起来就像附在皮肤上的水蛭，可怕又恶心。

大牛他们的主动进攻一共摧毁击伤了 50 多艘裂隙战舰。增援的裂隙战舰到了，这些裂隙人被刚刚发生的战斗结果刺激到了。这种失败对他们来说是种耻辱。他们要报仇，要摘掉自己头顶上的无形的"失败的帽子"。

裂隙叛军的增援部队像群发了疯的蜜蜂，不断地做着各种危险的动作。他们大速度冲向太空工厂，在最后一刻才脱离，裂隙战舰的翼尖甚至都擦到了太空工厂的外壳。更有胆子大的，停留在指挥中心外，通过指挥中心的玻璃舱向内窥探。他们强制搭建了与太空工厂内部相连的物理通信线路，并且用各种语言向太空工厂的内部人员挑衅……

一个古怪的电子音在太空工厂内响起，没有明显的性别特点："地球人，无耻者……你们再次出吧，站在表面……我们再一次用各样的武器，摧毁对方……"

很明显这是裂隙叛军的增援部队翻译的人类语言,他们和茶卡斯图的翻译水平差了太多。虽然词不达意,生涩难懂,但是所有人都知道,他们是在向大牛他们挑衅,要他们再次出舱。

大牛笑嘻嘻地看着身边的林菲翔,林菲翔现在正对紧贴着太空工厂指挥中心的裂隙战舰做鬼脸、扭屁股、竖中指。这是林菲翔第一次做这种不雅的举动。

林菲翔不会轻易上当的,裂隙叛军最想消灭的大牛就在他的身旁。大牛现在坐在椅子里,很冷静,他看着林菲翔夸张的肢体语言。这哪里像一个指挥员?大牛放肆大笑,笑累了之后,他低头喃喃自语道:"金黄的落叶堆满我心间,我已不是青春少年。"大牛知道,不久之后,他肯定还有出舱的机会,因为不止裂隙叛军有援军,地球人的援军——钢索旅就在后面。不久之后,肯定有一场恶仗要打。

通信和侦测都被茶卡斯图的超级通信干扰,钢索旅到了哪里,谁也不知道。林菲翔看向窗外,只要有战斗,就是钢索旅到了。

林菲翔灵感爆发,他想到,对付这样成群的敌人,人类最好的武器是中子弹,如果太空工厂能够搭建一个可以抵挡中子弹的安全屋,那么钢索旅就可以毫无顾忌地使用中子弹。

想到这里,林菲翔立刻调取信息,查看太空工厂所拥有的材料和设计指标。太空工厂的外壳能够抵御中子弹,它的设计指标是可以抵御相当于宇宙正常辐射十倍强度的辐射。太空工厂里有一些铅纤维存货,此外就是为战舰准备的防辐射材料。这些"盾"加起来,能够抵御武器级别的中子辐射。

"必须有人留在太空工厂,哪怕只有一个人,即便外部的人全军覆没,我们必须这么做!"林菲翔说道。他已经出了一身的汗，为了向裂隙叛军挑衅，他用尽了所有人类的手段，侮辱性的语言、手势，只要是能引起裂隙叛军不快的，都是进攻的"武器"。

有卑微的投降，也有卑微的反抗。卑微永远是对方的看法，没有人会从内心认为自己是卑微的。

假设一个场景：卑微的乔治八世见到了同样也卑微的林菲翔，两个卑微的人肯定不会惺惺相惜。乔治八世肯定看不起林菲翔，同是人类，你林菲翔是个战斗英雄没错，但你胸前挂的勋章是我赞助的，你的军装是我赞助的，你吃的太空食品是我提供的……为什么你见了我还这么不卑不亢？林菲翔肯定也看不起乔治八世：有这么一个人，他身居权力和财富的顶峰，甚至能够影响地球联合军的政策，居然只想向裂隙叛军摇尾乞怜，真是可悲。

卑微的林菲翔没有可以直接打击裂隙叛军的武器，但是他运用人类的一切肢体行为来对抗裂隙叛军，就是要表明自己这种卑微的反抗。实际上林菲翔一直在心里计算时间，按照钢索旅的速度、太空工厂的速度，一遍遍地计算。林菲翔的计算结果显示，钢索旅和裂隙叛军"碰撞"的时刻很快就会到来。

那个让林菲翔想念的姐姐快到了。

林菲翔一开始算是周子薇的粉丝，而且潜意识里有些怕周子薇。因为林菲翔第一次看到周子薇是通过她的作战视频。看到原本温柔婉约的女孩瞬间转变，那雷厉风行的做派，交战时的机敏，厮杀时的果决，林菲翔既被她征服了，也感慨自己幸亏不是她的对手。

后来林菲翔到了杨炳坤麾下，和周子薇有了近距离接触的机会，他对周子薇的情感由纯粹的崇拜走向敬佩、喜欢、怜惜……各种感情交杂在一起，组合成了林菲翔对周子薇的态度，他把周子薇当成了自己的亲人。

　　眼下林菲翔跳累了，他用额头贴着指挥中心巨大的玻璃窗，窗外就是裂隙叛军的一艘战舰。看到林菲翔，这个裂隙驾驶员做出了更加挑衅的举动，他把战舰上"拔丝"一样的触手贴在玻璃上，将原本木头一样的土黄座舱变得透明。尽管这个裂隙驾驶员还穿着航天服，但基本上可以看出他的身形了。

　　林菲翔盯着眼前这个身形巨大的裂隙人，没有这层玻璃窗，林菲翔和那名裂隙叛军都能够立刻摸到对方。尽管体型相差巨大，但是林菲翔的气势丝毫不输，双方像是互相对峙、抵着角的两头公牛。

　　这场对峙里，还有另外一头"牛"在观战。林菲翔向身后的大牛知道，决战的时刻到了。他把身边的一杯牛奶一饮而尽，把杯子重重地放在身旁的桌子上，起身而去。

　　此时此刻，太空工厂的工程师正在克服各种各样的困难，尝试各种手段制造机甲。经过他们不懈的努力，更多的机甲正被制造出来。由于手头材料的限制，所以机甲造得各式各样，几乎没有重复的。

　　"83架……"

　　"不，我这里是第83架！"

　　…………

　　"87架了，指挥官。"

　　各种通信不断向林菲翔的通信器里汇集。眼睛通红的林菲翔在心里估算着时间。时间啊，像是夹在他和裂隙叛军之间的玻璃，它很清晰，因为那个时刻终会到来，但那个时刻不会因为人的情绪到得早一点或晚一点。时间像一头蹒跚的牛，一步一步地向前。

第十五章　拉锯战

1

"所以您的现状并不乐观。"茶卡斯图说这话的时候，一点都不输气场，他现在面对的是裂隙人最正统的首领。

林菲翔如果看到茶卡斯图当下的状态，肯定会笑开花，因为茶卡斯图面对的状况并不比他好到哪里去。

茶卡斯图的身材是裂隙叛军里面最高大的，现在他对面的裂隙人比他还要高大，身高体重至少是他的三倍。对方才是裂隙人公认的首领——即使是茶卡斯图，也这么认为。

首领背后的墙上，布满了各种各样的格子，很多格子里面都摆着一个颅骨。这些颅骨形态各异、大小不一，看来他消灭了不少的文明。有两个空着的格子下，用裂隙文字写着茶卡斯图和他儿子的名字。

"您可以现在就杀死我。"没等首领回应，茶卡斯图先说出这句话。他早就看到了墙上属于自己的空格子。他知道首领心里一直想着自己的脑袋——被人这样惦记，确实不是一件好事。

从表面上看，茶卡斯图这句话仍然不输气场，甚至明显具有挑战意味。因为茶卡斯图知道，在他建立的超级通信里，所有跟随他的裂隙人都能收听到这场会谈。他必须得给自己的追随者一个态度，按照这样的形势走下去，裂隙叛军就会慢慢消磨、最终消亡在宇宙之中。给他们些鼓励是非常重要的。

裂隙叛军只听出了茶卡斯图的勇气，根本没听出他的心虚。只有茶卡斯图知道，只要自己说出"杀死我"这句话，自己就安全了，他太了解对面这个裂隙人了。

对面的首领果然没动手，于是茶卡斯图有继续发言的机会。他"希望"借助这次机会，给自己，也给自己的部队一个摆脱追杀的机会。

裂隙人有传统，贵族根本不屑于和低等人会谈，这一点在那种占绝对优势，能够一举消灭对方的贵族身上表现得更明显。

不过，如果低等人有不屈不挠的精神，贵族就有兴致做这样的事：享受一点点压碎对方不屈不挠精神的快感。首领对茶卡斯图就是如此——你不是想逃跑吗？那我就追杀你到天涯海角。

"诚如我所言，您的现状并不乐观。"茶卡斯图一步一步地拿捏对面首领的内心。他知道，开启虫洞对于裂隙正规军来说不算容易，但是如果没有外界干扰，他们还是可以在规定时间内完成的。茶卡斯特断定正规军肯定是没有能量了，他们的仗打得不顺，他们不可能在太阳系之外设置包围圈等自己钻进去。

"我愿意为了您认为的叛军的生命，向您献祭太阳系。这是一个尚未被全面开发的星系。诚然，那儿不是一片处女地。那里的智慧生物在与外星文明的交流与作战之中，有了探索宇宙的想法。这群智慧生物最大的优点，在于忠诚。"茶卡斯图在逐步验证自己的结论，只要面前的首领开口，他的判断就能得到印证。

"在您开辟的虫洞里有一枚晶体，或许您还没有收到，因为虫洞还未完善。在那枚晶体上的信息您是可以提取到的，到时候您就明白我说的是实情。这个星系的物资，足够满足您的一次中等规模的战争消耗。如果您同意我的请求，我将向您献祭这个星系。"

首领仍然没有回应，反而面露狰狞。茶卡斯图知道，首领现在进行的通信肯定不止自己这一路，肯定还有其他战场的通信在同步进行。

"所以，您看，您能不能发表个声明，永远放弃对于我们的追击？我们也将永不承认自己是裂隙人？"

茶卡斯图觉得，自己已经把条件开到了底线，而且正好迎合首领现在的需求。等会儿下来的，无非是两个结果，一是首领关闭通信，相当于默认自己提的条件；二就是首领用他强有力的手臂消灭自己。

"那么，你就留在太阳系吧。"首领竟然回答了茶卡斯图。他的这句话震惊了所有的裂隙叛军，甚至与林菲翔对峙的那名叛军驾驶员也在那一瞬间就脱离了太空工厂，这情况把林菲翔都吓了一跳。

裂隙人的等级观念是人类无法理解的，高等级的首领竟然回复了低等级的茶卡斯图，这让裂隙叛军欢呼不已。茶卡斯图的行为颠覆了叛军的"三观"，假如他们也有三观的话。

有谁会相信？风吹过，一棵树的树叶摇晃，发出了声音，听到树叶声音的人会拎着电锯去跟这棵树对话？茶卡斯图顶多算是这棵树上一片发出声响的树叶，而裂隙首领就是拎着电锯的人。

和茶卡斯图通信时，裂隙正规军收到了乔治八世发射的那个晶体，并且从里面提取到了信息。

对于裂隙首领来说，宇宙里的文明和资源像是森林里的蘑菇，寻找这些散布的"蘑菇"需要太多的精力，他不可能每一片区域都侦测一遍。地球上的文明绝对是较长时间之内罕见的大"蘑菇"，这让他大喜过望，以至于他不顾身份，竟然当场回复对茶卡斯图的请求。现在他并不着急把这支叛军消灭了。

太阳系是个极佳的原料库，尽管地球人在那片区域"蝇营狗苟"了数百万年，但是他们还没有完全飞出太阳系。这是极其幸运的，也就是说，太阳系的资源仍然还在太阳系里——别管做饭的怎么煎炒炖炸，肉和肉汤都还在锅里。

"茶卡斯图，我命令你坚守太阳系，你负责管控那里的文明，把物资通过虫洞运送过来。我会尽快完成虫洞，并且让虫洞长期开启。作为交换，我宽恕你和你的同伙曾犯下的错误。"

茶卡斯图太了解他面前的首领了，他的话是真的，但是地球的资源利用完之后，他肯定会找个其他的借口把自己除掉。理由太好找了：最危险的前线，兵力悬殊的战斗，明知不可为的任务……

巧的是，裂隙首领真是这么想的。

"感谢阁下的宽恕。为了显示我是诚心要把地球人文明献给您的，我会带着我的人尽快离开太阳系，只带走一个太空工厂。这个太空工厂包含了地球上最先进的科技……"茶卡斯图说着就启动了一个太空工厂的全息影像。所有的参数一目了然，当这个汇集了采掘、冶炼、制造、研发、修理的综合体呈现在首领面前，他不由得眼前一亮。

茶卡斯图只用了几秒钟呈现太空工厂，这时间足够首领看懂了。这是一个机动的工厂，可以打到哪带到哪的工厂，尤其是太空工厂里竟然还有地球人。对于注重战斗的裂隙人来说，谁看到都会觉得那是个好东西。

谁知道茶卡斯图话锋一转："现在，我们马上要离开太阳系，带着这个工厂与您告别。希望您能凭借富饶的太阳系，尽快取得战争的胜利，也诚挚地希望下次能够与您合作。"

茶卡斯图完成了一次极其危险的侦察，结果令人满意——裂隙正规军短时间内是无法开启虫洞的。

被正规军追杀了这么久，诚如丧家之犬，以平等的地位说完这些话，茶卡斯图感觉神清气爽、出了一口恶气，这是他的意外收获。茶卡斯图的意思再明白不过了，就是挑衅首领。如今自己马上就要拥有太空工厂，而正规军正陷入苦战，谁胜谁负尚不可知……不挫挫他的锋芒，自己怎么还配叫茶卡斯图？

2

裂隙叛军正跟着茶卡斯图沉浸在对未来的幻想中时，钢索旅到了。他们没有减速，像无数支瞬间穿透布帛的箭，一下子就把围着太空工厂的裂隙叛军冲开了。激光炮在钢索旅的四周闪烁，激光照射之处，裂隙战舰随之被摧毁。

大牛的作战视频周子薇已经看过了，既然太空工厂是裂隙叛军的忌惮对象，那就和大牛他们一起、围绕着太空工厂作战。所以在接近战之前，她就将钢索旅分为两个部分。

如果钢索旅被击溃了，那么太空工厂也没有了存在的必要。不能让裂隙叛军得到它，如果他们有了强有力的后勤保障，难免会再来侵犯太阳系。更为关键的是，太空工厂里面有人类的最高科技，如果被他们掌握了，那么人类将毫无秘密可言，只能做任人宰割的羔羊。

冲在最前面的是玄女 -3 无人作战机群，它们的任务是掠阵。它们就像高速疾驰的骑兵，来回地在战场穿梭，既可以扰乱敌人，又能够最大程度地保护自己，唯一的缺点是会消耗过多的燃料。

周子薇做出这个决策的原因是玄女 -3 无人机没有载人舱，机载燃料明显多于重明，具备高速穿梭的条件。退一万步讲，无人机即使因为耗费燃料太多，在失去动力的最后关头，还可以做吸引敌方火力的靶机。

"太空工厂，听令出舱！"周子薇的声音在太空工厂响起，仿佛滚烫的油锅里浇进去一碗水，让太空工厂一片沸腾。人们欢呼雀跃，立刻有了主心骨。战争才刚刚打响，他们仿佛就已经获得了最后的胜利。

大牛早已穿戴好了设备，带领拉贾为首的 23 名特战队员在一个气闸舱的后面测试各个系统的工作情况。要不是周子薇的命令，他们在玄女 -3 第一次掠阵的时候就冲出去了。

其他的气闸舱后，也有机甲在待命。这一次开舱，已经不是 24 副机甲了，而是 100 多副。太空工厂的制造舱里，工程师和其他人员抢着要上机甲，林菲翔听着通信器里杂乱的声音，对着指挥台上的话筒说道："工程师最后上机甲，继续造，最后一副留给我！"

为了保护这个人类智慧的结晶，太空工厂已经使出了最后的手段。这里的工作人员大部分是书生，却在最关键的一刻拿起枪和炮来，他们不仅仅为了人类奉献自己的智慧，还要贡献血与肉。

周子薇的命令到了。"机甲出舱！"

"好！"大牛冲通信器声嘶力竭地喊道！机甲的玻璃面罩上出现了水蒸气，随之又被加热系统消除……

大牛的机械臂早已握着气闸舱门的把手，随着他的吼叫，气闸舱的门被他拧开。推开门，他们就像一下子进入水中，身体飘浮起来。和上次不一样，这次大牛的情绪更加稳定。一出舱，他就看到钢索旅已经在围着太空工厂上下翻飞。

顾不得那么多，大牛向左前方一个跳跃，足有二十几米远。他的上方，钢索旅一架喷涂红蓝线条的重明-3正在追歼一艘裂隙战舰，而它的身后，好几艘裂隙战舰尾随着它。大牛举炮就射，机械臂上的速射炮向太空射出一串火链。曳光弹尾部的凹槽内有一些空气，但是不足以支撑太久，火链在大牛头顶上方三四百米处消失不见，弹壳向左右四散、飞出，像天女散花一样。大牛稳住剧烈震动的机械臂，向后退了一小步，控制住机甲的姿态。

裂隙战舰在猛烈机动，为了追随它的轨迹，大牛的机械臂直接画了一个半圆。一艘裂隙战舰被炸碎，沿着它原本的轨迹，大大小小的碎片向太空里散去。大牛停止射击，随即就听到自己沉重的呼气声。他来不及喘匀气，上方又闪过好几艘裂隙战舰，大牛继续向着它们发射炮弹。

从数量上来说，钢索旅的战机和太空工厂的机甲太少了，加起来还不到裂隙叛军的十分之一，但周子薇把兵力布置很清晰，取得了很好的战果。玄女-3、重明-3、机甲三者互相配合，并将太空工厂作为后台。实在避不开裂隙战舰的时候，三者就贴着太空工厂的表面躲避一下；裂隙战舰若是追击，有机甲；若是不追，它们就像是湿滑的泥鳅，一下子在眼前消失。

眼前的态势，是钢索旅在"螺蛳壳里做道场"。恰恰是这种小环境，正是钢索旅能够和兵力占优的裂隙叛军对抗并不落下风的关键。裂隙叛军对太空工厂志在必得，这个想法使得他们的作战处处掣肘，而钢索旅和太空工厂则是抓住了他们的这个特点，放手一搏。

面对着放手一搏的地球人，裂隙叛军毫无办法。他们知道，再不启动隐身，就会被消灭；可是启动隐身，又会消耗太多能量，有可能完成不了挟持太空工厂的任务。真是羝羊触藩，进退两难。而且，本来坐山观虎斗的火星基地竟然还派出了援军。本来挺简单的仗，越打越复杂。

大牛杀红了眼，他已经全身心投入战斗，一边射击，一边低声怒喝："继续嚣张啊！跋扈啊！来啊！又一架！"即使语音开始告警炮弹余量，大牛也没有停下，直到最后一次扣动扳机，打出了最后一发炮弹。

"大家注意炮弹余量！"大牛提醒战友，同时左右跳跃躲避身后的攻击，回去补充弹药。

跟随大牛第一波出舱的很快都遇到了弹药告罄的问题，在他们返回补给的时间里，势必会造成钢索旅压力过大。

裂隙叛军也看出来这个问题，他们重新聚集起来，伺机而动，而且他们也想通了，自己不敢攻击太空工厂，难道地球人自己舍得打吗？

一艘裂隙战舰冒险把速度降到最低，贴着太空工厂的表面，追击大牛。这时的大牛经过左躲右闪，终于到达了气闸舱的入口，他的机械臂一把就把气闸舱的外门打开了。跟随他的裂隙战舰的火力很猛，大牛来不及调整姿态，一头扎进了入口。饶是如此，仍是慢了一步，裂隙叛军一炮炸伤了机甲的右腿。

幸好是机械腿，但是大牛感觉自己的腿好像也被击中了一样。他费了好大力气才把气闸舱的外门关上，打开内门，那熟悉的感觉回来了。大牛的机甲开始冒烟，机甲手臂在地板上摩擦，那种金属摩擦的声音终于出现，而比这个声音更刺耳的，是自己沉重的呼吸声。大牛仿佛重生了一样，带着一身的硝烟味，终于爬进了工厂内部。

早就等在那里的工程师们看到大牛机甲的惨状，一拥而上，把大牛从机甲里面拽出来。大牛早已透支了身体，累到虚脱，站不住了。他一屁股坐在地上，几个医生围着他给他上上下下检查，这时候才发现他右脚的鞋底已经损坏了一半。一个医生想去脱那只鞋，结果只一碰触，那只鞋就变成了粉末，簌簌地掉落一地。

大牛喘着粗气，丝毫没注意自己的右腿，他的注意力全在机甲上："快去找配件！多久能修好？"

一个工程师一边检查机甲的损伤，一边回答大牛："至少40分钟。"

机甲的损伤很严重，人们第一次在战场上直面裂隙人的应力武器带来的损伤。真的很可怕，机甲的右腿没有完全损毁，但是剩余的残部都失去了金属的性质。一个工程师用显微镜看了一眼："奥氏体结构被破坏。"说着用螺丝刀对准一块防弹支撑的金属板，一下子就扎了进去，只撅了一下，那块金属就掉落下来，像砸在地上的湿沙。那名工程师对大牛说："你命真大，这幸亏是没有命中，你受到的只是附加伤害。"

"给机甲做全面检查。"林菲翔出现在现场，"这就是裂隙人的应力武器，破坏组织结构，金属的晶体损伤会附带到人体……"

"你的腿还能动吗？"医生问大牛。

大牛没有回答医生，他只想赶紧重返战场："林指挥，赶紧给我再找一副机甲，钢索旅——"

"我马上安排，你先休息一下。"林菲翔安抚大牛，他知道大牛不会休息太久。随着机甲不断返回太空工厂进行补给，外面的形势已经发生了变化，和裂隙叛军"拼刺刀"的任务已经由钢索旅兼任了。

大牛知道现在回到太空环境，他至少还能支撑一场战斗。"我还能继续战斗，我们得抓紧！"大牛擦了一把脸上的汗，挣扎着想站起来，他身边的医生急忙喊道："不要……"

医生话还没说完，大牛就猛地站了起来。他的右腿稍一用力，身体就倒了下去。他扑在搀扶的人怀里，鲜血像决堤的洪水，瞬间从他的右腿冲了出来。那血啊，从膝盖上方源源不断地往外流，地上瞬间便是一大摊，血腥味瞬间充斥着身边人的鼻孔。任何一个人在那个场景都会感到恐惧。

疼痛随即而来，大牛疼得挣脱了扶他的人，在地上打滚。几个人连忙把大牛摁住，医生一只手拿止血设备，大喊："动脉止血！"另一只手在大牛的腿上不断往上摁压。是的，大牛的腿也受到裂隙人武器的影响，刚才医生给他脱鞋的时候就怀疑过。

止血很简单，但是大牛受伤的部位不知道有多少。医生一直摁压到大腿中部，才在那里扎上止血带，那个部位以下的组织都已经被破坏了。

医生正在紧急处理伤口，林菲翔站在外围，实在帮不上什么忙。看着眼前忙乱的场面，听着战友的痛呼，他再次感受到这个时代的残酷，但他心中没有无奈，只有坚定的决心和对胜利的渴望。

3

火星基地的超级长矛已经停止了射击，因为裂隙叛军的大部队已经调整了位置，中子弹已经打不着他们了。这对火星基地来说是个好消息。哈特曼已经将作战方针转变为努力自保，适当支援，主动呼叫支援。如果裂隙叛军真的向自己进攻，只能按照这个路子走。目前看，他们还没有进攻自己的征兆，这一切都要感谢中子弹。

地球长矛又完成了几次试射和改进，刨削效应带来的炮管损伤虽然有所改善，但是由于地球自然环境的影响，并没有彻底解决问题的办法。

付大全看着前线战士在和裂隙叛军的对抗之中暴露出的很多问题，他非常忧虑。和付大全相比，马克尔仿佛是出世的隐者，所有问题都没有影响他和他的啤酒。李轩婉眼看着身体本来就弱的付大全，很心痛。她像一只小蜜蜂，忙里忙外，她想把所有的工作都做完，以分担付大全的压力。

等到她终于跑不动的时候，终于和付大全、马克尔坐到了一起，她把自己最近完成的工作交给他们两个审核。

付大全看得很认真。马克尔似乎对李轩婉的付出毫不在意，他的眼睛就没离开过眼前的啤酒杯。

"你们不需要这么拼命，放轻松，如果人类终将被裂隙人消灭，你做什么努力都没有用。"马克尔说道。

"人类还没有冲出太阳系，就被裂隙人消灭了，你不觉得太亏了？"终于能够坐下来休息一会儿的李轩婉说。

"这次来的是裂隙人，我们还能造长矛，下次来的如果是其他高级文明，或许我们都不知道对方是谁就被消灭了。你们要知道，能够灭亡我们而且想灭亡我们的文明，是不会没出现在我们面前的。能出现在我们面前和我们打的，都是实力差不多的对手。我跟你们打个赌，咱们和裂隙叛军最后的结果是两败俱伤，和局结束。"

马克尔的观点惊住了李轩婉。付大全太了解马克尔了，他放下手里的资料，笑着说道："我知道你的赌注。"

"所以咱们现在所做的，都是皮毛，根本影响不到人类的未来，所以……"马克尔笑着喝了一大口啤酒，"你们两个没必要在这个时候就拼命。战争刚刚开始，拼命的时机还没到。"

"不行啊，我觉得决战很快就会到来。"付大全忧心忡忡地看着各种测试数据。虽然数据并不令人满意，但他心里生出温暖来，感谢李轩婉，她把他们所有的想法都实践了一遍。

经过各种调整，地球长矛距离实战已经很接近了，但地球自身的空气和重力成了它难以突破的障碍。如果要克服，唯一能靠的就是保障了，至少那种巨大的管道要随时能换。

火星基地的超级长矛在盾形山上架设轨道，架设了一圈，弹道轨迹辐射出去是一个巨大的环，可以铺就比火星星体大几十倍的防御面。地球长矛造得晚，而且前期供应的物资少，到现在也只是沿着南迦巴瓦峰的一面造了两条轨道。南迦巴瓦峰的横剖面是个三角形，即使整座山都造满了，顶多也就六条轨道。已经建造的这两条轨道还在一个面上，导弹轨迹十分接近。实战的时候，受到的制约还多，要等地球自转，要等地球公转，要考虑西风带的影响，还要等裂隙叛军进入特定的位置……

看着付大全皱紧的眉头，马克尔笑着说道："别管哪个长矛，说起来是超级工程，但说到底，只是打得远的岸防炮。真打起来，要想取胜还是得靠舰艇。它们的关键差别就在于机动性。就拿你们熟悉的历史来说吧，清朝末期，清政府买了无数的克虏伯大炮，从南到北，从福建到大连，海岸边都架上炮，最后清政府还是没有赢——"

忍了很久的李轩婉瞬间就无法控制自己的情绪，她冷冰冰地打断他："马克尔先生，啤酒您可以随便喝，话不能随便讲，现在是全人类的危机，所有人类正为了一个目标纲领而努力！"

"你说得都对，但是你的话语很空洞。你得看到，你牺牲的哥哥，放在当时，或许就是天津炮台的一个首领，他牺牲得壮烈，但是他是无法挽回时局的。"

马克尔说这些话的时候，仍然是一副悠闲的状态，根本不在意李轩婉的感受。

"那么你从火星基地跑回地球，就是为了这杯啤酒吗？"李轩婉指着马克尔手边的啤酒，恨不得抢过来，把酒泼在他脸上。

马克尔似乎看出了李轩婉的想法，立刻把啤酒杯揣在怀里："我很抱歉，这是事实。我丝毫没有对你哥哥的不敬，我也是这样，我也会死在自己的岗位上，我死也要死在我的母星，我会尽力而为的。尽管结局无法改变，死亡只是早晚到来的问题。"

"好了，不要说了，我们先解决问题！"付大全把手里的资料递给马克尔，上面还有两个溢出的数据需要调整，如果再用实验佐证，会浪费太多时间，不如让马克尔根据火星基地的数据进行推算。"这是你擅长的，看看哪里需要改进？"

付大全在递资料给马克尔的时候顺手接过他手里的啤酒杯。付大全看看那杯子，一升多容量，马克尔没喝多少，他两手端起杯子，喝了一口："确实充满了美好！"

一升多的酒灌进肚子，对于付大全来说，绝对是一个巨大的挑战。马克尔被付大全的行动惊呆了："你这是？想明白了？"

看着付大全非常认真地、一口一口地把啤酒灌进肚子里，马克尔从椅子里跳出来，对李轩婉说道："你看，你看，他明白我的话了！从我认识他，就没见他这么喝过酒！他洒脱了！"

李轩婉不会去阻拦付大全，她也想成为那个喝酒的人。或许这是一种放松的方式，她的偶像做什么都是对的。

付大全好不容易把那一大杯酒喝完，李轩婉赶紧接过那个硕大的杯子。空杯都这么重！她难以相信，马克尔是怎么做到让这个杯子不离身的，日夜不停地、喝完又倒满，倒满又喝完。

李轩婉恢复了那种平静的微笑状态，她刚想对马克尔说什么，就听到付大全笑了出来，尽管谁也没说笑话。付大全对着刚喝完的空杯子说道："马克尔，你应该先把数据算明白，那两个数据。我知道，和啤酒比，你对这事情更重视。"

马克尔听了之后，连忙低头运算，快速地敲击屏幕，犹如无人之境。这样认真工作的样子和他刚才的散漫状态判若两人。

李轩婉站在马克尔身后看他计算。马克尔歪七扭八地列式画图，竟然几下就做出了调整的方案，递给了李轩婉。李轩婉接了之后连忙离开，去进行操作。

"付，我在火星出生，对于地球来说，是一个流浪的孩子，对任何一个国家都没有你们对中国的那种感情。不过如果未来人类灭亡了，我们就有统一的归处了。"马克尔还是那个态度，认为人类的灭绝不可避免，且马上就要到来了。他控制一个机器人，又送来一杯啤酒，还有一小碟产自西藏的松露。

见付大全还在校对自己刚才的计算，马克尔指挥那机器人把松露送了过去："付，放轻松一些，不要害怕失败，按时工作，及时行乐，尽人事，听天命。敬你和你的蜂群。"

4

裂隙正规军的首领面对茶卡斯图这个刚"进化"到初级阶段的低等人，他恨不得一脚就把他踩死。可是，在超级通信里杀死对方，是裂隙人从来没有做过的事情，那么做，只会表明自己是孱弱的。

茶卡斯图仿若未察，依旧在表达自己不再回归裂隙正规军的决心。他说裂隙叛军可以被消灭，但是绝不归顺，太阳系是他向首领表达歉意的礼物。"首领，我要回去战斗了，您还有什么要说的吗？"茶卡斯图的每一个字都是扎在首领心头的一根针。

超级通信是茶卡斯图发起的，竟然还是他提出结束的，他这种行为摆明了就是来羞辱自己的。首领强压着怒火，他身后的墙上飞过来一个格子，格子里面盛着一个巨大的颅骨，那格子径直向着茶卡斯图缓缓飞去。

茶卡斯图认识这个颅骨的主人，它属于上一个裂隙叛军首领，自己曾经跟随他作战。茶卡斯图明白首领的意思，他的潜台词是让自己接下这个颅骨，等不远的将来他会将它和自己的脑袋一起拿走。

茶卡斯图毫不犹豫地接住了颅骨，首领毫不犹豫地关闭了通信。

原本茶卡斯图是想摆脱裂隙正规军追杀的，但现在看来，他已经彻底搞砸了这件事。

裂隙人的超级通信一结束，太阳系的通信瞬间恢复了正常。为了这次通信，裂隙叛军消耗了巨大的能量。要不是乔治八世干的蠢事，茶卡斯图不会主动去挑衅首领，他也知道自己是虚张声势，但是乔治八世干的蠢事让他唯有此法。

通信恢复的那一刻，人类的感受就像黑暗里的人一下见到光明一样。太空工厂战场上的人，这种感受尤为明显。

一个小时之前，在太空工厂战斗的钢索旅因为通信问题陷入了困境。

钢索旅的重明-3紧贴着太空工厂作战，有的成员干脆把战舰依附在太空工厂的表面，把战舰变成太空工厂的"舰炮"。

裂隙叛军遇到了"鸡肋"的战局，太空工厂丢不得、打不得，所以钢索旅和机甲都打不得。无奈之下，一些还具备条件的裂隙战舰的驾驶员只能咬着牙关开启隐身模式。开启隐身就意味着巨大的能量消耗，这很可能让他们飞不出太阳系。可是不开启，他们的战损在不断上升，就目前的态势，他们断没有取胜的可能。

裂隙叛军的隐身模式一开启，战场形势就有改观，钢索旅的重明-3立刻被击毁了好几架。

周子薇立刻发现了问题，当时她给钢索旅下了命令："钢索旅机动，按照被追击机动。"只可惜，所有的通信都被茶卡斯图

的超级通信干扰，谁也听不见谁，包括裂隙叛军在内，所有人都
是聋子。

没有通信传达新的命令，玄女–3只能按照最早设定的程序
来回穿梭、掠阵。玄女–3的AI看起来还有改进的余地，因为在
通信不畅的情况下，它们表现得像是失去父母的孩子，不断地发
送通信，寻求最新的指令。玄女–3没有变通意识，依旧在执行
命令，它们在不断地被击落。再不恢复通信，玄女–3将在很短
的时间内消耗殆尽。好在荼卡斯图的超级通信结束了，剩下的玄
女–3保住了。

蓝色的光芒之后，荼卡斯图的"灵魂"回到自己的指挥舰
上。在人类看来，或许这只是一场梦，和梦境不同的是，荼卡斯
图手里真的拿着一个颅骨。

荼卡斯图并不畏惧死亡，他所忧所想的，是要对这群自由的
裂隙人负责。他们敢于跟随自己走出裂隙星系，走了这么远，必
须带他们完成这次劫掠，游荡到更远的星系，避开裂隙正规军的
追杀。

荼卡斯图回到指挥舰收到的第一条信息，就是自己派出的飞
往太空工厂的部队，竟然重新开启了隐身模式。这绝对是一个糟
糕的消息，按照荼卡斯图的预想，他们应该早就消灭了地球人的
钢索旅，正加大马力，带着太空工厂进一步远离黄道面。

现在看来，增援部队不仅没有完成任务，反而陷入了泥潭。

火星基地派去的两个旅，离太空工厂越来越近，马上就可以
投入战斗了。看着不断恶化的战场态势，荼卡斯图摩挲着那个颅
骨，他知道必须得改变布局了。

荼卡斯图决定采取"欲得之，先弃之"的策略。既然地球人

抓住了自己不舍得攻击太空工厂的心态，想获胜，就必须拿出不惜毁掉太空工厂的态度，否则，这个区域的战斗会把战场上所有的裂隙叛军拖进去。

太空工厂的这场战斗，注定会是双方不惜一切代价的战斗。战场环境对于双方都是公平的，这里距离双方的主力都很远。虽然是远离主力的局部战斗，但是战斗的双方都知道，这个战场是可以决定生死的。

太空工厂打得激烈，而裂隙叛军的主力和人类的主力基本上都是按兵不动，仿佛被一条看不见的楚河汉界隔开。双方都在展示自己的"肌肉"，谁也不敢主动向对方挥动"拳头"。

火星基地向太空工厂派出了两个旅，王东升觉得这还远远不够，他又派出去了六个旅，这样在兵力上人类能够占据优势。为了继续扩大优势，弥补人类在速度上的劣势，以防支援不及时，王东升一直在通过官方途径给他的老战友哈特曼施压，甚至都说到了一个旅换一个旅的程度。

三个指挥官都在想制胜的办法。

茶卡斯图没舍得放下那个颅骨，他用另一只手重新连接超级通信，这次他不是连接裂隙正规军，而是要亲自指挥太空工厂附近的裂隙叛军。由于和太空工厂隔了黄道面，中间还有火星基地和地球联合军的主力，要想尽快结束战斗，眼下这种形势，茶卡斯图只有这一步棋好走。

超级通信开启后，太空工厂附近的裂隙叛军像是突然变了驾驶员。所有的战舰变得井然有序，他们仿佛从多机突然变成了单机，让钢索旅瞬间就感受到了压力。

5

茶卡斯图的超级通信建立之后，他直接控制了太空工厂附近的所有裂隙战舰，关闭了所有裂隙战舰的隐身模式。茶卡斯图又一次想到欲先得之，必先舍之：如果再这样不计消耗地战斗，自己最有战斗力的部队很可能会撑不到战斗结束，战术上不能被地球人抓住弱点，必须得有突破。

超级通信结束后，战场形势立转。第一个感觉不对劲的就是周子薇。因为裂隙叛军突然一变，变得更有军队的感觉，最直接的表现就是有至少 40 艘裂隙战舰在瞬间就改变了机动的方向，不顾一切，向周子薇扑来。

"地球联合军空天军第一九九旅，全体人员请求出舱！"林菲翔听过这句报告词。那是悲愤的大牛曾经说过的话，而如今，大牛正被送去医疗舱室救治，他的右腿确定保不住了，何时再投入战斗还要看他的恢复情况。

说这句话的是来自火星基地的拉贾，他还搞不明白这句话的意义，他只知道大牛说了这句话就被允许出舱了。拉贾出舱的原因是为了满足自己炫耀的欲望。

拉贾的报告声音洪亮，语气斩钉截铁，林菲翔听到了，太空工厂里的好多人也听到了。很多人认为他们会和大牛出征一样，林菲翔会毫不犹豫地批准他们，但是这一次不一样，大家都听到了否定的回答。

林菲翔之前已经下过命令，太空工厂的机甲不能出舱。林菲翔看到裂隙人开启隐身模式，就知道出舱的机甲只能当靶子，只会让更多的战友白白牺牲，对战场形势不会有什么改变，反而会成为钢索旅的累赘。当拉贾再提出舱时，林菲翔说了一句从未说过的话，言语之中全是命令的味道："任何人在未得到正式命令之前，不准出舱！但是！可以在舱口射击！"

太空工厂所有的出舱口加起来也有一百多个，所有的出舱口都有机甲射击的话，就相当于都架上了人形机关炮，那整个太空工厂就变成了轰炸机，完全可以在遭遇近距离攻击时保护自己。

斗志满满的拉贾跑去了最近的气闸舱，他用机甲挤倒了一个战友之后，顺利地成了太空工厂中在出舱口打响的第一炮。

拉贾随即喊道："开炮啊兄弟们！"同时，共享自己的头盔摄像头的影像，让火星基地的战友，地球、月球上的人类看到自己的壮举。

林菲翔知道钢索旅的困难，他已经在各种设备上看到了周子薇身处被"围殴"的险境，但林菲翔依然坚持自己的决策。如果林菲翔只顾私人感情，他完全可以批准拉贾的申请，让太空工厂

所有的兵力不顾一切地冲出去，即便他们出去对于战场形势是没有任何帮助的。

太空工厂附近，钢索旅的玄女-3不断地被裂隙人的应力武器击得粉碎，只剩七八架还在硬撑。眼看着掠阵的玄女-3就要消耗干净，火星基地的支援兵力最快还有一个小时才能到，周子薇心急如焚。

更让人类感到恐惧的是，裂隙叛军竟然敢于攻击太空工厂了！太空工厂上有几个射击点被裂隙叛军定点摧毁！不仅造成机甲损伤、人员牺牲，而且让太空工厂也受到了附带损伤。幸好他们没有使用应力武器，否则太空工厂瞬间就会因失压整个损毁。

裂隙叛军发动的攻击毫不顾忌太空工厂的安危，这使得战场态势瞬间发生了转变，现在是钢索旅要忌惮裂隙叛军的武器对太空工厂造成损毁。

尽管钢索旅拼命周旋，尽力避开太空工厂，但仍有六架重明-3被击落，同时对太空工厂造成损伤。此时太空工厂内部一片混乱，再也无法有效抵抗裂隙叛军，只能转变为密闭舱门和自救。

林菲翔成了"救火队长"，忙着调动人力去密闭舱门，同时检查各个被击伤的部位。幸好被攻击的车间早已停工，并没有工程师在岗。作为射击点的气闸舱就没有那么幸运了。有好几个气闸舱都被完全破坏了，处于其中的机甲战士不幸被甩进了太空，拉贾就是其中之一。他像一片投入水面的树叶，旋转着、飞着，手里的速射炮在毫无目的地射击。很快一艘裂隙战舰在他身边掠过，一瞬间，拉贾就消失在黑暗的宇宙里。

裂隙叛军的转变对人类的士气打击不小，似乎就在那一瞬间，人类就失去了所有可以依赖的东西。

第十六章　不容低下的头颅

1

王东升已经很久没睡过一个好觉了，作为一个人类，他现在做的事情恐怕只有超人才能完成。千头万绪汇集于一身，现在他脑袋里面全是事情，甚至连休息一会儿都需要药物助眠。他现在不仅不能休息，还必须保持清醒，指挥战斗。

"太空工厂组织自救，按照钢索旅的指示行动。"时刻关注太空工厂战局的王东升刚刚给太空工厂发出了指示，他知道他们已经这么做了，但还是忍不住叮嘱。

太空工厂战况胶着，太阳系内所有军事力量都混在这里，搅成了一大摊"糨糊"。

仍有很多裂隙战舰在从柯伊伯带直接赶往太空工厂。不是他们掉队了，而是因为他们都是最老旧的战舰和年纪最大的驾驶员。和人类不一样，裂隙人一旦成为军人，就永远没有退役的一刻，战舰就是他们的身体、他们的家、他们的坟墓……

为了让太空工厂的战场态势向自己有利的方向发展，茶卡斯图带领性能较好的战舰冲锋陷阵，然后指挥队伍中最老弱的驾驶员和最老旧的战舰直接奔赴太空工厂。这意味着他和地球人一样，也在不断地增加筹码，一直到了孤注一掷的地步。

钢索旅现在的战斗目的是等待支援，并抵御对这群疯狂的裂隙叛军对太空工厂的侵扰。仅凭钢索旅还不是这群裂隙叛军的对手，而且已经没有外力带着失去动力的太空工厂继续远离黄道面了，眼前这群裂隙叛军已经无法劫持这个重要目标。钢索旅没有必要在此时发起决战，做无谓的牺牲。

太空工厂附近的形势向裂隙叛军倾斜，茶卡斯图控制着形势，又击落了 6 架重明 –3。

地球联合军指挥部，当王东升看到裂隙叛军开始攻击太空工厂的时候，他的心就焦急了，他唯恐周子薇钻了牛角尖，这种形势之下，必须"动"起来。他忍不住对钢索旅发出命令："钢索旅注意中国军队的传统战法。"

待王东升的命令传到的时候，钢索旅所有的重明 –3 和仅剩的一架玄女 –3 干着同样的活——掠阵！所有战舰先以大速度飞到很远的地方，待到周围安全再折返回太空工厂，有机会就打一炮，没机会就规避。毕竟是战场，打一炮的机会少，人类的战舰只能在裂隙叛军的集结地之外快速通过。

周子薇没有掠阵，她已经被茶卡斯图盯上了，40 艘裂隙战舰像是茶卡斯图的魔爪，紧跟着周子薇，一副不击落不罢休的阵势。周子薇的战斗经验丰富，战斗力是人类中拔尖的，可是面对这种群狼猎虎的战法也招架不住。她无处可躲，唯一的办法似乎是借助着木星和火星的引力，向着黄道面撤退。

周子薇不能这么做，她有自己的任务，她不停地做着大机动动作。王东升的提醒响在耳边，她明白王东升的想法，王东升说的是 16 个字："敌进我退，敌驻我扰，敌疲我打，敌退我追。"这 16 个字是中国人民解放军在长期斗争中积累的经验。周子薇早就想搞点动作，王东升的话让周子薇更加增加了底气！

太空作战因为宇宙的广袤自有其特点。战场可以说是没有边界的，所以战法可以任意发挥，作战的意义也变得更加明晰。如果在各方面没有绝对优势，对于一个擅长规避的对手，你是无论如何也无法对他造成实质性伤害的。周子薇就吃透了这一点。她驾驶着重明 −3 连续做了几个垂直机动动作之后，甩开裂隙战舰，一路奔向火星支援部队。围攻她的这 40 艘裂隙战舰立即跟上。这些战舰不是一般的战舰，是茶卡斯图用来执行"斩首"的利刃。她做这么大的机动动作，就是要规避离她最近的两艘裂隙战舰，这是她目前遇到的最强对手。两艘裂隙战舰如同不散的阴魂，如影随形；周子薇的重明 −3 灵活机动、随机而动。三者就像两只猎隼在捕捉一只伯劳，奈何裂隙战舰用尽了浑身解数，也占不了半点便宜。

周子薇采取的战术就是高速摇摇和低速摇摇。这是中国空军的传统战术，在朝鲜战场一战成名，取得了不俗的成绩。今天，周子薇用它们对付裂隙战舰也有收获。但这两种战术也给周子薇的身体带来了巨大的负担。连续垂直升降和不断地大机动动作让周子薇身体承受的载荷从 1 个 G 到 40 个 G 不断变化，导致她的体重在 50 ～ 2 000 千克剧烈变化。

周子薇是闭锁综合征患者，纤细的身躯，本就不如常人，何况还要承受这么大的载荷。尽管她的意志还有无穷的力量，但她的身体一直都在崩溃的边缘。

另一边，这40艘裂隙战舰正急得冒烟，眼看着这只凶残的"伯劳"距离自己的机群越来越远，如果再击落不了它，完成不了任务，茶卡斯图饶不了自己。看着裂隙叛军遇到了"死结"，周子薇越飞越远，杨炳坤和林菲翔终于松了一口气。

2

那两艘冲在最前面的裂隙战舰的驾驶员杀红了眼，40艘还能打不过一架？这样的对手，他们还没遇到过，必须把钢索旅的旅长消灭掉！他们不顾一切，把裂隙叛军围歼周子薇的大部队甩在后面。这是两艘状态最好的战舰，战舰的能量和他们年轻的冲动一样顶满了格……

周子薇当然不知道这两名驾驶员的状况，从她的角度来看，这只不过是距离她最近的两个穷凶极恶之徒。她自信可以用技术把他们俩消灭，但是如果和他们纠缠太久，势必陷入裂隙叛军的包围，还是优先和支援部队会合更符合当下的战场态势。

看着太空工厂的态势愈来愈差，正在机动的周子薇给钢索旅下达了一个命令："钢索旅，包围他们！"

周子薇正在做最后一个角度转弯，这次改变航向，她会利用转弯的半径差，把"间隔"再一次变成"距离"。她正以全部的意志、依靠墨影AI互联系统，对抗着高达40个G的载荷。航向转过之后，那两艘追得最近的裂隙战舰已无法对她构成威胁。周子薇一边歼灭冲得最近的两艘裂隙战舰，一边给钢索旅下达命令。周子薇的81192的航向也终于对向了支援部队。

当钢索旅收到周子薇的命令时，重明-3损失了9架，部队战斗力减员一半。能在这么激烈的战况之下，下这样的命令，或许只有周子薇有这样的魄力和底气。

钢索旅的成员立即执行命令。虽然兵力少于裂隙叛军，但是他们还是完成了包围的任务，就像一群狼面对着远超自己数量的狼。每当裂隙战舰一波一波地冲向太空工厂，试图与太空工厂建立连接，负责包围的钢索旅就会驾驶着重明－3飞扑而至并开火。

态势传到地球联合军指挥部，王东升看着一个特殊的身影——钢索旅仅剩的一架玄女－3，它也在包围圈的外围。这场战斗中暴露出玄女的不足，长机在无暇他顾的时候，仅依靠AI自主控制的玄女战斗力不足，和天行者操纵的重明－3相比，有很大的差距，玄女明显跟不上现在的战场形势。

"立刻让科学研究院的同志准备，根据从缴获的裂隙战舰那里得到的信息，给咱们的战斗舰进行针对性升级。"王东升对身边的参谋下着命令，"询问林芝基地的情况，如果条件允许，让付大全到科学研究院主持升级工作。"

随着双方战斗时间的增加，太空工厂损坏的地方越来越多，特别是有机甲射击的舱口损坏尤其严重。如果再有舱口被击毁，太空工厂有可能全面失压，到时候在太空工厂的内部环境和太空环境就无甚差别了。

需要停止反击吗？只要停止反击，裂隙叛军肯定会停止对太空工厂的攻击。林菲翔一边思索这个问题，一边心急如焚地指挥作战，抢救伤员，封闭、修理损毁的气闸舱。事情太多太杂，指挥中心里忙成一锅沸腾的"粥"，他的脑袋都要炸了。

躺在病床上的大牛正在接受治疗。六只机械臂的前端是针尖大的触手，它们围绕着他的腿部不断地旋转，止血、去除无效组织、小截面缝合伤口……尽管伤情严重，他也一直关注着太空工厂的局势。看到这样的战况，他十分着急，挣扎着坐起来，用无线电向林菲翔喊道："所有机甲，都应该出舱！所有非战斗人员转回生活区！"

这时的林菲翔一下得到了提醒，他从混乱的战局中清醒过来：大牛说得对！反击的炮弹不能停！反正除了处于中心的生活区，工厂的其他地方都是太空环境，即使被击伤，对于工厂的人员也没什么影响！

周子薇的轨迹马上要和火星增援部队的射界交叉，这种态势对人类太有利了。只要会合，就可以直接迎头攻击裂隙叛军，比他们赶到太空工厂省了不少时间，包围战至少能提前开始半个小时。

自从成为裂隙正规军的追杀对象，茶卡斯图经常感到恐惧，但是这次的恐惧是地球人造成的。

茶卡斯图派出了 40 艘战舰追击周子薇。时间过去很久了，这 40 艘战舰围剿周子薇未果，反而还损失了两艘。周子薇则离火星基地的支援部队越来越近。

要知道，裂隙战舰的速度和驾驶员的年纪息息相关。茶卡斯图手下，跑得最快、性能最好的两艘战舰已经在"南仁东号"陨落了，现在抵达太空工厂的这批战舰，是当前他手下状态最好的一批。

王东升根据战场的综合情况，判断出茶卡斯图的想法依旧是带走太空工厂，裂隙叛军此时对太空工厂的进攻就像当初他们实施欺诈一样，想要打消人类保卫太空工厂的念头。他们把兵力集中在太空工厂，在完全可以瞬间毁了太空工厂，却只按照"定量"来削弱太空工厂时，他们的想法已经呈现在王东升面前。

茶卡斯图并未意识到自己的目的已经暴露，他正指挥部下改变追击周子薇的战术。最快的两艘被击落之后，剩下战舰中最快的两艘迅速顶上。这两艘同样拥有速度优势，但它们的驾驶员却没有进行尾后追击，而是一左一右接开大间隔，进行平行追赶。周子薇看看趋势，知道他们很快就会超越自己。

这是件挺可怕的事！周子薇快速对两艘裂隙战舰的目的进行分析。

追击？符合常理。尽管追击并不会对飞行技艺精湛的周子薇造成任何伤害，但至少战局仍然会和之前的"死结"一样会浪费自己的时间。他们准备平行超越吗？还是侧方位攻击？还是行进到3点钟和10点钟方向回转，和自己迎头？

周子薇很快确定了他们的企图，这两艘裂隙战舰准备诱杀她。先引诱自己攻击他们，以达到拖延时间的目的；再在抵达自己侧方的时候，一艘保持侧方位平行前进，另一艘继续加速准备击落自己。

看到紧追不舍、摆下杀招的裂隙战舰，周子薇心里不仅没有慌张，反而很庆幸，庆幸自己吸引了40艘战斗力强悍的裂隙战舰，能给战友减轻很大的压力。

攻击侧方目标只需要一个90°的转角，那就来吧！这里是太阳系！是人类的家！太阳系的哪颗星星人类没探测过？所有星体的引力都是后援。对此刻的周子薇来说，太阳系里所有的星体都和母星一样，是亲昵的。她熟悉太阳系的每一丝引力。

裂隙人没进入太阳系的时候，太阳系是稳定和平的，而人类的演习每天、每时、每刻都在进行，这么做的目的就是为了对抗有朝一日来犯的外星文明。周子薇参加过无数次演习，只不过她总以蓝军①的身份出现，无数遍的磨砺，她始终以外星人的思维在考虑战法。

3

付大全把地球长矛的所有事情都交给了李轩婉和马克尔，然后前往位于南极洲的地球联合军科学研究院主持工作。

南极很多地方早已退去了冰盖，菲尔德斯半岛也在五年前成为地球联合军科学研究院的新驻地。为了研究磁极的变化，科学研究院五年前就已经搬过来，主体就建在一座山里。

付大全现在就在南极洲，他一个人坐在电动座椅里面，缓慢地从研究院大门出来。就在刚刚，他提出了一个大胆的计划，如果实行，将改变很多人的命运。

付大全努力想活得像马克尔那般潇洒，他想看看南极洲的风景，从林芝基地紧急赶到研究院，短短四天的时间，他已经犯了两次病了。

尽管已经从抽搐中恢复正常，付大全的心情仍然沉重，他的内心深处，在为那群年轻人担忧。

虽然没有亲临战场，但是付大全了解那种感觉。四个不眠不休的昼夜，不说战斗中那种高强度的搏命对抗，就算只是日常生活中的身体消耗，也是可以要人命的。更何况是全员身体情况都特殊的钢索旅。付大全心疼这群英雄，他们的心志比金刚石还硬，身体却是玻璃造的。

---

① 在中国军队中，蓝军一般在演习中扮演假想敌的角色。

付大全体会过钢索旅的感受，他在年轻的时候，也干过同样疯狂的事。他还记得，当他完成任务返回基地照镜子的时候，自己脸上是灰暗的"死人色"。他疲惫至极却睡不着。闭上眼睛，耳边全是心跳的声音；鼻腔里始终充满了硝烟味；睁开眼，觉得每个家具都是外星人伪装的，从这些家具中随时会伸出一根对准自己的炮管……

有一个好消息传来，那是"南仁东号"附近的十八旅汇报的。他们侦测到那团混沌体的能量减弱了，但是这个消息丝毫没有减弱人类对于太空工厂战事的担忧。

十八旅的报告荼卡斯图也侦听到了，他和十八旅一样高兴。看来自己的判断没有错，裂隙正规军绝对在进行着一场大型战役。荼卡斯图可以想象首领如今的境地，他现在面临的战争在惨烈程度上肯定超过了自己面临的。

即便听到了好消息，荼卡斯图还是没有放下那个颅骨。如果再没有进展，他甚至不知道自己该去向何方？放弃太空工厂，继续远程航行的可能性已经越来越小。难道待到虫洞成型，穿越过去和裂隙正规军决一死战？还是留在太阳系和地球人同归于尽？

太阳系的形势会向哪个方向发展，谁也不知道。人类和裂隙叛军都到了最艰难的时刻。

付大全费劲地抬起胳膊，把头盔摘了下来，所有通信声都被风声取代了。他把脑袋枕在椅背上，世界真美好，仅仅为了它的风，就不应该放弃任何一个机会……就在那一瞬间，付大全一下子读懂了他的老同学马克尔。

这地球，太可爱了！

付大全想让头脑更加清醒，同时也想再深入感受一下马克尔的感受。风扑打在他的脸上，冷飕飕的。南极的风似乎别有性格，从付大全的脚下吹起，卷起来向上，把他灰白的头发吹起来。尽管付大全的头发不长，但也被吹得摇摆，像一团燃着的灰白火焰。

付大全一边回忆自己四天来的所有经历，一边等王东升对那个大胆计划的回复。

四天的时间，一百多个小时，付大全带领科学研究院的同仁们做了很多事。他们不仅研发了针对重明、玄女所有型号的升级包，还给鸾鸟等非战斗舰艇提供了自卫计划！就是还没有找到抵御裂隙人的应力武器的好方法。

付大全在南极第一次犯病是因为玄女的升级包。他和那帮守旧的科学家们吵了起来，他坚持要把李钧的 AI 模型放在玄女上进行测试，科学研究院守旧的科学家都不同意。付大全理解他们，他们不懂李钧。幸好在他的坚持之下，李钧的 AI 模型终于上了测试，那是他和李轩婉多年研究的结晶，基本上包括了李钧所有的有效反应。

测试结果是客观的，李钧的 AI 模型太棒了。尽管身在保密室的李钧说过，用他来建模型可能会放大他的缺点，但测试的结果显示这个模型并没有什么缺点，其思维的缜密性，甚至超过了负责测试的人。付大全敢这么下结论：即使是现在的天行者做这些测试，几个人加起来都不一定有这个模型的数据好。

其中一个关于牺牲的测试，李钧的 AI 模型选择了勇敢面对。已经牺牲过两次的天行者，还怕第三次吗？最硬的事实战胜了最硬的嘴，一个原本强烈质疑这个模型的科学家拍着桌子说道："没有单纯、善良和真实，就没有伟大，没有勇敢、睿智和无私，就没有人类的未来！我支持在玄女上装这个 AI！"

如果真的能给玄女用李钧的 AI 模型升级，那将具有划时代的意义。这相当于让人类最优秀的飞行员给空天军战士当僚机。模拟飞行研判设备显示，玄女升级后不仅能顺利达到地球联合军各种严苛的标准，还能超出这个标准一大截！

除了给重明 –3 的正常升级，付大全还给钢索旅做了一个备份的升级包——超频，用于把钢索旅所有成员的意识连接起来。按照理论数据，把钢索旅成员的意识连接起来，在反应速度和决策方面会起到一加一大于二的效果。这个超频目前只适用于钢索旅，不仅仅是因为他们是优秀的、纯粹的"脑力工作者"、天行者，还因为他们的战斗意志、反应速度非常接近。

如果钢索旅启动这个备份升级包的时候必须到来，那说明人类再无其他的办法。"皮之不存，毛将焉附？"一旦钢索旅启动这个升级包，钢索旅将不是钢索旅，而是一个具有最强意志的超级地球"人"，这个"人"将敢于正面应对所有来自外星文明的挑战。

成功了，当然是付大全预想的那样。万一不成功呢？付大全上交备份升级包的时候，压力是山一样大的，心里是忐忑的。此刻，付大全正闭着眼睛思索，这么做带来的风险同样很大，危险会成倍地增加。

这种不留任何退路的升级，可以说是目前人类最冒险的计划，所以这种升级只能作为备份计划。付大全在想，如果面对周子薇，这备份升级包的内容讲还是不讲？

使用备份升级包太冒险，不讲清楚就是不给钢索旅选择的权利，是不负责任。那讲吗？讲了也是不负责任，这个升级包只是个测试版，却是准备在危急时刻、战争关键环节翻转战局用的。测试版上实战，如果出问题，就是大问题，谁敢负这个责任？

这个计划所冒的风险之大，以至于付大全都不知道自己做的是对还是错，王东升会不会批准。因此，报告的结尾他如实写上了一句话：

副作用以及对群体的伤害未知，或许比牺牲可怕，我实在拿不定主意，所以交给您定夺。

回复到了，王东升回复的也是文字：

你做的，我都同意，并且我将承担所有可能出现的问题的责任！将这个备份升级包一并发往鸢鸟002。假如你我仍是一线的战斗员，危急时刻我们都会欣然选择后方给出的方案。加油！大全！

付大全和王东升的文字交流，就是想利用文字给未来的人类后代留下记录。付大全和王东升都是这么想的。

此刻，付大全的心头终于松了一点，他又闭上了眼睛。身处南极，这种感觉很奇妙：眼睑能持续感受到凉意，这温度传递给眼球，再透过眼球一层一层传递，最终抵达大脑。凉意似乎能让思维更清晰。

这种感觉太舒服了。

付大全继续复盘别的事。武器升级是鸢鸟等非战斗舰艇自卫计划的重要组成部分，但眼下没有两全的方案。重新设计当然可以让武器的性能更完备，但是需要更多的时间。付大全知道太空工厂的战况，那里需要的不是完善的武器，而是及时到的武器。不可能重新造武器了，只能改造现有的武器。付大全提出了一个特别的改造计划：陆军秒变空天军。就是对原本用于探测的小型无人机甲进行改造，给它们加装炸药，再加一套动力系统和航姿系统。为了节约时间和成本，这两套系统可以是一次性的，但是炸药的量要给足。在它们的侦测系统里输入裂隙战舰的光谱，这群飞行的炸弹就会追着裂隙战舰而去。

目前能够掌握的裂隙人信息实在有限，只知道他们最有杀伤力的是应力武器，这种武器发射之后是个扇形的辐射面。他们的武器优势在于威力，劣势在于距离。要干掉它们，必须绕过这个区域。付大全的改造方案很实用，双方舰机在相应的距离时，我方先向两侧发射武器，待导弹绕过应力武器的攻击区域，到达指定位置，届时，导弹的集束弹舱打开，数以万计的小型无人机甲向侧前方喷射，那将会是裂隙叛军的噩梦。

付大全任由冷风把自己的脸吹得冰凉，他的精神很放松，但是他的双手握得咯吱咯吱响，这不是他能控制的身体动作。付大全笑了，事情还能再坏吗？如果能，那就来吧！我真想试试自己这副骨头硬不硬。

通信器响了，付大全努力戴上头盔，全息影像里出现的是李轩婉。

"付指挥，您的身体——"大概是听说了付大全两次犯病的事，李轩婉的脸上写满了焦虑。

"我的身体没有事，讲工作上的事。"付大全打断了李轩婉的话。

"工作上没有事，哦，地球长矛的工作已经完成了，刚测试完成，各项性能达标，可以进入实战。"

"好消息！"付大全拍着轮椅的把手，闭上眼睛，笑个不停。虽然没有在林芝基地的现场，但他能想象结果出来的时候，整个基地的沸腾景象。

随即马克尔也出现在影像里，他举起一杯啤酒。"付，你干得不错，向你表示祝贺！也向我表示祝贺！"马克尔看了眼时间，"现在回来，还能参加晚上的会餐，我和李去接你。"

付大全说道："我还要在这里停留几天。"

李轩婉说道："为什么？"李轩婉觉得，如果在林芝基地，很多事情她可以代替付大全去做，在南极大陆，哪有能照顾他的人？

付大全说道："裂隙战舰的指挥控制系统很特殊，充分考虑到了个体的独特性。战舰本身更像是为驾驶员量身打造的，驾驶员和战舰几乎是合体的。我想再研究一下。"

马克尔有些失望，对付大全说道："你就是不懂生活，工作是干不完的，你应该回来参加这个仪式。"

付大全早已想通一切，他微笑着回答："这就是我的生活。我喜欢这种生活方式，它让我感到我是属于全人类的，只有工作的时刻我才是最愉悦的。"

4

地球长矛建成投用传到地球联合军指挥部后，科学研究院报喜的消息紧随而来。王东升把早就准备好的两个一等功发出去，集体一等功给林芝基地，个人一等功给付大全。

王东升对付大全的工作非常满意，他很兴奋，冲身边的一个参谋喊道："咱们都得学习付大全！让所有的工厂赶工改造！第一批武器使用鸢鸟运到种子航线上组装，确保钢索旅在最短时间完成升级。"

布置完这些事，只花费了不到一分钟的时间。王东升快步往外走，需要他做的事情很多，不仅仅是部队的事情，他还是"全人类合作计划"所有决议的最终执行者。

出了指挥部，王东升建立与乔治八世的通信。自从把图纸给他，按照预期产能，现在乔治集团至少生产了 6 000 架重明和玄女，可是他还没向地球联合军交付一架。按照他的生产基地规模，如果换来改造小型无人机甲，三天时间的产量就足够太空工厂的战斗使用了。

令人不解的是，与乔治八世的通信始终无法建立。

地球上的通信科技已经做到了普及每一个个体，普通人想找一个人都能瞬间建立连接，更何况是地球联合军参谋长。王东升这样级别的人连接乔治八世，接道理是不会出现任何问题的。

王东升检查了一下北斗系统，显示乔治八世就在他的工厂。王东升直接把通信对象转为那个工厂里的所有人，催促乔治八世尽快建立通信。

乔治八世这时候就在通信器旁边，他挥挥手，示意手下不要理会。他知道王东升找他是要东西的。这一天终于到了，乔治八世却不想兑现自己的承诺。他一直盯着钢索旅，如果代表人类最高战斗力水平的钢索旅都被消灭了，那么人类是不可能打得过裂隙叛军的，和谈是解决危机最好的办法。作为一个顶尖的商人，他无法理解王东升和哈特曼这群军人的思维。他认为这和对付强盗是一样的，面对这群洪水猛兽，他们要什么，你就给他们什么，为什么非要迎难而上？面子难道就这么重要吗？

如果钢索旅被击溃，乔治八世会带着所有的战舰投靠茶卡斯图。对他而言，太空工厂的战斗和股市一样，谁能获胜，谁代表的就是大盘，你不跟着大盘走，就是死路一条。或许之后还能取得一些胜利，但是这些胜利也就是小打小闹，逆转大盘是完全不可能的。

乔治八世对手下扬了扬下巴，A 国国防部就正式宣布抓获了一批假道 M 国入境的恐怖分子。他们准备在乔治集团位于 A 国的工厂实施爆炸，以博取裂隙叛军首领茶卡斯图的欢心。据他们交代，他们计划在地球联合军和乔治集团所有的生产基地制造恐怖事件，以阻止人类对抗裂隙叛军的脚步。目前尚不能确认这批恐怖分子是不是极端的赫耳墨斯之徒。另据乔治集团位于小行星带的镍矿石生产基地报告，今天有两架没有身份认证的无人机向基地发动自杀性攻击。

90 分钟之后，乔治八世向才王东升发起了通信请求。王东升早已看到了那些毫无分量的新闻，他对此感到恶心。通信器上显示的是乔治八世西装革履、正襟危坐的形象，王东升却一眼看到了乔治八世无耻的内心。

"尊敬的王参谋长，非常抱歉，我刚才正在处理一些棘手的事情，赫耳墨斯之徒似乎是收到了某种集结的命令，他们正在我们的国家、我们的基地周围制造混乱。我觉得地球联合军应该出手了，必须严厉打击他们的这种不法行为！前线勇士在浴血奋战，地球应该成为他们真正稳固的后方！我的基地制造出了1 000 多架重明和玄女，具体数字我稍后发给你，全部用来装备地球联合军。"

乔治八世把自己撇得干净。从表面上看起来，他与今天发生的所有坏事都没关系，但是很明显这些坏事都是他幕后主使的。A国外交部发言说得有理有据，容易让普通民众信服，可王东升知道，那批恐怖分子根本不存在，乔治八世用这种贼喊捉贼的做法把自己包装成一个受害者。

无论乔治八世挑起的这些事有多棘手，王东升都必须一一解决。

所有负责制造飞行器的生产基地都需要加强防护，负责安保的无人机数量必须增加，这种事情只能信其有，不能信其无。尽管防止恐怖袭击的措施早在取缔赫耳墨斯之徒的时候就实施了，至今也没有哪个基地报告遭袭。看来赫耳墨斯之徒面对黑洞洞的枪口，也知道理智有多重要。乔治八世这么大张旗鼓地宣传，就是要掀起全球性的恐慌，增加地球联合军的压力。

凡事都怕内部出现问题，王东升瞬间感觉手里的工作又增加了不少。想再多也没有用，事情得一件一件地解决，首先解决这1 000多架重明、玄女的事。

"我马上安排人去接收装备。按照你的企业规模和产能，我相信你的仓库里还有更多的半成品。为了不继续增加你的'负担'，我会安排人在三天后把它们和这次改装的小型无人机甲一起接收。我会组织一个调查团，对你这次为抗击裂隙叛军做出的贡献进行判定，给你颁发人类有史以来个人最高的荣誉……"

王东升的话明着听，是要发奖，但心里有鬼的乔治八世知道，这是要对自己的企业进行审查。他假笑着说道："都是为了人类的未来，不是负担，不是负担。还请王参谋长尽快把改装的图纸和标准发到我的集团。"

"图纸在路上了。"王东升说话的语调很平静，这句话的分量却很重。

尽管乔治八世有多重身份，但是他仍然是人类，仍然身在地球，在事关全体人类命运的大事前，他也知道自己不能出一点纰漏，一着不慎，满盘皆输。

乔治八世听得明白，王东升那些绵里藏针的话绝对不是吓唬人的，他必须找到两全法。如果找不到两全法，他就得把仓库里藏着的所有战舰交出去，领个"人类突出贡献奖"，那和自己的初衷就相差太远了。王东升给出的期限是三天，对于乔治八世，这三天就是关键所在。看太空工厂的战事，哪里还需要三天？顶多两天就能决出胜负来，这场战斗基本上也决定了人类最终的胜负。

乔治八世的脑子转得飞快：如果老实交出库存，当裂隙叛军获胜时，自己和裂隙叛军谈判的门槛就变高了；但不老实交出库存，万一我们获胜，自己的处境就难说了。看来只能兵行险着了，暴露那批偷偷招募的驾驶员，到时候就打着协助地球联合军作战的旗号出征，谁胜利，就跟着谁。乔治八世打定主意，命令自己的工厂全力生产，多一门炮，自己的安全系数就多了一分。

5

杨炳坤在指挥室外的走廊里做了一个电子版的纪念墙，从裂隙叛军进攻太阳系以来，所有牺牲烈士的名字和照片都在上面，满满一面墙。杨炳坤看着墙入了神，原本都是鲜活的生命，以后他们只能活在别人的口中和记忆里了。

杨炳坤低声吟诵："痛苦如此持久，像蜗牛充满耐心地移动，快乐如此短暂，像灰兔的尾巴掠过秋天的草原……"

杨炳坤身边的参谋小声地问他："杨指挥，太空工厂这场战役，假如我牺牲了……"杨炳坤仍在沉思没有回答。那个参谋又问道："我们会不会获胜？"

"会！"杨炳坤斩钉截铁地回答道，"所有的牺牲都有价值，都是为了胜利。"

杨炳坤的通信器响了，应该是地球联合军发来的升级包到了。他走回指挥室，从态势图上看到，钢索旅唯一留存的那架玄女–3已经被裂隙叛军击落了。

杨炳坤现在拿着升级包也没有用，看这战场形势，要给钢索旅升级，必须等太空工厂的战斗结束了。只有周子薇是例外，因为她已经离鸢鸟002很近了。

周子薇在30多艘裂隙战舰的围歼下，冲向了火星基地的增援部队。在面临两艘裂隙战舰的夹击时，早已明了对方意图的周子薇没有立即机动，她正在等待一击即溃的时机。那艘冲在周子薇前面的裂隙战舰在不断压缩空间，把自己的后方暴露给周子薇。随着攻击角度不断变小，那个裂隙叛军简直怀疑自己的人生了，难道还要呼叫周子薇攻击自己吗？这时候，留给周子薇的间隔快要为"0"，如果有足够远的武器，周子薇甚至只需要转个10°的航向，就可以对它进行正后方攻击。裂隙战舰当然也知道地球人的武器攻击距离，他们想要造成单机对单机、双方迎头的态势。这样只要周子薇发动攻击，无论她攻击谁，都会有另一艘裂隙战舰"追她的尾"。这是裂隙叛军设计的追击战最佳方案。

面对着引诱自己的"肥肉"，周子薇丝毫没有动心。她继续增速，时间如此宝贵，既然要压缩空间，那就多压一点。本来双方是均势，现在，周子薇仿佛是裂隙叛军的长机，她在牵着这两艘裂隙战舰的鼻子走。她决定要把敌人的追击战打成我方的歼灭战，火星基地的援军迎面而来，他们还没有战果，首战就击落这两艘裂隙战舰无疑将给他们带来极大的信心。

对于战场态势的预测和精准把控，永远是判定一个战场指挥员合格与否的重要标志！果然，待到那个超越周子薇的裂隙战舰发现情况不对、准备回转的时候，他已经进入了火星基地增援部队的射程。

周子薇正要指挥火星基地的增援部队配合，态势图上就显示他们的中子弹已经发射出来，周子薇对此感到很满意。时机已到，她一个急转，就对向了侧方。这个动作既能与最具威胁性的那艘裂隙战舰拉开安全间隔，又能进入对侧方目标的攻击航线。

周子薇向前打出一枚中子弹，用的距离引信，让这枚中子弹在电脑计算出的双方相遇点爆炸。她才不会和他们纠缠。飞得最快的裂隙战舰陷入了前后两难的境地，那艘位于侧方的裂隙战舰也发现了态势不对。单机对单机的迎头态势已经达成，只不过是自己人个人的单对单，而且想挽回已不可能，只能提前机动，抢占些有利态势。

由于设计理念的原因，裂隙战舰的速度远远快于人类战舰的速度。裂隙战舰已经站在了冲击的跑道上，他对面的周子薇还在机动，这个时间差里，裂隙战舰的驾驶员有足够的时间准备。他检查了一下自己战舰的能量和武器，能量紧缺，亟待补充，武器倒是充足。周子薇的中子弹对自己起不到太大作用，用应力武器完全可以提前摧毁，就怕进入近战缠斗，估计要用上裂隙人最原始的武器激光炮。

裂隙战舰的驾驶员之所以想这么多，是因为他知道自己面对的是战斗力最强的地球人。作为裂隙叛军里的强者，面对地球人，他不仅毫无畏惧，反而兴奋异常，击落了她，自己就是茶卡斯图的NO.2！

这是一条漫长又短暂的航线，漫长在于双方都没有超远距离瞬间杀伤对方的武器，短暂是因为双方接近的速度极快。以往针对裂隙叛军的作战中，不是双方互相机动，没有进行攻击，就是裂隙叛军启动了隐身模式，人类无法探明他们的攻击距离。因此人类始终没掌握裂隙人的武器包线。乔治八世这样的外行和"人类必败论"的拥趸普遍认为，裂隙人的应力武器应该能从太阳系的这一端打到另一端，因为小乔治就是突然被击中而死的，可他们都忽略了裂隙人拥有隐身技术这一关键点。地球上的有识之士则认为，只要是武器，必有包线，即使是拿太阳这样的星体做武器。

周子薇相信，那个和她最有默契的人肯定在看着自己，他也肯定知道自己拉开距离的用意。周子薇在对向航线的后期，就向裂隙叛军又甩出一枚中子弹。裂隙叛军勇猛之极，以致他竟然选择了不机动。面对一枚不知道何时爆炸的超强杀伤武器，他居然在等待周子薇的中子弹进入应力武器射程。

看着中子弹的超快速度，裂隙战舰驾驶员相信周子薇肯定设置了距离引信，不管自己隐身与否，中子弹都会在自己身边爆炸。因此他抢先一步，用应力武器瞄准了中子弹，只要它进入射程，他就有把握击毁它。

战场环境瞬息万变，裂隙叛军没想到的是，周子薇又发射了一枚导弹。前后仅仅间隔了两分钟，她就打出了两枚中子弹和一枚导弹。

"81192，五枚中子弹，间隔发射。"周子薇用的是明语，既然裂隙叛军已经掌握了人类的普通通信，那自己现在的行为就和梭哈一样。在最后时刻到达之前，不能让对方知道自己的底牌。

第十七章　燃烧的导火索

1

人类的默契就是如此神奇，在宇宙里极其少见。比如真正相爱的两人，无论相隔多远的距离，也可以想对方所想，努力克服一切困难，向对方展示自己的内心。即使人类计算机的能力达到独立思考的水平，它也会发现人类的默契是无法超越的。

那个和周子薇最默契的人当然是杨炳坤。两枚中子弹、一枚导弹，是周子薇打出的牌，第一张是明牌，后两张是暗牌。还有两张，周子薇还没有出。

知道这把牌打法的除了周子薇还有杨炳坤。杨炳坤当然一下就看出来周子薇的用意，她摆明了在测试裂隙人武器的攻击距离。这么远的距离用两种弹药？使用中子弹的目的太明确了，就连裂隙叛军都知道，中子弹肯定要用应力武器摧毁。只要他们使用武器，杨炳坤就能有收获。

五枚中子弹？她哪有五枚中子弹，她的机载数据都在自己这里，但杨炳坤相信周子薇不是来搞笑的。

她这是给自己出了一道"数学题"。周子薇弄出了一条标准的截击航线，她的弹药和裂隙叛军的应力武器就是标准的相向而行、等待相遇的甲方和乙方。有速度，有距离，有时间，只要这三枚弹药遭到应力武器的损毁，杨炳坤能立马算出来裂隙人应力武器的攻击包线。

来吧！打吧！杨炳坤忍不住笑了，他紧盯着屏幕，只希望向周子薇交出答案的时刻早一点到来。

战场情况出乎杨炳坤的预料，他没想到，第一枚中子弹会这么快就爆炸了，他不明白为什么周子薇会选择在距离自己这么近的地方引爆。

裂隙人的脑子也"炸"了，这个距离他根本用不着发射应力武器。炸点离他之远，离对方之近，以至于如果地球人的中子弹没有爆炸定向保护装置，会同样杀死地球人。这是同归于尽的中子弹，难道她是忌惮我们的应力武器吗？

那么第二枚肯定也是如此，总共要发射五枚……裂隙战舰驾驶员被第一枚中子弹震撼了，地球人太可怕了，居然拿出了不成功便成仁的决心！

作为战役的另一方，裂隙叛军也拿出了不怕死的勇气。他们基本知晓人类战舰的实力，根本不相信一架重明——哪怕是最新的机型——能装得下这么多的中子弹，但战场上不能掉以轻心，如果第二枚也是中子弹，那么必须在它抵达应力武器射界的时候摧毁它。

裂隙战舰驾驶员下定了决心并且立即行动，把应力武器瞄准的下一个目标定为中子弹。

周子薇总共发射了三枚弹药，第一枚用来向裂隙叛军证明自已所言非虚。还没爆炸的两枚，包括裂隙叛军都能看到，已经在周子薇的矢量图前方摆成一字长蛇阵。虚虚实实，已经够裂隙叛军猜了。

实际上，周子薇已经没有实施远程打击的能力了。杨炳坤能够看到 81192 上所有的武器，第三枚导弹已经是周子薇的最后一枚远距武器。没有远距武器，对现在的周子薇来说，是极其危险的。幸运的是她现在离自己这么近，杨炳坤有信心能够把周子薇接到鸢鸟 002 上。

最后这枚远距导弹是一枚主动跟踪制导的老旧导弹，引信是老旧的主动雷达引信，战斗部则是原始的剪切杆—钢珠复合杀伤型。它杀伤敌人的时候，全靠火药爆炸推动战斗部。在这个时代，纯靠物理作用形成杀伤的武器非常落后。在宇宙里，稍微有些地位的文明都当它是原始人手里的木头石块。这种武器，对裂隙人来说简直就是笑话。它速度慢，威力小，在抵达裂隙叛军的防御范围前就会被击落。这也是它一直还挂载在 81192 上，没有被发射出去的原因。

必须让裂隙叛军相信第三枚导弹也是中子弹。默契就在这里，杨炳坤看着航线上那枚常规导弹前行的轨迹，提醒周子薇："81192，注意第三枚弹道的机动时机！"

杨炳坤盯着第二枚中子弹，它一直没有被摧毁。它追着那艘裂隙战舰而去，制导的导引头不断修正着方位，轨迹像极了长刀刀锋的弧线。

这枚中子弹的炸点，周子薇选择了她与裂隙战舰的相遇点。她坚信裂隙叛军的应力武器顶多算个中距武器。它真实的攻击距离，马上就可以揭晓了。

当中子弹与裂隙战舰的距离即将抵达应力武器的杀伤包线时，裂隙叛军把早已准备好的应力武器发射出去，于是，中子弹爆炸了！

杨炳坤兴奋地拍了桌子，这个数据太宝贵了！周子薇看到了，也兴奋不已。

强大的辐射向前散开，应力武器则把中子弹所有残存的部分摧毁殆尽。像使用了魔法，周子薇预定的爆炸点只剩下虚无，只要有过太空作战经验的人都能想象那个区域得有多可怕。

应力武器无法破坏中子弹爆炸产生的能量，裂隙战舰驾驶员马上会看到最快抵达的杀伤力量——光辐射，紧接着的就是可怕的中子流。人类制造的中子弹有缺陷，中子流的速度并没有达到光速，一秒钟只有几千千米；在这种距离，这个时机，只要这个亡命之徒立刻机动，做个翻转，用机体阻挡一下中子辐射，或许还有一丝活命的机会。

出乎所有人的意料，明知道前面爆炸的是什么，这个裂隙叛军竟然没选择躲避，反而加速冲向周子薇并再次使用应力武器。就连杨炳坤和周子薇都佩服他这种为了胜利完全不要命的劲头。

杨炳坤的数学题答案只差最后第一行，这一行就写在第三枚导弹的导引头上。

裂隙叛军的应力武器马上就要蓄能完毕了，只要达到发射条件，他会毫不犹豫地打出来。由于杀伤面是辐射出去的扇形，因此距离越远，应力武器越有攻击面上的优势。

还不是机动的时候，周子薇又打出一枚中距的常规导弹，然后才机动，而杨炳坤紧盯着荧幕，他想早点看到周子薇的成果。

"机动！"杨炳坤的"动"字还没有说完，周子薇就已经把机动动作做到最大。座舱里红灯闪烁，"极限过载！极限过载！"的警告声不绝于耳，她以最大的毅力对抗着几乎让她昏迷的载荷。没有人能看到周子薇在头盔面罩下的脸，因为过载太大，她的脸已经严重变形，眼睛都深陷了下去。监控身体的墨影记录并且向外传送着她的身体状态，她的心跳已经达到了每分钟180次，并且还在增加……

这个转弯太重要了，甚至能够决定人类的命运。周子薇必须机动，自己必须在这场对抗中活下来，这才会有有效数据；她当然也知道自己转过去重新迎头有多危险，如果应力武器能打足够远，她或许会牺牲。

即使会牺牲也得这么干，人类太需要这个数据了。刚才的裂隙叛军不是也顶着中子弹往前冲吗？战争就是比狠，比恶，比谁不要命。为了获胜，你敢不惜自己的胳膊，我就敢不惜自己的大腿！

第三枚导弹被应力武器摧毁了，它的剪切杆和钢珠还没有发挥作用，就消失在应力武器制造的"巨浪"里。

这枚粉身碎骨的导弹又让杨炳坤激动得拍了桌子，这条"甲乙"相遇的路上写满了惊喜。杨炳坤不用电脑，口算就解出了答案，应力武器的最大攻击距离和最快攻击速度都有了！

周子薇机动之前打出的中距导弹也快到了，或许是因为探测到了弹型，裂隙战舰并没有把它放在眼里，而是选择继续往前突进。他的战术意图很明了，就是尽最大可能接近周子薇。他一直等到接近中距导弹的杀伤范围，才采取措施。出乎所有人的意料，他竟然没有使用应力武器摧毁它，而是选择了隐身。对于异常珍视燃料的裂隙叛军来说，他这个决策是可以理解为不惜一切代价。

中距导弹失去了目标，径直向前飞去。与它擦肩而过的裂隙战舰在电光石火间又取消了隐身，中距导弹捕获到了目标，可为时已晚，战斗部在黑暗的空间里闪了一下，就消失了。

裂隙人驾驶员躲过这次攻击，让满怀期待的杨炳坤和周子薇感到惋惜。

那个从后面包抄周子薇的裂隙战舰利用速度优势，顺利躲开了火星援军的远程武器，正不顾一切扑向周子薇，将他们的距离越拉越近。面对裂隙叛军中两名战斗力顶尖的驾驶员，周子薇还是陷入了以一敌二的局面，她如果不能在最短的时间内解决他们，后续到来的裂隙叛军必然会包围自己。

火星基地的援军不断地向着裂隙叛军的来向发射武器。这种大当量的中子弹具有射程优势，同时威力很大，缺点就是机动性差，裂隙叛军完全可以通过速度优势躲开。双方像是海上对冲的两波巨浪，他们注定将在相遇时撞个惊天动地！

2

南极的地球联合军科学研究院陷入了困境，对裂隙战舰的研究再无进展。研究人员已经忘了当初把裂隙战舰打开，发现里面处处是惊喜的兴奋感了。穿着防护设备的付大全看着眼前这两艘裂隙战舰，直感叹它们的设计非常巧妙。尤其是战舰的座舱，除了银白色的三角形装置——那是用来和驾驶员连接的设备——其他的仪表和操纵系统竟然完全不同。两个裂隙驾驶员的身材相差

很大，他们驾驶的两艘战舰的体型却正好相反……两艘裂隙战舰一点都不像工业设备，更像是艺术品，甚至能从设备布局上看出驾驶员的爱好与性格。

"所有的武器和设备我们都无法理解，它们不像是机械，更像是身体的一部分。"

还有更加可怕的发现，这两艘裂隙战舰的驾驶员似乎都没有离开座舱的记录。这是地球上所有科学家都无法理解的。

"给我一把椅子。"付大全说道。

身后的工作人员以为付大全累了，赶紧搬来一把椅子放在他的身后。谁知他没有坐下，而是指了指裂隙战舰的座舱，让那工作人员把椅子放进去。付大全走进裂隙战舰的座舱，坐在椅子上。这艘裂隙战舰的座椅和旁边那艘完全不同，那一艘的座舱竟然是匪夷所思的全动站立式，这一艘则是不可动的半躺式。

这座舱太大了。"搬走这把椅子。"付大全的话让众人困惑，但还是把椅子搬走了。付大全躺了进去，又高又大的座椅里躺着一个小小的人类，显得很不协调。付大全向上看去，那里是那个三角形装置，那个就是裂隙人的 AI 互联设备吧。

付大全猜对了。人类的墨影是给驾驶员提供全套的保障和辅助，担任的是连接的中间环节，而这套设备似乎是裂隙人的指挥棒，它们与驾驶员成为一体，参与增速减速、是否发射武器等的决策过程。

付大全闭上眼睛，他在想象这艘战舰是如何制造出来的。首先要驾驶员戴上那个连接器，然后座椅被设计出来，然后是座舱，然后是各种设备，然后是机体……最后他们和战舰合而为一，融合在一起。

付大全对身边的一众科学家说道："要想真正破解裂隙人的秘密，必须从这里入手！"他指了指那个三角形装置，又指了指自己的脑袋："所有的秘密都在这里，希望咱们能尽快破解裂隙人的大脑组织结构。"

"类人类我研究了一辈子，从未见过这样的种族。很遗憾，我们恐怕无法在短时间内破解了，因为他们的大脑在牺牲之前被彻底破坏，两具裂隙人遗体都一样。看来他们并不想别人掌握自己的秘密，这应该是他们临死前的自我保护机制。"一个科学家一边说着，一边手指着那个三角形装置，"两艘战舰，只有这两个三角形是一模一样的，其余的都是个性化制造。"

"那就从这两个三角开始！把所有的通道都密封起来，隔绝任何可能的通信。在通信方面，我们比不上裂隙人，我相信，这两艘战舰他们完全可以遥控指挥，我们要防止一切被他们刺探情报的可能性。"付大全说完，对身边的参谋说道，"给王参谋长打报告，就说为了保证信息安全，研究院要屏蔽一切信号。"走出裂隙战舰所在的房间，他在纸上写下了特殊时期的通信方法，让参谋按照这个方法再联系有关各方。

等参谋办好一切之后，付大全又带着他回到裂隙战舰处，有几个人劝付大全回去继续休息，付大全没有同意。他遥控来一辆助力轮椅，坐在里面，静静地看着研究工作，他想亲眼看到进展。当下首先要做的，是把那两个三角形装置取下来。这是两艘裂隙战舰肉眼能看出的唯一相同点。这两个装置都是悬浮在驾驶员座椅上方的，既然是悬浮，几个研究电磁的科学家认为可以先从磁悬浮理论入手，只要隔绝了"磁源"，就能把它从战舰上剥离出来。谁知道，几十个工作人员想尽了办法，竟然一个都没取下来。

"要暴力强拆下来吗？"一个科学家问付大全。

"不要破坏它，就在这里研究！把设备搬到这里来。"付大全倒是一点都不着急，他遥控着助力轮椅围着裂隙战舰观察。"这个装置应该是拆不下来的，如果把它和战舰强行分开，或许会导致非常严重的后果。"

付大全的判断没有错，当科学家们关注到那两个三角形装置时，茶卡斯图就希望好奇的地球人把那两个装置拆下来，这样两艘战舰就会自毁，届时地球联合军科学研究院的工作人员将会团灭。

处在科学研究院的人类根本不知道，他们的一举一动、一言一行自接收两艘战舰起，就被传给了茶卡斯图。隔着屏幕，茶卡斯图看着这个坐在椅子上的人，他第一次见这个人，但是通过对地球人的通信的监听，他知道这个叫"付大全"的是个厉害的人物。这时候付大全正好看向那个三角形装置，目光和茶卡斯图碰撞在一起。茶卡斯图从他的眼睛里看到了无比坚定的沉静，他顿时觉得自己获胜的把握降低了。

果然，在付大全的指挥下，科学研究院屏蔽了一切信号，茶卡斯图也失去了和这两艘裂隙战舰的联系，他对此感到非常惋惜，要不是超级通信实在太耗费能量了，他肯定会开启这两艘战舰的通信端，操纵这两艘战舰把这群地球人全杀光。

太空工厂附近，在裂隙叛军的拼杀之下，钢索旅剩余的重明-3已经退出战场，战场陷入了对峙。太空工厂孤零零"站"在两军对垒的中央，好像楚河汉界把两军分开。裂隙叛军当然不死心，不断有裂隙战舰向太空工厂靠近，钢索旅适时出击，一击便撤，拖延时间。

裂隙叛军还是有两艘战舰突破了阻击，依附在太空工厂的外部，给逐渐滑向黄道面的太空工厂减速。

他们依附的位置很刁钻，钢索旅攻击不到，而太空工厂在那个位置附近的出舱口也已被击毁。

断腿的大牛已经咬着牙关、重新站了起来，他重新穿上机甲。即使用上了麻药，他的额头上仍然全是因为疼痛而冒出的冷汗，那一颗颗的汗珠足有黄豆大小。脸色苍白的他重新组织起太空工厂护卫队。所有的机甲战士都集合在一起，数了数只有二十几人了，大牛准备带领他们出舱，正面给予这两艘裂隙战舰痛击。

"一九九旅全体出征。帮我请示王参谋长，规矩该改改了，如果我牺牲了，请不要取消我们的番号。"大牛站在舱口向林菲翔请示，他尽量把语气说得轻松一些，但想到牺牲的战友，他忍不住热泪盈眶。

"一九九旅原地待命！"林菲翔的眼睛也湿润了，但他很理智，这时候没必要做无谓的牺牲。看态势，增援部队很快就会到来，而且裂隙叛军的这两艘战舰不足以把太空工厂的路线完全改变。

3

火星基地的增援部队并没有在周子薇附近停留，他们有更重要的任务，他们也相信周子薇有能力消灭那两个裂隙叛军。

此刻，周子薇确实展示了她强大的内心和战斗力。几个机动动作后，她就在第二艘裂隙战舰加入战圈之前占据了主动优势，追得另一艘裂隙战舰东躲西藏，只可惜重明-3上现在只剩下激光炮。周子薇的重明-3像T台上自信的模特，每一个动作都很优雅，但并不缓慢，追击也不疯狂，看起来很随意地折来转去，可炮口始终稳定地落在目标附近。被周子薇追击的那个裂隙叛军确实不是泛泛之辈，有好几次，他差点转为主动。现在他扮演的是诱饵的角色，或许自己会被周子薇击落，但可以为同伴创造机会，待到同伴从周子薇身后发起攻击并击落她，就会改变战场态势。

一起追来的还有三十几艘裂隙战舰，但已经指望不上了，因为火星基地的援军已经和他们厮杀在一起。

面对三十几艘裂隙战舰，火星基地的援军占有绝对的兵力优势。虽然是第一次交锋，在被裂隙叛军击落了几架重明之后，他们很快控制住了节奏，将裂隙叛军打得七零八落。他们不敢恋战，太空工厂更需要他们，他们只能一边总结刚才短暂战斗得出的经验，一边继续赶路。

击落一架有速度优势的目标是很难的，用瞄准光环套住它相当于在狂风天里，用一个绿豆大小的圈套上一根在10米之外狗尾草。裂隙叛军的战舰已经被周子薇击伤多处，但驾驶员没有逃跑，他终于等到了自己的队友向周子薇发射武器。

也就是这么一分神，就被身后的周子薇抓到了战机。她的激光炮像捅穿豆腐的铁筷子，一下就将裂隙叛军的战舰打出了一个大窟窿，让对方顿时失去了机动能力。周子薇毫不犹豫，第二炮！第三炮！她不断向裂隙战舰开炮，直至将其彻底击毁。

在冲到裂隙战舰侧方的时候，周子薇向裂隙战舰看去。裂隙战舰没有水滴式的座舱，从外部看不到驾驶员，但是里面的驾驶员能看到周子薇。他的身体已经被激光炮击穿，他的生命正在流逝，他已经不能做任何动作。在朦胧之中，他看到一个纤细弱小的身躯、一张五彩斑斓的面罩、那恐怖的红蓝涂装……周子薇滚转了一个角度，一个猛烈的急转弯，消失在宇宙里。

随着这个华丽的机动，那裂隙叛军的生命终于走到了终点。

周子薇马上要面对的是身后的那一艘裂隙战舰，击落它之后，自己就能见到杨炳坤了。

81192 像离弦的箭，冲向裂隙战舰。

本来盯着荧幕的杨炳坤转身离开指挥席，他已经不需要看了，他对周子薇获胜有绝对的信心。他笑着对身边的参谋说道："准备一下，接你们嫂子！"

杨炳坤直接去了停机舱，他亲自检查马上要给周子薇补给的燃料和武器，并且亲自检查了一遍升级包。旁边的工程师笑嘻嘻地看着杨炳坤忙里忙外，平时严肃的杨指挥，现在像是在家里收拾卫生的男主人，他这么做是为迎接出差已久的爱人。

"81192 请求着舰。"趴在舷窗上的杨炳坤像是等了千百年，周子薇的报告词终于在停机舱响起。

"可以，可以着舰。都准备好了！"杨炳坤抢在通信参谋回答之前答复周子薇，因为激动，他甚至有些口吃起来。周子薇的心瞬间被幸福填满。情侣之间最美好的状态或许就是这样，你刚想喝水，杯子就端在眼前，而且杯子里盛的是你最想喝的柠檬水。

周子薇从重明 –3 里脱离下来，杨炳坤第一时间冲上去扶住她的墨影。各类型的工程师冲到 81192 旁边，各种机械开始给重明 –3 进行补给。这时候，杨炳坤看到周子薇脸色苍白，嘴唇发紫。这是刚才的大载荷机动造成的，他很心疼，把她的手放在自己的手里。四目相对，他们心中藏有千言万语，此时却说不出来一个字。

正在两个人无限深情地对望时，通信器里传来王东升的通信，两人的甜蜜时刻被打断，同时看向通信器里的王东升。

"周子薇辛苦了，身体吃得消吗？"王东升慰问周子薇。看到周子薇的脸色，王东升也心疼。

"感谢首长关心，我很好。"周子薇的目光像是秋日里的水，平和宁静。你很难相信这样的目光来自一个刚刚从战场厮杀回来的人，仿佛刚才击落裂隙战舰的英勇事迹和她毫无关系。

"我很想让你们休息一下，但是现在还没到决战，钢索旅和你，鸢鸟002和杨炳坤，你们这两支队伍会全程使用，而且全程都是主力。"

杨炳坤和周子薇同时回答道："坚决完成任务！"

"任务自然要完成，但人不是机器。钢索旅休整待命，这次会给你们足够的休息时间。放心，我们和火星基地的支援力量会把太空工厂夺回来的。我记得杨炳坤对《三国演义》倒背如流，里面关于斩颜良的章节多想想，这是你们下一步的任务。你们先好好休息吧，这仗打完了我给你们主持婚礼。"

听到这个消息，杨炳坤和周子薇相视一笑，仿佛战争马上就要结束了一样，王东升继续说道："升级包里有一个备用升级包，你们两个仔细研究一下。"

王东升说完，马上关闭了通信器。在通信器里看到的两个年轻人使他想起了自己年轻时的事，他理解他们，当前所未有的局势到来、时代的重担压在肩上，那是相当沉重的。

王东升的话再明显不过了，裂隙叛军的确已经破译了地球人的通信，但是茶卡斯图肯定没看过《三国演义》，而杨炳坤是个"三国通"，关羽斩颜良的章节杨炳坤再熟悉不过了。他立即明白了王东升的想法，兴奋地给周子薇念了几句话："那关公起身曰：'某虽不才，愿去万军中取其首级……'河北军如波开浪裂，关公径奔颜良。颜良正在麾盖下，见关公冲来，方欲问时，关公赤兔马快，早已跑到面前。颜良措手不及，被云长手起一刀，刺于马下。忽地下马，割了颜良首级，拴于马项之下。飞身上马，提刀出阵，如入无人之境。河北兵将大惊，不战自乱。"

杨炳坤念完了，周子薇瞬间明白了王东升的命令。钢索旅将要做的，便是模仿关羽冲入敌军阵营，斩下他们主将的首级！

周子薇看着杨炳坤继续讲三国，这是他第一次在自己面前手舞足蹈、像是滑稽的说书人一样，不由得笑个不停。她看了一眼态势图，钢索旅显然已经接收到地球联合军指挥部的命令，正在交替掩护撤出战场。地球和火星基地的援军即将接替他们，在太空工厂与裂隙叛军的狂徒展开一战。

周子薇又打开升级包看了一下，是针对人机互联的正常升级。看到王东升提到的备用升级包，周子薇的心里顿时起了波澜。

4

茶卡斯图最终还是放下了手中的那个颅骨，他注视着颅骨黑洞洞的眼眶。太空工厂那里态势已经很明确了，他失败了。

仗打成这样，茶卡斯图明白是因为自己决策错误。在错误的时间，错误的地点，选择了错误的对象，他小看了地球人抵抗的决心。

以裂隙叛军这种受了损失又没有补给的状态，就算能够躲过裂隙正规军的追杀，走出太阳系，很快也会被其他文明消灭。裂隙叛军太需要太空工厂了，破解眼前困顿局面唯一的手段，就是压上血本，把主力部队的全部兵力投入进去，像暴风一样，将太空工厂卷走。

这条征途最大的挑战是地球人的主力部队，且不说火星基地的超级长矛，那个发射超级当量中子弹的超级武器，就说火星基地和地球联合军的主力部队，他们绝对会在裂隙叛军冲进黄道面之前开火。到时候，裂隙叛军的主力将背水一战。

茶卡斯图早已发现火星基地和地球联合军的意见不一致，或许和火星基地谈判是最佳的突破口？裂隙人不屑于谈判，即便对方的文明水平和自己相当也是如此，而现在他居然要考虑和文明水平比自己低得多的地球人谈判，这让茶卡斯图很是纠结。

如果谈判，那么无论成功还是失败，都会成为裂隙正规军，尤其是首领鄙视自己的重要依据。

裂隙叛军已经身为宇宙流寇，流寇即无原则，那裂隙人的"高贵和勇敢"还要不要坚持？权衡之下，茶卡斯图没有选择谈判。作为身经百战的首领，茶卡斯图认为：现在不能继续把目标放在太空工厂，如果针对着目标作战，所有的战略意图都难免会围绕着那个目标……他的部队在星际作战的经验很丰富，地球人在他们面前就是小学生，只有放开了打，才能发挥他们的优势。茶卡斯图确信，在强大的攻势面前，地球人坚持不了多久，或许还会有意外收获。

于是，茶卡斯图开始调兵遣将，本是悬停在黄道面北方的裂隙叛军大部队开始动作。最终，这里的裂隙叛军逐渐分成了三个阵营。茶卡斯图让最强的一支与地球联合军主动作战，牵制他们；第二支稍弱的避开火星基地和超级长矛，远距离去进攻地球，让地球人首尾不能顾；自己率第三支作为预备队，随时补充前两路。

地球联合军和火星基地很快发现裂隙叛军在分兵却搞不清他们的意图，双方的指挥部马上召开联席会议，讨论对策。很多与会者错误地认为，裂隙叛军会派出一支攻击火星基地，另外一支去劫掠太空工厂。

这个错误判断让火星基地的哈特曼有些恐慌，他早已忘记了自己年轻时候的雄心壮志。"火星基地计划依托火星的超级长矛，对敌军进行反击，考虑到我方中子弹的威力，为避免误伤自己人，我们计划调整舰队位置、收缩布防空间，把兵力集中配置在火星……"

哈特曼的话再明显不过了。表面上是主动作为，让他们的超级长矛可以发挥最大能力，御敌于门外；实际上，他们这是向地球联合军表明自己的态度：他们会最大程度地保存实力，不会向友军伸出援手。

看着这个老战友，王东升很无奈，他深知当一个人的思想由开阔变为狭隘，只能说明这个人的心理老化了。他笑着对哈特曼说道："哈特曼，你还记得我们最后一次参加战斗的情景吗？如果未来的决战，你们需要帮助，我们会毫不犹豫地支援你们，再一次与你们并肩作战。"

王东升的话让哈特曼羞愧不已。

这时候，柯伊伯带上出现了数量不少的舰艇！裂隙叛军和人类同时发现了这一情况。人类乱作一团，所有人都以为裂隙叛军又来了援军，因为裂隙叛军就是在那里出现的。

荼卡斯图心里很忐忑，因为他知道来的是谁，是宇宙拾荒者。对于大的战役，宇宙拾荒者的嗅觉都比任何动物都灵。

荼卡斯图预料到了地球人的恐慌。照宇宙规则，战役结束之前，宇宙拾荒者是不会发话的，地球人肯定会因此搞不清战场形势，把宇宙拾荒者误认为是裂隙援军，继而陷入混乱……

荼卡斯图高兴不起来，他有一个不好的预感。宇宙拾荒者集体在太阳系出现，难道是预示自己的失败吗？只要是裂隙人获胜的战役，他们就极少出现在相关的战场。裂隙人的应力武器威力过于强大，导致他们获胜的战役结束后，战场上基本找不到完整的装备，这让宇宙拾荒者往往无利可图。

难道宇宙拾荒者是专门过来复仇的吗？所有的文明绝不杀害宇宙拾荒者，是一条众所周知的宇宙规则。毕竟在茫茫的宇宙中，在命运的轮转之下，谁也无法保证自己不会沦落到这个阶层。但是自己破坏了这个规则，为了测试地球人的武器，他下令杀害了他们两艘舰艇上的同袍。荼卡斯图安慰自己——他们不可能复仇！他们恪守宇宙规则，从不使用武器，从不同情一方，也从不偏袒一方。

"柯伊伯带上不明战舰的数量还在增加！"一个参谋向王东升报告。地球联合军和火星基地的联席会议已经陷入了沉默，所有人的关注点都在柯伊伯带。

时机已到，还等什么？！荼卡斯图知道无论宇宙拾荒者来太阳系干什么，他和地球人的这次决战都得继续进行。大部队兵分三路，由本来一团团的列阵，变为三条"长蛇"，缓缓行动起来。一支对向地球联合军主力，一支对向火星基地，茶卡斯图这带领的支则一直在盘旋……他们不断捕捉太阳、临近的几大行星的引力，等待最佳的轨迹切入点，只要时机成熟，他们会以最快的速度向地球人发动攻击。

作为"全人类合作计划"主要成员国的总统，乔治八世也参加了联席会议。柯伊伯带骤变的形势让乔治八世兴奋，越是有翻天覆地的变局，对于生意人越是机遇。乔治八世觉得自己很有必要把集团战略再改变一次了。

5

经过改造的小型无人机甲早已运到了各个部队，已经有超过八成的地球联合军主力完成了武器升级。火星基地的战舰数量多，他们一边向火星压缩空间，一边进行武器升级。

看态势，大决战马上到来，王东升做战前动员，所有人的通信中都响着王东升铿锵有力的声音，包括火星基地的将士。"我命令所有的战斗员做好战斗准备，所有指挥员做好应对最复杂战况的准备。这次战役是人类从未面对过的局面，人类的命运到了最危险的时刻……为了我们的家园不被侵略，我们的后辈不为奴隶，更为了我们生在这个时代的使命。我们的血不仅仅是会流淌的，还是会沸腾的！战斗吧，英雄们！为了胜利，为了全人类！"

王东升最后一个字讲完，所有人都在呼喊咆哮，抒发心中必胜的斗志。别管柯伊伯带上来的是些什么，来吧！

决战马上打响，现在地球联合军主力的所有战舰都在给激光炮加超高压，蓝色的、红色的，炮膛里的火光星星点点，从火星基地的主阵地看过去，蔚为壮观。

王东升满怀深情地对哈特曼说道："我的老战友哈特曼，我很遗憾，'全人类合作计划'从提出到真正成立经历了一百多年，成立得太晚了，如果能够早一些，再早一些，摒弃那些偏见、隔阂、龃龉……所有人类同心同德，科技互享，或许任何战争都无法灭亡人类这个种族。祝你们好运！"

火星基地制订的战略方针就是龟缩，哈特曼一句话都没说。他的指挥舰正在往超级长矛运动，看着地球联合军的激光炮列阵，气势恢宏。他知道每一道光的后面，都是鲜活的生命，他不由得想起年轻的自己，意气风发、挥斥方遒的自己。

超级长矛在充电，它将是火星基地最有力的后盾。中子弹正从地下弹药库里源源不断地运出来，在超级长矛的发射装置后面排成排。哈特曼已经拿出了压箱底的家伙。

围绕着太空工厂的战斗让太空工厂受创严重：外部损伤导致的电路损毁引起了供电不足，供电不足又导致对外通信瘫痪和供氧不足。后者带来的严重后果已经开始显现。太空工厂的人员已经陷入了一种恍惚的状态，生命如果是根燃着的蜡烛，那他们的蜡烛就要燃尽了。

钢索旅撤出战场，太空工厂陷入了短暂的失管失控状态，十几艘裂隙战舰瞬间就"趴"在太空工厂的外部，继续完成之前没有完成的任务——以最大的推力带着太空工厂远离黄道面。太空工厂里所有人都感到了那种可怕的速度。

所有人都很悲观，一个工程师实在憋不住了，他用公用频道问林菲翔："林指挥，地球是准备放弃我们了吗？"

缺了一条腿的大牛靠在墙上，他比他的机甲还要疲惫，为了给林菲翔一点支持，他几次要求出舱。

太空工厂的指挥长——年轻的林菲翔尚未痊愈，他的伤口还打着钉子，钉子还未去除，钉脚处有些发痒。从负伤到现在，他经历了好几次的转变。谁能想到短短的时间内，他会从一个负责保障的机械师成长为太空工厂的实际负责人。

越是沉重的担子，越要资格老、成熟稳重的人来挑——这是大多数人类的刻板印象，而事实证明，担子能够促进年轻人思考。形势逼人的时候，年轻人才能最大程度地激发自身的潜能。当然，这里有个前提，就是这个年轻人必须是一个聪明、正直、好学、善于总结和开拓的人。

"相信我，我们不是被遗弃的孤儿。虽然我们现在获取不到地球的信息，但是我们的同胞肯定在想办法救助我们。钢索旅在我们身边战斗了这么久，他们早就该进行补给了，所以大家不要急躁。如果我们的地球也遭受攻击，而他们自顾尚无暇，那才是我们拼死搏杀的时刻。现在，所有机甲就地休息，等待命令！"

林菲翔的机内通话响在每一个人的耳边，这时候，大家又有了主心骨。疲惫的大牛这才让人把他从机甲上扶下来，坐进轮椅。

对一个指挥员来说，在关键时刻稳定大家的情绪是很重要的。当太空工厂安静下来，林菲翔这才听到自己的心跳声。他的心脏跳得剧烈，他能猜到形势的严峻性，太空工厂作为最重要的争夺点，竟然出现了阻击的"断档"，这明显是兵力不足的表现。林菲翔努力回忆通信中断之前的敌我态势，推算地球联合军和火星基地援军的位置，以及他们到达太空工厂的时间。假如

25分钟之内援军抵达不了，那么只有一种可能，裂隙人去攻击人类的最脆弱的点——地球，王东升参谋长肯定要将这批援军调回去。毕竟地球联合军的兵力绝大多数集中在小行星带内侧，地月基地之间的兵力少得可怜。

只有一个人失去所有信息源的时候，他才不会被各种花哨的谎言欺骗，才会有发自内心的冷静思考，这种思考尤其珍贵。林菲翔在想，如果我是裂隙人的首领，我会攻击地球人的哪个环节？太空工厂的战斗已经接近尾声，现在疏于防守；"南仁东号"太远；地球作为大本营，正是地球人的软肋。林菲翔的想法突破了人类的惯性思维。

超级长矛填的多个轨道都填好了中子弹，只待哈特曼的命令即可发射。火星基地的庞大舰队围绕在奥林匹斯山周围，顺着山势，摆出盾的防御阵形。哈特曼根据裂隙叛军和火星基地的距离，发出"激光炮加高压"的命令，只待那并不会来的敌人。

第十八章　迎战的旗帜

1

乔治八世感到形势不妙，终于按捺不住，偷偷地联系茶卡斯图。为了防止被地球联合军发现，他指使自己的亲信找了个偏僻的处所，给茶卡斯图建立了莫尔斯电码通信。这样做的好处有很多，最突出的一条——就算被联合军发现了，自己也可以把这些事推到赫耳墨斯之徒身上。并且，乔治八世已经为最坏的结果做好了准备，秘密组织起自己的军事力量，只要裂隙叛军有攻击地球的迹象，他就立即乘坐母舰，在自己"卫队"的保护下逃离地球。

乔治八世选择的目的地竟然是"南仁东号"。

他认为，在"南仁东号"的附近可以掌握最新的战况，当人类落败时，自己能够第一时间确定自己下一步转移到哪。转移都是以后要做的事，当下，乔治八世有信心在战场胜负将定时抱住胜利者的大腿，并且成为他甩不掉的"助手"。

反观茶卡斯图，他并没有时间理会乔治八世不间断发来的、恼人的长短信号。他对自己的队伍都有信心，最强的那支本身战斗力就很强，只要火星基地不参战，对付地球联合军的主力绰绰有余；越过火星基地去攻击地球的那支就更不用担心，茶卡斯图还判定，只要不主动攻打火星基地，对方肯定会按兵不动。

这么大的战役，是人类第一次遇到，战场上所有的心弦都绷到了极致，即使是一个石子落在地上都会让人惊出冷汗。

在这样剑拔弩张的时刻，居然是太空工厂打响了决战的第一炮。

谁也不知道林菲翔在那二十几分钟里经历了什么，他听着自己的心跳声，那铿锵有力的心跳声仿佛是死神迫近的脚步声。林菲翔甚至希望这响声停下来——太难熬了。他一面强迫自己冷静下来，梳理太空工厂各方面的情况，寻找可能的生机；一面又不断被寻找生机无果的残酷现实推到绝望的深渊。

当援军的第一枚导弹在太空工厂附近爆炸，站在舷窗旁的林菲翔终于看到了生机，他终于松了一口气，他的身体完全放松，向后倾倒，正好坐在指挥椅上。终于等来了最好的结果。

旁边的参谋这时候才注意到他脸色苍白，连忙过来询问："林指挥，您还好吧。"

林菲翔的心跳仍然很剧烈，他尽量不让参谋看到自己紧张的一面，但暗中试了几次，都没力气坐直身体。于是他"镇定"地把两只手交叉放在腹部："很好……咱们得救了。你把这事通知到所有人，再问问通信那边的，恢复还需要多少时间？"

参谋转身看向舱外，直接用机内通话向太空工厂内的所有人欢呼道："来了！来了！重明！玄女！"

太空工厂再次沸腾，所有人都在找最近的舷窗。林菲翔闭上了眼，笑了，喧哗是平复他心情的良药。

和钢索旅在的时候不一样,那时,太空工厂四周能够看到的绝大多数是裂隙战舰。现在大家看到的匆匆掠过的身影大部分是他们都熟悉的,重明和玄女是那么亲切。

荼卡斯图手下的老旧机战舰也到了。它们比人类的援军略微晚了一步,但也到了。

于是太空工厂看到一幕诡异的景象,忽然之间,很多裂隙战舰冲进战圈,但它们的战斗力却可以记为零。在太空工厂指挥中心的林菲翔看到,一架玄女正在追踪一艘裂隙战舰,追踪成功了,导弹已经发射,这时,另一艘残破的裂隙战舰迎着导弹而去,与导弹同归于尽,只为了掩护那艘被追击的"同族"。

又有一艘以身迎敌的裂隙战舰!这一艘像一颗流星般撞向一架重明,准备与重明同归于尽,但重明机巧地躲开了,于是它撞向了一架玄女。两艘战舰撞成碎片,沿着裂隙战舰的矢量方向散开去……这群源源不断的裂隙援军像是投入火里的飞蛾,这种赴死的劲头甚至让大牛都头皮发麻。这究竟是群怎样的外星人啊!那残破不堪的裂隙战舰甚至连自卫的能力都没有,就这么义无反顾地冲进战圈,把自身当作最后的武器。

大牛不忍再看,他转过身,背靠着舱壁缓缓坐了下去。一瞬间,他想了很多。这帮裂隙人就是一群流寇,在地球劫掠不成,完全可以撤走,何必如此拼杀。虽然他们是人类的对手,但他们这一刻展现的英勇仍值得钦佩。大牛说不出什么大道理,他只是对这样的裂隙人感到惊叹。这场战役之后,如果自己还有未来,那就要不断战胜自己,做得比他们还要出色。只有这样,才能跟上时代的步伐,才能更好地应对未来可能出现的外星人。

战事突变让林菲翔惊讶不已,他呼地站起来,对还没执行命令的参谋喊道："快去找通信的，工厂外部的裂隙战舰清除之后，集中电力，必须马上恢复对外通信！"

这是人类第一次见到裂隙人的战斗意志，仅从这方面来看，可以说不亚于地球联合军。这个情况必须通报给地球联合军指挥部，这对于指挥部下作战决心太重要了。林菲翔不知道现在的形势，双方主力对主力，战舰都已经进入了轨道，马上就要大决战了。他的汇报对于人类来说，和破解裂隙叛军的武器信息一样重要。

当太空工厂的所有人为取得胜利的援军欢呼、为敢于赴死的裂隙人唏嘘时，茶卡斯图丝毫没有为太空工厂的事情分神。裂隙人从坐进战舰座舱开始，他们的结局就只有一个，那就是和战舰一起粉身碎骨。这是每一个裂隙战舰驾驶员再正常不过的必经之路。

尽管老旧的裂隙战舰很多，但太空工厂的胜负已定，人类马上就可以带着太空工厂返回黄道面了。看着舷窗外的战斗，理智的林菲翔这样判定。

2

火星的引力很小，茶卡斯图的两支精兵却抓得很准。一开始他们在黄道面的北方并行航行，在引力值达到最大的时候，他们向火星冲去。这一点出乎所有人的意料，表面看来，他们并没有分兵的打算，是想集中优势兵力、逐个击破，是准备给龟缩的哈特曼一个"惊喜"。

哈特曼也没想到他们最先准备突破的阵地竟然是火星基地。哈特曼有些慌张，随即感到自豪，他毫不犹豫地指挥超级长矛发射中子弹，间隔发射，全方位封锁裂隙叛军的来路。

随即哈特曼就检查超级长矛的中子弹储备，他唯恐不够用。当看到能够支撑两天的时候，他就有些担忧，中子弹打完了，就得派舰队上了，恐怕舰队也支撑不了太久，呼叫地球联合军的支援必须得趁早。

就在哈特曼担忧之际，裂隙叛军的两支部队竟然都借助火星引力跳跃了，一支奔向了地球联合军主力，另一支奔向了太阳系内部。哈特曼的中子弹像是欢送的焰火，在两支裂隙叛军的中间位置炸开。

火星基地的各个舰队都在积极备战，当这个消息传来，群体行动瞬间转变为群体惊愕，他们搞不明白，这群裂隙叛军明明是奔着自己而来的，怎么突然就变了？

地球联合军的指挥部里更加混乱，茶卡斯图的战略打得所有人措手不及，王东升更是陷入了两难。第一支部队的意图明确，就是要和地球联合军主力大决战，可是谁也不知道茶卡斯图第二支部队想去哪里，"南仁东号"、月球基地还是地球？如果这时候把地球联合军的主力调回地球，那就会陷入两线作战，被裂隙叛军前后夹击；如果把他们留在小行星带放手一搏，那第二支裂隙叛军的目标无论是哪里，地球都会因缺少主力部队的支撑而无力反抗。与汹涌而来的裂隙叛军相比，这个地方可堪一战的武器和兵力太少了。

要破除这种困境，只有一种方法——火星基地主动出击，但是实施这种方法的可能性很小。哈特曼故步自封，根本没有出击的打算。还有另一种更难实现的方法。就是鸢鸟002和钢索旅。王东升看看时间，钢索旅有24小时可以休息，不知道他们这支奇兵能不能创造奇迹。作为一个指挥员，有的时候，必须做这样的决断。钢索旅去执行的是"斩首"行动，这种九死一生、凶多吉少的活儿，王东升恨不得自己去，他不想任何人去冒这种险。可是，作为地球联合军的最高指挥官，他真的没法亲自上阵，也必须得下这样的命令，这是最让他难受的。

王东升下令，操作"南仁东号"变轨，尽管他确信裂隙叛军也掌握了"南仁东号"的数据。不管怎么样，眼下的仗只能这么打了，至少在获取战场信息方面双方是平等的。

机会就像气味，看不见摸不着，大多数人只会迷茫地让它在鼻子底下溜走，所以像乔治八世这样的人真的是凤毛麟角，他对于机会的把握超越绝大多数人类。他的世界里似乎毫无感情，只有理智，甚至小乔治的死，也只是他生命之河里的一圈涟漪，并不会影响他生命之河的去向。

乔治八世敏锐地察觉到，这时候带着自己的"卫队"转移到"南仁东号"附近是理由最充分的。裂隙叛军只是向着太阳系内部进发，并没有证据表明他们到底是攻击地球，还是月球基地，还是"南仁东号"，他完全可以打着保卫雷达的旗号，名正言顺地离开地球。

乔治八世眼下唯一一件必须做的事，就是辞去 A 国总统的职务。他不能戴着总统的"帽子"去做"保卫"全人类基础设施的工作。乔治八世向地球联合军递交了出航申请，没等收到地球联合军的回复，就向 A 国议会递交了辞呈。

自己的后院，种的肯定全是自己的庄稼。A 国议会同意乔治八世辞职的公文比地球联合军的回复还到得早。

对于乔治八世来说，这件事里唯一的缺憾就是戳穿了自己之前的谎言。之前他交给王东升1 000多架战斗型舰船，号称自己只生产了这么多，现在又有5 000架，着实是说不过去，但是脸皮厚可以抵挡一切。

王东升早就知道他的为人，他留有后手，也是在王东升的意料之中，只不过令王东升没想到的是，乔治八世竟然藏了这么多。身为一个资深的军人，王东升能够想到乔治八世所有的未来规划。哈特曼、乔治八世和他，三人的想法就像是背道而驰的射线。目前来看，把这些"射线"都聚拢到一起的难度很大，但是这些"射线"只要聚集就是激光炮。王东升确信自己能把他们聚拢起来，只是时机还没到。

乔治集团的工厂分布在世界各地，它们集体开始行动，各种战舰从隐蔽的仓库里运出来。这些战舰原本只是产品，在王东升的命令之下，它们迅速被注册，成为人类的战舰。这些战舰在世界各地的基地起飞，5 000架战舰同时向非洲大陆的南端聚集。那是个壮观的景象，人类都能通过媒体看到，不明真相的观众还以为乔治八世主动出击，纷纷为他叫好。一艘金色的鸾鸟在停机坪上等着乔治八世，阳光之下，它发出夺目的光芒。

乔治八世留在地球上的"人才"还在无休止地向茶卡斯图发送着莫尔斯密码，只不过把内容改了：地球人领袖已经携众多的战舰去往太阳系内部，随时愿意与您面对面讨论太阳和平的问题。

3

太空工厂的战事终于结束，在火星基地和地球联合军两支援军的共同努力之下，太空工厂周围的裂隙战舰再也构不成威胁，太空工厂终于踏上了"回家"的路。

太空工厂里的人欢呼雀跃，林菲翔喜极而泣。大牛则一声不吭，自己去了医疗室，主动提出让工程师给自己做一条机械的腿。不为别的，是他觉得警铃随时还会拉响，他不想因为少一条腿耽误了战斗。

人类在太空工厂损失得太多了，又是将近三个旅的兵力消失在黑暗的宇宙。裂隙叛军的老旧战舰还在不断地驶来，他们想撞击太空工厂，想撞击重明-3。这群老朽的裂隙人，来得越晚战舰越老旧，但是他们很执着，还在为自己的使命付出自己的生命。几架游走在太空工厂外围的重明-3一直把他们当作麻烦在清理。太空工厂"回家"的路上并不冷清，它的身后，不时有裂隙战舰绽放的"礼花"。

荼卡斯图当然知道太空工厂的战况，但他也明白要想取得这枚果实，必须击溃地球人的主力部队。所以他现在关注的，是自己麾下这支对向小行星带的队伍。这支队伍像一股奔腾的洪流，冲向了地球联合军的主力部队。在地球人发射中子弹之前，他们分散开来，像一场华丽的流星雨。

当下的战场，中子弹是地球人最引以为豪的武器。虽然战舰发射的中子弹远远赶不上超级长矛发射的中子弹的当量，但是杀伤力也是十足的。况且有各种补给舰在身边，战舰可以向着裂隙叛军的来向将中子弹不计数目地打过去。于是裂隙叛军再散开，战场逐渐变大。

这支裂隙叛军不断地变换队形，在中子弹的威胁之下，他们分散、再分散，以至于他们几乎散成了一团"雾"。这团"雾"快要把地球联合军的主力包围起来，中子弹没有起到预想的效果。王东升急忙下令："节约使用中子弹！"王东升看到了问题，这么下去，主力部队会被围于一地，只待被围猎。

不能这样下去，这样是裂隙叛军首领想要的结果，王东升的脑海里不断地转换着这个想法。他看向态势图，裂隙叛军的第二支部队还在跳跃，通过超级计算机预测轨迹，他们在太阳系内部的进入点最大可能是地球，而且他们距离地球很近了。

别管他们是不是真的要攻击地球，地球联合军都必须打起十二分的精神警戒。如果他们真的攻击地球，那造成的结果就太惨痛了，没有谁敢赌。看起来地球联合军主力的两线作战是不可避免的了，如果地球联合军和裂隙叛军能够打成平手，王东升觉得火星基地肯定会加入进来，那么裂隙叛军也会陷入两线作战，或许这是人类获胜的唯一希望。时间容不得人多想，王东升立刻给地球联合军主力下达命令："地球联合军向地球突破！主动冲击第二支裂隙人部队。"

兵力分散有分散的好处，可以规避大规模杀伤武器的攻击，同时带来的坏处是更容易突破。茶卡斯图拟定这样一个作战计划，不是因为他格局不够，是因为他真的太缺后援和保障了。在太空工厂受到的顽强抵抗，已经使他丧失了所有的精锐和老旧战舰，他现在的部队里，都是原来部队里能力平平的人员。在茶卡斯图看来，是不能指望他们创造战争奇迹的。

茶卡斯图一边想尽可能地多保留些战舰，一边借助躲避中子弹的机动，逐渐完成对地球联合军主力的整体包围，然后用应力武器从外往里对他们进行攻击。

不过，他没想到，双方还没有真正意义上交火，地球人就改变了战略。地球联合军的主力部队开始突围，还没完成的包围圈瞬间就被撕破。

王东升一直在盯着态势图，他看见地球联合军的舰队像是一头巨鲸，向着地球前进，而本来包围他们的裂隙叛军在被不断吞噬。

茶卡斯图迅速反应过来，让第一支部队的行动由包围改为追击。第二支攻击地球的部队快马加鞭地往前赶，他们已经找到了最合适的引力点，积攒了最大的势能。

战场形成了一种奇怪的态势，地球联合军主力追赶裂隙叛军的第二支部队，而裂隙叛军的第一支部队又在追击地球联合军主力，实力雄厚的火星基地在当观众。

"林芝基地！"王东升向马克尔和李轩婉发起通话，"你们那里怎么样了？中子弹装上了没有？"

马克尔和李轩婉被风吹得站不住脚，他们正带着几名工程师检查发射装置的最后一个环节，马克尔在一个显示器上调取了数据："现在情况都好，我们已装填了最大当量的中子弹！砰！"马克尔兴奋地用手比画着爆炸。

李轩婉显得忧心忡忡，她接着马克尔的话说道："林芝基地建议，发射时机由我们这里确定，我们不能像火星基地那样漫无目的地打。"

王东升表示赞同，他对李轩婉说道："是的，咱们条件有限，发射权限就交给你们。重新装填的时间是多久？"

"15分钟——"马克尔抢先说道。

"25分钟！"李轩婉打断了马克尔，"你没算冷却时间！"

"那是理论数据，如果还要冷却，就不用打仗了！"马克尔对李轩婉说，其实是说给王东升听。

王东升明白，马克尔说的是极限的数据，他跟工程师和设计师打了一辈子的交道，他太明白他们的原则，他们对待设备的态度就像对待自己的眼睛。但是战争就是战争，敌人马上冲上阵地，不能因为心疼枪管的膛线就暂停射击。

马克尔的乐观并没有感染到王东升，李轩婉紧皱的眉头也没有使王东升忧虑。王东升知道地球长矛比超级长矛差了太多。奥林匹斯山是座盾形山，超级长矛的攻击范围是一个"环"。如果超级长矛的攻击范围是三维的，那么地球长矛就只是二维的。只有敌人到了预定位置，地球长矛才能有攻击效果，一击有效之后，敌人肯定会避开这条危险地带，后面的攻击能不能起作用还是未知。

除了地球长矛，还有让王东升担心的事，那就是关于鸢鸟的问题，这是一个严重的问题。作为大型的运输补给舰，一艘鸢鸟有将近 300 米的机身、600 多米的翼展，最大升空重量 122 900吨，2 组机载核聚变的发动机，还有 38 台大推力复合引擎，12组力场驱动引擎，4 组机载力场生成装置……即使鸢鸟已如此庞大，人类还总感不够，总是还想再给它加些动力，让它在太空飞得更快些，机动能力更强些。最后的结果就是承担特殊任务的鸢鸟越来越大，负责保障钢索旅的鸢鸟 002 就比普通的鸢鸟还大一圈。

鸢鸟超级大的体量就是问题所在。在鸢鸟飞出地球引力范围之前，一旦坠毁，破坏性堪比一颗中等体积的流星撞击地球。如果落在太平洋中央，会掀起亚洲和美洲的海啸；若是落在陆地上，会造成城市的毁灭。因此，专为鸢鸟设计了一道自毁的后台程序，即战舰损伤达到标准，且已进入卡门线，将启动这套程序，让鸢鸟自毁于空中，尽管那些自毁后留下的碎片仍然会带来损失，但是这已经是人类能做到的极限了。

王东升担心，如果真打到地球，这些大型运输补给舰会成为人类的累赘。

王东升看着马克尔和李轩婉争论地球长矛，脑子里却全是鸢鸟的事。"你们不必争论，我还是问问大全吧。"王东升的话让他们暂停了争论。王东升确实想问问付大全，不仅仅是关于地球长矛和鸢鸟的问题该如何解决，还有，他上次说的要深入研究裂隙叛军的战舰，也不知道进行到哪一步了。

4

周子薇睡着了，她太疲惫了。此刻杨炳坤正在墨影设备之外，看着周子薇卷而翘的长睫毛，计算着她呼吸的频率。监控设备显示她现在的心跳是一分钟 62 次，她的血压是 $76 \sim 112$ mmHg[①]……在血压近 200 和每分钟心跳次数近 200 的时候，承受了多少痛苦啊！杨炳坤连呼吸都要收敛，唯恐惊醒了她。他很心疼周子薇，却只能这么默默地看着。

在周子薇睡着之前，她和杨炳坤对那个备份升级包讨论了很久。周子薇的所有实验性试飞，杨炳坤都是有抵触情绪的，他始终觉得那些试飞都是可以 AI 验证的，完全没必须周子薇亲自上。这次例外，他觉得这个备份升级包非常重要，尽管还是得由周子薇试飞，但是这是关系所有人类未来的，而且看着源代码，他熟悉，这是付大全的手笔。

[①] 1 mmHg $\approx$ 0.133 kPa

所有认识付大全的人都对他无限信任，这源于他无私的奉献精神，敢于拿自己试错的勇气，精准的预感。杨炳坤和周子薇有一种默契的认同：付大全的能力完全胜任下一任的地球联合军参谋长！王东升当然是胜任这个职务的，但是付大全或许会比他干得还要出色。杨炳坤和周子薇的本身就是拔尖优秀的人，他俩的结论或许是对一个人人品和能力最好的认可。

只可惜付大全的身体状况太糟糕了，可以说他一直都在死亡的边缘挣扎。付大全的所有挣扎不是因为怕死，而是为了全人类的福祉。即使那些在太空工厂附近、进行自杀式攻击的裂隙叛军见到他，也会被他感染，向他致敬。

结束了与林芝基地的通信，王东升整理了一下思路，这才呼叫付大全。按照付大全之前的叮嘱，他用特殊方法呼叫对方，只可惜呼叫不通，只能直接呼叫地球联合军科学研究院的通信参谋。

"付指挥身体怎么样？又犯病了吗？"

"没有，他在裂隙人的战舰里，正在破解他们的通信和指挥。"

"帮我连接他！"

"不好意思，参谋长，付指挥说过，他出来之前，哪怕是您的通信他也不接。他认为裂隙叛军完全可以远程控制这两艘战舰，如果不严格屏蔽信号，不尽快了解他们的技术，后果将是毁灭性的。这是付指挥说的。"

"忙完之后让他跟我联系。"王东升对参谋说道。考虑到那两艘有可能被遥控的裂隙战舰，他又叮嘱参谋："一定要保证付指挥的安全。"

王东升本来想让付大全给自己一点关于鸾鸟的建议，但此时又感到愧疚。付大全太忙了，他像是一块毫无怨言的砖，垫脚可以，砌墙可以，铺路可以，在必要时，他甚至可以成为攻击的武器。

按照"祖冲之号"第十二代超导量子计算机的结论，地球联合军的主力会在 6 个小时后进入拦截轨道，与那些占据了势能的裂隙叛军正面交火，追击的裂隙叛军也逐渐汇成"洪流"，在地球联合军主力后面不断骚扰、啃食……

"参谋长，有情况。"保密参谋不知道何时走到王东升身边，拽拽他的衣角。王东升紧随保密参谋，离开了指挥席。王东升知道，保密参谋这种时候拉拽自己，肯定是有了不得的大事。

保密参谋交给王东升一个粘好的信封，这让王东升瞪大了眼睛。信封是用一张纸叠成的，黏合的三个面都盖着红色的印章，印章上面还有字：中国人民解放军航空兵第八十五团。保密参谋的这种复古行为别人没见过，王东升见过，只不过他是小时候见过。看着眼前的信封，王东升仿佛穿越了时空，但是他瞬间明白了一切，这是李钧在给自己传递消息，在这么关键的时刻！"这是保密室里传出来的？"

保密参谋一脸无奈的表情，他苦笑着说道："参谋长，这不是他传出来的，是我传出来的，但是每一步我都是按照他的要求做的。"

王东升拆信封，笑着说道："这种印章是我小时候见过的，章是 3D 打印的吗？"

保密参谋直接将现场打印的印章交给了王东升，说道："参谋长，他吓着我们了，没想到他还在，还有想法，更没想到的是他还有手段。"

王东升明白，一封信，换作正常人，可以轻松、随便地写出来，寄出去，但是这封信是李钧写的，他只剩一个大脑了！为了传递出这个消息，可以想象他付出了什么样的努力，他这种行为让王东升感觉到不可思议。

信纸上是刚劲挺拔的字体，信上的内容很简单，对王东升的帮助却很大。

停留柯伊伯带的是宇宙拾荒者，他们"嗅"到了预示裂隙叛军失败的味道。

王东升朝着保密室的方向看了一眼，低声对保密参谋说道："帮我转告保密室里的他，我会不辱使命的。"

李钧给了王东升极大的信心。他看向了鸢鸟002的监控画面，上面显示机械师们正忙个不停。这一次，钢索旅每架载人的重明-3将配备最大承载量的玄女，而且来自地球的补给舰将与他们会合，把付大全研制的最新武器配置给他们。届时，钢索旅的战斗力将会大大增加。

停机舱上灯火辉煌，机械师正在检查战舰的各项指标，并不断测试配套的玄女与重明-3的连接，而其他区域都被杨炳坤调暗了灯光，连通信的声音都调低了。钢索旅的成员都在休息，这个区域安静极了，仿佛战争与他们无关。

王东升看了一下鸢鸟002的航行数据，看来他们理解了自己讲的《三国演义》。他们正在借助行星的引力，不断提速，像弹弓上蓄满了势能的弹丸，向着黄道面另一侧的第三支裂隙叛军冲击。

尽管是人类战斗力最强的一个旅，但直面庞大的裂隙舰队的话也根本没有胜率，只能奇袭以期达成战略目标。

5

林菲翔关于裂隙人战斗意志的报告到了，王东升和指挥部的人看了之后震惊不已，谁也想不到，裂隙人竟然是这样的不要命。

紧接着就是"南仁东号"的预警，裂隙叛军部队在 5 个小时后冲向地球。

然后就是乔治八世失联的消息。他带着众多的战舰抵达"南仁东号"，与原本驻扎此处的空天军十八旅并肩布阵，阵势巨大。看着崭新的重明和玄女，十八旅的战士们"眼红"不已。乔治八世做出一件令所有人大跌眼镜的事，他的"卫队"的无线电永远不和地球联合军一个频道，怎么呼叫都无济于事，他们仿佛是聋子一样。

柯伊伯带上的战舰越来越多。此时"南仁东号"已经变轨，只面向地球进行单一角度预警。仅通过对这一角度反馈的信息进行计算，柯伊伯带战舰的数量已经增加到和当前裂隙叛军战舰一样的数量了。

各种消息源源不断地汇集到地球联合军的指挥部，让王东升的团队忙个不停。指挥、调度，协调……地球联合军指挥部从来没有如此忙碌过。

在这忙碌的档口，火星基地传来的消息让王东升拍了桌子。

要想在决战时不用主动出兵，要先在法理上得说得通。尽管火星基地的实力很强大，但是从法律上来讲，火星基地一直都是人类的外星军事基地。当初制定法规时就明确规定：火星基地是为人类所有的军事基地。

哈特曼眼看裂隙叛军的大部队都奔向了地球，就认为人类大势已去。再加上身边人的蛊惑，哈特曼决定另立政府。只有这样，火星基地才能与地球彻底切割，才能名正言顺地不出兵，才能和裂隙叛军谈判。

"自宣告之时起，火星基地由原本的军事基地改组为政府机构，称为'火星联盟'。火星联盟享有与地球所有政府同等的权力，其法律规章将于近期发布……"

在没和地球联合军商议，没和任何国家打招呼，甚至火星基地的官兵都不明所以的情况下，火星基地的官方媒体宣布了这一消息。

"无耻之徒！落井下石！"王东升的巴掌拍在桌子上，那响声让他身边的参谋都吓了一跳。

火星基地的宣言已经在地球引起了巨大的骚动，地球上的人都在声讨火星基地的无耻。它本是人类的"孩子"，享受了无限的资源和特权，却在最关键的时刻背叛了人类。

地球上的民众反应强烈，各国政府均表示对火星联盟不予承认。有些激进的国家甚至宣布火星联盟是恐怖组织，理由很简单，既然是恐怖组织，就可以对它进行打击。这个混乱的时候，"全人类合作计划"起到了很大的作用，世界人民都为这个组织叫好。从法律上来讲，"全人类合作计划"拥有更高的权限，它义正词严地驳斥了火星基地发布的任何消息，并且宣布火星基地的各种行为是违法的，火星联盟为非法组织。

赫耳墨斯之徒一直都受到乔治八世的庇护和利用，在 A 国，他们一直都游离在法律的边缘。乔治八世辞职，他的集团副手接任总统，这位新总统原本只是商业集团的高层领导，自然没有太高的政治觉悟，就按照乔治八世的路子走下去。赫耳墨斯之徒利用这次机会在 A 国兴风作浪，让 A 国再一次陷入混乱之中。

地球上所有的信息，都被茶卡斯图收在眼底，除了《三国演义》这条信息看不太明白。地球人的内讧太及时了。如果没有裂隙正规军的威胁，茶卡斯图肯定会在太阳系待很久。面对如此单纯的地球人，当初根本不需要直接发动战争，只要给予足够威慑，就能够彻底成为地球人的"神"。

茶卡斯图觉得自己必须充分利用地球人的乱局，这样就可以避开与地球人谈判的尴尬。他向地球联合军主动发起通信。

"我们原本计划征服太阳系，但因为见识到了地球人的战斗意志和后勤保障能力，我们改变了策略，再无觊觎太阳系的打算。太阳系属于地球人，我们利用太空工厂和地球人建立联系的计划终止。现在我们无意与地球人发生冲突，只求从太阳系通过，希望地球人不要攻击我们的舰队。每个地球人促进双方和平的举动都会被记录下来，我们将无偿赠送他永生的能力。每个敢于挑战我们底线的地球人都将被清算……"

冲击地球的部队很快就要抵达，而茶卡斯图却在这里明目张胆地撒谎。这谎言对于无知的人，尤其是赫耳墨斯之徒起到很好的作用，他们觉得是"神"在眷顾他们。茶卡斯图的谎言对真正理智的人来说，就是一个笑话。

裂隙叛军和地球联合军的主力还有两个小时会碰撞在一起，而赫耳墨斯之徒在 40 分钟内就结成团伙，去攻击各个国家的政府。对于强硬的地球联合军总部，他们不敢使用武力，只好改变了策略，纠合了一群老弱妇孺，在总部外面"请愿"、围堵、高呼口号。

"王东升，我们要和平！王东升，我们坚决不打第一枪！"

　　他们的口号很明显，就是针对王东升的。当他们震天响的口号在地球联合军总部大门外响起，看着相关监控画面的王东升忍不住笑了。他根本不予理睬，对参谋说道："我们不打第一枪，是因为我们准备好了火力，在他们枪响之后就要消灭他们。指挥咱们的主力，主动迎敌，趁他们集中的时候先用中子弹。打的时候注意选择好爆炸点，尽量让他们的单位更密集一些，便于我们发挥中子弹的威力。"

　　王东升知道指挥部和主力部队的通话会被茶卡斯图获知，这是短时期内没办法解决的问题，所以有些话王东升不会在无线通信里说。他还有一个秘密武器没有用，那就是月球基地。

第十九章　旗帜，永远冲锋在前方

1

月球上有很多武器，确切来说，除了航天器之外还有很多固定的武器。因为月球武器化早在40年前就开始了。当年提出这个方案时，曾有过不小的争议。支持这个方案的人占大多数，他们认为月球引力小，又没有大气层，加上它到地球的距离和运行轨道……这么优良的条件，不做武器基地就是浪费。那些以科学家为主的反对派认为，月球是地球潮汐和板块移动的重要动力，如果不顾一切地在月球上布置武器，引起月球明显的质量改变，会让月球和地球几十亿年来形成的"默契"运行被打破，会严重影响地球的生态平衡。

在结合了双方的意见后，形成了最终的月球武器化方案。在月球大量布置地对天导弹，同时将同质量的、富含金属的月岩运往地球，唯恐造成地球和月球的"关系不和"。这些武器的布置位置也有讲究。月球自转的周期和它绕地球公转的周期一样，都是27.32天，因此月球始终以同一面朝向地球。考虑到月球的这一特点，大部分的武器都布置在月球背向地球的那一面，布置在这里的武器是以超远射程为主的、性能稳定的、埋于地下发射井的弹道核导弹。这样的布置可以理解，毕竟这么做有很多好处，比如既让地球上临近过期的核武器有个去处，又能达到科学研究的目的。

在月球朝向地球的这面配置了一些激光炮、电磁炮之类的武器。因为在月球的这一面上，多是住宅和科研机构，还有商业集团开发的度假地。

王东升参加了当时运输这些核弹头的任务，他太清楚这些武器的威力了。在这里面，千万吨级当量的都算是普通的，有很多核弹头都是那种在地球上引爆后，能量足够造成地球板块移动的"狠货"。

王东升知道月球基地的武器缺陷很明显，它们的发射井都是固定的，也都是一次性的，好在这些弹道导弹的威力巨大，数量够多，能够弥补这个弱点。

王东升决定启用月球基地，除了因为那是裂隙叛军攻击地球的必经之地，以及上面有威力巨大的武器之外，还因为这样可以减轻主力部队的负担。地球联合军主力每损耗一分物资，都需要成倍的补给来填上，这会增加我军的作战难度。启用月球基地的武器，可以在一定程度上减少地球联合军的损耗。

"所有的发射方向都已经重新标定。月球基地的导弹打出去，按照这些发射轨迹，裂隙叛军只能往中间收缩，届时我们的主力部队就可以对他们使用中子弹了。"一个参谋把装着月球基地核按钮的密码箱搬到了王东升的身边。

时间一分一秒地过去，眼看着地球联合军的主力距离截击的进入点越来越近，王东升亲手输入密码，打开那个金属密码箱。箱子中间有一个鲜红色的按钮，按钮上面还有一个红色保险盖，盖子又被一根焊接好的锡丝保着险。这么多的保险措施，就是在提醒动用这些武器的指挥员，一定要考虑清楚。地球联合军总部之外，是赫耳墨斯之徒在高喊口号，王东升心里默默说道：要和平，就得靠实力。

"开始！"王东升看着指挥大屏，对指挥部所有人下令。他毫不犹豫地拽开锡丝，掀起保险盖，两只手叠在一起，对着那个红色按钮摁了下去……

月球的背面，印有各个国家标志的发射井盖全部打开了。紧接着，火箭先后点火，氢氧混合的燃料发出刺眼的火焰，让整个月球背面全部被火光笼罩。月球基地的武器打出去形成一个巨大的环，这些导弹并不是瞄准裂隙叛军而去，而是环绕着他们。王东升要给他们装一个"篱笆"，让这些散养的"羊"往中间聚拢，这样才能发挥中子弹的优势。

茶卡斯图当然知道地球联合军主力是想包围他们，然后集中优势兵力，逐个歼灭。破解的方法也不难，茶卡斯图只要分兵即可。可是再分兵他的部队就会变成散兵游勇，对后续作战不利。

面对这样的困境，茶卡斯图反而兴奋起来，他觉得自己来对了地方，地球人的核武器、中子弹实在太可爱了，等赢得这场战役的胜利，一定要让太空工厂铆足了劲生产这些武器。

茶卡斯图没有办法，只能先分兵，避开第一波原子弹、氢弹的攻击，然后再利用速度优势集合，与地球人主力决战。

谁也没想到，王东升摁下的按钮是根"针"，戳穿了地球上很多国家的谎言。第一枚爆炸的导弹是在离开月球基地11分钟之后炸开的，那是一枚号称亿吨级当量的氢弹。当所有人都在担心亿吨级当量肯定会对月球基地产生影响的时候，爆炸显示的真实当量结果竟然只有八百多万吨。不仅射程没达标，当量也是过度虚标。

地球联合军的指挥部里嘘声一片。嘘声还未过去，另一枚导弹又炸了，也是真实表现与上报的设计指标大相径庭。这次指挥部里不是嘘声了，所有人的表情都严肃紧张。谁也没想到各个国家的底牌里竟然有这么多的水分，这次对付裂隙叛军的战术目标不知道能不能达成。王东升已经皱紧了眉头，看起来情况不妙。

2

对于持续高强度作战的周子薇来说，这点睡眠时间是不够的，但她还是准时睁开了眼睛，只是人还有些恍惚。她觉得周围的一切都是光与影的幻象，哪怕是守在身边的杨炳坤。

"炳坤，你是真实的吗？"周子薇又闭上了眼，代替周子薇发声的是那只地球最凶猛的"鸟"——机器朋克范"伯劳"。

"我是真的，我在你身边，我……我……"杨炳坤有些紧张，他唯恐被周子薇当作 AI，握着周子薇的手更紧了，瞬间又松开。

听到杨炳坤的声音，周子薇仿佛从梦中惊醒，一下子睁开了眼："时间没到吧？"

时间肯定没到，钢索旅的其他队员还在熟睡。杨炳坤的眼泪在眼眶里打转，他知道这是周子薇给自己设置了唤醒时间，这时间比正常早了 20 分钟！

杨炳坤知道周子薇这么做肯定是为了与自己多一点相处时间，他一时不知道该说什么。杨炳坤看了一眼时间，还有 19 分钟。

现在这里还是静悄悄的，杨炳坤攥着周子薇的手，他心中有千言万语，但只说出来一句话："我爱你！无论是灵魂还是身体！"

这句话说完，两人对视着陷入了沉默。周子薇是因为仍沉浸在杨炳坤的话里，而杨炳坤本身就是个略显木讷的人，他似乎找不到接下来该说的爱情词语。无法做出任何表情的周子薇闭上了眼睛，一滴硕大的泪珠从她的左眼角流下来，流过脸颊，一直流下去。"伯劳"替她开口："我们应该早点结婚……都拖了六年了。这次冲击裂隙叛军指挥舰太危险了，如果我——"

"那就在现在吧！"杨炳坤急忙打断她，他不想她说出不好的话。接着，他满含深情地低声问道："亲爱的周子薇女士，你愿意嫁给我吗？"

"我愿意。"周子薇的眼睛里充满了温情，那里映出了杨炳坤的面孔。

杨炳坤无数次幻想过这一场景，当真的变为现实，他倒有点不敢相信。因为激动，他不知道说什么好了，好不容易说出一句，也有些磕磕巴巴的："能够与你相识、相爱……是我一生的荣光……"

杨炳坤把周子薇紧紧地抱在怀里。

这剩下的 10 分钟，仿佛一个世纪那么漫长。如果把周子薇和杨炳坤脑海中的这 10 分钟描绘出来，他们已经度过了幸福的一生。

一直到灯光亮起，杨炳坤和周子薇才分开。墨影的荧幕纷纷点亮，这说明由它呵护的那名钢索旅成员已经醒来。

一名参谋向杨炳坤报告："杨指挥，距离脱离点还有 30 分钟航程。"

敌我态势图上显示，鸾鸟 002 的动量已经接近最大，这时候释放钢索旅，可以让他们最大程度地借助鸾鸟的加速度。

"所有岗位注意！钢索旅二级战备！"杨炳坤看着周子薇的眼睛，下达的命令仿佛只给周子薇一个人。

鸾鸟 002 上立刻忙碌起来，舰上的人员从各个角落里瞬间出现。为了让钢索旅能够好好休息，他们都"躲藏"了起来，唯恐自己的一个小动作打扰到他们。杨炳坤走向指挥室，而周子薇在杨炳坤转身离开之后就戴上了面罩，她怕自己的红眼睛干扰到其他人。

因为刚刚哭过，又戴上了面罩，墨影检测到周子薇的鼻腔过于湿润，开始降低湿度。墨影已经够先进了，但它也不了解人的感情和内心。尽管现在的智能机器人已经无限接近于人，它们收集各种情绪，在处理器里寻找最合适的答案，但它们仍是缺乏灵魂的机器。

既然裂隙叛军掌握地球通信，那么可以相信，他们获取远程信息肯定也会靠"南仁东号"。"23时整，屏蔽'南仁东号'的搜索！"杨炳坤给参谋下令，这样会让地球联合军失去自己的信息，但是这样做自然有好处，茶卡斯图也只能依靠他们舰队自身的探测装置才能发现自己。

鸢鸟002的机舱门开启，红蓝线条的81192第一个冲了出去。钢索族一出去就结成密集队形，把推力加到了极限。既然是突袭，就要求一个"快"字。

"所向无空阔，真堪托死生。骁腾有如此，万里可横行。"

钢索旅把鸢鸟002远远地甩在身后，很快就不见了踪影。杨炳坤看着空荡荡的宇宙，又看了一眼时间，还有二十几秒，执行"斩首"任务的鸢鸟002和钢索旅都将从各种显示器上消失，仿佛大家牺牲了……杨炳坤有一种失落感。

时间到了，屏蔽开启。本来他们这支奇袭的部队应该不显示在任何一个探测设备上，杨炳坤却在大屏上清楚地看到了鸢鸟002和钢索旅的详细信息，他感到情况不对！

参谋也发现了不对，他正要开口给杨炳坤汇报，杨炳坤抢先问道："'南仁东号'给反馈了吗？"

"反馈正常，钢索旅的信号不对——"

杨炳坤顾不得多想，摆手打断了参谋的质疑，立刻申请和空天军十八旅旅长的连线，可惜距离太远，通信有延迟。等待的过程中，他看着周子薇明确的位置信息，心急如焚。十八旅旅长终于接听了杨炳坤的通信，杨炳坤也在这期间想通了其中的关窍。

"'南仁东号'上仍有裂隙叛军的装置，马上清除！"杨炳坤的每一个字都说得快而清楚，口气不像是请示，更像命令。

"明白！"十八旅旅长的回答更加简单明了。他看向一个显示器，那里有杨炳坤和周子薇的轨迹，立刻明白这件事的重要性，随即给十八旅下令："所有的小型无人机甲都发射到'南仁东号'上，30秒内，清除上面残留的裂隙叛军装置！"

这种跨系统、跨级别的指挥，原本是部队上的大忌，但这种关键时刻，如果杨炳坤和十八旅的旅长再往复请示王东升，必将延误战局。再说，此刻的王东升此刻正在调动兵力，哪里有时间接听。

王东升会收到两个指挥员给他的惊喜，但他太忙了，现在甚至都没时间听参谋汇报这件事；但是茶卡斯图听到了，他明白自己获取远程信息的渠道很快就会中断了。

茶卡斯图最后看了一眼显示屏上的钢索旅，他感到了死亡的恐惧。他的队伍里，最精英的人员消耗在"南仁东号"，但他们留下了物理连接，提供了这么久的远程预警信息。次一等人员消耗在太空工厂，更次一等的人员在冲击地球月球，比更次一等稍好的人员在追击地球联合军主力，最落后的战舰在义无反顾地飞蛾扑火。

茶卡斯图发起这次战役其实是他又一次虚张声势。他们是一支没有退路和支援的流寇，如果不扯虎皮做大旗，占优势的地球人就没了顾忌，到时候他们就更没胜算了。换个思路，如果一开始他们的处境就明明白白摆出来——他们没有多少能量了，甚至航行都已成问题，又被裂隙正规军追杀——然后寻求地球人的帮助，说不准爱好和平的地球人会可怜他们。

很久之后，茶卡斯图才回过神来，觉得自己想多了。

3

裂隙叛军的战舰不断地分散又不断地聚合，这情景大大超出了王东升的预想。不是因为裂隙叛军，而是因为月球基地这些武器，它们射出的导弹或提前或延后爆炸，偏离航线的更是不计其数，最终形成了现在这个根本无法控制的场面。数据和实战差别太大，真让人头疼。

发射月球基地的武器原本是最好的手段，现在却成了笑话。人类所有的预期都被打破，原本想做个包围裂隙人的"袋子"，结果做成了漏洞百出的"网兜"。

他原本想利用月球基地的武器，将裂隙叛军绊在月球之外，让战场尽量不要涉及地球，毕竟大型舰艇的自毁硬伤还无法消除。假如茶卡斯图知道人类的这个弱项，他两支部队都会直接奔着地球而来。

格林尼治时间 8:00，地球长矛发射了一枚中子弹，当量相当大。事出突然，地球联合军指挥部赶紧询问，林芝基地回复：角度合适，实验性发射。

王东升已经十几天没有休息过了，目前为止，他身上的生命保障设备没有发出警报。多亏他是天行者，身体素质好，尽管疲劳，却没有猝死的风险。他想站满每一个岗，但是他太累了。20分钟后，地球联合军主力将与裂隙人正面碰撞。他拉过身边的椅子坐下，躺了下去，对身边的参谋说道："我要休息10分钟。"这句话是命令，意思是10分钟后，这个参谋必须叫醒他。

全人类命悬一线，这条线还在一个人手里，换作别人肯定睡不着，但王东升是一个熬得只剩意志的人，而且他害怕自己再熬下去会随时晕倒在地，如果因此丧失了反击的机会，那就是关乎人类存亡的大事。王东升又看了一遍信息通报，一眼扫过去，鸢鸟002、十八旅、钢索旅、"南仁东号"、太空工厂……很好。裂隙叛军的远程预警竟然被杨炳坤破了局？这尤其好！这样就不必关闭"南仁东号"，人类还拥有了信息优势。这帮年轻人，都是优秀的。他心里默默念着，瞬间陷入了深度睡眠。

"南仁东号"上的裂隙叛军装置已经被清除了。谁也想不到那么小的一个装置，竟然能够起到那么大的作用。十八旅的战友感慨：一个马掌能够决定国家的存亡，这个童话是真的。

"南仁东号"附近已经聚集了足够多的战舰，至少有7 000艘战斗型舰艇，还有五颜六色的保障舰。原本仅靠自己一个旅的兵力，十八旅是没有底气能护好这么重要的设备的。他们唯恐出了差错，因此采用对自己最危险的星形编队，四散在"南仁东号"的周围。现在，说要保护"南仁东号"的乔治八世也有这么多的战舰，他们竟然采用了一个集合编队，似乎根本不在乎"南仁东号"的安危。他们完全也可以抽出一半的兵力去支援地球，即便他们作为私人武装、不愿去赴死，如果他们可以认真接手安保任务，十八旅完全可以赶去支援地球。

身边是同族同脉，他们驾驶着同样的舰型，使用着同样的保障系统，说是为了人类的未来，但十八旅感受到的却是强烈的压迫感——他们似乎丝毫没有战友之情。乔治八世前面派来的一艘白色鸾鸟，还给他们正常保障了一段时间。待到乔治八世的大部队抵达，白色鸾鸟竟然断掉了和十八旅的通信，隐入了乔治八世的"卫队"之中，再也寻不见了。

这时候，乔治八世的战舰毫无动静，他们和十八旅一样，在看着显示器，那上面显示地球联合军的绿色阵营正在发射中子弹。十八旅心急如焚。

王东升确实只睡了10分钟，但是这10分钟的睡眠里充斥着各种梦境，有和李钧莫名其妙的谈话，有周子薇驾驶的81192凌空爆炸，有付大全正在破解的裂隙战舰突然开火……这梦境，混乱且令人心情低落。

王东升知道最后的战斗要来了。虽然是指挥员，不需要在真枪实弹的在战场上拼杀，但负责指挥也同样属于生死决斗。对方的指挥员肯定也和他一样熬尽了心血，现在就看谁能坚持到最后。王东升觉得自己能够赢，因为他身后的参谋机构极其庞大和细化，即使自己倒下了，机构也会继续执行他的思想，胜利必将属于人类。

"分裂队形！"王东升对地球联合军下达了命令，这标志着主力对主力的战斗，终于打响了！

这是人类历史上第一次与外星人的大决战，此役，如果人类败了，那么人类的历史就要去宇宙拾荒者那里查询了。

地球联合军的阵形原本是前面战舰密集，后面战舰稀松。因为前面的战舰是负责追击，且距离尚远；而后面的战舰还要和追击的裂隙叛军作战。现在这个集中优势兵力打击敌人的阵形已经失效了，地球联合军和裂隙叛军终于冲杀在一起。

这场激烈的战斗呈现在显示器上，就像混在一起的绿色和红色的溶液。它们代表着两种截然不同、完全相反的物质。它们相互竞争、你来我往、彼此纠缠、永不妥协。谁的化学性质最强，谁才能坚持到最后。

十八旅的战友们看着显示器，恨不得冲在这些战友的前面。绿色的战友正被红色的敌人包围夹击。由于裂隙叛军正在四散开来，使得裂隙战舰的数量显得尤其多。每一次红色和绿色的交锋，每一次绿色的变化，都代表着战友的生命消失在茫茫宇宙。

4

没有人能够标定裂隙叛军的指挥舰在哪个位置，钢索旅只能自己试。周子薇回忆着杨炳坤念的《三国演义》，她想关羽斩杀颜良的时候，颜良尚在"麾盖"之下，裂隙叛军的指挥舰肯定在其他裂隙战舰保护得最严密的地方。所以周子薇带领钢索旅首先冲击的位置就是裂隙叛军的正中央，这个位置看起来最安全。钢索旅先打了几枚中子弹，裂隙叛军开始闪避，但是他们采取的是大间隔的编队，这几枚中子弹起不到什么作用，只是在裂隙叛军的舰队中央清出一个小区域。钢索旅从中央穿了过去，就像一支箭，箭羽没在一只硕大无比的盾牌正中央。

几次冲击之后，钢索旅发现裂隙叛军的舰队并没有保护指挥舰的举动。钢索旅冲到哪里，哪里便有裂隙叛军与他们生死搏击，而整个队形基本没有变化。裂隙叛军指挥舰的位置还是一个谜。

裂隙叛军的这支舰队太大了，像是一片宽广、平静的湖面，而钢索旅就像一片落入湖面的叶子，尽管他们不断翻腾，泛起的涟漪始终是微不足道的。

消灭钢索旅和周子薇曾经是茶卡斯图的愿望，现在不一样了，茶卡斯图早就看出了钢索旅的窘境。眼看着他们冲进自己的阵列，却没有主动出击，因为他知道只要钢索旅在这里，地球人尤其是火星基地就不会再派主力部队过来。钢索旅消耗在这里只是时间问题，而茶卡斯图当下最需要的正是时间。茶卡斯图经历过这么多与其他文明的战斗，他已经看透了地球人的作战方法。

现在的战局里最具有宏观眼光的不是王东升，不是杨炳坤，也不是付大全，而是茶卡斯图。他现在就是在用地球人的战略战术对付地球人，"伤其十指，不如断其一指"，只要消灭了地球联合军主力，攻入他们的老家，其他的地球人兵力都会不战而降，太阳系就没有仗可打了。

周子薇无比焦虑，钢索旅不应该这样消耗下去，奇袭不应该变成硬打，必须尽快找出裂隙叛军的指挥舰。难道它是隐身的？

茶卡斯图的指挥舰早已没有足够的能量开启隐身功能，正狡猾地蜷缩于阵队的一角，一动不动。茶卡斯图正静静看着钢索旅白折腾。王东升一直关注着钢索旅的通信频道，但迟迟没有消息传来。王东升知道他们现在的难处，确定裂隙指挥舰的位置，对周子薇和钢索旅来说，确实超出了能力范围，地球联合军指挥部必须在关键时候帮他们一把。

"检查无线电的去向。"王东升有些激动，他对身边的参谋喊道，"检查他们通信的指向！"

"参谋长，根本查不到，他们的信息似乎是同时共享的，同时接收，同时发送，他们的通信是一面铁板。"通信参谋早已做了很多工作，他如实汇报，表情无奈又痛苦。人类已有的监听手段毫无作用，任何人都没有破解裂隙叛军通信的能力，也从未见过这么高效率的通信手段。

难道要再一次呼叫火星基地，让他们的超级长矛在适当的角度对裂隙叛军进行袭扰？这么远的距离，他们完全可以躲避开，当量再大的中子弹也起不到作用。目前只有这一个地方有希望找到办法了，王东升想了很久，才向地球联合军科学研究院发出了通信。

两艘裂隙战舰停在密闭的机库，一艘丝毫没动，另一艘裂隙战舰的前方被科学家们插满了各种各样的导线。只见付大全跟着通信参谋出了机库，众人不敢妄动，只等着他的指示。不一会儿付大全就回来了，他示意他们通电，随即一个科学家推上去一把闸刀。座椅上方那个三角形装置像是有了灵性，发出柔和的白光，座舱里也出现了各种各样的显示。

众人看着这奇妙的景象，纷纷看向付大全，等待他的下一步指示。付大全已经了解了裂隙人共享通信的特点，他走了出去，拿起通信器："参谋长，我觉得能破解这个难题。我会运用手段，向您通报他们指挥舰的位置，但是这有可能把这两艘裂隙战舰重新置于裂隙叛军的控制下，到时这两艘战舰可能会带来极大的危险。"

王东升知道付大全说的是什么意思。裂隙叛军的通信手段是人类一时无法理解的，要想找到破解的方法，只能依靠这两艘裂隙战舰，但万一它们被遥控，里外开花的后果难以想象。

茶卡斯图确实是这么想的。他眼睁睁看着自己的儿子——原本可以继承这支舰队的青年领袖——被地球人消灭，尸体和战舰都被他们掳走，他就发誓，只要让他抓住机会，重新获得这两艘战舰的控制权，他就会用儿子的战舰报仇。

付大全见王东升迟迟不回复，便向他继续解释："可以借助墨影和裂隙战舰连接，既然他们的通信是共享式的，那我们在连接的一瞬间就能找到他们指挥舰的位置。如果出现问题，可以断开墨影的物理连接。为了防止这两艘裂隙战舰在连接时被控制，继而引发危险，机库里面已全角度配备武器。一旦出现问题，立刻开火将其摧毁……"他越是说得详细，王东升的后背就越发地起鸡皮疙瘩。

王东升太了解付大全了，他肯定是要用自己做实验，在付大全还在解释的时候，王东升突然打断了他的话："你想怎么做，大全？我警告你，不要做出格的事！"王东升的声音有些大，他私心里想的是：哪怕你换个人也好。付大全身边的人都听到通信器里的声音，低沉而有力，同时带有疼惜和批评。那个声音辨识度太强了，是地球联合军的参谋长。

"静待佳音，做好准备。"付大全没等王东升说完就关掉了通信。笑得仿佛是刚获得了荣誉，他在所有人的目光注视之下走向裂隙战舰，他指挥道："把那艘没动过的战舰转移到地下，一定要万无一失！"

机库里瞬间忙碌起来。一部分人去拉铅盖，忙着转移没动过的裂隙战舰；另一部分人在把两艘裂隙战舰之间的铅隔断升起来，防止它们搭桥通信；剩下的人为那艘通电的裂隙战舰忙活。

付大全径直走到王东升担心的位置，通信参谋又来报告地球联合军参谋长的通信到了。付大全轻描淡写地说了一句："我不接，注意听我通报的位置。"

"付指挥，您这是抗命，要上军事法庭的！"通信参谋提醒他。

付大全知道王东升的担忧，但他顾不了那么多了。忙乱的工作人员，不知所措的通信参谋，以及脸上毫无表情的付大全。他坚定地坐在墨影旁边一丝不动，思考下一步连接的步骤。机库里，动和静，忙和稳，混搭在一起。

另外一艘裂隙战舰已经被顺利地送到了地下。付大全看着一切，所有的行动都符合他的标准，他将眼睛转向他设计的设备。

自从付大全见到裂隙战舰，脑海里就一直有这么一个模型，一个能让人类和裂隙人设备建立连接的模型。最终做出的成品是一个有弹性的头盔，各种连接器遍布这个头盔之内，头盔连接着墨影，然后墨影连接裂隙战舰那三角形装置。因为精神状态的传递、缓冲是很重要的，必须用间接连接。

所有的行动都很顺利，除了完全不配合的裂隙战舰。尽管设置了各种预案，但是人的大脑不靠近那个三角形装置，它就永远不会起作用。最后只能把墨影搬进了驾驶舱。

所有人都觉得这样不行，危险太大了，付大全却一笑带过："思想的交流当然是越近越好。"

"所有人离开机库！武器装弹！"付大全掐着时间，每一秒的工程进度都在他的计划之中。

5

地球联合军在艰难地作战，空天军的战士们像凋零的花，纷纷陨落。宇宙之中没有氧气，很多裂隙叛军使用的又是应力武器，所以很多烈士走得无声无息，只有通过显示器上越来越少的绿点，才知道他们已经离去。空天军流传着一个说法：爆炸的战舰是为自己绽放的礼花。他们连最后的光荣都没机会见到。

裂隙叛军带来的压力已经抵达地球。民众爆发群体性恐慌，此时能够安抚民众的，竟然是赫耳墨斯之徒！他们在街头宣扬静止即胜利！让好战的地球联合军去打吧，去杀吧，他们注定要失败，所有人类只要静待"神"的到来……很多无知的民众竟然受了蛊惑，跪倒在他们的脚下。

自从战斗打响以来，地球联合军已经累计损失了重型战舰36艘，重明5 000余架，玄女更是不计其数，可谓损失惨重；而裂隙叛军也没吃到什么好果子，他们现在的精锐也在战场上损失了三分之一。相比较之下，裂隙叛军仍占优势，因为他们的指挥舰带领的预备队还没上场。

双眼通红的王东升在地球联合军联席会议上无奈宣布一系列命令：

一、撤退，依托月球，进行最后的防守，不让裂隙叛军降落到地球；二、全球发布战争红色动员令，所有的退役军人立即归队，所有的航天器到月球旁集结待命；三、请求火星基地和乔治八世的支援；四、地球长矛准备射击。

王东升向哈特曼和乔治八世发出了最后一封倡议书：

柯伊伯带出现的外星舰艇属于宇宙拾荒者，他们见证了无数的宇宙大战，能对战争的结果进行科学判断。因为裂隙人用的应力武器能粉碎金属，只要战役是裂隙人获胜，宇宙拾荒者将颗粒无收，所以他们从不跟随在裂隙人身后，但他们现在来到了太阳系，很明显他们认为这场仗的胜利者是我们。

地球是人类共同的家园，是母星。你们坐拥强大的兵力，难道忍心看家国沦丧，看同胞被奴役？我希望所有留在太空的同胞积极参战，保卫我们的家园！不要再观望了！没有地球，你们就没有家！你们就会成为宇宙拾荒者！

裂隙叛军的战斗力已经大大下降了！战胜了叛军能获得他们的隐身技术，对于你们来说，即使未来远征，这项技术也非常有必要获得。

前面的两段话没有打动哈特曼和乔治八世，第三段话则彻彻底底地说进了他们的内心深处。隐身技术太重要了。裂隙人的科技如此先进，尚且落得这样的境地。他们去远征，恐怕沦为宇宙拾荒者的下场都是好的。最后结论就只有一个，留在太阳系，不能让裂隙叛军获胜。如果地球不是人类的，他们只能是奴隶。

哈特曼再三权衡，终于决定部分兵力前出。火星基地的兵力被分为三部分，一部跟随钢索旅，一部前进到地球轨道待命，他和剩余的兵力坐镇火星。

地球上所有的武器库都在开启，封存的武器从仓库里拉出来，库存的机甲、退役封存的激光炮……就连最古老的喷气式飞机都在扯开帆布，加注燃油。巨大的压力只会使懦弱的人恐慌，真正的强者则会奋起！红色动员令在地球上掀起了保卫地球的热潮。尤其是退役的军人，他们都在响应号召，重新联系部队。甚至有很多行走不便的老军人从世界上的各个角落奔向军营。有的穿着别着军功章的旧式军装，有的则穿着便装，谁也不知道他们经历过什么，他们坚定的表情证明他们在自己的军旅生涯中做出了应有的贡献。决心参军、保卫地球的人从街边走过，他们行色匆匆，与街头祈祷赫耳墨斯之徒擦身而过，他们不会去向愚昧者解释什么，英雄就应当去做英雄事！

马克尔也想要做英雄事，但地表适合空天军的装备很少，加起来只有 21 艘鸢鸟，112 架重明，都"名花有主"。想战斗到第一线，就得另辟蹊径。马克尔查了一下资料，已经盯准了拉萨基地的仓库，那里封存了一些中国制造的歼 -30，这款机型勉强能够飞到卡门线。

大战临近，地球长矛当然不能缺了指挥员。马克尔深知李轩婉是有能力担此一职的，他想上战场，就必须说服李轩婉。他向李轩婉说，地球长矛已经完成，剩下的只是选择发射时机的工作，他认为李轩婉完全有能力做好这件事，而他要利用自己能熟练驾驶重明的能力，冲向前线。

李轩婉本想劝一劝马克尔，但她看见对方心意已决，转而鼓励他："你做得对。人类已无退路，到了不惜拿生命延续文明的关头。"

临走前，马克尔嘱咐李轩婉，人类已到了生死存亡的关头，要把能够做的抵抗都做到极致，即使把珠穆朗玛峰发射出去，只要能炸掉敌人一颗螺丝，也要把它架上炮台。

别过马克尔后，李轩婉在纠结该不该给王东升报告，想想还是忍住了，王东升已经够忙了，就不要再给他增加事务了。

付大全的报告传到了地球联合军指挥部。他已经做好了和裂隙战舰建立连接的准备，眼下看来谁都无法阻止他，工作人员只能看着他吃力地站起来，趴在墨影的座舱壁，以一种很不雅的姿势爬进了座舱。

付大全是墨影设备最早的测试者，他一边熟练地建立各种连接，一边向表情凝重的工程师们说道："久违的感觉。同志们，以前我是做这个出身的！"付大全丝毫没有畏惧，表情非常轻松，但工程师们隔着玻璃舱看他，每个人都感觉心痛。"我再强调一遍，机库开启的时间长，关闭的时间短，总共20秒，倒计时要看好，时间到了，别管我通不通报位置，立刻关闭机库大门。准备好了吗？"

这艘裂隙舰艇的武器都被拆解了下来。为了防止它被遥控着飞出去，后续测试中，厚重的机库大门只开启一半，如果它要逃，肯定会卡在机库门上。如果它想干危险的事，各种武器会瞬间把它打成筛子。一位工程师负责在发现异常时启动武器，他的手在颤抖；另一位负责机库大门的工程师早早就把手放在闸门上，也有些颤抖；一位科学家在检查完墨影后，向付大全伸出大拇指。付大全长吐一口气，墨影的灯光全部亮起，开始对付大全进行对接、自检。很快，连接裂隙战舰的进程只剩最后一步。

"检查应急设备，倒计时准备。"负责专项的工程师都在做最后的检查。当所有的红色指示灯变为蓝色，并看到付大全举起右手拇指，一个工程师接通了墨影与裂隙战舰的连接，所有的电路瞬间接通。与此同时，裂隙战舰和大部队的联络信号正在随着机库大门打开的程度逐渐增强！

饶是做足了思想准备，付大全在连接裂隙战舰的那一瞬间还是感觉天塌地陷。他感到一阵眩晕，自己的身体飞速地旋转，仿佛坠入一个黑暗无底的深渊。意识里，他已经伸出双手，想去抓住任何可以抓到的东西，但什么都抓不到，他感到自己的身体蜷缩成一团……而在现实中，在旁边的人看来，他只是身体颤抖了几下。处在连接中的付大全感觉自己的意识和身体被生生地剥离开来，仿佛是场永无终点的折磨，他觉得人在临死之前的痛苦也莫过于此。

第二十章　向死而生的勇士

1

地球联合军已经无力挥动拳头，只能用不甘低下的头颅去迎击。空天军以月球基地表面的固定火力点为大本营，向裂隙叛军展示自己的不屈。月球的失守只是时间问题，这已经是注定失败的战争。附近的空天军还能坚持几天？三天？王东升觉得撑不到。

火星基地的舰队正在通过种子航线，最快也需要 34 个小时才能抵达。即使火星基地的舰队到了又能如何，他们起不了太大的作用。因为裂隙叛军离地球更近，且移动的速度比火星基地的舰队还要快。如果把"南仁东号"附近的兵力也调回来，能撑几天？三天？王东升觉得也撑不到。

王东升现在追求的就是坚持。所有的参谋都没注意到，他在指挥台上迅速点击了几下，已经给自己选择好了航天器。那是一架更老的飞行器，指令之下，加注燃料和挂载导弹都已由 AI 完成。

意识连接过程中，付大全依旧未稳定自己的身体。他坠入深渊虽然只有 10 秒钟，但他觉得这经历比他以前过的 40 多年都要沉重。通过连接，他知道他预料得没错，茶卡斯图可以遥控这两艘裂隙战舰，并在他下达屏蔽信号前，一直盯着这里。连接裂隙战舰的每一毫秒都是珍贵的。

付大全在混乱之中确实发现了茶卡斯图的位置，他在大声呼喊，但是墨影里的他却不能发声。他感觉万蚁噬身，痛痒的感觉令人难以忍受，他努力控制情绪，咬着牙坚持。紧盯着他的工程师发现他的各项指标在剧烈上升，又在很短的时间内下降到正常水平。他们知道这是付大全的意志在战斗。

与此同时，茶卡斯图与付大全测试的裂隙战舰重新建立了联系，他发现机库里遍布武器。这些武器至少能装备一个旅，且都处于开启状态。如果这时候启动裂隙战舰，毫无疑问，战舰会被瞬间摧毁，茶卡斯图明白这个道理。同时他还看到之前那个坐在轮椅上的地球人正坐在一个特殊的设备里，那设备又安装在自己儿子的座席上，而这艘战舰在不断询问自己的位置。

裂隙人的通信优势在于共享，缺点也在这里。只要有人想起茶卡斯图的指挥舰，那付大全就会知道指挥舰的位置。这么大的舰队，谁也不能保证所有人都不关注指挥官的安危。

就在一瞬间，裂隙指挥舰的位置已经被付大全获得，而付大全做测试的这艘裂隙战舰也马上被茶卡斯图控制。付大全感受最明显，因为他感觉自己的旋转越来越慢，而且渐渐看到在黑暗的穹顶之上，一张巨大的、恐怖的脸越来越清晰。这是人类第一次见到茶卡斯图的真容。

时间过得太慢了，20 秒，机库大门开启到指定的位置，而付大全已经在十八层地狱里来来回回滚了好几遍。

"5、4、3、2……"眼看着机库的大门已经开到了一半,控制大门的工程师反应果断,在倒计时结束的同时拉下了关闭机库门的闸刀,为了确保能瞬间把机库门关上,门旁加装的二十几根药柱同时爆炸。

茶卡斯图的手指缓缓抬起,他已经感觉到自己儿子战舰的气息,在他心目中,那种消失已久的感情涌出来。那气息越来越强,在这样关键的时刻,茶卡斯图毫不犹豫,手指猛地落下——启动超级通信!

与此同时,"西五南七放子!"付大全的声音在机库里响起!付大全的助手不敢有任何耽误,用早就放在嘴边的通信器,向王东升传递这个消息。

一般人听不懂付大全说的什么,王东升一听就明白了。

这原本是围棋中用来描述棋子位置的术语,付大全常和王东升下围棋,他用这个向王东升讲明了裂隙叛军指挥舰的位置。所有人刚松半口气,准备按照付大全事先的安排,切断他和裂隙战舰的连接。就在这时,机库里的那艘裂隙战舰居然在众人面前消失了。以那艘裂隙战舰的体型根本不可能通过只开了一半的机库大门,何况现在机库大门都关闭了。机库大门没损伤,那它是隐身了?付大全的命令谁也不敢违抗,说什么也不能放那艘裂隙战舰出去。控制武器的工程师也不含糊,毫不犹豫地拉动了武器开关。各种武器对准裂隙战舰原本停放的位置开火。当然,武器的射击点都避开了付大全的位置。

机库里的所有人都寻找付大全,但毫无效果。

"快点!"研究院的指挥官带着哭腔开门,第一个从机库旁边的房间冲了出去，他唯恐付大全出什么状况，他急于去掌握最新的情况。隐身不是消失，靠摸应该能摸出来。他不敢想象付大全消失会有多严重的后果，付大全对全人类来讲，实在太重要了。

"难道裂隙战舰还会缩小吗？"研究院指挥官自言自语说道，"搜索每一个角落！"

此时的付大全以为自己还在研究院，他唯恐自己醒不来，咬自己的手指头，没有痛感，他马上咬自己的舌头，还是没用。付大全做了一切他能做的，但还是没能从"噩梦"里醒来。

付大全用最短的话就说明了裂隙叛军指挥舰的位置，王东升太兴奋了，他在态势图上一下就找到了裂隙指挥舰的位置！战争的转机或许到了，但是此刻还不是让钢索旅攻击的时候。如果现在下令让他们从数量众多的裂隙战舰之间穿过去，袭击裂隙指挥舰无异于以卵击石。王东升立刻给钢索旅下达了撤退的命令，并且把"西五南七放子"给周子薇发了过去。文言文是最好的密码，就算王东升面对面讲给茶卡斯图听，他也听不懂。

周子薇当然兴奋，总算知道"颜良"的位置了。她按照王东升的命令，暂时撤出了战场，积攒势能，只待最后一击。面对阵容强大、看不到边的裂隙叛军舰队，周子薇已经瞄准了位置，钢索旅的中子弹也做好了准备，"斩首"行动马上就能开始！

遥控付大全乘坐的裂隙战舰飞出机库是茶卡斯图完成的，但是，飞出机库之后，那艘战舰就不受茶卡斯图的控制了。茶卡斯图感到十分恐惧，这种情况下，能够控制这艘战舰的，只能是裂隙人的大首领。

2

地球上的人们已经感受到了毁灭的前兆，因为有零散的裂隙叛军战舰攻击到地球附近了。

一艘给月球基地运送物资的鸢鸟刚刚飞出卡门线就遭到了攻击，王东升一直以来担忧的问题摆在了他的面前——那艘鸢鸟遭受了流弹，一进入卡门线它就自毁了，带着它内部的弹药和战舰。一艘这么巨型的舰艇爆炸，人类目视就能看到，这对于士气是个极大的打击。其他运行在卡门线之上的大型航天器也难免受到波及。地球已经很危险了……

赫耳墨斯之徒大肆宣扬"神"即将到临，穹顶之上所有的爆炸都是欢迎"神"的烟花。这群无耻之徒，假借神名，行不义之事。假如真的有赫耳墨斯，他看到这幅场景，也得拿权杖敲破他们的脑袋。

对人类有利的消息来自"南仁东号"，因为越靠近星球，磁感线就越密集，确定叛军的位置就更精确。李轩婉开始使用地球长矛，每打出去一枚中子弹，空天军都依托有利位置，将裂隙战舰驱赶或者引诱进爆炸圈。尽管在爆炸圈外围受到的伤害要小一些，但这些伤害也会积累在空天军战士的体内。

马克尔已经抵达了拉萨。拉萨基地的铁丝网外站满了人，他们目送各种年纪、肤色的人登机，各式各样的战机升空。马克尔向卫兵出示证件后正准备进场，一个目睹各种爆炸的孩童拉住了他："你好，战士，地球已经不安全了，我想去火星联盟，你能带我去吗？"

马克尔听了蹲下来对那孩子说道："遇到困难，不要想着逃跑！这里是我们的家，是我们共同的妈妈，要决心保护她。你不要怕，有我这样的人，还有仍在战斗的天行者。你看啊。"马克尔抬起头来。尽管是白天，也有一弯新月，那弯新月旁不断有闪光点，那不断闪现又消亡的"白日星辰"，都是人类的英雄。"今天是中国的阴历初六，月亮在白天出现。你看它，像个弯弯的眉毛。新月曲如眉，未有团圆意……几千年前，中国的古人就已经测出它的规律……"

马克尔想一下子告诉这个孩子的东西太多，时间来不及了，他一边跑着一边大喊："记住，保护我们的文明，永远不要让她消亡！"

在马克尔的头顶，战线马上就要打到卡门线以下，很多老式战机飞不出卡门线，但是战士们也驾驶着它们也做着动力跃升，偷袭裂隙叛军。毫无退路的绝地、保卫家园的决心，战士们背水一战，士气高昂。

钢索旅冲向了裂隙叛军指挥舰。面对突袭，茶卡斯图早有准备，这在他劫走付大全的时候就预想到了。无数的裂隙战舰突然改变航向，从四面八方向着钢索旅而来。他们是疏散的队形，就是为了让地球人的中子弹的集中毁灭效果无法发挥。既然暴露了，茶卡斯图就下决心在抵达地球之前，派出足够的兵力，消灭这支令他极度厌恶的部队，彻底打击地球人抵抗的信心。

眼看着蜂拥而至的裂隙战舰，周子薇心里明白钢索旅没有一点胜算，而地球已经到了最危险的时刻。

只能采取最后的办法了。周子薇毫不犹豫地下达了命令："钢索旅闭锁连接！同意的加入！"她的声音很温柔，却是带着视死如归的魄力。包括周子薇在内，钢索旅中 42 名天行者毫不犹豫地加入进来。

闭锁链接或许是不可逆的，但这是目前最好的、能在短时间内最大限度地提高战斗力的办法！

42 名钢索旅成员意识融合，成为反应和判断都超级强的一个"人"。钢索旅编成了一个超密集的三角队形，周子薇的重明 –3 在最前面，成员机翼叠着机翼，前面战舰的机尾下就是后面战舰的座舱。紧接着，附近所有的玄女都变成了僚机，火星基地增援部队的玄女也都径直向钢索旅快速飞去。

钢索旅把重明 –3 的性能发挥到极致，此刻的他们就像一把飞刀。无论织出怎样的天罗地网，他们都能轻易突出重围。此时每一个加入闭锁连接的钢索旅成员都很痛苦。因为他们不仅仅要分担 42 个人的作战任务，而且还要承担 42 个人的情绪，导致他们共同陷入了一个找不到自我的混沌状态。他们的痛苦无法用语言形容，甚至在战后总结，在介绍他们的时候，王东升都不敢拿出他们的脑电波记录。因为太过残忍，这些数据都被列为最高机密。

茶卡斯图没想到地球人还有这么一招。这种闭锁连接的方式很特殊，只有同时具有牺牲精神和团结意志的种族才能实现，裂隙人永远做不到。即使是最先进的量子计算机，也无法和大脑——这团脆弱到超过特定温度就能凝固的蛋白质比较，更何况是无数天行者的大脑。

找不到闭锁连接的钢索旅的弱点，裂隙叛军一时只能陷入逃命的状态。茶卡斯图让整个舰队都调转航向，对付钢索旅，可惜为时已晚。钢索旅很快就靠近了茶卡斯图的指挥舰，在武器性能包线最大命中率的距离，将所有的中子弹倾巢射出。如果它们能够同时引爆，将是空天军历史上最大当量的爆炸，最密集的武器输出。钢索旅并不对此抱有太大希望，裂隙人的应力武器是拦截的第一道关卡。

果然，裂隙叛军首先使用应力武器拦截中子弹，实在躲不开的，就用战舰的主动撞击过去。这两种手段混合运用，让钢索旅的中子弹十去八九。

荼卡斯图藏不下去了，他开始逃窜。当战舰迎头而上时，他这艘转移的舰艇就分外明显。顺着显示器的指示，钢索旅终于看到了裂隙叛军指挥舰的真身。

3

42人瞬间重写了所有玄女的指挥指令，它们像狂风一样迅速聚拢，凝结成一团银色的风暴，以超级密集的队形向荼卡斯图冲去。逃窜的荼卡斯图知道，自己的末日到了。

地球联合军指挥部的人都目睹了钢索旅的壮举，纷纷感叹：钢索旅不愧为空天军精英中的精英，试问天下英雄谁敌手！

巨大的惊喜里隐藏着巨大的忧患，付大全被困在裂隙战舰中，至今下落不明，可以判定他是被裂隙叛军掳走了。那艘裂隙战舰或许一直在隐身，藏在地球上的某个角落，或许它会出现在荼卡斯图的身边……王东升有一种不祥的预感，如果付大全不能及时归队，而钢索旅又解不了锁，那么重明-3能量耗尽的时候，也将是他们集体牺牲的时刻。

所有的利益冲突交织在一起，王东升的眉头拧成了疙瘩。裂隙叛军已经打进了卡门线，如果消灭了荼卡斯图这个首领，裂隙叛军的二号人物肯定会顺理成章地成为新的首领，改变不了裂隙叛军攻入地球的现状。眼看着钢索旅马上就要歼灭裂隙叛军的首领，王东升做出了一个震惊世人的决策，他咬着牙、亲自给钢索旅下令："钢索旅俘虏裂隙叛军指挥舰！活捉裂隙首领！"

如果是散兵作战，俘虏几个敌人是再正常不过，但换作战舰对战舰，而且敌方在数量上占据绝对优势的情况，这个事情难度太大了。钢索旅没有回复，他们现在像一台顽强的机器，只会用行动表达。他们已经突进到裂隙叛军指挥舰激光炮的射程之内，裂隙叛军像疯了一样朝他们发射各式各样的武器。钢索旅的三角形编队却从没变过。这得益于数量众多的玄女无人机，它们像是钢索旅的众多而繁杂的神经末梢，柔软、迅速并有强大的杀伤力。

距离越来越近，裂隙叛军指挥舰已经呈现在眼前。超出所有人的想象，裂隙叛军指挥舰看起来并没有什么特殊。钢索旅的12艘玄女向前冲出，它们完全可以将这艘裂隙战舰击落，但是它们没开火，只是默默地把机翼插进了裂隙叛军指挥舰之中。荼卡斯图听到金属摩擦的声音，看到地球人的无畏，他终于妥协了。

裂隙首领制服荼卡斯图的方式更多，或许会比地球人多1 000种，包括已经展示了的控制裂隙叛军战舰的能力，但是荼卡斯图永远不会臣服于裂隙首领。他的妥协在更深层次上是出于对地球人的尊重。一个技术水平远低于裂隙文明的文明，居然先后克服了内讧、诈骗、战机选择等挑战，甚至在这过程中还进行了科技突破。虽然这文明现在是落后的，但它永远向前的精神是任何一个文明都无法比拟的。这个文明充满了希望。

茶卡斯图妥协后，裂隙叛军不再主动攻击地球人，他们只选择躲避。王东升也明白，这时候已经不能再打了。他连忙下令，地球联合军占据位置，停止反击。

地球联合军的部队马上打光了，人类从未经历过如此的损失，天上每出现一颗闪耀的"星"的，地球上便有一个家庭破碎。作为从无数战斗中幸存下来的人，王东升太知道这样的感觉了，他看过牺牲战友家人的悲痛欲绝，参加过数不清的追悼会和纪念仪式，那时候他总会怀疑自己，总在思考活着是不是偷生？

"谈判吧！"茶卡斯图的话说得很硬气，一点不像输家，但是他这句话让所有人类欢呼雀跃，就连乔治八世都准备带领着自己的队伍试探性返航，他必须得参加与茶卡斯图的谈判。

"南仁东号"附近的十八旅，仍在坚守岗位。谁也没想到，一艘隐身的裂隙战舰，会在这个时候，带着付大全，从他们的身边闯入了那个尚未开启的虫洞。

付大全感觉自己还是在旋转和坠落，他已经痛苦得麻木了。茶卡斯图认为的虫洞尚未完成，还是一个混沌体，但是付大全已经深陷其中了。

"神"投降了？赫耳墨斯自然不需要再拿权杖敲这群信徒的脑袋。愚昧者们原本笃信的东西成了笑话，信仰失衡的苦果肯定是他们自己承受。

"钢索旅，马上解锁！返航就近鸢鸟！"王东升给钢索旅下令，可是说了几次，钢索旅都没有动静；用数据链接发送指令，也是没有反应。钢索旅没有开火，却仍在以最大动力机动，躲避任何裂隙战舰可能发动的攻击。仗已经不打了，钢索旅的行为让裂隙叛军看不明白，因为他们每一次运动的目标地都是最佳攻击位置。

最可怕的事情还是出现了，钢索旅解锁失败！

杨炳坤忍不住了，他给周子薇下了一个命令："81192，马上返航！我在等你。"和2001年的81192不一样，那架战机载着永远呼叫不通的英雄，牺牲在茫茫大海。这一次，周子薇听了杨炳坤的喊话，带着钢索旅，以整齐的队形径直向着鸢鸟002飞去。

付大全和裂隙战舰进入虫洞不久，里面突然传出强大的干扰，一时间裂隙叛军和人类的通信全部陷入瘫痪。几秒钟之后，所有通信又恢复正常。

茶卡斯图当然清楚状况，这是首领发怒了，他解决完手中事后，必将率大军前来太阳系，那时候，太阳系将成为一个屠宰场。作为一个不输不赢、又走不掉的指挥官，他得赶在那之前多赚点资本。于是他装得扬扬得意，向地球联合军喊话："尊敬的地球联合军参谋长王东升先生，刚才从虫洞里发来的，是裂隙人的正式外交声明，希望你能满足以下条件，否则，裂隙人与地球人还将继续战斗下去。第一，太空工厂租借给我——"

王东升义正词严地打断茶卡斯图的话："不可能！你还有什么要说的吗？如果还是这样类似的条件，就闭嘴吧！"

茶卡斯图还想继续拉大旗做虎皮，说道："我们的主力部队很快就会抵达太阳系。他们和我们不一样，他们的一贯做法是高端压制、摧毁卫星，直接采取彻底摧毁一个文明的残酷手段。如果你们满足我提出的需求，等他们到来后，你们将有一线生机！"

"不要相信他，他们只是裂隙人里的一支叛乱队伍，开启虫洞的正是围剿他们的正规军。"宇宙拾荒者竟然打破了传统，主动与作战方联系，而且一句话就击碎了茶卡斯图的所有谎言。显然他们是在为那两艘损失的舰艇报仇。

所有人都恍然大悟，这样一来，所有的事情都解释得通了，茶卡斯图的底牌全都被揭开了。资源耗尽、没有后援、陷入围剿，裂隙叛军已经丧失了继续作战的能力，茶卡斯图谈判的椅子又矮了一截。

王东升不卑不亢，向裂隙叛军和宇宙拾荒者发表宣言："人类，向来不缺乏视死如归的勇气，前赴后继、不怕牺牲的毅力。我们用以诚相待的态度，追求和平与发展，并且拥有战胜一切压迫、不公、挑战的决心和力量。我们愿意与一切外星文明开展公正、公平的交流和贸易往来；我们坚持情感共通、资源共享、做到和平开发宇宙。只有双方都认同以上原则时，我们之间才有谈判的基础。"

茶卡斯图欣赏地球人这样的族群，但是他绝对不想成为这种族群中的一员。可他已没有讨价还价的余地。

最后"全人类合作计划"代表人类和裂隙叛军进行了正式的谈判，宇宙拾荒者作为第三方见证会议。火星基地和乔治八世的代理人都参加了这场谈判。

经过这场谈判，人类才了解到自己到底有多渺小。根据茶卡斯图的讲解，这次进攻人类的只是裂隙叛军，而叛军距离正规军还差了好几个档次；裂隙正规军拥有歼星炮，在劫掠别的文明时，通过粉碎文明母星附近的星体来震慑文明，让他们失去反抗的信心，乖乖被奴役。讲到这里时，茶卡斯图还展示了裂隙人如何奴役其他智慧生物的影像。茶卡斯图提供的资料看得火星基地和乔治集团的人面面相觑，火星基地瞬间就决定解散新组建的政府，重回地球的怀抱。

经过磋商，双方达成了一致。茶卡斯图等裂隙叛军的关键人物，必须置于人类的控制之下，一旦裂隙叛军有异动，立即处死；在宇宙拾荒者的见证下，为裂隙叛军战舰安装自毁程序。完成这两个条件后，在裂隙叛军离开太阳系前，双方结成战略同盟，裂隙叛军可以驻扎在火星基地休养生息，双方在技术上互通有无，太空工厂免费为裂隙叛军修复战舰……

三方还达成了一个无条件的合作协议：找回付大全，共同关闭虫洞。尽管这件事绝非一朝一夕能够完成。

乔治八世最高兴，他觉得发外星财的机会到了。

王东升、周子薇、杨炳坤、林菲翔、大牛……这样的英雄一直会在，乔治八世这样的人也永远会在。人类的未来啊，还长着呢。

尾　声

又是 11 年的时间，数字天行者李钧已经被转移到林芝基地。杨炳坤和他的鸢鸟 002 机组早已不再升空，他们在林芝基地长期驻扎、保障钢索旅。钢索旅的重明 -3 一直在闭锁运行，周子薇和其他成员们也一直在这里"沉睡"。与以前时常分离的日子相比，有时候杨炳坤会觉得现在很幸福，因为爱人就在自己眼前，她哪也不去了。

这一天，天气特别好，天上没有一丝云。杨炳坤接到通报，说有一架试飞的航天器要降落林芝基地。他早早就等在机场，看南迦巴瓦峰被太阳染成金色。

一架重型战斗机降落在杨炳坤旁边的机位，这个机型谁都没见过，引得很多人跑过去参观。三个身着复古飞行服的青年人从上面走下来。中间的飞行员手里捧着一个盒子；他左边的飞行员装了金属假肢，走路有金属声；右边的飞行员是位女士，夹着一个公文包，扎着高高的马尾辫，走起来，马尾辫一颤一颤的。三个人同一步伐，快速走向等在旁边的杨炳坤。

"青衫烟雨客，似是故人来。南风知我意，吹梦到西洲！"走在中间的林菲翔尚未走近就笑着吟了两句诗。看到他们，杨炳坤露出了久违的笑容。太空工厂总指挥林菲翔、空天军一九九旅旅长大牛、专门为解决虫洞问题而成立的十一所所长李轩婉，这三个人的同时到访绝对给杨炳坤带来了惊喜。

"这就是毕方？！"杨炳坤赞叹道。毕方重型多用途空天打击平台是最新型的临近空间航天器，属于高超音速重型作战飞机。

林菲翔说道："是的，王东升参谋长专门让我们开过来，他说您看到了肯定喜欢。"

"大牛，你飞了吗？感觉怎么样？"杨炳坤问一边的大牛。

"相当棒！尤其是它的混合推进系统。您看，它的动力系统可根据任务需求调整组合，在长距离巡航与极限推力模式间灵活切换。6人机组，也可转换为人工智能辅助下的无人作战模式……"大牛讲起来滔滔不绝，他指着毕方机身上下十多个大大小小不同功能的内置弹舱，继续介绍道，"既可自主发射各种先进弹药打击目标，也可发射不同功能的忠诚僚机，为战场上的友机提供支援。机背还设有两部电磁弹射器，可在临近空间高度发射微型航天器与反卫星武器。"

"很好，这样就可以填补人类在近地空间的短板了。"杨炳坤喃喃说道。

"王参谋长办完退休手续就亲自过来看您。"李轩婉对杨炳坤说道，"我们这次来，是特意来看看钢索旅，顺便和您告个别。"

"很好……"杨炳坤的情绪降了下来，他带着众人向基地走去。离开了飞行，他的魂像是被抽走了。"等一下见到钢索旅，请不要伤感。"杨炳坤对三个人说道，"欢迎回家，李轩婉指挥员。欢送你们出航，太空勇士们。"

四个人一路上聊了很久……

林菲翔等人走后，杨炳坤带着他们的礼物来到周子薇的墨影旁坐下。李轩婉的礼物是一个新研制的设备，它可以监控人的意识活动。通过它，可以看到周子薇等 42 名成员全部的意识数据。他们还痛苦地纠缠在一起，闭锁连接现在还没有办法被解开。

林菲翔的礼物是重新改造的"伯劳"，走之前他告诉杨炳坤："我从他们的意识里译出来一首歌，应该是周子薇唱给你的。"

杨炳坤看向"伯劳"，只听它唱起那首歌："越过江，越过层层的山峦，我愿意飞到你身边……"

看着墨影舱里的周子薇，杨炳坤深情地说道："东飞伯劳西飞燕，黄姑织女时相见。牛郎织女都有见面的时候，你什么时候才能回来啊！"

刚回到毕方上的李轩婉就接到申请，来自她的弟弟李轩宙。"第一次关闭虫洞实验准备完毕，李轩宙机组请求出航。"

李轩婉的耳边响起周子薇的话："每个飞行员都应该是一座移动的堡垒，能够消灭最远的敌人，能够抵挡最强的进攻。"

李轩婉回复李轩宙："去吧。或许你会见到他……付大全"

付大全一直在无止境的深渊里下坠。突然，他猛地睁开眼，一个艰难的深呼吸，他像是刚撑破胎膜的婴儿。墨影的灯光指示全部亮了起来，所有的仪表都在猛烈地摆动，付大全环顾四周，如梦初醒，他有力地说了句："终于来了！"